Ruth Weiss • Nacht des Verrats

Ruth Weiss

Nacht des Verrats

Roman

HORLEMANN

Originalausgabe

Die Deutsche Bibliothek – CIP-Einheitsaufnahme
Ein Titeldatensatz für diese Publikation ist bei
Der Deutschen Bibliothek erhältlich.

Umschlaggestaltung: Karl Debus, Bonn
Satz und Gestaltung: Verlag
Druck: WB-Druck, Rieden am Forggensee

Wir schicken Ihnen gerne unser
kostenloses Gesamtverzeichnis:
Horlemann Verlag
Postfach 1307
53583 Bad Honnef
Telefax (0 22 24) 54 29
e-mail: info@horlemann-verlag.de
www.horlemann-verlag.de

1 2 3 4 5 | 03 02 01 00

Nacht des Verrats

Prolog

Südrhodesien. 14. Mai 1978

Vergewaltigung: der Alptraum jeder Frau. Bandenvergewaltigung – ein Schicksal, zu grauenhaft, sich das auch nur in der Phantasie auszumalen. Wiederholte Bandenvergewaltigung – die letzte Zerstörung. Des Körpers und des Geistes.

Sie kamen in der Nacht, stets der Freund des Vergewaltigers und Mörders. Sie kamen schweigend, zu zehnt. Vermummt, bewaffnet. Gingen unbeirrbar, trotz Dunkelheit, schritten den engen Berggang entlang, vorbei an den hängenden Felsen über den Riesenameisenhaufen, der am Eingang zur Mission lag und den Weg zu dem Granitblock zeigte, der die Grenze zwischen Südrhodesien und Mosambik bildete. Sie teilten sich in Gruppen auf, je drei oder zwei. Wußten genau, was sie vorhatten.

Die ersten drei überfielen die jüngeren Angestellten in ihrer Behausung in der Nähe des Schlafraums der Mädchen. Zwei Krankenschwestern, vier Lehrer, alles Absolventen der Missionsschule. Zwei andere rannten zum Häuschen neben der Kirche, überwältigten den Landwirtschaftsexperten, der neben seinem eigenen Fach auch Sport und Naturwissenschaft unterrichtete, und dessen Gast, ein ernster junger Mann, der kürzlich aus Schottland gekommen war, sich glücklicherweise in Salisbury zum Einkaufen befand, kurz vor seiner Abreise. Der stellvertretende Direktor, benommen von einem Schlag auf den Kopf, wurde aus seinem strohbedeckten Häuschen gezerrt, zusammen mit seinem vierzehnjährigen Sohn, der des Vaters langsamen Gang stützte. Zuletzt gestikulierte der Anführer, eine kräftige Figur im Drillichanzug, ein Bart erkennbar unter der übergezogenen Kappe, die auch das Gesicht verdeckte, daß zwei ihm zu dem weißen Haus neben der Klinik folgen sollten, zum Reich des Direktors der Mission, Arzt, Schulleiter, Missionar.

Ein schwaches Licht brannte bereits. Ein Geräusch, vielleicht ein sechster Sinn hatte den Mann alarmiert, der hastig seiner Frau zuflüsterte, die Fenstertüren zur Veranda zu öffnen. Doch das hatten sie erwartet, konnten leicht mit der schmächtigen Frau fertig werden, während ihr Mann sich auf die Einbrecher stürzte, doch von diesen mit einem Schlag des Gewehrkolbens eines AK47 gefällt wurde. Beide waren hilflos, wurden auf die Freilichtbühne in der Nähe des Klassenzimmers der obersten Klasse gezerrt, wo die anderen bereits am Boden lagen, gefesselt und geknebelt wie Schafe vor dem Schlachten.

Die Bande war äußerst tüchtig.

Dem Missionar fiel ein, daß die Theatergruppe eine afrikanische Version von „Mord im Dom“ für Weihnachten probte, von seinem Stellvertreter geschrieben. Er wußte, er hatte bereits sein letztes Weihnachten erlebt.

Elf waren nun Schauspieler und Zuschauer zugleich. Sieben Männer, drei Frauen, ein Jugendlicher. Den Jungen würden sie doch am Leben lassen? Sie, wer immer sie waren.

Sie arbeiteten schweigend. Zwei trugen Bücher, Papiere – wertvolle Sachen in dieser entfernten Gegend. Fast so wertvoll wie der Inhalt des Medizinschranks der Klinik, den sie auch entleerten und vorsichtig in zwei Säcke steckten, zum mitnehmen. Medizinisches Versorgungsmaterial war schwer erhältlich, für beide Seiten in diesem grausamen Buschkrieg.

Die Bücher sollten einem anderen Zweck dienen. Teil einer Strategie der Demütigung und Abscheu. Sie handhabten das genauso schweigend wie alles, was sie taten. Drei Gestalten, mit Büchern beladen, häuften diese aufeinander, ehe sie Benzin aus einem Behälter darauf gossen, offensichtlich für diesen Zweck mitgeschleppt.

Der Anführer zündete zwei Streichhölzer an, und mit einem merkwürdigen Laut, teils ein unterdrücktes Lachen, teils ein Knurren, warf er sie auf den Haufen, der sofort lebendig wurde, als die Flammen am Papier und an bereits zerrissenen Bücherseiten leckten.

Sein Gefolge hatte anderes zu tun. Zwei zerrten die Männer auf einen Hügel, der früher als Bühne gedient hatte, während die übrigen sich auf die Frauen stürzten. Nur die Frau des Direktors war weder gefesselt noch geknebelt. Konnte Zähne und Nägel als Waffen benutzen. Das bezahlte sie teuer. Zwei Männer hielten sie fest, während ein anderer ihr T-Shirt zerriß und sein Organ in ihren Körper stieß, aufgeregt stöhnend. Ihr Mann, Gesicht nach unten, konnte erraten, was sich abspielte, mit seiner und den anderen Frauen, versuchte sich aufzusetzen, trotz der drohenden Warnungen, den Gewehren über seinem Kopf.

Einer, der die Männer bewachte, reagierte sofort. Doch der Schuß, nicht von dem Maschinengewehr, sondern aus einem Revolver von einem Gürtel gerissen, traf nicht den Mann, sondern den Jungen. Die Kugel zerschmetterte seinen Kopf, spritzte Haut, Blut, Gehirn über die zwei Männer an seiner Seite. Seinen Vater, den Direktor. Dessen verzweifelte Versuche, sich zu wehren, weder ihm noch ihnen etwas nutzte. Oder das Schicksal der Frauen abwenden konnte.

Die Frau des Direktors erlitt das grausamste Schicksal. Bandenvergewaltigung.

Nur der bärtige Anführer hielt sich zurück. Nachdem der letzte Mann bereit war, gab er den Befehl, alle zu erschießen. Es sei Zeit, sagte er, die Kinder zu holen. Für den *pungwe*, die Gesänge. Ihnen zu sagen, ihre Feinde seien tot. Drei weiße Rassisten und acht Verräter.

Ein befriedigendes Ergebnis.

1. Johannesburg. 31. August 1997

Niemand stellt jemandem aus meiner Generation – ich bin ein „Sechziger“ – jene banale Frage, wo man sich aufgehalten hatte, als Kennedy erschossen wurde. Ich meine, schließlich waren wir damals noch watschelnde Kleinkinder, obwohl ich selbst mit elf Monaten wenig watschelte. Ich habe mich mit physischen Leistungen nie groß hervorgetan.

Ich wollte eigentlich nicht vom Thema abweichen, man wirft mir vor, daß ich das oft tue. Ich wollte nur sagen, daß ich mich an ein anderes, schreckliches Ereignis erinnere, und darüber mache ich nie Witze. Nicht über das Ereignis und nicht darüber, was ich damals erlebte.

Ich spreche von der Nacht, in der die englische Prinzessin starb. Princess Di.

Es begann mit einem Telefonanruf in unserem Northcliff-Haus in Johannesburg am Samstag, dem 31. August 1997, spät in der Nacht. Ich war allein, Ethel hatte die Kinder zu ihren Eltern mitgenommen, sehr großzügig von mir, denn die leben im Gelobten Land. In jenem, das Er uns versprochen hatte, nicht den Briten, die unseren Überlebenden verboten hatten, nach der Shoah dorthin zu flüchten.

Als das Telefon klingelte, war ich wach, kannte den Zeitunterschied zwischen Südafrika und Israel. Nur, es war nicht Ethel. Eine heisere Stimme fragte: „Ben?“ So heiße ich: Ben Glaser. „Ja!“

„Hör gut zu. Ich sag‘s nur einmal. Mach dich sofort auf den Weg. Fahr in Richtung White River, du weißt, das ist in der Nähe vom Kruger-Nationalpark. Genau vier Kilometer vorher siehst du ein Schild mit Zeichen nach rechts. Bieg dort ab. Folge den Wegweisern nach ‚Paradise Ranch'. Du bist dort eingebucht. Es wird keine Probleme geben."

„Nein", gähnte ich. „Weil ich nicht hinfahren werde."

Die Stimme wurde etwas ungeduldig. „Du wirst."

Ich blickte auf die Uhr. Um Himmelswillen, genau fünfzehn Minuten nach vier! Von „Paradise Ranch" hatte ich noch nie gehört, konnte mir's aber genau vorstellen, einer von diesen sogenannten Wildparks, wo Besucher mit harten Devisen aus den Fenstern ihrer BMWs die lebendigen Beine von Giraffen oder offenen Mäuler von Löwen anstarrten und am Abend sich mit gegrillten Steaks von einer Herde „boys" bedienen ließen, sich in runden Hütten mit eigenen Badezimmern ausruhten. So tun wie Jock im Bushveld.

Ich bin nun schon eine Zeitlang ein großer Junge und treffe meine eigenen Entscheidungen, wie ich meine Freizeit gestalte, sogar Ethel bittet mich jedesmal um mein ok, nachdem sie beschlossen hat, was wir tun sollen ... ich meine ... na ja, was immer... Also sagte ich zu der Stimme: „Oh, denkst du, ich werde mich nun aus dem Bett stürzen und einfach so in die Berge fahren, nur weil du mir das befiehlst?"

„Ja. Ich denke, den Kommissionsmitgliedern wär's nicht recht, wenn sie erführen, daß du die Chance hattest, die Unterlagen für den Fall der ‚Leeuhoek Fünf' zu erhalten. Das ist dir und ihnen doch wichtig? Komm! So bald wie möglich. Wenn ich du wäre, würde ich mich sofort aufmachen..."

Und genau das tat ich dann. Ich hatte die Beine schon auf dem Fußboden, bevor ich noch den Klick hörte, als die Stimme das Gespräch abbrach. Fuhr etwa eine halbe Stunde später von Northcliff, einem der ältesten Johannesburger Vororte, der hoch über der Stadt thront, ins Ungewisse in die Berge, das heißt, in ein Tal. Ich habe eigentlich nichts gegen Frühaufstehen auf dem *veld*, ich bin stets angetan von den wunderbaren Tönen von rosa, rot und gelb, die sich gegenseitig bekämpfen, um die Nacht zu besiegen. Großartig, wie plötzlich das Licht die weiten Flächen überflutet, von denen die Dichter und Touristen so begeistert sind. Sogar im August. Vielleicht vor allem im August, wenn der Winter dem Ende zugeht.

Ich schätzte, ich würde zwischen acht und neun ankommen. Genau richtig für das Frühstück in „Paradise Ranch". Mit gebratenen Eiern. Ohne Schinken.

Kommissionsmitglieder. Übersetzt hieß das Mitglieder der Kommission für Wahrheit und Versöhnung. Madiba, seine Exzellenz Präsident Nelson Mandela, hatte die Kommission vor zwei Jahren ins Leben gerufen. Sie sollte die Apartheidsverbrechen von 1960 bis 1994 untersuchen, Amnestiegesuche von Tätern überprüfen und Kompensation für Opfer vorschlagen. Schöne Aufgabe. Ich war einer der *backroom boys,* der Helfer, die dies und jenes taten, schließlich hatte ich mich seit Abschluß meines Jurastudiums mit Menschenrechtsverletzungen beschäftigt.

Der Fall der „Leeuhoek Fünf" war einer der vielen Fälle, in denen das Untersuchungsteam nichts hatte herausfinden können. Keine Zeugen. Keine Unterlagen. Nichts. Trotzdem: Ich wußte, was damals geschehen war. Wollte dringend feststellen, warum. Ich hatte ein persönliches Interesse an diesem Fall.

Ich möchte gern etwas klar stellen. Es war furchtbar, was damals geschehen war. Wie in Leeuhoek. In den schwarzen Townships. In der gesamten Region. Ich spreche von den 80er Jahren, als das gesamte südliche Afrika sich in Aufruhr befand, als die Ghettos in Flammen standen. Ich haßte all das, es war mir wie anderen klar, daß dies das Ergebnis des irren Glaubens vieler Weißer war – vor allem, aber nicht nur Afrikander, wie man heute die Nachkommen der Buren nennt –, daß ihre Hautfarbe ihnen einen höheren Rang in der Menschengattung gab. Ihnen das Recht der Herrschaft verlieh. Dagegen kämpfte ich.

Aber – nun ja, ich bin nun mal Rechtsanwalt, da kennt man stets ein Wenn und Aber... Also, ich wollte sagen, es gab auch grauenhafte Taten von Seiten der Schwarzen. Ich war entsetzt – wie jeder – über die plötzlichen blutigen Ereignisse, die Auseinandersetzungen zwischen Schwarzen, die der Entlassung von Madiba folgten. Am Anfang wußte ich nicht, daß dies zum großen Teil orchestriert gewesen war, daß sich hinter den schwarzen Kämpfern eine tödliche Absicht jener weißen Extremisten verbarg, die einen letzten verzweifelten Versuch unternahmen, den Demokratisierungsprozeß aufzuhalten. Es gibt nirgendwo ein gänzlich schwarz-weißes Bild, alles hat einige graue Zwischentöne. Aber – nochmals ein aber – ich glaube, daß man überall und immer sich für die Erhaltung der Menschenrechte einsetzen muß. In meinem Land und überall. Vom ehemaligen Jugoslawien über Israel, Irland bis Osttimor.

Wie gesagt, an jenem Sonntagmorgen war ich, nach einem starken Kaffee, in meinem wackligen Renault auf dem Weg zu diesem Wildpark in der Nähe von White River. Ich war bereits einige Zeit gefahren, als ich das

Radio andrehte. Es war zu früh für Nachrichten. Und doch: Da gab es eine. Eine schreckliche Nachricht. Die mich wie Millionen andere erschütterte. Ich stoppte den Wagen am Straßenrand. Hörte zu. Dachte, wie furchtbar. Diana, Prinzessin von Wales, war tot. Durch einen Autounfall in irgendeinem Tunnel in Paris.

Ich hatte sie bewundert, wie sie in Angola in ein Gebiet übersät mit Landminen gegangen war. Sie hatte gesehen, was wir, Südafrika, angerichtet hatten. Einen Krieg ohne Ende. Ein Teil der Verteidigung der Apartheid, von Pretoria aus gesehen. Man hatte einen Geist gerufen, den man noch immer nicht los geworden ist: Bürgerkrieg, Grausamkeit, Korruption.

Ich brauche das nicht zu erklären. Das ist Teil des Erbes aus jener Zeit. Ich dachte an die Kinder der Toten, schauderte bei dem Gedanken, was mit unseren werden würde, wenn Ethel... unmöglich, den Gedanken zu Ende zu bringen. Hörte weiter zu. Schauderte wieder: Genau im Augenblick, in dem die junge Frau im Sterben lag, hatte ich das merkwürdige Telefongespräch geführt.

Das spornte mich an, weiterzufahren. Ich fuhr so schnell, wie die Regeln und mein Renault es erlaubten. Hielt nirgendwo mehr an. Überlegte mir nochmals, was die Stimme gesagt hatte. Wer konnte es gewesen sein? Ich dachte an den Vorfall bei Leeuhoek. War so tief in meine Gedanken versunken, daß ich fast das Schild „Paradise Ranch" übersehen hätte. Zwei weitere Pfeile deuteten den Weg an, nach „Riverway Estate" und „PEP – Landwirtschaftliches Forschungsinstitut". Ich nahm an, daß diese beiden hinter dem Paradies lagen und hatte recht. Ich erreichte nach etwa dreizehn Kilometern zuerst den Wildpark.

Es war genau, wie ich es mir vorgestellt hatte: eine breite baumumränderte Straße, die zum Farmhaus führte, strohbedeckte Hütten im Kreis stehend, jede mit ihrem eigenen offenen Grill, um die richtige Barbecue-Atmosphäre herzustellen. Die Hütten waren nicht rund, wahrscheinlich hielt man das für unbequem. Ich konnte kein Wild sehen und hoffte, die Tiere würden so klug sein, sich hinter den starken Gittern hinter den Hütten aufzuhalten. Private Wildparks hatte man zuerst in der Nähe des Sabie-Flusses eingerichtet, als man feststellte, daß Wild aus dem Kruger-Nationalpark, dem staatlichen Prachtstück, sich in der Gegend versprengte. Die privaten Unternehmen zahlten sich aus.

In der Tat, ich war im Paradies angemeldet. Der Mann an der Theke, ein riesiger Afrikander, dessen Oberschenkel aus seinen kurzen Hosen platzten, schien nicht besonders begeistert darüber. Nahm meine Kreditkarte, gab mir eine Karte der Farm, wies auf einen Teich, sagte, dort sei ein Baumhaus angebracht, meinte, dies sei für die Nacht gebucht gewesen und die Gäste seien noch dort. Eine Auskunft, die er mir mit offensichtlicher Befriedigung erteilte, als ob er mir dadurch etwas Schönes verwehrt hätte. Er gab mir einen Schlüssel und sagte mit säuerlicher Miene: „Die bestanden darauf, Ihnen Lizard Lodge zu geben. Es ist alles bereit."

Ich sagte, um ihn etwas aufzuheitern: „Ich nehme an, man hat Sie um vier Uhr angerufen", obwohl ich das keineswegs annahm. Er grunzte ein „Ja" und kehrte mir den Rücken.

Zu meiner Freude lag Lizard Lodge außerhalb des Ringes fast einen Kilometer entfernt auf einem Hügel, einem *kopje.* Die Küche besaß alles, was man brauchte, selbst einen gefüllten Tiefkühlschrank. Obst in einer Schale im Wohnzimmer. Ich würde den Freuden eines Barbecues entgehen können, sollte ich das Pech haben, auch die Nacht im Paradies zu verbringen.

Mein Interesse an Tieren ist mehr ans Haus gebunden, ich gönnte den Gästen des Baumhauses ihr Vergnügen. Ich war sicher, daß um diese Zeit die anderen Besucher unterwegs sein würden, am Wasser oder sonstwo. Grinste über eine Affenfamilie, die sich in einem Baum in der Nähe laut unterhielt, auf etwas wartend. Offensichtlich wußte sie besser Bescheid als ich, denn innerhalb von wenigen Minuten zauberte sich ein „boy", ein Afrikaner, herbei und bot mir lächelnd Frühstück an. Ich lehnte nicht ab. Ich dachte, die Affen hatten ihre Bananen verdient.

Nachdem der Mann es mir auf der Veranda gemütlich gemacht hatte und gegangen war, versuchte ich, das alles zu verstehen. Warum hatte man mich hierher gelockt? Es wäre einfacher gewesen, eine Verabredung in der Nähe des Büros, meiner Wohnung oder der Kommission zu organisieren. Es mußte also einen guten Grund haben. Ich blickte auf die Uhr. Halb acht am Morgen.

Ich hatte Lizard Lodge noch nicht untersucht. Doch warum sollte ich auch, es war eben eine typische Gästeunterkunft, Schlafzimmer mit zwei Betten und Bad, was sonst. Das kleine Wohnzimmer, Mini-Bar und TV hatte ich gesehen, und es war angenehm, unter der Bougainvilleahecke zu sitzen und Kaffee zu trinken. Auf der Karte, die mir der charmante Mann am Empfang gegeben hatte, sah ich die beiden Namen, die ich schon auf dem Wegweiser gesehen hatte: „Riverway Estate" und „PEP – Landwirtschaftliches Forschungsinstitut".

Ich durchsuchte meinen Rucksack, in den ich alles mögliche hineingestopft hatte, was man so im *bundu*, im Busch, brauchte, wie etwa Fotoapparat, Taschenlampe, Fernglas. Ich wollte so tun wie ein Tourist im Busch, hängte mir die Kamera zusammen mit dem Fernglas um den Hals und machte mich auf den Weg. Jemand hatte Stufen in den Hügel hinter Lizard Lodge gebaut, und so kletterte ich etwas widerwillig auf den Gipfel. Als ich ankam, merkte ich, daß es sich gelohnt hatte. Nachdem ich wieder zu Atem gekommen war, sah ich den roten Erdweg, der zu einem gut gepflasterten Pfad und einem großen Eingang führte, hinter dem sich breite Felder bis zum Horizont ausdehnten. Links von den Feldern konnte ich eine Reihe weißer Gebäude sehen. Daneben nüchterne Betonhütten. Das Forschungsinstitut, nahm ich an. Dahinter nur Busch, durchzogen von mehreren schmalen Pfaden.

Ich war im Begriff hinunterzusteigen, als ich mehrere Gestalten vor dem großen Gebäude bemerkte. Ich blickte durch das Fernglas. War erstaunt. Das waren weder Farmer noch Wissenschaftler. Wächter. Sie waren in Uniform, schritten stramm zum Tor des größten Gebäudes. Offensichtlich wechselten sie die Posten. Zwei Männer, von denen einer ein effizient aussehendes Maschinengewehr trug, während der andere einen Hund an der Leine hielt, gingen auf ein Wachhaus zu. Nach wenigen Minuten traten zwei andere Männer, ebenfalls scharf bewaffnet, aus dem Häuschen. Ich sah, wie sie ihre Runden machten, gelegentlich anhielten, um etwas zu beobachten.

Es überraschte mich nicht, daß es Posten gab, auch nicht, daß sie bewaffnet waren. Die Kriminalität hatte sich vor allem auf dem Land in den letzten Jahren erhöht. Viele Farmer waren ermordet worden, ob aus Rache wegen irgendwelcher Begebenheiten in der Vergangenheit oder einfach wegen Diebstahls, wußte niemand. Trotzdem war ich erstaunt, daß ein Forschungsinstitut sich dermaßen absicherte. Warum? Gab es kommerzielle Gründe, hatte man Angst vor Rivalen, die sich zu stark für die Forschungen interessierten? Oder ging es um genetische Experimente, die von vielen inzwischen als schädlich angegriffen wurden?

In der Tat gab es hier ein hohes Maß an Sicherheit. Wie diese gefährlichen Hunde. Ich hatte guten Grund, vor diesen Kreaturen Angst zu haben, und reagierte sofort, indem ich mich hinter einen großen Granitfelsen duckte und mir überlegte, sofort in meine Hütte zurückzugehen.

Doch ich blieb, wo ich war, flach auf meinem Bauch, und betrachtete die Gebäude. Zählte die Posten. Beobachtete die Türen, die sich in einem Gebäude öffneten, entlang einem flachen Stück Land, das aussah wie ein

Rollfeld. War es auch. Männer schwärmten plötzlich aus dem Gebäude, zogen eine dieser hübschen kleinen Flugmaschinen heraus, in denen wichtige Männer in der Luft herumschwirren. Nützlich in Ländern mit großen Flächen wie Südafrika.

Das Halten des Fernglases war ermüdend. Na ja, wenn die am Heiligen Sonntag unbedingt arbeiten wollten, so war das ihre Sache. Ich ließ das Glas fallen und begann erneut, über den Telefonanruf nachzugrübeln. Konnte Leeuhoek etwas mit dem Forschungsinstitut zu tun haben? Irgendwie deprimierte mich das. Die neue Regierung, die Kommission, all das hatte so viel in Bewegung gesetzt, hat so viele zum Himmel stinkende Dinge ans Licht gezerrt. Ich hatte geglaubt, daß ich viel wußte, während jener Apartheidsepoche, als Weiße versuchten, „Kaffern auf ihren Platz" zu verweisen – *kaffir-op-sy-plek* –, doch die Arbeit der Kommission hatte mir bewiesen, wie wenig mir bekannt war.

Vieles, wie die Apartheid selbst, hatte vor meiner Zeit angefangen. Damit versuchte die Regierung der Nationalen Partei, Afrikaner in die Schranken ihrer sogenannten Heimatgebiete zu verweisen, jedenfalls theoretisch, denn praktisch mußten sie gewußt haben, daß es unmöglich war, 75 Prozent der Bevölkerung auf 13 Prozent der Gesamtfläche zusammenzupferchen. Abgesehen davon, daß man ihre Arbeitskraft brauchte, in Bergwerken, Fabriken, auf Farmen der Weißen.

Apartheid, ein katastrophales Rezept für harmonisches Zusammenleben. Die Nationale Partei, die NP, wollte ja unbedingt die Reinheit des *volk* verteidigen. Na ja, meine eigenen Leute haben auch etwas davon verstanden, hatten wir nicht die Legende vom auserwählten Volk erfunden?

Ich hörte etwas. Rutschte vorwärts und blickte durch das Fernglas. Bemerkte etwas unten am Abhang, das aussah wie ein Bündel Kleider. Hörte das Surren einer Maschine, sah einen Wagen, der mit hoher Geschwindigkeit den Weg zum Forschungsinstitut entlang fuhr, dann in einen Pfad einbog, der zum Rollfeld führte.

Ich glitt abwärts, mehr als ich kletterte, denn hier gab es keine Stufen. Als ich unten ankam, stolperte ich, stieß mit dem Schienbein gegen einen Felsen. Rieb mir die schmerzende Stelle, blickte mich nach den Kleidern um, die ich von oben gesehen hatte.

Ich glaube nicht, daß ich tief Luft geholt habe. So etwas schreibt man, ob man es wirklich tut, weiß ich nicht. Ich war zu geschockt, um das jetzt noch zu wissen. Oh ja, da lagen Kleider. Nur, der Eigentümer trug sie noch. Sah aus wie eine Puppe, die mit ausgestreckten Gliedern weggeworfen worden war. Der Kopf lag auf einem Stein.

Vielleicht hatte ich unrecht mit dem Eindruck, daß man die Gestalt dort hingeworfen hatte. Vielleicht war sie gestolpert, wie ich, war mit dem Kopf gegen den Stein gestoßen, war ohnmächtig geworden. Ich näherte mich. Bewegte das schulterlange Haar. Schaute in offene, blicklose Augen. Verstand genug, um zu wissen, auch wenn ich kein Arzt war, daß es hoffnungslos war, etwas zu tun. Konnte mehrere Sekunden lang nichts tun. Die Augen. Das Gesicht. Ich erkannte beides. Auch wenn es einige Zeit her war, seitdem ich sie zuletzt gesehen hatte.

Eine schöne Frau, etwa 32 Jahre alt. Plötzlich fiel mir die andere Tote ein, die Prinzessin. Eine Frau, um die inzwischen sicher bereits die halbe Welt trauerte.

Doch diese Frau … wer würde sie vermissen? Oder um sie trauern? Vielleicht niemand. Hatte ich sie gehaßt? Wer alles hatte Gründe, sie zu hassen? Ich wußte es nicht mehr. Ich wußte überhaupt zu wenig von ihr. Doch wahrscheinlich war das bereits der Moment, in dem ich mich entschied, mehr zu erfahren. Und sollte mir dies gelingen, ihre Geschichte aufzuzeichnen.

Natürlich begann ich viel später damit. Es gab andere Prioritäten. Abgesehen davon, daß es nicht leicht war, Beweise zu sammeln. So denke ich darüber. Es ging mir um Beweise. Das erklärt auch, warum ich in diesem Stil schrieb, da ich viel zusammentragen mußte. Aus Briefen. Aus Gesprächen mit Menschen, die etwas mit ihr zu tun gehabt hatten. Aus ihrem Tagebuch. Auch aus offiziellen Dokumenten und Eingaben. Manchmal schrieb ich aus meinen eigenen Erinnerungen, denn auch ich führte Tagebuch. Gelegentlich schrieb ich wie ein Schriftsteller. Wie die Seiten über die Ereignisse, die jenem furchtbaren Massaker auf einer Missionsstation in Inyanga, heute Nyanga folgten. Im Osten eines Landes namens Zimbabwe, das damals Rhodesien hieß.

2. Nachspiel. 15. Mai 1978

A. Nyanga

Nur ein kleiner Honigvogel erhob sich, flatterte verärgert von einem Baum, als er die kleine Gestalt beäugte, die schweigsam kletterte, sich an den Berghang schmiegte. Keine Kreatur schien sich an der Anwesenheit des Jungen zu stören, als ob sie alle spürten, daß er keine Gefahr darstellte.

Dies war seine Heimat, er kannte jeden Stein, jeden Baum, der zwischen den Felsen wuchs, jeden Busch, der ihm Schutz gewähren konnte, hier hatte er seines Vaters Ziegen gehütet. Bald würde er die Grenze erreichen, würde den tiefen Abgrund überquert haben, der sich vom Wald ins Tal stürzte. Bereits vor einer Stunde hatte er die sorgsam gepflanzte Tannenreihen der Langford Farm umgangen. Wußte, auf der Teeplantage waren Soldaten einquartiert, genau wie auf *Cheetahs Lair.* Dort, auf einer anderen benachbarten Farm in Grenznähe blieben sie nachts, sie fürchteten die Landminen auf den engen Pfaden, die von den *vakomana,* den Genossen, ausgelegt wurden.

Bald würde er den Fluß überqueren. Dort war er mit anderen Jungen geschwommen, wenn sie die Tiere grasen ließen. Die Mädchen hatten auch im Fluß gebadet, an einer anderen Stelle, stromabwärts; sollte ein Junge sich trauen, sich ihnen zu nähern, wurde er von seinem Vater hart geschlagen.

Wieder dachte er an die *vakomana,* die unten am Teich versteckt lagen. Sie hatten sein Signal gehört, den Ruf einer Eule. Seit langem trug er ihre Nachrichten, er war ihr Sonderbote, ihr *mujiba,* ihr Vermittler zwischen Genossen und Dorfbewohnern. War er nicht einer der verantwortlichsten Schüler der Mission?

Sie hatten ihn diesmal in ihre Höhle gezogen. Zum ersten Mal. Er hatte ihre Gesichter nicht gesehen, wollte es auch nicht, das wäre gefährlich für sie. Und für ihn. Die Gerüche hatten ihn überwältigt, er konnte einige ausmachen, vom Feuer, von *sadza,* dem Maismehl, das sicher aus dem Dorf gekommen war, von Frauen, die sie heimlich versorgten. Natürlich wußte er, daß auch Frauen als Boten für sie arbeiteten, wie er auch. Nicht ihre eigenen Frauen, diese Männer stammten aus einer anderen Region, obwohl sie hier kämpften. Es gab nur noch wenige Dörfer im Grenzgebiet, die weiße Regierung hatte die Dörfer geräumt. Die Bewohner waren in sogenannte Wehrdörfer einquartiert, *keeps* nannte man die, zwischen sechs Uhr abends und sechs Uhr morgens durfte sie niemand verlassen.

Tief seufzend dachte er an seine Schwester, die eine lange Strecke zurücklegen mußte, um zu ihrem Garten zu gelangen. Vor wenigen Wochen war sie zu spät abends zurückgekehrt. Und dann – ein Wachposten hatte sie erschossen, als sie sich zwanzig Minuten nach sechs auf das *keep* zubewegt hatte. Angeblich war sie dem Soldaten verdächtig erschienen. Doch es war noch hell! Der Soldat mußte sie erkannt, mußte gesehen haben, daß es eine junge Frau mit einem Bündel auf dem Kopf war.

Sie würden uns gern alle erschießen, hatte einer der Genossen gesagt. Er hatte ihren Schweiß riechen können, es war zu gefährlich für sie, zum Baden an den Teich zu schleichen. Er spürte ihre Wut, als sie sich leise tief hinter ihm in der Höhle berieten, zu weit weg, um etwas zu verstehen, er hatte geduldig in der Nähe des Eingangs gewartet. Hatte ihnen Bericht erstattet, von den Flammen, den Angstschreien, von Tod. Auch von den Freiheitsliedern, von den aufstachelnden Reden. Dann hatten sie ihm ihre Botschaft aufgetragen, ehe sie die Höhle geräuschlos und eilig verließen. Sie waren längst nicht mehr zu sehen, als er seinen Aufstieg begann.

Der Wald besaß viele verschlungene Wege. Der Junge kümmerte sich nicht mehr um die Genossen. Er zitterte, als der Wind sich in den Baumästen verfing, diese sich beugten und leise atmeten, wie alte Männer, die einen Schmerz verspürten. Er befand sich in der Welt der Ahnengeister. Ah! Er hatte *muti* getrunken, die Medizin des *n'anga*, die ihn stark und mutig machte! Nein, er hatte keine Angst. Er straffte sich, kletterte weiter.

Ahnen, steht mir bei, einem Kind, Eurem Kind, ich brauch Euch, ich trage eine wichtige Nachricht! Helft mir, es ist ein langer Weg nach Mosambik.

Bald werde ich einer von ihnen sein. Ich werde ein AK-47 Gewehr haben. Werde wie sie lange Hosen tragen, grün mit braunen Flecken.

Aaai! Ich wurde in der Buschschule in unsere Riten initiiert! Ich bin ein Mann, kein Kind! Ich werde mir einen guten *chimurenga*-Namen, einen Kriegsnamen aussuchen, der zeigt, wie stark ich bin.

Der Junge kniete nieder, er mußte seine Kräfte sammeln für den letzten Angriff auf den Berg. Er schloß die Augen, wiederholte in Gedanken die Nachricht für General Ghana. Nur er sollte die Worte hören, sagten sie. Eine wichtige Aufgabe. Nein, kein Smith-Soldat durfte ihn finden. Sollte das geschehen, würde er kein Wort sagen. Niemals! Sie würden ihn töten müssen.

Er holte tief Luft, ehe er sich langsam auf dem Bauch bewegte, wie eine Schlange, so, wie er es gelernt hatte. Jetzt! Er schwang sich auf. Es konnte nicht mehr weit sein. Ein Granitfelsen wölbte sich über seinen Kopf. Er schlang die dünnen Arme um die Wurzeln eines Baumes, die dem Stein entsprossen, zog sich langsam in die Höhe, spürte keinen Schmerz in seinen blutenden Knien. Nochmals flehte er innigst die Ahnengeister an. Kletterte vorsichtig weiter. Und wußte nun, welchen *chimurenga*-Namen er wählen würde: Schweigen.

B. London

Der erste, der die Mitteilung erhielt, war der Offizier, der beim Geheimdienst MI6 Dienst hatte und sie durch die richtigen Kanäle an das Außenministerium weitergab. Der junge Mann namens Vernon King, der im zweiten Dienstjahr stand, war im Begriff, sich eine Tasse Kaffee zu machen, während er vor Langeweile gähnte, als er die Nachricht entgegennahm. Er blickte auf die Uhr. 02.00. London war der Zeit in Salisbury um zwei Stunden voraus, also war es dort 00.00. Sehr gut. Der Mann in Rhodesien mußte seinen Finger auf dem richtigen Puls haben, um so schnell Bescheid zu wissen. Drei Briten ermordet. Verdammtes Rhodesien. Er war noch in der Schule gewesen, damals im November 1965, als der Idiot Ian Smith und seine Männer ihre illegale und einseitige Unabhängigkeit von der Krone erklärt hatten. Illegale Unabhängigkeitserklärung. IUE. Ein blödsinniger Versuch, die Dekolonisierung zu verhindern. Eine Viertelmillion bornierter Weißer, die zehn Millionen Afrikanern ihre rechtmäßige Unabhängigkeit absprachen. Hoffnungslos.

Und seitdem war das rhodesische Problem stets präsent. Trotz Sanktionen. Die Wilson-Regierung hatte Sanktionen von den UN gefordert, eine Forderung, die international befolgt wurde. Abgesehen von Südafrika, wegen seiner Apartheid. Es paßte Südafrikanern nicht, wenn Schwarze sich gegen eine weiße Regierung auflehnten. Doch was hatten die Sanktionen erreicht? Verflucht wenig. Einige Geheimagenten rannten geschäftig umher, um festzustellen, welche Schiffe verbotene Fracht für Rhodesien luden, das war wohl alles. Na ja, sicher wäre es leichter, wenn Pretoria die Blödmänner in Salisbury nicht unterstützte. Inzwischen war alles kompliziert geworden, durch den blutigen Buschkrieg, den die beiden afrikanischen Parteien gegen das Smith-Regime führten. Vernon King war noch jung genug, um es ernst zu nehmen, wenn Terroristen unschuldige Menschen ermordeten. Frauen, Missionare! Grauenhaft.

Die Medien würden verrückt spielen. Zu spät für die Sonntagszeitungen, die Salisbury-Journalisten schliefen noch. Jedenfalls würde Rhodesien wieder Schlagzeilen machen. Mord auf der Mission! Würde den sogenannten Freiheitskämpfern keine gute Presse geben. Im Gegenteil, dachte King, das würde den Weißen helfen bei den Verhandlungsgesprächen, die irgendwann kommen mußten. Die afrikanischen Nationalisten hatten ihrer Sache mit dieser Aktion kaum gedient. Missionare abzumurksen war nicht gerade das Richtige. Rhodesien war eine heikle Frage für London, fast so schwierig wie Irland, schließlich waren die Weißen sozusagen britische Verwandte.

King erinnerte sich an die Berichte, die er kürzlich gelesen hatte. Die weißen Farmer lebten verstreut und isoliert auf Riesenflächen. In einigen Gebieten wurden sie inzwischen von Truppen ersetzt. Die Wirtschaft basierte auf der Landwirtschaft und war stark geschädigt. Inzwischen war die weiße Bevölkerung auf weniger als 200.000 geschrumpft, viele waren gegangen, zum größten Teil nach Südafrika.

Vernon King fragte sich, wer wohl der Mann des Geheimdienstes in Salisbury war. Vor seiner Zeit und vor der IUE hatte es enge Kontakte gegeben zwischen MI6 und dem rhodesischen Geheimdienst, den hatte MI6 ja selbst organisiert. Nach der IUE wurde der Kontakt über Nacht abgebrochen. Der Hochkommissar mußte gehen. Die britische Vertretung wurde geschlossen. Wer immer also die Regierung Ihrer Majestät mit Informationen bediente, war entweder ein Patriot oder ein Smith-Gegner. Oder jemand, der sich absicherte. Der wußte, daß die IUE-Epoche begrenzt sein mußte, der sich Kredit anhäufte für schlechtere Zeiten? Wer immer es war, er mußte sein Ohr ganz nahe bei den Männern an der Macht in Salisbury haben. Und wer immer er war, er hatte Grund, an diesem Tag ziemlich deprimiert zu sein.

C. Umtali

Die Berichte über die Greueltat auf der Enfield Mission wurden vom befehlshabenden Offizier in Umtali koordiniert, in der hübschen Verwaltungsstadt am Fuß der Inyanga-Berge. Der erste Alarm kam von „Cheetah's Lair", wo Wachposten Flammen gesehen hatten. Innerhalb von wenigen Minuten gaben die Truppen von „Langford" per Funk dieselbe Nachricht durch, mit der Erklärung, sie befänden sich auf dem Weg nach Enfield. Jeder verfluchte die engen Straßen und die blödsinnigen Liberalen in Enfield, die nicht dem Alarmnetzwerk angeschlossen waren, die nicht einmal einen Landeplatz für Helikopter gebaut hatten, mit Nummer und Ort deutlich aus der Luft sichtbar. Dr. Martin Hughes, der Missionsdirektor, hatte sich strikt geweigert, er wollte seine Beziehungen zu den Dorfbewohnern und seinen Gemeindemitgliedern nicht beeinträchtigen. Die Mission war neutral. Tja, wie neutral war er jetzt, da er und seine Leute ermordet waren? Die Mission abgebrannt, die Klinik zerstört?

Ein wichtiger Bericht folgte einem Gespräch mit der Oberschwester der Klinik um 6 Uhr morgens. Sie hatte keinen Dienst gehabt, war von einem Dorf zurückgekehrt, hatte die Toten identifizieren können. Sie erwähnte einen jungen weißen Besucher, der am Tag zuvor nach Salisbury gegangen und so dem Massaker entkommen war. Wiederholt hatte sie gesagt, man müsse es dem Kind mitteilen.

Der Mann in Umtali machte sich über beide Bemerkungen eine Notiz. Jeder Fremde in der Nähe der Grenze machte sich verdächtig. Er wußte, es war ein Besucher aus Schottland mehrere Wochen auf der Mission gewesen. Wenn er in Salisbury war, so könnte man feststellen, in welchem Hotel. Oder die Fluglinien wußten Bescheid. Was das Kind anbetraf, so handelte es sich um die Tochter des Ehepaars Hughes. Sie war in einem Internat in Südafrika. Die Sozialabteilung sollte sich darum kümmern.

Salisbury war erstaunlicherweise sofort erreichbar. Gab Anweisungen, daß die Mission abgeriegelt werden sollte. Das gesamte Gebiet sollte durchsucht, alle Dörfer, die noch bewohnt waren, sollten sofort geräumt werden. Jeder Dorfälteste sollte sofort inhaftiert und scharf befragt werden. Der Offizier schnaubte verächtlich. Das war alles schon längst zu spät. Immer riegelte man die Stalltür ab, nachdem das Pferd sich längst aus dem Staub gemacht hatte. Die Terroristen, die Terrs, waren weg, über die Grenze nach Mosambik. Lagen irgendwo gut versteckt. Und was die Missionare anbetraf, es war verdammt ihre eigene Schuld. Er hatte gewußt, daß sie mit dem Feind fraternisierten! Trotzdem. Keiner hätte ihnen dieses Schicksal gewünscht. Vor allem nicht den Frauen, soweit er das durch die letzten Berichte erfahren hatte.

D. Salisbury

Das Morgenprogramm des BBC-Auslandsdienstes erhielt die Nachricht und strahlte sie aus.

Der Frühstücksraum des Selous Hotel in Salisbury befand sich im obersten Stock, wo große Fenster den Gästen einen Blick auf die baumumränderten Straßen und den morgendlichen Verkehr gewährten. Ein Lieblingsort der Besucher. James Anderson, der rothaarige Student, der die Enfield Mission besucht und seinen Gastgeber, den Agronom Kevin Johnson, am Tag zuvor verlassen hatte, nahm an einem leeren Fenstertisch Platz und bestellte sich gerade Eier mit Speck, als er die Nachricht vernahm. Ein Dienst der BBC sendete Nachrichten aus dem Nachbarland Botswana und wurde meistens vom rhodesischen Sender gestört. Nicht jedoch an diesem Morgen.

„Um Mitternacht wurde ein Überfall auf die Enfield Mission im Inyanga-Gebirge verübt, wobei elf Menschen ums Leben kamen. Ein Brand wurde entfacht und von einer tapferen Gruppe Studenten gelöscht, nachdem die Täter das Gelände verlassen hatten. Die Mission war nicht mit dem Sicherheitsnetz verbunden, das die meisten Farmen und ländlichen Besitztümer in Südrhodesien beschützt. Polizei- und Armeeeinheiten erschienen erst nach dem grauenhaften Massaker."

Ein Massaker! Der junge Mann erbleichte, hörte zu, konnte es kaum fassen. Kevin Johnson hatte ihm gesagt, daß die Mission gute Beziehungen zu den Befreiungsarmeen unterhielt, zu Zanla und Zipra, die zu zwei politischen Parteien gehörten, Zanu und Zapu. Die Untergrundkämpfer sandten regelmäßig Boten zur Mission, baten um Medizin oder Nahrungsmittel. Manchmal erschien ein Patient in der Klinik, dessen Shona nicht den regionalen Akzent hatte. Keiner stellte irgendwelche Fragen. Vor allem kein Dorfbewohner. Das war wichtig, hatte Dr. Hughes erklärt. Wenn diese bereit waren, Fremde zu empfangen, hatte die Mission kein

Recht, ihnen die Gastfreundschaft zu verweigern. Auch wenn sich normalerweise die Manika aus der gleichnamigen Provinz, in der das Inyanga-Gebirge lag, schlecht mit den Karanga aus dem Süden verstanden.

Warum hatten die Untergrundkämpfer nach all diesen Jahren die Mission angegriffen? Was versprachen sie sich davon? Es machte wenig Sinn.

„Verbrecherbande! Ich hoffe, die *Selous Scouts* finden sie! Sind sicher schon unterwegs! Und wenn sie die Terrs erwischen, möchte ich nicht in deren Schuhen stecken! Du mußt ziemlich beunruhigt sein wegen der Familie deines Freundes, was?"

Verstört blickte James auf und starrte den Mann an, der ihn ansprach und sich mit einem kleinen Lächeln ihm gegenüber setzte. Sonnengebräuntes, faltiges Gesicht. Ausgeprägt starke Züge. Gut aussehend, aber in einem altmodischen Stil. Wer trug denn noch im Jahr 1978 einen Schnurrbart wie die jungen RAF-Flieger aus der Zeit des Luftkriegs über England? Jedenfalls wenige auf der richtigen Seite der vierzig wie dieser Mann. Es verlieh ihm den Ausdruck einer Maske. „*Selous Scouts*?" James wußte nicht warum er ausgerechnet das nachplapperte. *Selous Scouts* – Selous Pfadfinder?

„Ein beliebter Name, der kommt oft in dieser Gegend vor, was? Eine Art Heldenfigur, der Frederick Courtney Selous. Größter Jäger seiner Zeit. Vielleicht aller Zeiten! Machte sich täglich Notizen über die Tiere, die er umgelegt hatte: so und so viele Wildebees, Sprinkbok, Buffalo, an guten Tagen auch Löwen und Elefanten natürlich..."

„Man sagte mir, Selous hatte die Pionierkolonne geführt, die von Cecil Rhodes im Jahr 1890 vom Kap nach Mashonaland geschickt wurde." James konnte es kaum fassen, daß er hier saß und über einen alten Jäger sprach. Einen Jäger, der schon lange tot war, statt über die elf Menschen, die in der Nacht gestorben waren. Über Kevin Johnson. Ein großartiger, sanfter Mensch. Er war so gut mit seinen Pflanzen umgegangen wie mit den Kindern. Er liebte beide innig. Vielleicht, weil er nicht wagte, etwas anderes zu lieben.

Ja, Kevin hatte ihm von den *Selous Scouts* erzählt. Eine Sondereinheit von harten Männern, die sich im Busch auskannten, Shona und Ndebele sprachen. Die gegen die Untergrundkämpfer eingesetzt wurden. Rassisten. Extremisten. Söldner.

„Stimmt. Ich wußte nicht, daß man in Oban rhodesische Geschichte lernt. Es ist doch Oban, oder?" Der Mann sprach mit flachem rhodesischen Akzent. Kevin hingegen hatte nie die Laute seiner Muttersprache abgelegt, obwohl er vor vielen Jahren emigriert war, kurz nachdem er und James' Vater die Landwirtschaftsschule absolviert hatten.

„Ja, Oban. Was soll das alles heißen?" James schob den Teller beiseite, der vor ihn hingestellt wurde. „Ich weiß nicht, wer Sie sind oder was Sie von mir wollen! Und um ehrlich zu sein, es ist mir auch egal."

„Mir nicht. Ich mache mir deinetwegen Sorgen. Ich denke nämlich, daß es gut wäre, wenn du ziemlich schnell verschwinden würdest. Ich meine – wenn du nicht unbedingt möchtest, daß die Presse hinter dir her sein wird. Die entdecken sicher bald, wer und wo du bist! Daß du dem Massaker durch Zufall entkommen bist. Es könnte ja sein, daß sie eine Verbindung finden zwischen deinem toten Gastgeber und einem gut aussehenden jungen Mann ... das wäre eine gute Geschichte, oder?"

James sprang wutschnaubend auf, er hätte dem Mann fast ins Gesicht geschlagen: „Was unterstehen Sie sich! Sie... Sie..."

„Schweinehund? Ja, so was meinen einige. Sogar meine Pressekontakte ... übrigens, es geht ein Flug nach Johannesburg in zwei Stunden. Den könntest du gerade gut erwischen. Von dort aus gibt es ausgezeichnete Verbindungen nach Schottland. Mit Umsteigen in London, versteht sich." Er grinste, was sein Gesicht noch maskenhafter verzerrte. „Der Flug wäre zu empfehlen."

Anderson drehte sich um und stolperte in die Toilette, die neben dem Raum lag. Kam gerade rechtzeitig zum Becken. Schweinehund! Das Wort war zu gut für diesen kalten Kerl. In Enfield hatte man ihm gesagt, die Sicherheitsdienste hätten jede Macht in den Händen. Die Mission wurde total beobachtet. Man warf ihnen vor, zu sehr mit den *munts* befreundet zu sein, wie die Weißen die Afrikaner nannten.

Der Geheimdienst würde vor nichts zurückschrecken, hatte Kevin gemeint. Wie recht er hatte! Dieser zynische, gemeine Typ. Der arbeitete nur mit hinterhältigen Methoden. Mit Lügen. Rufmord. Der verstand, wie sehr es seinen Vater kränken würde, wenn er in einem Zeitungsbericht lesen würde, daß sein Freund und sein Sohn...

Es schüttelte James erneut vor Ekel. Die wollten ihn los sein? Wahrscheinlich, damit niemand mit der Presse sprechen konnte, ihnen erklären, daß sich Dr. Hughes nie vor den Freiheitskämpfern gefürchtet hatte. Er war ja nicht einmal ein Zeuge! Der Gedanke, daß er fast dabei gewesen war, daß auch er nun ermordet wäre, wenn er nur einen Tag länger geblieben wäre, erschütterte ihn. Er weinte, als er seinen Vater vom Flughafen aus anrief.

E. Milton Haus

Der Mann, der James Anderson im Selous Hotel besucht hatte, beobachtete den Studenten, wie dieser über den Flugplatz ging. Es war nötig gewesen, ihn loszuwerden. Keiner sollte über große Liebe und Harmonie berichten, über die Freundschaft sprechen, die Mission und Bevölkerung verbunden hatte. Die Presse brauchte nichts von Überlebenden zu erfahren. Das Gebiet war bereits abgeriegelt. Das sollte so lange wie möglich so bleiben.

Der Mann war nicht zum Flughafen gekommen, um zu sehen, ob Anderson abflog. Er wollte einen Gast abholen. James Anderson hätte ihn nicht mehr erkannt. Er war noch immer braungebrannt, doch der Schnurrbart war verschwunden, nun konnte man den breiten Mund, die schmalen Lippen sehen. Seine scharfen Augen erkannten den Mann, den er erwartete, er brauchte nicht einmal nach dem Foto zu greifen, das sich in der Innentasche seiner gut geschnittenen leichten Jacke befand. Paul Dutoit sah genau so aus, wie ein Afrikander auszusehen hatte: kantige Züge, vorstehendes, hartes Kinn, starker Körper und Schultern, die für Rugby wie geschaffen waren.

Der Rhodesier fiel neben ihm in Schritt. „Tag! Ich bin Reed-Smyth. Derek. Ich denke, die Immigrationsformalitäten lassen wir, nicht wahr, Herr Major?“ Er wartete die Antwort nicht ab, sondern wies auf den dunklen Mercedes, der am Rand des Flugplatzes stand.

Eine Stunde danach machten sie es sich in einem elegant möblierten Büro gemütlich, im Milton Haus, in dem Ian Smith ebenfalls seine Räume hatte. Im selben Moment erhoben sich die Tauben vom Dach des anglikanischen Doms und flatterten zur Jameson Avenue. Mehrere bewegten sich noch einige Weile unruhig, ehe sie sich auf der Statue von Cecil Rhodes niederließen.

„Schmuddlige Vögel“, bemerkte Reed-Smyth, als er zum Fenster schritt. Dutoit erhob sich ebenfalls, amüsiert über den Ärger in den Augen seines Gastgebers, dessen kurze Finger seinen Händen das Aussehen von Klauen gaben. Sie standen nebeneinander, während Reed-Smyth sich über die Balustraden beugte. „Ach, diese Scharen von *munts!* Mein Vater sagte, als er nach dem Krieg hier angekommen war, durften sie nicht auf dem Bürgersteig gehen!“

Dutoit zuckte die breiten Schultern. „Wozu braucht man Regeln, Herr

Oberst? Man schubst sie einfach weg, wenn sie im Weg sind." Er zeigte auf Cecil Rhodes und lachte. „Wenn unser Präsident Kruger den Einfall in unsere Republik durch Jameson nicht vereitelt hätte, damals im Jahr 1895, würden wir uns jetzt nicht hier unterhalten! Ihr Briten hättet uns aufgefressen und hättet euch nicht mal die Mühe gemacht, die Kerne auszuspucken." Die Tiefe seiner Stimme verriet, wie emotional sich die Geschichte seines Volkes noch immer im kollektiven Bewußtsein darstellte.

„Unsinn, Herr Major!" Der Oberst blinzelte, erlaubte sich ein schwaches Lächeln. „Oder darf ich Paul sagen? Überleg es dir einmal. Einige Jahre später wurdet ihr sowieso besiegt. Gut, es war kein feiner Krieg. Von keiner Seite. Aber welcher Krieg ist das schon? Glaubst du nicht auch? Töten ist ein ernstes Geschäft. Ein Handwerk, seit Kain und Abel."

Dutoit war nicht für Philosophie zu haben. „Ihr habt nur unser Gold haben wollen. Unseren Präsidenten interessierte das nicht, er wünschte das Gold, die Ausländer und Finanziers zum Teufel!"

„Aus gutem Grund. Wie konnte die industrielle Welt einem unterentwickelten Stamm das Gold überlassen?" Der Rhodesier war bewußt beleidigend, er wollte den Südafrikaner wütend machen, er sollte sich aufregen, sollte seine Gelassenheit verlieren. Er beobachtete seinen Gast scharf, während er seine Hände mit gespielter Verzweiflung in der Luft bewegte. „Ich weiß eigentlich nicht, warum sie jemals diesen Krieg führten. Rhodes besaß bereits die Kontrolle über die Diamanten, und die meisten der Kaffern-Aktien wurden schon in London an der Börse gehandelt." Seine Stimme wurde hart. „Und nicht soviel von ‚ihr Briten', wenn ich bitten darf. Ich bin Rhodesier, auch wenn ich in der verdammten Grafschaft Kent geboren wurde." Der Oberst lachte, war sich genau bewußt, wie britisch er klang. Das wollte er auch. Verfluchter Bure.

Er setzte sich wieder auf das hübsche Sofa, ein wunderschönes Stück aus dem 17. Jahrhundert mit herrlichen Löwenfüßen, während er seinem Gast einen Platz ihm gegenüber anwies. „Ich bin ein guter Afrikaner, genau wie du, Herr Major, laß das mal in deinen dicken Burenschädel dringen! Ich wurde als Kleinkind von der kleinen Insel hierher verpflanzt und schulde dem Land keine Treue. Vor allem nicht jetzt. Sieh mal, Paul, wir haben wenig Zeit. Du sagtest, du mußt heute schon zurück fliegen. Also gut. Wollen wir zum Thema kommen?"

Paul Dutoit verbiß sich seinen Ärger. Er hatte viel über diesen Mann gehört. Hatte seine Akte genau gelesen. Ein kluger Mann. Einer der besten Geheimdienstoffiziere im Geschäft. Ganz oben im rhodesischen Sicherheitsdienst angesiedelt, im zivilen und militärischen Bereich. Im Zentralinformationsdienst ZID. Das hieß keineswegs, daß er ihn als Mensch schätzen mußte. Dem Mann war so viel zu trauen wie einem Raubtier. „Ja. Laß uns noch mal die Idee besprechen, Oberst. Mein Chef hat da einige Probleme. Er sagte, es sei zu langfristig. Und außerdem kostspielig."

Dutoit war stets vorsichtig. Immer umsichtig. Vor allem traute er keinem Briten. Wie konnte das für einen Buren anders sein! Vor allem nicht für den Sohn des zweiten Sohnes eines Farmers, der als *bywoner* ohne Rechtsanspruch auf dem Land seines Bruders leben mußte, der barfuß mit seinen Brüdern, Vettern und den Kindern der schwarzen Arbeiter auf dem *veld* aufgewachsen war. Paul Dutoit hatte nur die Grundlage einer Schulbildung von einem umherziehenden Lehrer genossen, ehe er in ein Internat der Holländisch Reformierten Kirche geschickt worden war. Er hatte schnell gelernt, daß ein *bywoner*-Sohn nichts zu erben hatte. Er war sofort nach der Schule in die Armee eingetreten, wurde zum Militärgeheimdienst befördert und hatte Karriere gemacht. Er hatte auch entdeckt, daß Geld ein wichtiges Werkzeug war im Spiel um die Macht. Ein Spiel, das mit tödlichem Ernst zwischen Buren und Briten gespielt worden war und nun zwischen Buren und Briten auf der einen Seite und den Schwarzen auf der anderen weiterging. Paul Dutoit hielt es für ein Spiel um das Überleben des weißen Mannes in Afrika.

Der Oberst nahm eine dünne Akte in die Hand und knallte sie auf den Tisch. „Darum geht's ja! Es muß langfristig sein. Wie lange, denkst du, kann Ian sich noch halten? Du weißt, daß sich jeden Tag Feiglinge aus dem Staub machen! Entweder gehen sie zu euch oder verschwinden nach Australien, kehren nach Britannien zurück oder sonstwohin! Und dann kam der verdammte kleine Jud', der Kissinger, im vergangenem Jahr und setzte euch unter Druck, sagte euch, Ian müsse mit den *munts* Frieden schließen! Wer weiß, wer bald in Nr. 10 in London sitzen wird? Früher oder später muß Ian aufgeben. Was heißt das für euch? Dann habt Ihr keinen einzigen Freund jenseits Eurer Grenzen. Moskau unterstützt und bewaffnet diese Verbrecher. Und Ihr habt mehr Verräter, als es je der Fall bei uns war, die weißen Liberalen im Land, die Linken und kommunistischen Aufwiegler in westlichen Ländern!"

Dutoit brauste auf. „Mann, einen Augenblick! Wir haben die Aufwiegler, die Führer des African National Congress, des ANC, einschließlich des Hauptaufwieglers Mandela, hinter Gitter gesetzt!"

Der Oberst schnurrte fast. „Ja, Herr Major. Das war vor genau fünfzehn Jahren! Und jetzt? Oder in fünf oder zehn Jahren? Sie wissen, wie ihr das geschafft habt, sie haben eure Strategie der Infiltration durchschaut und ihre eigene Gegentaktik ausgearbeitet. Nun müssen wir uns etwas Neues einfallen lassen. Wie man etwa eine neue Legende für Agenten erfindet. Wir müssen Agenten erschaffen, die genau in das Profil einer Terrorbande passen!"

„Wir?" Ein Wort, das wie ein Schuß knallte.

Der Oberst schlug die Beine übereinander, schnippte unsichtbaren Staub von seiner Hose. „Ja! Wir. Ich werde mich bald in den Süden absetzen. Innerhalb dieses Jahres, denke ich. Mann, ich sag' dir, wir haben nur noch wenig Zeit! Mehrere von uns werden gehen. Wir werden nicht mit leeren Händen kommen. Wir besitzen besondere Fähigkeiten. Erfahrung. Großartige Agentennetze. In Afrika und auch sonstwo. Hast du die Statistiken vergessen? Die erstaunlichen Todeserfolge der *Selous Scouts* gegen die Terrs, seitdem die sich 1973 in den Busch begeben haben?"

„Sie wären ohne unsere Sondereinheiten nicht derartig erfolgreich gewesen! Oder ohne unsere Waffen!" Dutoit starrte den Rhodesier feindselig an. „Wir zahlen sogar deren Gehälter!"

Eine ungeduldige Bewegung der Hände bestätigte die Unterbrechung. „Stimmt. Aber die *Selous Scouts* haben ihre eigene Taktik. Sie sind die härteste, tödlichste Waffe, die je gegen Untergrundkämpfer eingesetzt wurde! Sie benutzen das Bajonett für ein schwarzes Baby oder schleudern einen Terr von einem Helikopter – ohne jede Gefühlsregung! Ich war mit ihnen zusammen, als sie einen Kerl unter einem Allouette-Helikopter festhielten, ehe sie ihn schreiend in den Macilwaine-See stürzen ließen, worauf die anderen ganz schnell redeten … was sie keineswegs vor einem ähnlichen Schicksal rettete. Keiner kann einen Terroristen so schnell zum Doppelagenten machen wie die *Selous Scouts*. Sie sind einmalig. Keiner weiß so viel über das Überleben im Busch wie sie. Dort bewegen sie sich genau wie die Terroristen. Sie werden für euch kämpfen. Werden eure Jungen ausbilden. Ihr werdet sie brauchen, sobald Ian geht."

„Du sagtest, wir sollten zum Thema kommen." Dutoit deutete auf den Tisch. „Was ist damit?"

„Klar." Derek Reed-Smyth lächelte hämisch. „Der Fall des Mädchens von der Mission. Das wäre der Anfang." Er blickte den Afrikander unter gesenkten Augenbrauen an. „Wie ich sagte, du mußt langfristig planen."

3. Caroline. Enfield 1966–1975

Caroline-Evelyn Hughes war ein sonniges Kind, das jedermanns Freundin war. Für ihre Eltern, Martin und Elisabeth Hughes, war sie ein Geschenk Gottes, denn sie kam zu einer Zeit, als sie keine Kinder mehr erwartet hatten. Sie war in der Enfield-Missionsklinik im Inyaga-Gebirge in Südrhodesien am 1. April 1966 gesund zur Welt gekommen. Mit Hilfe ihres Vaters und der Oberschwester Rusape, zur Erleichterung der letzteren und zur Glückseligkeit der Eltern.

Caroline fühlte sich nie als Einzelkind. Am Tag ihrer Geburt wurden acht weitere Frauen in Enfield entbunden, und jede Mutter erklärte, Caroline sei ebenfalls ihr Kind, so daß sie sozusagen mit neun Müttern sowie mit acht Geschwistern aufwarten konnte. Dazu kamen die Kinder der Missionsschule, die das Kleinkind als ihres adoptierten. Kesiwe, ihr Kindermädchen, hatte nie Schwierigkeiten, jemanden zu beauftragen, auf Caro – oder Lollie, wie sie sich selbst nannte – aufzupassen, wenn sie etwas anderes zu tun hatte. Zuletzt war Lollie der beliebteste Name, obwohl sich später ein neuer Name dazu gesellte: Troja. Elisabeth meinte, jemand hätte diesen erfunden, in Anlehnung an jene Helene, für die eintausend Schiffe gegen Troja gesegelt waren. Caro-Lollie besaß ebenfalls eine Anziehungskraft, die eintausend Herzen an sie fesseln konnte. Vor allem in der Schule wurde sie „Troja" genannt.

Nur einmal war etwas schief gegangen. Kesiwe hatte Wäsche aufgehängt, hatte gesehen, wie die Kleine zum Spielplatz gelaufen und sich in einen der großen Autoreifen, die als Schaukel dienten, gesetzt hatte. Dort war sie sicher zehn Minuten lang gut aufgehoben, dann würde die Schule beendet sein und sie würde mit den Kindern spielen. Kesiwe konnte nicht wissen, daß einige Jungen sich frühzeitig aus der Schule verdrückt hatten, um fischen zu gehen. Caro hatte sie gesehen, ihnen zugerufen, daß sie mitkommen wollte, sie hatten vergnügt zurückgewunken und sich eiligst aus dem Staub gemacht. Des Direktors Tochter hatte ihnen bei ihren Plänen gerade noch gefehlt! Caro war sofort vom Reifen gerutscht und hinter den Jungen aus dem Tor in den Busch gewatschelt. Sie konnte ihre Stimmen noch einige Zeit hören, dann plötzlich wurde alles still um sie. Das heißt eben nicht: Sie konnte die Geräusche des Busches hören, das Summen von Insekten, das Zirpen vieler Grillen, das Knacken kleiner Ästchen, die vom Wind oder von Tieren erfaßt wurden. Sie drehte sich um, doch sie konnte den Pfad nicht sehen, konnte nicht einmal bis zu den Gipfeln der großen Bäume blicken, Moos, Pflanzen, Büsche waren tief ineinander verschlungen in dieser fremden Welt.

Sie lief weiter, kam an einen großen Felsen, der ihr den Weg versperrte, sah etwas über den Boden huschen, hinter dem Stein Schutz suchend. Tränen waren schon längst über ihr Gesicht gelaufen, nun schluchzte sie laut, rief nach *Daddy* und *Mummy.* Nur das Rascheln des Windes durch das hohe Gras und ein krächzender Geier antworteten.

Es hatte etwa dreißig Minuten gedauert, ehe Kesiwe bemerkte, daß Caroline nirgends aufzufinden war. Sie meldete es sofort, ließ Dr. Hughes aus der Klinik holen, er alarmierte die älteren Jungen, bat um deren Hilfe, wohl wissend, daß sie Busch und Wald besser kannten als irgend jemand anders. Sie teilten sich in mehrere Gruppen auf und begannen die Suche. Kesiwe, die schluchzend versuchte zu erklären, daß sie geglaubt hatte, die Kleine sei auf dem Spielplatz geblieben, bekam von Martin keine Vorwürfe. Er kannte seine neugierige Tochter, die überall dabei sein wollte. Wußte auch, wie schnell sich ein Kleinkind bewegen konnte.

Er war es, der Caroline nach einer Stunde endlich fand. Sie lag schlafend hinter einem Dornbusch, den kleinen Körper gekrümmt und zusammengekauert, den linken Daumen im Mund. Offensichtlich war sie erschöpft von ihrem Abenteuer.

Ihr Vater trug sie zur Mission zurück, behandelte ihre Kratzer und Insektenbisse in der Klinik, ihr Trauma zu Hause. Wochenlang schlief sie schlecht, kroch öfters zu den Eltern ins Bett. Einmal sagte sie zu Elisabeth: „*Mummy,* du wirst mich nie mehr allein lassen?" Elisabeth Hughes, eine kluge Frau, antwortete vorsichtig: „Manchmal ist es nicht möglich, bei dir zu sein. Es gibt immer eine Zeit, in der man etwas allein schaffen muß. Aber auch wenn ich nicht da bin, vergiß nicht, daß ich stets an dich denke."

Caroline erholte sich und ließ sich durch diese Erfahrung keineswegs davon abhalten, weiter mit den größeren Kindern herumzutoben und, als sie älter wurde und zur Schule ging, mit ihren Klassenkameraden im Fluß zu schwimmen und an ihren Spielen teilzunehmen. In den Ferien lief sie fast täglich ins nahe Dorf des Dorfältesten Musa, dort lebten zwei ihrer Mütter und deren Kinder. Am liebsten spielte sie mit den Jungen, die Mädchen verhielten sich zu zurückhaltend und ängstlich. Außerdem mochten die kein Fußballspiel! Selbst im Klassenzimmer hielten sie sich von den Jungen fern.

„Es ist Tradition", erklärte Dr. Hughes, der darauf achtete, daß auch die Schlafräume der Jungen und Mädchen weit voneinander entfernt waren. Er hielt viel von Tradition. Menschen müßten selbst bestimmen, ob und wann sie etwas ändern wollten. Er sah seine Aufgabe lediglich darin, seinen Schülern und Gemeindemitgliedern einen festen Glauben und Gottvertrauen auf den Weg zu geben. Alles andere mußten sie selbst wählen.

Lollie liebte das Dorf, sie versuchte wie die Dorfmädchen, den Frauen beim Stampfen des Mais zu helfen, sah den Frauen zu, wenn sie aus dem harten Gras Matten flochten oder Töpfe und Schüsseln aus Lehm brannten. Am liebsten hörte sie mit den anderen Kindern Mbuya zu, der ältesten Frau in Musas Dorf, die alle Märchen und Legenden über die Stammeshelden und Ahnengeister kannte, die über Liebe und Schmerz, über Leben und Tod erzählen konnte. So schlüpfte die Kleine, ohne es zu merken, von einer Kultur in die andere. Caro-Lollie-Troja verbrachte eine unbeschwerte, glückliche Kindheit. Sie hatte sich fest vorgenommen, in einem Dorf zu leben, wenn sie groß wäre.

Ihre Eltern hatten nichts dagegen, daß sie sich in den Dörfern aufhielt und dort aß oder trank. Sie bestanden jedoch darauf, daß sie pünktlich nachmittags um vier Uhr zur Mission zurückkam, um neunzig Minuten später frisch gewaschen zum Abendessen zu erscheinen. Das tat sie gern, es war die einzige Zeit am Tag, in der die Familie zusammen war. Sie hielten sich an den Händen, um das Tischgebet zu beten, ehe sie die Mahlzeit einnahmen, die Elisabeth ohne Dienstboten auftischte. Danach wurde nicht nur gegessen, sondern auch viel gesprochen. Für Lollie war es der herrlichste Teil des Tages. Das blieb auch so, als sie kurz nach ihrem vierten Geburtstag zwei Schwestern bekam.

Das Wohlfahrtsamt schickte sie, beides Mädchen, deren Mütter schwarz, die Väter Weiße waren. Derartige Kinder waren ein Problem für die Verwaltung. „Wahrscheinlich Kinder weißer Chefs und deren Dienstmädchen“, erklärte der Mann von der Wohlfahrt verlegen, als er Martin bat, sich um zwei der Kinder zu kümmern. Sie hatten in Stammesgebieten gelebt, doch nachdem die Auseinandersetzung zwischen der weißen Regierung und der schwarzen Bevölkerung sich verschärfte, waren sie bei den Müttern unerwünscht, und man mußte um ihr Leben fürchten. Beide hatten englische Namen. Sofie war ein schlankes, achtjähriges Mädchen, hellfarbig, stark gestört und verschlossen. Lizzie, dunkelhäutig, war ein Jahr jünger, sie war weniger bedrückt, lebenslustiger und anpassungsfähig. Sie lebten zusammen mit den Hughes, die sie zur Familie gehörend betrachteten.

Lollie eroberte die Herzen ihrer neuen Schwestern, da sie diese sofort als solche vereinnahmte, sie an ihren Spielen teilnehmen ließ und sichtlich stolz war, daß sie nun ihre eigenen Schwestern hatte, die zusammen mit ihr zu Hause lebten. Kurz bevor sie gekommen waren, hatte Elisabeth ihre kleine Tochter auf den Schoß genommen und ihr erklärt, daß sie nun kein Einzelkind mehr sei. Sie hörte auch, wie ihr Vater sagte: „Es wird ihr gut tun, wir wollen sie nicht verwöhnen. Nun wird sie lernen, daß sie auch teilen muß.“

Ein paar Tage danach stolperte Martin fast über seine Tochter, die im Wohnzimmer am Boden saß und Seiten aus einem Buch riß, das ihre Patentante ihr zum Geburtstag geschickt hatte. Er wollte sie ausschimpfen, als sie ihn anstrahlte und erklärte: „Ich möchte das Buch mit meinen neuen Schwestern teilen, Daddy!“ Worauf er erklären mußte, daß diese Idee zwar löblich sei, aber nicht für Bücher galt. Man konnte Bücher nur dadurch teilen, daß man sie jemandem lieh.

Zu Elisabeth meinte er, man müsse vorsichtig sein, was man vor der Kleinen sage. „Sie nimmt alles wortwörtlich!“

Was keineswegs bedeutete, daß er nicht auf seine Lollie stolz war. Elisabeth gab ihm recht: „Erinnerst du dich, sie hielt dich für den lieben Gott persönlich? Weil sie das Vaterunser wörtlich auslegte und fand, das tägliche Brot käme von dir – außerdem, weil du sie ausschimpfst, nur um sofort ihre Sünden zu vergeben!“

Weder Martin noch Elisabeth bereuten es, die Mädchen angenommen zu haben. Lollie liebte sie innig, und ihre Zuneigung wurde mehrfach erwidert. Zuerst war sie befremdet, weil die Mädchen nicht mir ihr ins Dorf gehen wollten. Lizzie versuchte es zu erklären: „Ich komme aus einem Dorf, Lollie! Dort mochte man mich nicht. Einige schlechte Leute..." Sie wußte nicht genau wie sie es erklären sollte. „Die Kinder warfen Steine nach mir."

Caroline war erstaunt. „Auch nach Sofie?"

Lizzie war sich nicht sicher. „Ich denke schon." Sofie selbst sagte nichts. Damals sagte sie überhaupt sehr wenig.

Caroline versuchte ihre Freunde zu verteidigen. „Es gibt keine schlechten Leute in Musas Dorf! Keiner ist je böse mit mir!"

Lizzie mußte lachen. „Nein, Lollie. Mit dir ist niemand böse!" Sie hob ihre kleine Schwester auf den Rücken und hüpfte mit ihr zurück ins Haus. Dachte, wie könnte jemand auch mit einem kleinen Kind böse sein, das die ganze Welt lieben wollte! Lizzie konnte sich noch an eine Zeit im Dorf ihrer Mutter erinnern, als sie mit den anderen Kindern gespielt, im Fluß mit den Mädchen gebadet hatte. Das war, ehe man sie angeschrieen hatte wegen ihres weißen Vaters. Sie war zu unschuldig, um zu denken, daß es vielleicht auch eines Tages dazu kommen könnte, daß selbst Caroline nicht mehr in Musas Dorf willkommen sein würde.

Die beiden Mädchen gingen in die Missionsschule, die ein Internat sowie eine Tagesschule war. Im Manika-Gebiet wurde Shona gesprochen, doch einige Schüler stammten aus Matabeleland, dort sprach man Ndebele. Einige Kinder sprachen Shangaan, so daß sie, wie auch Lollie und die anderen Kindern, mehrere afrikanische Sprachen lernten.

Caroline war zufrieden mit dem Leben. Sie war genau so befreundet mit Mbuya wie mit Natalie, der ältesten Tochter von Kesiwe, oder mit Rupiah Monze, dem Schulkapitän. Sogar Dzingai Banda war ihr Freund, ein intelligenter Junge, der so aufsässig wie gewieft war und der einmal einen Streik organisierte, „weil wir nur gelben und keinen weißen Mais bekommen, wie die Lehrer!" Troja mußte selbstverständlich Dzingai verteidigen sowie seinen besten Freund, den schlanken, stillen Jungen namens Mungai Dube, einen der besten Athleten. Er hatte einen Ndebele-Vater und eine Shona-Mutter, die Familie lebte in Manikaland.

Caroline war eben jedermanns Liebling. Selbst Sofie paßte sich mit der Zeit an, sie wurde sanfter, lernte sich in der harmonischen Atmosphäre im Haus zu entspannen. Sie konnte ausgezeichnet nähen, und im Jahr 1977, kurz nach ihrem fünfzehnten Geburtstag, fing sie eine Lehre in einer Textilfabrik in Bulawayo an. Ein Jahr später gesellte sich Lizzie zu ihr. Beide Mädchen hielten engen Kontakt zur Mission, zu den Pflegeeltern und zu ihrer geliebten Lollie, kamen so oft wie möglich zurück nach Enfield, wo sie Weihnachten und andere Ferientage verbrachten.

All das gefiel den Weißen in der Umgebung wenig. Die Frauen der weißen Großfarmer, des Polizeichefs sowie des Schulinspektors in Umtali schimpften über die Verwahrlosung, in der das Missionskind aufwuchs. Sie verstanden nicht, wie großartig es die Eltern fanden, daß ihre Tochter fließend afrikanische Sprachen sprechen konnte und sich in einem afrikanischen Dorf ebenso wohl fühlte wie in einem der gut möblierten Wohnzimmer der benachbarten Plantagen.

„Sie müssen das Kind auf eine weiße Schule schicken", drängte die Frau des *Native Commissioner,* des ungekrönten Königs eines Eingeborenengebietes wie Inyanga, nachdem Elisabeth Hughes sie zum Nachmittagstee eingeladen hatte. „Sie wird sonst ganz ..." Die hagere Frau mit der verwaschenen runzligen Haut, typisch für eine Europäerin, die zu lange tropischer Sonne ausgesetzt war, biß sich auf die Lippen. Sie wollte „unkonventionell afrikanisiert" sagen, aber das war zu beleidigend. „Anders...", endete sie mit lahmer Stimme.

Elisabeth, die genau wußte, was ihre Besucherin meinte, lächelte freundlich. Sie war mit ihrem Mann, ihrem Leben, ihrer Tochter glücklich. Sie hatte Martin Hughes im letzten Jahr ihrer Ausbildung als Krankenschwester durch die Kirche kennengelernt, als er bereits methodistischer Pfarrer war und Medizin studierte. Sie paßten zusammen, Martin, ein vorsichtiger, solider Mann, ein geborener Manager, Sohn einer Elite-Farmerfamilie aus Wales, und Elisabeth, lebenslustig, menschenfreundlich, ein Stadtkind. Beide waren Einzelkinder älterer Eltern. Elisabeth akzeptierte Martins Vorhaben, als Missionararzt zu arbeiten, mit derselben Selbstverständlichkeit, mit der sie seinen schüchternen Heiratsantrag akzeptierte. Sie emigrierten nach Südrhodesien kurz nach ihrer Hochzeit, obwohl sie sich bewußt waren, daß das Land turbulente Zeiten durchmachte, dank weißer Macht und schwarzer Auflehnung.

Dr. Martin Hughes übernahm die Verwaltung sowie die Schule und Klinik der Enfield Mission und scharte eine treue Mannschaft von Mitarbeitern um sich, Schwarze sowie Weiße, unter der die Mission gedieh. Das Paar fand gute Bekannte unter den Nachbarn und Besuchern. Inyanga war ein Spielplatz der weißen Rhodesier, die in den stillen, kühlen Bergen Zuflucht vor der Hektik der Städte und der Hitze des Binnenlandes vor der Regensaison suchten. Sie wohnten in feudalen Hotels mit ihren Tennisplätzen und Schwimmbädern oder mieteten sich kleine Häuser.

Martin Hughes baute eine Anzahl Rondavels, die stets gut besucht waren und eine Einkommensquelle für die Mission bedeuteten.

Nach Carolines Geburt fühlten sich Martin und Elisabeth wunschlos glücklich. Die Ankunft der beiden Pflegetöchter vergrößerte die Familie und auch Elisabeths Zufriedenheit. So wäre es auch geblieben, wenn sich die politische Lage nicht verschlechtert hätte.

Doch das tat sie. Der Buschkrieg wurde immer heftiger. Die Besucher blieben aus, denn Inyanga lag zu nahe an der Grenze, die von den Untergrundkämpfern überquert wurde. Langsam verschwanden auch die Nachbarn. Die ersten, die gingen, waren die Langfords, deren Plantage von einem Junggesellen verwaltet wurde und zu dem sich bald eine Gruppe Soldaten gesellte. Ein Hotel nach dem anderen wurde von der Armee übernommen. Freunde kamen nicht mehr zu Besuch. David Carter, einer der Missionslehrer und Martin Hughes bester Freund, emigrierte mit seiner Familie ins frühere Nordrhodesien, das seit 1964 Zambia hieß. Elisabeth machte sich wegen ihrer Tochter große Sorgen. Und Ostern 1975 ereignete sich etwas, das sie zu einem Entschluß kommen ließ.

Schwester Mary, die stellvertretende Oberschwester, hielt regelmäßig Buschsprechstunden an offenen Plätzen innerhalb eines Radius von dreißig Kilometern ab, zusammen mit drei Kollegen. Lollie ging öfters mit, wie an jenem Donnerstag vor Ostern. Sie war fast neun Jahre alt und hatte bereits Erste Hilfe gelernt, sie wußte, wie man Schlangenbisse oder kleinere Verletzungen behandelte. Vor allem machte es ihr Spaß, die Babies zu wiegen, nachdem die Waage an einem Baum befestigt worden war. Der Minibus der Mission war bereits etwa zwanzig Kilometer entlang des holprigen Pfades durch den Busch gefahren und befand sich unweit eines Dorfes, als ein in Khakiuniform gekleideter weißer Offizier gestikulierte und brüllte: „Raus! Umdrehen!"

Tsimba, der Fahrer, bremste scharf. Sie hörten Schreie, die aus den runden Hütten drangen, deren Strohdächer sie durch das Elefantengras sehen konnten. Alle waren aufgesprungen, als sie plötzlich das Peitschen von Schüssen hörten.

Erschrocken blickte Lollie aus dem Fenster, sah eine kleine Gestalt am Pfadrand liegen. Ein Junge, dessen offene Augen sie leblos anstarrten. Der Offizier gestikulierte noch wilder, schrie Tsimba an, er solle sofort den Wagen zurücksetzen. Erneut hörten sie eine unheimliche Salve von Schüssen. Schwester Mary sprang aus dem Wagen, rannte zu dem Jungen und kniete sich neben ihm.

Der Offizier schrie wütend: „Laß ihn! Zurück zum Bus! Das geht dich nichts an!“ Ein Lastwagen hielt neben ihm, Frauen mit Kindern auf dem Rücken und an der Hand kamen langsam den Pfad vom Dorf herauf und wurden von drei Soldaten auf den Wagen gepfercht. Caroline klammerte sich an eine der Schwestern. Doch Schwester Mary blieb, wo sie war. Sie blickte den Offizier an und sagte vernehmlich: „Verletzte Menschen sind mein Beruf.“ Sie betrachtete den Jungen, sah, daß sie nicht mehr helfen konnte.

Sie stand auf und sagte zu dem Offizier: „Er ist tot.“

„Na und? Er ist ein *mujiba*, der hat für Terroristen gearbeitet! Einsteigen, Schwester!“ Er hob sein Gewehr. Schwester Mary zögerte noch immer. Der Mann schrie: „Heute früh wurde ein Wagen auf der Hauptstraße überfallen. Vergangene Nacht haben die hier im Dorf ein *pungwe*, eine Fete für die Guerilla, abgehalten! Also – rein da! Sofort!“

Die Schwester tat, wie ihr befohlen wurde. Kaum war sie eingestiegen, sahen sie die ersten Flammen, sofort gefolgt von Rauch, der über den Hütten qualmte. Tsimba fuhr rückwärts, erreichte die Kreuzung, wo er wenden und zurück nach Enfield fahren konnte, weg von dem Entsetzlichen, das hinter ihnen lag: dem toten Jungen, der Tragödie des Dorfes. Die Smith-Truppen wollten die Dörfer räumen, um zu verhindern, daß die Bewohner den Kämpfern halfen.

Caroline war wie betäubt vor Schreck. Was hatten sie denn getan, die Menschen, um so furchtbar bestraft zu werden? Ihr Vater tat sein Bestes, um sie zu trösten und es zu erklären. Nein, sie hatten nichts getan. Nur, Caroline mußte verstehen, daß die Dorfbewohner nicht mit den Regierungsmaßnahmen einverstanden waren. Afrikanische Kämpfer lebten im Busch, sie kämpften gegen die Regierungstruppen. Manchmal kamen sie in die Dörfer und holten sich Nahrung oder hielten nachts ein *pungwe* ab, sie sangen und tanzten mit den Dorfbewohnern. Deswegen wollte die Regierung, daß die Menschen wegzogen aus Gegenden, in denen sich solche Kämpfer aufhielten. Sie wurden in sogenannte Schutzdörfer gebracht, in denen sie schliefen. Am Tag kümmerten sie sich um ihre Felder und ihr Vieh.

„Die Männer im Busch, sind das *vakomana?*“

„Ja. Freiheitskämpfer. So nennen sie die Afrikaner.“

Wieder schlief Caroline mehrere Nächte lang schlecht. Kroch wieder ins Schlafzimmer der Eltern. Martin und Elisabeth beschlossen, ihr Kind wegzuschicken. Sie lebten in einer Kriegszone. Waren gefährdet. „Wir haben kein Recht, ihr Leben aufs Spiel zu setzen“, sagte Elisabeth.

Caroline war unglücklich, als sie hörte, daß sie Enfield verlassen sollte. „Du hättest sowieso bald in ein Internat gehen müssen", tröstete sie Elisabeth, die unter den traurigen Augen ihrer Tochter litt und sich weigerte, ihr ins Gesicht zu blicken. „Es wird dir bestimmt Spaß machen! Ich wollte immer in ein Internat!"

Lollie meinte bedrückt, sie lebte bereits in einem Internat. „Nicht in einer Schule für weiße Mädchen." Es war das erste Mal, daß Elisabeth einen Unterschied zwischen weiß und schwarz erwähnte. „Du wirst Musikunterricht haben können und am Sport teilnehmen, Spiele, die wir hier nicht organisieren können." Sie fügte hinzu: „Außerdem wirst du viele neue Bücher lesen können."

Kein Argument überzeugte Caroline, daß dies in ihrem besten Interesse sei. Sie wußte nur, daß sie von zu Hause weggeschickt wurde. Zum ersten Mal hatten ihre Eltern das Gefühl, daß Lollie sich ihnen verschloß. Sie wußten, es gab keine andere Lösung. Für Caroline hatte sich ein neues Kapitel in ihrem Leben aufgetan.

4. Westland-Mädcheninternat. Johannesburg 1975–1978

„Westland Internat für Mädchen“ hieß die Schule, die Martin Hughes ausgesucht hatte. Sie wurde von Lollies Patentante Evelyn Moore empfohlen, einer ehemaligen Lehrerin und weitläufigen Kusine von Martins Mutter. Eine gebrechliche Frau, die in einer großen Wohnung in Rosebank, einem der vornehmen Gartenvororte von Johannesburg lebte, wo sie von zwei treuen schwarzen Dienstboten versorgt wurde. Innerhalb kurzer Zeit fand Evelyn Moore die richtige Schule für ihr Patenkind, eine Privatschule für Mädchen, geführt von einer Frau Belinda Humphries, die einen ausgezeichneten Ruf genoß.

Ihre Eltern lasen Caroline den Brief ihrer Tante vor, worauf Caroline, die noch immer gehofft hatte, sie müsse sich nicht von Enfield trennen, in Tränen ausbrach und ihre Wut hinausschrie: „Ihr wollt mich nur loswerden!“

Sie rannte aus dem Haus und fand zu ihrem Trost Mungai Dube, der mit anderen Jungen Fußball spielte. Sie ließen Lollie mitspielen. Das Kind verblüffte die Jungen damit, wie energisch es sich dem Spiel hingab, das dadurch zu einem heftigen Kampf wurde. Als Caro endlich zurück nach Hause hinkte, verband Elisabeth ein blutiges Knie und legte Salben auf die vielen Kratzer, ohne jede Bemerkung. Sie verstand, wie unglücklich ihre Tochter war, daß sie sich austoben mußte.

„Wir lieben dich, Lollie“, sagte sie zuletzt und umarmte Caroline, die ihre Arme um den Hals ihrer Mutter warf und heftig weinte. Natürlich, sie wußte es. Deswegen wollte sie nicht weg! Sie liebte ihre Eltern, ihre Schwestern, Kesiwe, Mungai – jeden, alle –, und alle liebten sie!

Der Abschied von Enfield erfolgte rasch, im Juni, zwei Monate nach der Begegnung mit den Truppen im Busch. Martin Hughes war überzeugt, daß es besser sei, alles sehr schnell ablaufen zu lassen. Es blieb nur Zeit für einen letzten Besuch in Musas Dorf, für eine kleine Feier mit Sofie, Lizzie und einigen engeren Freunden und Freundinnen. Zuletzt schrieb Caroline einen Brief an alle Schüler, unterschrieben mit „Troja". Nach dem letzten Sonntagsgottesdienst, an dem Lollie teilnahm, heftete ihn Martin Hughes an ein Brett im Korridor.

Dr. Hughes flog mit Frau und Tochter ins Kap, wo die Familie zwei herrliche Wochen in Muizenberg verbrachte. Es waren ihre ersten richtigen Ferien, die sie genießen konnten. Sie taten alles gemeinsam: einen Ausflug auf den Tafelberg, schwimmen, in Restaurants essen, am Strand entlang spazierengehen. Zum ersten Mal hatte Caroline beide Eltern für sich. Eine Erinnerung fürs Leben.

Sie fuhren zusammen mit dem Zug weiter nach Johannesburg, genossen die lange Fahrt von zwei Tagen und einer Nacht, so daß sie richtig Abschied von einander nehmen konnten, ehe Caroline in Westland eingeschult wurde. Die Schule diente als Internat für einhundert Schülerinnen sowie für Tagesschülerinnen und war in der ehemaligen Villa eines der ersten Goldmillionäre am Rand der Stadt untergebracht, in einem großen Park mit ausgezeichneten Sportplätzen einschließlich eines großen Schwimmbads. Die guten Lehrkräfte boten eine erstklassige Schulbildung an, in einer beneidenswerter Umgebung, die sich kraß von den spartanischen Bedingungen der Missionsschule abhob.

Es war ein trauriger Abschied, und Caroline brauchte länger als die meisten neuen Schülerinnen, um sich einzugewöhnen. Sie war zu verwirrt durch die plötzliche Umstellung, vor allem nach den starken Eindrücken der Ferien mit den Eltern. Manchmal wachte sie nachts auf, bebend von Alpträumen mit ihren grausigen Bildern: brennende Hütten, erschütternde Schreie, widerhallende Schüsse, ein sterbendes Kind.

Sie vermißte ihre Eltern und alle anderen: Kesiwe, ihre Schwestern, Freunde, Freundinnen, die Dorfbewohner. Ihr schienen die Mädchen in Westland überheblich, sie interessierten sich für Dinge, mit denen Caroline wenig anfangen konnte, sie kannte keine Namen der Gruppen und Sänger, von denen stets die Rede war, wußte nichts über Mode oder Kleidung. Auch das endlose Geschwätz über Jungen war nichts für Caroline. Dazu kam, daß die meisten Mädchen aus reichen Familien stammten. Obwohl jede nur ein Armband und eine Uhr haben durfte, so trugen die meisten Mädchen heimlich teuren Schmuck unter ihren Blusen und gaben mit dem Status der Eltern an. Für die Tagesschülerinnen gab es keinen Schulbus. Die Mädchen wurden von schwarzen Chauffeuren in den teuren Autos ihrer Eltern zur Schule gefahren. Zwei der Mädchen in der Oberklasse waren alt genug, um selbst fahren zu dürfen und erschienen mit ihren eigenen Wagen. Die vier Mädchen, die den Schlafsaal mit Caroline teilten, machten sich über sie lustig, als sie einmal hörten, wie sie sich mit einem der schwarzen Dienstboten unterhielt.

„Man spricht nicht mit Kaffern", erklärte Lulu Booker, eine der älteren Schülerinnen, die sich um den Schlafsaal kümmern mußte, zu dem Caroline gehörte. „In diesem Land bleibt jede Gruppe unter sich!"

Es war eine Welt weit entfernt von Enfield. Caroline fühlte sich unglücklich, doch es gelang ihr, das wochenlang zu verbergen. Sie schien ausgeglichen. An ihrem Benehmen war nichts auszusetzen, sie war höflich, wenn auch teilnahmslos. Ihr Schularbeit war passabel, beim Sport hielt sie sich zurück. Sie spielte Tennis, weil das Pflichtfach war, nahm jedoch an keinem Mannschaftssport teil. Sie war großzügig wie immer, wenn es zu einem Geburtstag Kuchen gab, so schenkte sie ihr Stück ohne ein Wort oder Lächeln an eine der anderen, die es haben wollten. Das Leben schien ihr wenig Spaß zu machen.

Frau Humphries, die verstand, daß jede Neue Zeit brauchte, sich einzugewöhnen, machte sich Sorgen und unterhielt sich intensiv mit Frau Evelyn Moore, die erklärte, daß Caroline in einer großen Gemeinschaft aufgewachsen war, in der sie innigst geliebt, ihre Eltern respektiert wurden. Plötzlich befand sie sich unter Fremden mit anderen Werten. Sie war darauf nicht vorbereitet worden. Kein Wunder, daß sie verunsichert war. Deswegen war es um so schlimmer, daß sie wegen des Buschkriegs nicht nach Hause zurückgehen konnte, es war zu gefährlich. Abgesehen von ihrer älteren, kränklichen Tante hatte sie niemanden, der sie besuchen kam oder am Wochenende ausführen konnte.

Die anderen Mädchen hatten Eltern, sie konnten an langen Wochenenden und in den kürzeren Ferien nach Hause fahren. Nur in den längeren Ferien würde einer von Carolines Eltern nach Südafrika kommen können.

Sechs Wochen nach ihrer Ankunft in Westland wurde Caroline ertappt, wie sie einen Englischaufsatz ihrer Nachbarin zum Abschreiben gab. Frau Humphries hielt ihr eine Predigt über derartige Betrügereien, bestrafte sie aber nicht. Sie dachte insgeheim, die Neue paßte sich an.

Wenn sie soweit ging, ihre Arbeit jemanden weiterzugeben, so hatte sie offensichtlich inzwischen Freundschaften geschlossen.

Das stimmte nicht. Caroline hat ihren Aufsatz einfach jemandem überreicht, der ihn haben wollte, genau wie sie eben ein Stück Kuchen weitergab, wenn jemand es haben wollte. Sie war noch zu verletzt, um neue Freundschaften zu schließen. Außerdem hatte sie eine andere Art Freundin gefunden.

Täglich wurden Tageszeitungen im Raum vor der Aula ausgelegt und den Mädchen befohlen, diese zu lesen. Caroline tat es regelmäßig, denn sie wollte wissen, was über Rhodesien darin stand. Täglich gab es irgendwelche Nachrichten. Selten gute. Caroline las über die Jungen, auch Mädchen, die sich über die Grenze schlichen, um zu den Armeen der Befreiungsbewegungen, die in Südafrika Terroristen genannt wurden, zu stoßen. Sie las von Flüchtlingen, die Zuflucht in Nachbarländern fanden, in Zambia, Botswana, wo sie in Lagern hausten. Auch von den ihr bekannten Schutzdörfern war die Rede. Guerillas überfielen regelmäßig entlegene Farmen. Immer mehr Regierungstruppen wurden an den Grenzen stationiert. Jeder weiße Mann war dienstpflichtig.

Kein Brief von Zuhause erwähnte den Krieg. Ihre Eltern schrieben über die Ereignisse in der Schule, über den Erfolg einiger Schüler im Sport oder in der Schule, berichteten, daß ein anderer Junge den Rang als Schulkapitän von Rupiah Monze übernommen hatte, daß Mungai beim letzten Spiel ein Tor geschossen, Amai Sekai ein Baby bekommen hatte. Trotzdem verstand Caroline, daß der Krieg in ihrer Heimat immer schlimmer wurde, auch wenn sie die Gründe dafür nicht begriff.

Als sie eines Morgens die Zeitungen lesen wollte, sah sie eine junge Frau, die in der Schuluniform für Dienstboten gekleidet war, den „Star" lesen. Aufgeregt legte sie die Zeitung an ihren Platz, als sie Caroline sah, murmelte, daß sie nur aufräumen wollte. Caroline sah die Schlagzeile: Rhodesier hatten Bomben auf ein Lager in Lusaka im benachbarten Zambia abgeworfen. Erschrocken sagte sie auf Ndebele: „Die Menschen sind aus Angst vor dem Krieg geflüchtet! Die Soldaten haben kein Recht, sie anzugreifen!"

Die Sprache Ndebele stammt von Zulu ab, und die junge Frau fragte in dieser Sprache: „*Nkosi* kommt aus Zimbabwe?" Zimbabwe, das Wort, das Afrikaner für Rhodesien benutzten.

„Ja, aus Inyanga", antwortete Caroline, immer noch auf Ndebele. „Wie heißt du?"

Die junge Frau blickte Caroline mißtrauisch an, ehe sie antwortete: „Nora, *Nkosi.*"

„Ich heiße Caroline. Nora, kannst du mir helfen, Zulu zu lernen?"

Nora lachte: „Wenn du mir Ndebele beibringst!"

Sie hörten jemanden kommen. Nora ging schnell zur Tür, während Caroline sich in die Zeitung vertiefte. Sie wußte, daß die Dienstboten hinter der Turnhalle untergebracht waren, und am Nachmittag machte sie sich auf den Weg, um Nora zu suchen. Eine ungewöhnliche Freundschaft entwickelte sich zwischen dem Schulkind und der jungen Frau aus dem schwarzen Ghetto. Caroline, die bislang stets offen und ehrlich war, genoß es, ein Geheimnis vor den Schülerinnen und Lehrern hüten zu können.

An Tagen, an denen Nora Dienst hatte, gab Caroline vor, Dinge im Schlafsaal oder der Turnhalle vergessen zu haben, so daß sie sich wenigstens kurze Zeit unterhalten konnten. Während der Stunde Freizeit nach dem Nachmittagstee konnte Caroline sich in den Kabinen in der Nähe des Schwimmbads aufhalten, da es Winter war. Nora konnte sie öfters dort treffen. Nora Mtetwa hatte wenig Ähnlichkeit mit den Mädchen aus den Dörfern, die Caroline kannte. Als Stadtkind aus dem übervölkerten schwarzen Ghetto namens Soweto war sie hoch politisiert. Sie brauchte diesen Putzfraujob, erklärte sie Caroline, sie mußte ihre kleine Tochter und ihre alte Mutter ernähren, mußte darauf achten, daß sie niemand mit einer der Schülerinnen zusammen sah. Nora war ebenso erstaunt wie erfreut, daß ein weißes Mädchen mit einer Schwarzen wie mit ihresgleichen sprach. Sie machte sich die Mühe, ihr vom Leben im südafrikanischen schwarzen Vorort, dem Township, zu erzählen, das so unterschiedlich war von dem in den kleinen Manika-Dörfern, die Caroline gekannt hatte.

Caroline hingegen entdeckte, wie aufregend es war, eine geheime Freundschaft zu haben. Nicht nur, weil sie eine Freundin besaß, sondern auch, weil niemand etwas davon wußte. Es verlieh ihr ein merkwürdiges Gefühl der Macht. Sie konnte dem Geschwätz der anderen Mädchen zuhören und dabei denken: Wenn ihr nur wüßtet, was mir Nora heute erzählt hat. Über die Realität der Welt. Was Afrikaner von ihrer Herrschaft wirklich denken. Oder was sie mir berichtet hat von den geheimen Kneipen, den *Shebeens*, in denen die Inhaberinnen, die sich *Shebeen Queens* nennen, unheimlich gut verdienten, während ihre Kunden über Politik und Liebe sprachen. Caroline besaß wie die anderen Mädchen auch einen Walkman. Zu ihrer Freude konnte sie damit die Kassetten hören, die

Nora ihr brachte: afrikanische Gruppen, die pulsierende Musik spielten, die alles übertraf, was die anderen in Ekstase geraten ließ.

Nora behandelte Caroline wie eine Erwachsene, und genau das war es, was Caroline aus ihrer Isolation herausriß. Als sich der Sommer näherte, wurde es immer schwieriger, sich zu treffen. Und in diesem Semester schloß Caroline ihre erste Freundschaft mit einer der Schülerinnen. Katie Westhuizen paßte ebenso wenig in den engen Kreis der englischsprachigen Mädchen aus wohlhabenden Familien wie sie selbst. Sie war das einzige afrikaanssprachige Kind im selben Schlafsaal wie Caroline. Katie, dunkelhaarig, mit sanften Rehaugen, war schüchtern und zurückhaltend. Ihre Eltern besaßen eine Farm in einem entlegenen Ort im Nordtransvaal. Auch sie konnten ihre Tochter nie an Wochenenden besuchen.

Es war Caroline, die zuerst auf Katie zuging und sie zum Tennisspielen aufforderte. Katie, die schlecht spielte, wollte erst ablehnen, und war erleichtert, als Caroline keine abfälligen Bemerkungen über verpaßte Bälle machte wie die anderen Mädchen. Nach dem Spiel setzten sie sich zusammen an denselben Tisch. Es war unvermeidlich, daß Katie zum treuen Schatten ihrer Freundin wurde. Und Caroline lernte Afrikaans von Katie, so wie sie von Nora Zulu gelernt hatte.

Fräulein Humphries war zufrieden, daß Caroline Hughes sich endlich einlebte. Das wurde bestätigt, als sie Caroline zufällig beobachtete, die von einem Besuch bei ihrer Tante zurückkam. Frau Moore war langsam aus ihrem ältlichen Renault gestiegen und Hand in Hand mit Caroline zur Seitentür gegangen, die die Schülerinnen benutzten. Die Augen des Mädchens glänzten vor Aufregung. Die Stimmen waren im Direktorinnenzimmer zu hören.

„Hat dir der Film gefallen?"

„Mir hat alles gefallen, danke, Tante Evelyn! Und du wirst nicht vergessen, daß ich Katie das nächste Mal mitbringen darf?" Carolines Stimme klang ängstlich.

„Natürlich, ich hab's dir doch versprochen! Gefällt es dir jetzt hier, nachdem du Freundinnen hast?"

Caroline hob ihr Gesicht, um die Tante zu küssen. „Es ist alles in Ordnung." Sie hätte sagen können, ja, aber nicht wie zu Hause, denn nichts war so wie zu Hause. Statt dessen begegnete sie den zusammengezogenen Brauen ihrer Tante mit einem breiten Grinsen, wartete, bis Frau Moore in ihr Auto gestiegen war, winkte noch einmal und hüpfte zur Tür, noch immer lächelnd. In ihrer Hand hielt sie ein Geschenk ihrer

Tante. Ein Tagebuch. In das sie am selben Tag ihre erste Eintragung machte.

Die Klasse hatte angefangen, Anne Franks Tagebuch zu lesen. Caroline wußte, daß Anne Frank ihr Tagebuch „Kitty" getauft hatte und nannte ihr eigenes „Mujiba". „Du sollst mein Bote sein", schrieb sie. „Wie ein *mujiba,* der Botschaften für die Freiheitskämpfer im Busch trägt. Ich werde dir alle meine Geheimnisse anvertrauen."

Sie schrieb fast täglich in „Mujiba", stets am Ende der Stunden, in denen die Hausaufgaben gemacht wurden. Sie erfand auch einen Namen für Nora, die sie „Eidechse" nannte. Sie beschrieb jede Begegnung mit ihr sehr genau.

Beim neuen Semesterbeginn wollte Katie Hockey spielen und bat Caroline, sich anzuschließen. Caroline war sportlich begabt und wurde schnell ernst genommen, wie sie „Mujiba" berichtete. Von Natur aus liebte sie Geselligkeit, und nun machte ihr die Schule Spaß. Als sie während eines wichtigen Spiels gegen die verhaßte Mannschaft einer Klosterschule einen Ball aufnahm, den Lulu ihr zuschob, und ein Tor schoß, war ihre Popularität bestätigt. Sie erhielt einen neuen Kosename – Hughie – und wurde trotz ihrer merkwürdigen Herkunft von den anderen akzeptiert.

Die längsten und wichtigsten Eintragungen in „Mujiba" beschrieben ihre Ferien mit den Eltern. Der Aufenthalt im Kap war die längste Zeit, die sie mit beiden Eltern verbrachte, es war selten, daß beide zur selben Zeit Enfield verlassen konnten. Meistens war es Elisabeth, die ihre Tochter besuchte. Sie blieb zuerst einige Tage bei Evelyn Moore, ehe sie mit Caroline nach Muizenberg fuhr, um das Meer und ihr Zusammensein zu genießen. Herrliche Tage, die sie täglich ausführlich im Tagebuch beschrieb.

Nach einem Jahr hatte Caroline endlich ihr Heimweh besiegt und war tief im Schulleben integriert. Sie unterhielt sich noch immer gelegentlich mit Nora Mtetwa, aber es zog sie nicht mehr so sehr in deren Gesellschaft. Nora stand unter großer Spannung, die sie dem jungen Mädchen zu erklären versuchte. „In Soweto gärt es, Caro! Die Wut gegen die Regierung steigt. Vor allem unter den Jugendlichen. Jetzt wollen sie die Schulen zwingen, nur Afrikaans zu benutzen. Die Kinder lehnen das ab! Sie sagen einfach ‚nein'. Es wird große Probleme geben, sag ich dir."

Wie recht sie hatte! Am 16. Juni 1976, nur wenige Wochen nach diesem Gespräch, explodierte Soweto und bildete die Schlagzeilen jeder Zeitung: Die Polizei beschoß eine friedliche Demonstration von etwa 20.000

Schulkindern, die mit ihren Parolen „Nein zu Afrikaans" durch das Ghetto gezogen waren. Die Kinder stoben zuerst auseinander, dann sammelten sie sich und bewarfen die Polizisten mit Steinen. Sie wurden am Nachmittag von ihren Eltern unterstützt, die wütend und verzweifelt über den Tod und die Verletzungen ihrer Kinder waren.

Nora, beunruhigt wegen ihrer eigenen Tochter, war unvorsichtig genug, sich auf die Suche nach Caroline zu machen. Sie fand sie in der Nähe der Tennisplätze, wo Dienstboten sich nicht aufzuhalten hatten. Sie erzählte ihr aufgeregt, was vorgefallen war, die Nachricht hatte sich schnell unter den Afrikanern verbreitet. „Soweto brennt!" sagte sie. „Caro, das ist der Anfang von demselben Krieg, der in deinem Land geführt wird!"

Ehe Caroline antworten konnte, erschien Lulu und wollte wissen, was Nora dort zu suchen hätte.

„Ich habe meinen Gürtel auf dem Bett liegen lassen", log Caro. „Sie hat ihn mir gebracht."

„Wieso hattest du ihn dann während des Spiels getragen?" wollte Lulu wissen. Es war nicht das erste Mal, daß sie die beiden beobachtet hatte, und sie meldete es der verantwortlichen Oberin. Caro war entsetzt, denn Nora wurde auf der Stelle entlassen. Sie selbst wurde gewarnt, sich mit Schwarzen zu unterhalten. „Die sind gefährlich", erklärte die Oberin. „Sie lügen und stehlen. Es passiert etwas Schlimmes in Soweto. Diese Nora ist immer aufsässig gewesen."

Caroline hatte gelernt, daß es keinen Sinn hatte, zu argumentieren. Ihre Eintragung in „Mujiba" besagte, daß jeder Angst hatte, auch die Dienstboten. Keine ihrer Mitschülerinnen erwähnte Soweto, auch nicht, als die anderen Townships ebenfalls rebellierten und Polizei sowie Armee im Einsatz waren. Soweto war so weit entfernt von Westland wie ein anderer Planet. Auch Katie konnte Caros Besorgnis nicht begreifen.

Um die Weihnachtszeit schien sich alles beruhigt zu haben, die Polizei hatte die Kontrolle über die schwarzen Vororte wieder errungen.

Caroline wußte nicht, wie schwer es ihre Eltern durch den Buschkrieg hatten. Das tägliche Leben auf der Mission wurde ständig schwieriger, die Atmosphäre im Land immer gespannter. Die Eltern berichteten Caro nichts über ihre Ängste, als immer mehr Weiße das Land verließen. Der *Native Commissioner* war mehrmals in Enfield gewesen und hatte Dr. Hughes empfohlen, wenigstens die Schule zu schließen. Er meinte, die Mission sei zu nahe an der Grenze und würde der Guerilla Schutz gewähren. Auch die Lehrkräfte und Dienstboten seien ein Sicherheitsrisiko, sie würden den Kerlen sicher Nahrungsmittel verschaffen.

„Weiße Farmer geben ihren Leuten nur etwas in abgeschlossenen Orten zu essen", erklärte er. „Sie stellen sicher, daß nichts übrig bleibt, kein Bissen, alles wird entweder den Hunden gegeben, oder es wird vernichtet. Die Schwarzen dürfen keine Tiere, nicht einmal mehr Hühner halten oder ihre eigenen Nahrungsmittel anpflanzen."

Martin Hughes gab zu, daß dies eine grauenhafte Situation sei, weigerte sich jedoch, die Schule zu schließen. „Dann würden die Kinder überhaupt keine Schulbildung mehr bekommen. Das würde heißen, daß sie später als Erwachsene wenig Chancen haben."

„Und wessen Schuld ist das? Wer hat diesen Krieg begonnen?"

Martin antwortete nicht. Er haßte es, zwecklos zu argumentieren. Sicher, die afrikanischen Nationalisten hatten sich bewaffnet. Doch das war die Schuld der Weißen, da sie der irren Politik des Premierministers, ihres „guten, alten Smithy", gefolgt waren, der der schwarzen Mehrheit die Bürgerrechte verweigerte.

Seine Freunde, Cecily und David Carter, lebten zufrieden seit mehreren Jahren mit ihren zwei Jungen im unabhängigen Nachbarland Zambia unter einer schwarzen Regierung. Als Martin plante, die Weihnachtsferien mit der Familie Carter zu verbringen, entdeckte er, wie isoliert Südrhodesien geworden war. Die rhodesischen Pässe wurden international abgelehnt. Die Grenzen zwischen den beiden Ländern waren geschlossen, obwohl sie vor kurzem noch zur selben Föderation gehört hatten. Dank ihrer britischen Staatsangehörigkeit war es der Familie möglich, über Südafrika nach Zambia zu fliegen. David Carter arbeitete in einer Schule im Norden in der Nähe eines der großen afrikanischen Naturseen. Die befreundeten Familien gingen zusammen zelten, besuchten einen Wildpark und verbrachten viel Zeit auf dem See mit Fischen und Segeln. Eines Morgens hatte Martin ein Motorboot gemietet. Caroline stand neben ihrer Mutter und beobachtete mehrere Flußpferde, als eins sich plötzlich erhob, ein kleines Fischerboot umkippte und den Fischer, der ins Wasser gefallen war, wütend anfiel. Martin zerrte heftig am Ruder, um das Boot zu wenden und zur Unfallstelle zu steuern. Ihre Rufe und Martins Schläge mit einer Angel vertrieben das Flußpferd, das von seinem Opfer abließ und es Martin ermöglichte, den verletzten Mann an Bord zu ziehen. Sie fuhren ihn zur Klinik und besuchten ihn später in seinem Dorf, wo sie den Fischern zusahen, die ihre großen Netze am Strand auswarfen. Nachts sahen sie die kleinen Boote, die zum Fischfang hinausgefahren waren. Kleine Silberfische, von den Einheimischen *kapenta* genannt, gehörten zur Basisnahrung der Bevölkerung.

Martin Hughes unterhielt sich mit seinem Freund über den eskalierenden Krieg. „Jetzt benutzen sie Chemikalien, um das Land unfruchtbar zu machen", erzählte er. „Menschen müssen das Gebiet verlassen, abgesehen von denen, die bereits in Schutzdörfern leben, in den sogenannten *keeps.*"

David fragte: „Glaubst du, es ist richtig, daß ihr bleibt?"

„Ja. Solange wir gebraucht werden, sollten wir bleiben. Die Schule, die Klinik, sie sind wichtig." Er erzählt von den Patienten, die mit gebrochenen Gliedern in die Klinik gebracht wurden. Sie waren entweder von Soldaten oder Untergrundkämpfern geschlagen worden. Man wußte es nicht, es war die ungestellte, unbeantwortete Frage. Vor einer Woche waren zwei Frauen eingeliefert worden, die auf eine Landmine getreten waren. Die Truppen wie die Guerilla hatten Minen gelegt. Außerdem kamen manchmal Patienten mit Schußwunden, keiner kannte sie, sie gehörten nicht zur Gegend: Guerilleros – Freiheitskämpfer. Keiner sprach das aus.

„Ich habe Elisabeth gebeten, nach Südafrika zu ziehen, dann könnte Lollie eine Tagesschülerin werden. Doch sie weigert sich, mich allein zu lassen", sagte Dr. Hughes. Einen Besucher erwähnte er nicht. Einen Monat vor der Reise hatte ihm Kesiwe aufgeregt mitgeteilt, daß ihn jemand sprechen wollte, der Mann wartete vor der Mission. Martin ging. Er hatte mit einem derartigen Besuch seit einiger Zeit gerechnet, er wußte, daß sich Zanla-Kämpfer in der Gegend befanden. Der Mann saß unter einem Baum, stand auf, als er den Direktor sah, hielt sein Gesicht während des Gesprächs tief im Schatten. Sie wechselten förmliche Grüße, dann erklärte der Besucher, warum er gekommen war. Jemand sei schwer verletzt. Er brauchte Verbände, Medikamente, Antibiotika. Nein, es sei unmöglich, den Patienten in die Klinik zu bringen, seine Verletzungen würden das nicht zulassen. Er wollte nur diese Sachen holen, er wüßte selbst, was zu tun sei.

Martin gab der Forderung nach. Als der Mann ging, flüsterte er: „Die *mhondoro* werden es nicht vergessen." *Mhondoro*, die Ahnengeister. Martin Hughes wußte nur zu genau, daß die Afrikaner glaubten, es gäbe lebende Menschen und Tote sowie Geistermedien, die zwischen den Lebenden und Toten vermittelten. Er wußte auch, daß der Status der Medien von der Wichtigkeit des Geistes abhing, der von ihm oder ihr Besitz genommen hatte.

War sein Besucher ein Medium gewesen? Ein Heiler, der trotzdem die Medizin des weißen Mannes benutzte?

Der Urlaub ging zu Ende. Martin und Elisabeth Hughes kehrten nach Enfield zurück, in der Hoffnung, daß eine diplomatische Lösung des rhodesischen Problems gefunden werden konnte. Ihre Hoffnungen wurden enttäuscht, verschiedene Versuche scheiterten, der Krieg wurde nicht beendet. Martin blieb bei seinem Entschluß, die Mission nicht zu schließen, wobei er von seiner Kirche unterstützt wurde. Man sagte ihm, er müsse seinem Gewissen folgen und hoffen, daß bald eine friedliche Lösung gefunden werde.

So blieb die Mission geöffnet. Bis zu jener schrecklichen Nacht am 14. Mai 1978, als Leben und Hoffnung endeten. Caroline schrieb nur einen Satz in „Mujiba" darüber: Mummy und Daddy sind tot.

5. Westland-Mädcheninternat. 15. Mai 1978

Frau Humphries beschrieb die Ereignisse am Tag nach dem Massaker in der Mission in einem Brief an David Carter. Sie hatte einen schweren Tag hinter sich gehabt, sie hatte zusätzlich auch die oberen Klassen in Mathe unterrichten müssen, da eine der Lehrerinnen krank geworden und ihre Vertreterin nicht rechtzeitig eingetroffen war. Sie war erleichtert, als sie sich endlich in ihr Zimmer zurückziehen und sich entspannen konnte.

Sie hatte sich soeben an ihren Lieblingsplatz am Fenster gesetzt und das neue Gordimer-Buch in die Hand genommen, als sie laute Jubelrufe vernahm. Natürlich! Heute wurden Klassenkapitäne gewählt. In Caroline Hughes' Klasse hatte man drei Kandidaten aufgestellt, doch Frau Humphries war überzeugt, es gab eine sichere Siegerin: Caroline. Die Zwölfjährige war inzwischen die beliebteste Schülerin in der gesamten Schule geworden. Es würde das zweite Mal sein, daß sie diese Stellung als Klassenkapitän einnehmen würde. Frau Humphries hielt sie für ein ungewöhnliches Mädchen, rücksichtsvoll und bedächtig, fast erwachsen wirkend, verband sie diese Eigenschaften mit einer kindlichen Offenheit und Desinteresse an materiellen Werten.

Manchmal scherzte sie über ihre Namen. „Lieber Mujiba, ich bin mehrere Personen! Caroline. Caro-Evelyn-Lollie-Troja-Hughie. Genug, um einen ganzen Schlafsaal zu füllen! Mummy meint, mit jedem Namen werde ich anders. Caroline-Evelyn ist ernst und versucht, erwachsen zu wirken. Lollie ist verwöhnt und bockig, wie ein Baby. Troja ist in Ordnung, sie liebt ihre Freunde und Freundinnen. Hughie ist ehrgeizig und möchte immer die Erste sein. Lieber Mujiba, Gute Nacht. Deine Caroline-Evelyn-Caro-Lollie-Troja-Hughie."

Frau Humphries beschrieb sie als sprudelnd vor Lebenslust, intelligent, bedacht und emotional. Die Mädchen verehrten sie, sie schien sich vor nichts zu fürchten, wodurch sie eine gute Sportlerin war, doch dadurch gleichzeitig in schwierige Situationen geriet. Wie die merkwürdige Sache mit der Putzfrau Nora, die Frau Humphries eigentlich nie ganz verstanden hatte, auch wenn sie der Oberin erklärt hatte, daß Caroline ihr ganzes Leben mit Afrikanern verbracht hatte und deren Sprachen fließend sprach. Die Oberin war sofort aufgebraust, und Frau Humphries hatte ihre Entscheidung, Nora zu entlassen, nicht ändern können. Sie glaubte, daß „Hughie" das richtige Zeug zum Schulkapitän hatte.

Frau Humphries erinnerte sich an ihre eigene Kindheit, wie streng und behütet sie selbst erzogen worden war. Kaum zu vergleichen mit dem, was dieses Kind erlebt hatte! Sie hätte so leicht verwöhnt werden können, als einziges weißes Kind unter vielen schwarzen Kindern, das jeder gerne hatte. Merkwürdiger Kosename: Troja. Außerdem war Caroline anziehend, mit ihrem ovalen Gesicht, großen grün-blauen Augen und dichten rot-blonden Haar. Doch Carolines Eltern waren vernünftig, Frau Humphries war der Meinung, sie hätten ihre Tochter richtig erzogen.

Kaum waren die Jubelrufe verklungen, hörte Frau Humphries etwas anderes. Das Bremsen eines Autos, das offensichtlich vor den eleganten Stufen anhielt, die zur Vordertür führten. Frau Humphries sah, wie ein weißer Chauffeur die Tür öffnete und eine stramme Haltung einnahm, während ein schlanker Mann die Treppen mit den leichten Schritten eines Athleten bestieg. Sie kannte alle Eltern ihrer Schülerinnen. Dies war ein Fremder. Es hatte niemand eine Verabredung getroffen. Sie sah ein hageres Gesicht mit grimmigen Ausdruck, der wenig Gutes ahnen ließ. Frau Humphries legte das Buch mit einem unguten Gefühl beiseite, als ihr kurz darauf gemeldet wurde, daß ein Oberst Reed-Smyth sie dringendst sprechen wollte.

Der Oberst kam sofort zur Sache. Selbstverständlich ließ er etwas Zeit für Höflichkeiten, wartete, bis Frau Humphries Tee bestellte, der auf einem Silbertablett in Tassen aus feinsten Porzellan serviert wurden. Sie setzten sich an den Fenstertisch, und noch während er an seinem ersten Schluck nippte, fragte Reed-Smyth unverblümt: „Haben Sie heute die Nachrichten gehört?"

Frau Humphries verneinte. Durch die ungewöhnlichen Aufgaben, die sie erledigen mußte, hatte sie keine Zeit dazu gehabt. Der Oberst berichtete von dem Überfall auf Enfield. Frau Humphries verstand sofort, es wurde ihr schwindlig, die Tasse bebte in ihrer Hand. „Enfield! Ein Überfall auf die Mission?"

Derek nickte ernst. „Ja. Keiner der Lehrer hat überlebt." Er beugte sich über die blasse Frau. „Frau Humphries, wo ist Ihr Cognac?" Er war überzeugt, sie mußte Getränke für ihre Besucher haben.

Frau Humphries konnte nicht sprechen, sie deutete auf ein Wandbuffet, nahm das Glas entgegen, das der Oberst ihr galant in die Hand drückte, schluckte das Getränk wie Medizin. Reed-Smyth beobachtete sie und sagte: „Ich habe die Erlaubnis, das Kind mit nach Rhodesien zu nehmen." Er blickte in ihre erschrockenen Augen und fügte hinzu: „Das Begräbnis, verstehen Sie, Frau Humphries..."

„Ja, wir müssen mit ihr sprechen." Frau Humphries stand auf und schritt im Raum auf und ab, fühlte sich nach dem Cognac etwas gestärkt. Sie sah den Mann an, der ihr diese grauenhafte Mitteilung gemacht hatte. Ein stark ausgeprägtes Gesicht, tiefliegende Augen, ein Mann, der wie sie selbst Autorität ausstrahlte. „Ich denke, es ist am besten, wenn die Oberin und ich es ihr sagen."

Reed-Smyth hatte nichts anderes erwartet, aber er wiederholte, daß er so bald wie möglich mit dem Mädchen nach Rhodesien zurückfahren wollte. Er hatte ein Flugzeug der Regierung zur Verfügung.

Frau Humphries zögerte. „Ihre Patentante ist ihr Vormund. Ich muß ihr sagen, was geschehen ist, und um Erlaubnis bitten."

„Natürlich muß sie informiert werden." Der Oberst benutzte bewußt das Wort „informieren". Er hatte nicht die Absicht, jemanden zu fragen, selbst nicht, vor allem nicht, Carolines Vormund. Er irritierte die Direktorin, indem er im Zimmer blieb, während sie Frau Moore anrief. Das Telefonat wurde von einer Freundin angenommen. Frau Moore wußte bereits Bescheid. Sie hatte einen Zusammenbruch erlitten. Frau Humphries sollte entscheiden, was zu tun sei.

Die Direktorin ließ die Oberin kommen, während sie Reed-Smyth bat, im Besucherraum zu warten, sie würde jemanden schicken, der ihm zu Diensten sein würde. Der Oberin teilte sie mit, was geschehen war, ehe sie Caroline kommen ließ.

Als Caroline anklopfte und ins Zimmer trat, leuchtete ihr Gesicht, sie war freudig aufgeregt. Frau Humphries lächelte schwach und fragte: „Na, ich nehme an, die Wahl verlief gut?"

„Ja, danke, Frau Humphries!“ Caroline war zu bescheiden, um zu sagen, daß sie gewählt worden war. Dann sah sie die Oberin und runzelte die Stirn. Sie fragte sich, warum die Direktorin sie sprechen wollte.

„Setz dich, Caroline.“ Frau Humphries benutzte immer den vollen Namen der Mädchen. Sie wies auf den Fenstertisch und den Platz, auf dem Reed-Smyth gesessen hatte, setzte sich Caroline gegenüber. „Es ist jemand aus Salisbury gekommen. Er brachte schlechte Nachrichten, Caroline. Es tut mir wahnsinnig leid. Es ist ein Unfall passiert. Deine Eltern…“

„Sind sie verletzt?“ Caroline stand so heftig auf, daß sie fast den Tisch umwarf: „Wo sind sie? Was ist passiert!“ Sie starrte die beiden Frauen an. Noch ehe Frau Humphries antwortete, wußte sie, was sie sagen würde.

„Es tut mir leid, Caroline. Deine Eltern wurden sehr schwer verletzt. Sie sind…“

„Tot? Sie sind tot?“ Carolines Stimme grenzte an Hysterie.

Die Oberin nahm das Mädchen in ihre Arme. „Caroline, du mußt tapfer sein. Deine Eltern…“ Auch ihr gelang es nicht, den Satz zu vollenden. Es war unnötig. Caroline wußte es. Sie hatte es sofort gewußt.

„Nein! Nein! Ihr lügt!“

Reed-Smyth hörte die Schreie. Er fragte sich, ob es ihm gelingen würde, das Mädchen mitzunehmen. Eine hysterische Zwölfjährige. Damit hatte er keine Erfahrung. Er hatte gedacht, es wäre einfach zu regeln, er würde das Kind mitnehmen. Sie war Vollwaise, er würde die Vormundschaft regeln können. Wie er Paul Dutoit erklärt hatte, paßte sie großartig in sein Projekt. Sie würde die Mörder ihrer Eltern hassen! Es würde leicht sein, diesen Haß zu bestärken und gegen die richtigen Zielscheiben einzusetzen. Mit der Zeit würde sie ihm gehorchen. Total gehorchen. Er machte sich nun doch Sorgen. Sagte sich, daß es unbedingt gut gehen mußte! Das Mädchen war seine Eintrittskarte für den südafrikanischen Militärgeheimdienst. Paul Dutoit, mit dem er gut ausgekommen war, war Verbindungsmann zwischen Militär und Polizei, eine wichtige Rolle. Derek Reed-Smyth war fest entschlossen, seine Pläne durchzusetzen. Wie immer.

Er hörte Bewegungen. Stimmen. Jemand rannte den Gang entlang. Er blieb mehr als eine Stunde allein, trank Whisky und versuchte, die südafrikanischen Zeitungen zu lesen. Er überlegte. Es würde kaum möglich sein, noch heute abzufliegen. Er mußte sich gedulden. Vielleicht war das auch besser. Das Mädchen würde sich bis morgen etwas beruhigt haben.

Es kam genau so. Frau Humphries erschien endlich, um ihm mitzuteilen, daß Caroline im Krankenzimmer untergebracht worden war. Die Oberin würde die Nacht auch dort verbringen. Caroline brauchte Stille. Ruhe. Könnte er so gut sein, sie erst am folgenden Tag abzuholen?

Er war so gut. Um 10 Uhr am 16. Mai waren sie am Flughafen. Eine Stunde später befanden sie sich auf den Flug nach Umtali.

Umtali. 16. Mai 1978

Während der Fahrt in dem Mercedes zum Flughafen hielt Reed-Smyth Carolines Hand. In der VIP-Lounge führte er sie zu einem ledernen Armsessel, in dem ihre schmale Gestalt fast unsichtbar wurde.

„Möchtest du etwas trinken, Caro?" Er entschied sich, daß Caroline zu formell sei. Die Oberin hatte Caro gesagt. „Wir werden in einem kleinen Flugzeug fliegen. In einem Lear-Jet, das wird ein angenehmer Flug, ich versprech's dir. Du fliegst mit mir und mit einer Frau, die gleich kommen wird. Es wird dir Spaß machen. Oder hast du Angst?"

Caroline blickte ihn aus rotumränderten Augen an, ohne die Fragen zu beantworten. Der Oberst schnippte ungeduldig mit den Fingern, worauf ein unterwürfiger schwarzer Diener sich sofort in Bewegung setzte und er Limonade bestellte, die er dem Mädchen in die Hand drückte, wobei er sich über sie beugte: „Mein liebes Kind, ich kann es kaum ausdrücken, wie leid es mir tut, der Tod deiner Eltern. Diese mörderischen Kerle!" Zum ersten Mal flackerte so etwas wie Interesse in ihren Augen. Befriedigt fuhr Derek fort. „Wir werden sie finden, diese schwarzen Terroristen, die sich Freiheitskämpfer nennen! Wir werden sie bestimmt erwischen, da brauchst du dir keine Sorgen zu machen!"

Er sah den Schock in ihren Augen. Caroline war zu tief von der Tragödie betroffen gewesen, um sich irgendwelche Gedanken über die Täter zu machen. Die Trauer um ihre Eltern hatte sie verwirrt, sie war total benommen. Nun verstand sie plötzlich, was der Oberst sagte. Schwarze sollten Daddy und Mummy umgebracht haben? Nein! Das war nicht möglich! Das waren ihre Freunde!

Reed-Smyth lächelte grimmig und wiederholte seine Worte: „Du kannst mir glauben, Caro! Jeder der *munts* wird seine Strafe erhalten! Erhängen wäre zu gut für sie!"

Das Glas fiel ihr aus der Hand, das Getränk beschmutzte den weißen Teppich. Caroline wehrte sich gegen die Idee, diesen erneuten Angriff.

Sie strengte sich an aufzustehen, schrie: „Nein, nein, das ist nicht wahr!", genau, wie sie gestern im Zimmer der Direktorin geschrien hatte. Und genau wie bei Frau Humphries schlug sie mit den Händen um sich, traf nur Luft.

In diesem Moment öffnete sich die Tür, und eine große, dickliche Polizistin trat herein und reagierte ähnlich wie die Oberin, war sofort bei Caroline und nahm sie in ihre Arme. Während sie den bebenden Körper an sich gedrückt hielt, suchten ihre fragenden Augen die des Oberst, der mit den Schultern zuckte und sich an die Getränke machte. Die Frau hätte zu keinem schlechteren Zeitpunkt kommen können. Er hatte vorgehabt, das Kind zu trösten, wollte ihm erklären, daß die Mörder sich über die Grenze geschlichen hatten und genau wußten, was sie taten. Nun beobachtete er, wie die Frau das Mädchen auf den Schoß nahm und es wie ein Baby in ihren Armen hielt. Schön. Er mußte warten, bis sie in Umtali waren, ehe er sich wieder mit dem Mädchen unterhalten konnte. Wenn sie allein waren.

Umtali. Eine saubere kleine Kolonialstadt, die Derek Reed-Smyth gut kennengelernt hatte, kurz nachdem er die Schule verlassen hatte. Es war in Umtali, wo er einige Änderungen in seinem Leben herbeigeführt hatte, dank des unerwarteten Todes seines Vaters und der Rückkehr seiner Mutter nach England. Sie hatte in schweren Jahren gelernt, wie wenig Einfluß sie auf ihren listigen, willensstarken Sohn ausüben konnte. Nachdem sie zu ihrer ebenfalls verwitweten Schwester in Manchester gezogen war, löste sich Derek ganz von seiner Familie. Er gab sich für älter aus als er war, so daß er als Rekrut von der Britischen Südafrikanischen Polizei angenommen wurde.

Zuerst hatte er den blödsinnigen Namen John Smith fallengelassen, indem er einen Buchstaben im Nachnamen veränderte und einen zweiten Namen dazu schrieb. Er hatte in der vornehmen Schule, für die er ein Stipendium erhalten hatte, gelernt, wieviel ein Bindestrich wert war, selbst in der Kronkolonie Südrhodesien, die angeblich die Kolonie der Unteroffiziere war, während das feudalere Kenia die Kolonie für Offiziere sein sollte. Er fand, daß der Vorname Derek gut zu Reed-Smyth paßte.

Sein erster Posten befand sich in einem entlegenen Stammesgebiet in der Nähe von Umtali, auch wenn es damals einen anderen Namen trug. Jedenfalls war es eine Region, in die sich zur damaligen Zeit kein Weißer wagte, weder Soldaten noch Polizisten oder Farmer. Abgesehen natürlich von den *Selous Scouts.*

Reed-Smyth war zwar zufrieden, wieder in Umtali zu sein, doch weniger glücklich über seine Gefährtin. Die dreißigjährige Polizistin Anna van Wyk, die er sich von Dutoit für die Reise ausgeliehen hatte, fand er anmaßend, viel zu besorgt um das Mädchen. Von dem Augenblick an, als sie in den Raum getreten war und Caroline fast hysterisch schreiend vorgefunden hatte, versuchte sie, das Kind zu trösten. Sie hatte sich im Flugzeug neben sie gesetzt, hatte ihr sogar in ihrer eigenen Sprache, in Afrikaans, etwas vorgesungen. Sie hatte das Mädchen mit „Carol" angesprochen. Selbst hier, in diesem kleinen Hotel-Appartement in Umtali, war sie an der Seite der Kleinen geblieben, hatte Tee bestellt, versuchte sie zu überreden, etwas davon zu trinken.

Reed-Smyth wußte, daß die Frau ihn nicht mochte, daß sie ihn für Carolines Ausbruch am Flughafen verantwortlich machte. Stimmte zwar, aber was sollte das? Es ging sie nichts an. Er sagte sich, daß van Wyk sicher Probleme mit Männern hatte, sie war zwar jung, aber nicht attraktiv, mit rundem Kuhgesicht. Er konnte mit ihrer Abneigung fertig werden, er war es gewohnt, daß Menschen sich vor ihm fürchteten, ihn ablehnten, er war bekannt als kalt und berechnend. Das war er auch. Und er hatte genau berechnet, wie er mit dieser schwierigen Situation fertig werden würde. Anna van Wyk durchkreuzte seine Pläne.

„Das Kind sollte sich etwas ausruhen", sagte sie zu Reed-Smyth. Auch sie war hartnäckig. Sie verstand nicht, warum man sie nicht mit zur Schule genommen hatte, dann hätte sie mit den Leuten dort sprechen können. Anna kannte das Leben in einer Institution, war überzeugt, daß eine vornehme Schule wie Westland ihre eigenes Pflegepersonal besaß, mit Krankenschwestern und Oberin. Aber man hatte sie lediglich zum Flughafen geschickt, ohne genaue Anweisungen. Sie wußte nur, daß ein Terroristenanschlag stattgefunden hatte und die Eltern einer Westland-Schülerin ermordet worden waren. Das Kind sollte zum Begräbnis zurückfliegen, und es schien passend, daß es von einer Frau begleitet wurde. Nicht zum ersten Mal fragte sich Anna, warum niemand von der Schule mitgekommen war.

Reed-Smyth antwortete barsch: „Sie kann sich vielleicht später hinlegen. Ich denke, ich werde mit ihr etwas spazieren gehen. Sie kennt die Stadt, hierher kam die Familie zum Einkaufen, verstehen Sie. Sie wohnten im Gebirge." Er fand es an der Zeit, sich mit Caroline zu unterhalten. Er mußte ihr verständlich machen, wer für den Überfall verantwortlich war. Jetzt, wo sie unter Schock stand, war es der richtige Zeitpunkt, jetzt war sie leicht beeinflußbar.

Anna war bestürzt. Spazierengehen? Das Kind sah nicht aus, als ob es einen Fuß vor den anderen setzen könnte. Caroline hatte lediglich etwas Orangensaft im Flugzeug getrunken. Vom Essen hatte sie nichts angerührt, Anna hatte sie nur überreden können, etwas Milch und ein Stück Brot zu nehmen, aber selbst das hatte sie nicht aufgegessen. Anna van Wyk, die unter ihren Kollegen nicht gerade als warmherzig bekannt war, war von dem Kind stark angetan. Die Polizistin war zurückhaltend, fast schüchtern. Doch Caroline hatte etwas in ihr ausgelöst. Ein mütterliches Gefühl, das sie noch nie verspürt hatte. Von dem Moment an, als sie am Jan-Smuts-Flughafen das Kind gesehen hatte, das so verzweifelt geschrieen hatte, hatte sie Mitleid mit ihm empfunden, mit diesem verstörten Mädchen, das ganz allein mit diesem strengen Mann zusammen war. Anna fühlte sich zu dem Kind hingezogen, wollte es trösten, ihm klarmachen, daß selbst der Verlust der Eltern zu überwinden war. Wußte sie das nicht aus eigener Erfahrung?

Caroline hatte alles mit sich machen lassen. Hatte nach ihrem Schreikrampf kein Wort mehr gesprochen. Sie war wie erstarrt. Die großen, tränenlosen Augen sahen nichts. Schienen in eine endlose Leere zu blikken. Anna war mehrmals dabeigewesen, wenn jemandem eine Trauernachricht überbracht worden war. Sie kannte die Symptome. Schock. Trauer. Hilflosigkeit. Das Gefühl, allein und verlassen zu sein. Ein Gefühl, mit dem sie selbst so gut vertraut war.

Derek Reed-Smyth war die offensichtliche Fürsorge der Polizistin unangenehm. Er fand, daß sie dem Kind zu nahe kam. Er war es, der das Recht hatte, sich für Carol verantwortlich zu machen. Er wiederholte: „Sie kann sich später hinlegen. Erst machen wir den kleinen Spaziergang." Er wollte mit dem Mädchen allein sein. Es vorbereiten auf die Bilder, die er ihm zeigen wollte. Diese Polizistin ging ihm auf die Nerven.

Nach fast einer Stunde kehrte er mit Caroline zurück. Anna war wütend, als sie das Gesicht des Mädchens sah, das noch blasser war als zuvor. Dieser Spaziergang hatte ihr wenig geholfen! Sie sah aus, als ob sie jeden Moment umfallen würde. Lag es daran, daß die Stadt Erinnerungen wachgerufen hatte? Oder hatte der Oberst etwas gesagt, das sie erneut aufregte? Die Polizistin blickte Reed-Smyth mit einem bitterbösen Blick an. Er wich ihr aus.

Anna hatte die Initiative ergriffen und war zu einer Apotheke gegangen, hatte erklärt, daß sie sich um ein Kind kümmerte, das einen Schock erlitten hatte. Der Mann hatte ihr geraten, zu einem Arzt zu gehen, doch es war der Polizistin klar, daß der Oberst das nicht zulassen würde. Der Apotheker hatte ihr wenigstens ein leichtes Beruhigungsmittel gegeben. Sie bestellte Kakao, rührte das Medikament unter die Flüssigkeit und überredete Caroline, die Tasse auszutrinken. Ja, das Mädchen brauchte ärztliche Hilfe, doch die konnte sie ihm nicht geben. Zumindest sollte sie eine gute Nachtruhe haben. Der Oberst hatte gesagt, Caroline hätte nicht geweint, seitdem sie vom Tod der Eltern erfahren hatte. Es wäre besser gewesen, wenn sie es getan hätte! Tränen halfen, sie spendeten Trost.

Warum hatte man das Kind hierher zurückgeschickt? Es war unverständlich, daß sie nicht in der Schule geblieben war, bei den Lehrerinnen, ihren Freundinnen, in einer bekannten Umgebung, wo auch ein Arzt greifbar war. Am besten wäre sie bei Freunden oder bei Verwandten untergebracht, nicht hier in diesen Hotelzimmern. Sie schlug noch einmal vor, daß es Zeit wäre, daß Caroline sich schlafen legte. Das Mädchen hatte die Augen bereits geschlossen und ließ sich ohne Widerspruch auf das Bett legen.

Reed-Smyth nickte. „Na gut.“ Es war ihm ungemütlich zumute. Er konnte schwer mit Frauen umgehen, sogar mit seiner eigenen Frau. Das heißt, am wenigsten mit seiner eigenen Frau. „Sie muß morgen früh frisch sein. Es ist viel zu tun. Die Presse vor allem. Dann die Obduktion. Und natürlich später in der Woche – das Begräbnis.“

Anna van Wyk fauchte fast vor Wut: „Aber – das Kind kann doch nicht der Presse ausgeliefert werden! Sie kann das nicht verkraften!“ Sie war selbst erschrocken über ihren Mut, einem Mann zu widersprechen, noch dazu jemandem im Rang eines Obersten, wenn es auch eine andere Organisation als ihre eigene war. Sie fügte etwas sanfter hinzu: „Sie leidet unter Schock. Hat sie keinen Vormund? Die Eltern müssen doch Freunde gehabt haben.“

Klar, dachte Derek grimmig, liberale Freunde, die wären genau richtig! David Carter stand natürlich auf der schwarzen Liste der Polizei. Carters durften nicht erfahren, wo Caroline sich befand. Ja, er mußte sie vor der Presse abschirmen. Er sagt das der Polizistin nicht, auch nicht, daß er nie vorgehabt hatte, Caroline zum Begräbnis ihrer Eltern gehen zu lassen. Nicht etwa, weil er ihr weiteren Streß ersparen wollte, sondern er mußte ein Zusammentreffen mit ihren schwarzen Freunden verhindern. *Munts* waren stets emotional bei Begräbnissen.

Am folgenden Tag legte Reed-Smyth ein Video in das im Appartement befindliche Gerät und sagte zu Anna: „Ich muß Carol einige Bilder zeigen. Setzen Sie sich an die Tür, ich denke, Sie können von dort aus gut sehen.“ Anna gehorchte. Sie glaubte, daß der Oberst nicht genau wußte, wie Caroline reagieren würde. Wahrscheinlich wollte er ihr einige Verdächtige zeigen. Es würde ihre Pflicht sein, das Kind aufzuhalten, sollte es wegrennen wollen. Sie wußte auch, daß sie kurz nach dieser Sache abfliegen würde. Der Oberst hatte ihr das bereits gesagt.

Wie sich herausstellte, hätte sich Reed-Smyth keine Sorgen wegen des Videos machen müssen. Caroline saß ganz still und starrte intensiv auf den Bildschirm. Zuerst wurden Bilder von hübschen Strohhütten gezeigt, vor denen schwarze Frauen lachten und sangen, dann das Bild eines jungen Mannes, der einen älteren respektvoll begrüßte, gefolgt von anderen friedlichen Szenen: grasendes Vieh, Jungen, die einen Hügel hinab hinter einer Ziege herjagten. Kleinkinder, die durch ein Feld rannten, ein schlafender Hund unter einem Baum liegend, während Hühner im Staub nach Körnern suchten.

Unerwartet änderte sich die Atmosphäre. Männer in Uniform mit verdeckten Gesichtern erschienen, die ängstliche Menschen zusammentrieben, junge Frauen mit ihren Gewehrkolben stießen. Man hörte das Rattern von Maschinengewehren. Ein Lastwagen mit Kälbern auf einem engen Pfad, der plötzlich von einer Landmine in Stücke gerissen wurde. Verkohlte Körper unter einem Baum.

Reed-Smyth sprach monoton. Er gab Erklärungen ab. Schlechte Menschen hätten Afrikaner gegen Weiße aufgehetzt. Afrikaner wären bislang zufrieden gewesen, hätten ein glückliches Leben geführt. Dann seien diese Männer gekommen. Nun gebe es unendliche Verwirrungen. Grausame Dinge geschähen. Wie der Überfall auf die Mission, der Mord an Carolines Eltern und den anderen.

Er hielt den Film an. „Ich weiß, es ist schwer für dich, das alles zu verstehen, Carol. Nicht jeder Weiße ist gut, nicht jeder Schwarze schlecht! Es gibt immer zwei Seiten in jedem Krieg. In diesem stehen die Weißen auf einer Seite, die Schwarzen auf der anderen. Wegen dieser – Aufwiegler. Ich habe Bilder dieser schlechten Menschen. Ich möchte dir einige zeigen.“

Er stellte das Video erneut an. Andere Bilder erschienen. Gesichter mit leblosen Augen. Tote Menschen. Auch Zeichnungen. Zuletzt kamen Paßfotos für die Art Identifikationskarten, die Afrikaner zu tragen hatten. Dazwischen einige Bilder von jüngeren Afrikanern, Jungen und Mädchen, lachende, glückliche Gesichter von Schuljungen, Schulmädchen.

Reed-Smyth beobachtete Caroline. Er wartete auf ihren Schrei. Auf ein Wort. Doch sie saß unbeweglich und sah sich die Bilder ihrer ehemaligen Freunde an: Sekai, Natalie, Dzingai. Die Schulkapitäne, Rupiah, Dominic, Mungai. Bilder der schwarzen Lehrer: Philemon Mninele, Brown Mtumba, Hilda Banda. „Einige sind mit der Guerilla im Busch", flüsterte Reed-Smyth. „Ob sie die Mörder zur Mission geführt haben? Oder vielleicht..." Er brauchte den Satz nicht zu beenden: oder vielleicht waren sie bei dem Massaker dabei.

Ein Hotelangestellter klopfte, brachte Orangensaft. Caroline trank ein Glas, blickte stumm auf den leeren Bildschirm. „Möchtest du in die Berge fahren?" Anna war erstaunt und irritiert durch den sanften Ton in der Frage des Oberst. Schauspieler, dachte sie verächtlich. Fragte sich, was er mit dem Mädchen vorhatte.

Der Kopf mit den schlecht gekämmten Haaren, mit denen Anna kaum fertig geworden war, drehte sich zum Oberst um. Caroline beantwortete seine Frage mit einem Nicken.

„Ich denke, ich kann es nun allein schaffen", sagte Derek zu der Polizistin: „Fiona, meine Frau, wird bald aus Salisbury ankommen und bei Carol bleiben." Wenn sie sich vom Golfplatz trennen könnte, dachte er. Oder wenn ich sie darum gebeten hätte.

„Soll ich warten, bis sie hier ist?"

„Unnötig. Außerdem geht das Flugzeug heute morgen zurück. Der Lear-Jet gehört einer Johannesburger Gesellschaft." Er hätte am liebsten gesagt, das Kind gehört mir, es macht sich nichts aus dir, du dicke Kuh.

Anna küßte Caroline beim Abschied. Noch im Flugzeug weinte sie. Sie wußte, daß sie diese zwei Tage niemals vergessen würde. Genau so wenig wie ihren Haß auf Derek Reed-Smyth.

Enfield. 17. Mai 1978

Zwei Stunden nachdem Anna van Wyk abgeflogen war, fuhr Reed-Smyth allein mit Caroline nach Enfield.

Er fuhr gut, wie alles, was er tat, bewegte sich vorsichtig über die verschlungenen Wege der Berge. Er war sich der Anwesenheit der Sicherheitskräfte bewußt, hörte gelegentlich das Rascheln im Gras, wenn ein Soldat sich hinter einem Felsen bewegte, das Geräusch der Helikopter über den Bäumen, wußte, daß er innerhalb von Sekunden Hilfe herbeirufen konnte. Es würde nicht nötig sein. In dieser Gegend würden sich keine Terrs aufhalten. Sie wußten, daß die Gegend nach dem Massaker von Sicherheitskräften nur so wimmeln würde. Er war in der Tat erstaunt, daß man weder Menschen noch Waffenlager gefunden hatte. Vor jener Nacht waren die Guerillas in dieser Region ziemlich aktiv gewesen. Verfluchte Dorfbewohner. Die hatten sich aus dem Staub gemacht, waren eiligst über die Grenze geflohen.

Er sprach ununterbrochen während der Fahrt, stellte Caroline bewußt keine Fragen, übersah ihr Schweigen. Er benutzte den Namen, den die Polizistin ihr gegeben hatte, Carol. Hübscher Name. Auch ein hübsches Kind, unter anderen Umständen, dachte er. Derek Reed-Smyth hatte nie viel Zeit mit Kindern verbracht. Seine Ehe mit Fiona Brooks hatte keine erzeugt, und er hatte das nicht vermißt. Er hatte sich nie gefragt, ob es Fiona etwas ausmachte. Oder ob ihre Hingabe zum Golf, Gärtnern und zu Komitees vielleicht ihre Lösung war, die Leere in ihrem Leben zu füllen. Ehe, wie alles in Dereks Leben, erfüllte einen Zweck. Oder mehrere Zwecke. Die Ehe mit der Tochter eines der Geldmänner hinter Ian Smith hatte sich als wertvoll erwiesen.

Der Oberst verlangsamte die Geschwindigkeit, als er den Wegweiser nach Enfield bemerkte. Das Schild hing schief von einem Baum, etwa einen Kilometer vom Eingang entfernt. Er merkte Caroline nicht an, ob sie es gesehen hatte. Derek fuhr weiter, bis er ein Gebäude am Rand des Pfades erblickte, das kaum von dem Brand angetastet war. Er hielt an. Dies war offensichtlich die Klinik, er sah mehrere Frauen an einem Feuer sitzen. Es war oft recht kühl im Gebirge. Andere Frauen saßen auf einem Felsen in der Nähe, mit der Geduld, die nur Afrikaner aufbrachten.

Reed-Smyth brach den Fluß seiner Worte noch immer nicht ab: „Die haben das ganz schön geschafft, die Mission in Brand zu stecken! Das Krankenhaus scheint dabei nicht soviel abbekommen zu haben, das ist schon wieder in Aktion, soweit man sehen kann. Was war das Gebäude dort drüben, war das nicht der Schlafsaal der Mädchen? Ich glaube schon. Ich nehme an, du möchtest dich umsehen. Vielleicht willst du dort drüben zum Hauptgebäude gehen, das sieht ziemlich mitgenommen aus…“

Er legte den Arm um ihre Schultern und lenkte sie in die Richtung des Theaters. Caroline lief langsam, sie schlurfte, hob kaum ihre Füße, sie fühlte sich schlapp, obwohl sie geschlafen hatte, das Schlafmittel war wirksam gewesen. Sie hatte auch zwei Scheiben Toast gegessen, hatte ihren Tee ausgetrunken, mit automatischen Antworten, bitte, danke, ja, nein.

Sie erreichten den Kamm des Hügels, und Reed-Smyth löste sich von dem Mädchen, erlaubte ihm hinunter zu blicken. Die Polizei war noch nicht mit dem Tatort fertig, sie hatten noch alles abgesperrt, aber Reed-Smyth hatte sie gebeten, nichts zu verändern, ihnen befohlen, lediglich Notizen zu machen, die Leute von der medizinischen Abteilung sollten nichts tun, bis er den Befehl gab, er wollte selbst zuerst den Tatort besichtigen. Natürlich hatten sie die Stellen, an denen die Leichen gelegen hatten, mit Kreide markiert. Hatten sich über das Militär beschwert, alles mußte dieser Tage nach dessen Anweisungen gehen, aber sie waren natürlich seinem Befehl gefolgt.

Caroline zitterte, sie wußte, dies war der Ort, an dem es geschehen war, an dem ihre Eltern gestorben waren. Reed-Smyth beobachtete sie durch zusammengekniffene Augen, so daß er nicht bemerkte, worauf sie unerwartet ihre Aufmerksamkeit richtete. Sie sprang von seiner Seite, ehe er sie halten konnte, rannte den Abhang hinab, schlüpfte durch die Abriegelung und machte vor einer der größten Markierungen Halt. Der Oberst folgte ihr, sah einige verkohlte Papiere umherwirbeln und überlegte, ob es vielleicht doch ein Fehler gewesen war, die Polizei von ihrer Arbeit abgehalten zu haben. Er sah, wie Caroline sich über das Objekt bückte, das sie von oben gesehen hatte. Sie fiel auf die Knie und hob es auf. Eine kleine weiße Ledertasche an einer Kette. Sie drehte diese um und entnahm der Tasche etwas, das sie erwartet hatte. Ein Hufeisen aus Blech, klein, verbogen. Caroline schloß ihre rechte Hand zur Faust, die Augen groß in dem weißen Gesicht. Derek streckte seine Hand aus, um sie zu berühren. Sie fuhr zusammen und drehte sich um, stieß einen Laut aus wie ein verwundetes Tier. Noch immer kniend, sagte sie den ersten richtigen Satz nach zwei Tagen.

„Mummy, es ist ihr Talisman. Aus Daddys Weihnachtsknallbonbon, damals, als sie sich in Oxford kennenlernten. Sie hat das immer getragen.“ Sie versuchte aufzustehen, stolperte und fiel, kroch in sich zusammen wie ein Fötus und begann sich hin und her zu wiegen, während sie unverständliche Laute murmelte. Unsinnige, furchtbare Töne. Nur ein Wort war verständlich: töten!

Reed-Smyth zögerte, zum ersten Mal war er verunsichert. Dann beugte er sich über das Kind, hob den leichten Körper auf, wohl wissend, daß es sinnvoll wäre, sie zur Klinik zu bringen. Caroline hing wie leblos in seinen Armen. Dann, während er noch überlegte, was er tun sollte, stieß sie plötzlich ihr Gesicht an seine Brust und schlug ihre Arme um seinen Hals. Der Damm war endlich gebrochen. Caroline begann zu weinen.

Ohne sich aus der Umklammerung des Mädchens zu befreien, lief Derek Reed-Smyth schnell den Abhang hinauf. Er streichelte ihren Kopf mit einer Hand, murmelte beruhigende Worte der Liebkosung, derer er sich kaum bewußt war. Er legte seine Bürde zärtlich auf den Rücksitz seines Wagens und blieb bei ihr, erlaubte dem geschwächten Kind sich auszuweinen, bis es keine Tränen mehr besaß. Derek Reed-Smyth, trügerisch und manipulierend wie er war, empfand unbekannte Gefühle, die er nicht für möglich gehalten hätte. Mitleid und Erbarmen waren eigentlich keine Ausdrücke seines gewöhnlichen Wortschatzes.

Am Ende gewann sein Ehrgeiz die Oberhand. Während er das trauernde Mädchen umsorgte, war ein Gedanke vor allen anderen in seinem Bewußtsein präsent. Er hatte gesiegt. Das Kind hatte sich ihm zugewandt. Es vertraute ihm. Von nun an würde es seine Kreatur sein.

6. Neuer Anfang: 1978

Erholung. Mai–Dezember 1978

Caroline erholte sich nur langsam von dem Schock, den sie in Enfield erlitten hatte. Sie hätte unmöglich dem Begräbnis ihrer Eltern beiwohnen können, auch wenn Derek es erlaubt hätte. Der Anblick des Tatorts, die Entdeckung des kleinen Talismans hatte das Mädchen, das bereits unter Schock stand, noch tiefer an den Rand der Verzweiflung geführt. Reed-Smyth fuhr sie zurück nach Salisbury, wo sein Arzt ihm einen guten südafrikanischen Psychiater empfahl und die nötigen Verbindungen herstellte. Es bestand kein Zweifel mehr. Caroline brauchte dringend Behandlung und Betreuung.

Der Spezialist ließ sie eine Woche im Krankenhaus zur Beobachtung, dann empfahl er ein Rehabilitationszentrum in den Drakensbergen. Reed-Smyth fuhr sie selbst hin, war mit den Einrichtungen zufrieden. Jeder Saal lag getrennt in separaten Gebäuden, die kleinen Farmhäusern ähnlich waren. Caroline würde keinen Kontakt mit geistesgestörten oder psychotischen Patienten haben. Sie wurde in eine Abteilung für Kinder eingewiesen, und apathisch, wie sie war, nahm sie kaum wahr, was mit ihr und um sie geschah.

Der Psychiater erklärte, es könne Monate dauern, ehe Caroline sich erholen würde. „Sie benötigt Medikamente, Beratung, Therapie. Wir werden ihr Beschäftigung geben, vielleicht könnten Sie Caroline später aus dem Land schicken? Sie kommt doch aus Britannien, oder? Was ist mit ihrer Familie? Es wäre gut, wenn sie von hier weg kommen könnte." Dem konnte Reed-Smyth kaum zustimmen. Caroline konnte noch immer nützlich sein, auch wenn der Prozeß schwieriger war, als er sich vorgestellt hatte. Er wollte erzwingen, daß ihr Schmerz sich in ihrem Inneren vertiefte, so daß sie ihn nie ganz überwinden würde. Sie hatte bereits scharf reagiert, als er während der Fahrt von ihren schwarzen Freunden gesprochen hatte. „Ich habe keine schwarzen Freunde", hatte sie dumpf geantwortet, Derek hatte gelächelt. Seine Taktik war richtig gewesen. Sie hatte seine Erklärung akzeptiert.

Der Oberst verfolgte seine Pläne weiter, Rhodesien zu verlassen. Nicht nur hatte er die Sache mit Caroline richtig eingeschätzt, sondern auch die politische Situation in Rhodesien. Die Kriegssituation verschlechterte sich ständig. Pretoria wurde ungeduldig, und die weißen Rhodesier gaben sich langsam besiegt. Südafrika begann Pläne zu machen, um einen eigenen Krieg gegen seine schwarzen Nachbarn zu führen, um diese zu sabotieren und sie davon abzuhalten, ANC-Anhänger zu unterstützen. Die Regierung in Pretoria war entschlossen, daß kein Terrorist jemals die südafrikanischen Grenzen erreichen sollte.

Während sich Caroline in den Drakensbergen befand, versuchte der Oberst, die Frage ihrer Vormundschaft zu klären. Die Tante war gebrechlich, sie war erleichtert, daß ein guter Freund der Familie, wie Derek sich beschrieb, die Verantwortung übernehmen wollte. Gleichzeitig suchte er eine Wohnung in Südafrika, etwas, das er seiner Frau plausibel machen mußte. Fiona kannte Südafrika, sie fühlte sich dort wohl. Hatte sie nicht auf vielen Golfplätzen dort gespielt? Er dachte, sie würde kaum Schwierigkeiten machen. Die Frage war lediglich, wo sie wohnen sollten. Fiona war auf einer Farm aufgewachsen, sie fand Salisbury bereits beengend, sie liebte große, offene Flächen. Sie würde das saubere Pretoria, Hauptstadt des Afrikandertums sowie des Landes, wenig schätzen, ganz abgesehen von der geschäftigen Weltstadt Johannesburg. Eine Farm wäre das richtige.

Paul Dutoit machte eine ausfindig. Eine Orangenplantage namens „Riverway Estate" im Transvaal, unweit vom Kruger Nationalpark, wurde zum Kauf angeboten. Der vorige Eigentümer, ein Amateurpilot, war gestorben, als er sein Flugzeug gegen einen Berg gesteuert hatte. Paul Dutoit meinte, Reed-Smyth würde die Farm zu einem guten Preis erstehen können.

„Deine Alte hat das Geld, du solltest es bei der Versteigerung leicht bekommen." Er kratzte sich am Ohr, immer ein Zeichen, daß er über etwas Wichtiges sprechen wollte. „Sag mal, was würdest du davon halten, für einen Kaffer zu arbeiten?"

„Kommt auf den Kaffer an. Und den Preis."

Paul lachte laut: „Hab's mir gedacht. Es geht um den Premierminister eines unserer Homelands. Der Mensch braucht jemand, der ihm sein Militär organisiert. Ich kann ein Wort in sein Ohr flüstern, Mann. Wie geht's dem Kind?"

Derek sagte abweisend: „Sehr gut."

Zu diesem Zeitpunkt war er noch nicht davon überzeugt. Die Therapie half Caroline, ihren Verlust zu bewältigen, während Medikamente einige ihrer Erinnerungen unterdrückten. Derek wollte nicht, daß sie alles verdrängte, er wollte die wichtigen Eindrücke nicht weggewischt haben. Carol sollte sich an den Besuch in Enfield erinnern, es bewußt als den Ort betrachten, an dem man ihre Eltern ermordet hatte. Sie sollte nie vergessen dürfen, wer die Täter waren: Afrikaner, die einst ihre Freunde gewesen waren. Die sie grausam verraten hatten. Während einem seiner Besuche vertraute sie ihm das Geheimnis ihrer Freundschaft mit Nora an. Berichtete, daß die anderen Mädchen sich über sie lustig gemacht hatten.

„Ein Kaffer kennt keine Freundschaft mit einem Weißen", sagte er ernst. „Es war ein Fehler, es zu versuchen." Er tat alles, um ihr seine eigene Freundschaft zu beweisen. Ihr Zimmer war stets voll Blumen, vor allem wilde Blumen, es standen immer Aloen und Protea in Riesenvasen in ihrem Zimmer. Er schickte ihr Spiele, Bücher und rief sie regelmäßig aus Salisbury an. Sie nannte ihn Onkel Derek, wie er es ihr angeboten hatte.

Caroline war rührend dankbar. Während der letzten Monate ihres Klinikaufenthaltes organisierte Derek einen Schulkurs, er wollte sichergehen, daß sie nichts versäumte. Caroline arbeitete viel, Derek zuliebe. Sie wollte alles tun, um ihm ihre Dankbarkeit zu beweisen. Einmal schrieb sie an Evelyn Moore, war enttäuscht, weil keine Antwort kam. Sie wußte nicht, daß alle ihre Briefe an den Oberst geschickt und von ihm zurückgehalten wurden. Sie verließ die Drakensberg-Klinik als eine andere Person als die Caroline Hughes, die in Westland zur Schule gegangen war. Das lebenslustige Kind war verschwunden, ein ernstes junges Mädchen hatte seinen Platz eingenommen. „Sie wurde zutiefst verletzt", erklärte der Psychiater, als er sich mit Reed-Smyth unterhielt: „Sie ist innerlich zornig. Sie grollt noch immer über ihren Verlust. Sie weiß, sie hat etwas Kostbares verloren, das nicht zu ersetzen ist. Gleichzeitig fühlt sie sich schuldig, sie denkt, sie hätte bei ihren Eltern bleiben sollen, sie glaubt, daß es irgendwie ihre Schuld ist. Wir haben alles getan, damit sie ihr Selbstvertrauen zurückgewinnt. Das muß verstärkt werden. Das Schuldgefühl und der Zorn können nur durch Verständnis und Liebe gemildert werden."

Das hatte Derek keineswegs vor. Schuldgefühl und Zorn mußten erhärtet, nicht gelöst werden. Er nährte den Zorn vorsichtig. Lenkte ihn immer mehr gegen Afrikaner. Gegen weiße Freunde der Afrikaner. Erklärte, daß diese beiden Gruppen für den Tod ihrer Eltern verantwortlich waren.

Ende November holte Derek das Mädchen ab, um es nach Rhodesien zu fahren. Er wußte, daß es nur eine Frage von Monaten war, ehe Britannien eine neue Regierung haben würde. Egal, wer siegte, Rhodesien würde für diese neue Regierung eine Priorität sein. Er konnte fast riechen, daß man die Weißen verkaufen würde. Zeit, das Land zu verlassen.

Er hatte noch viel in Salisbury zu erledigen. Caroline wohnte in der großen Reed-Smyth Villa in Borrowdale in der Nähe der Pferderennbahn. Derek verbrachte viel Zeit in seinem Büro, er mußte sich um geheime Dokumente kümmern, die nur für sein Auge bestimmt gewesen waren. Er vernichtete die meisten, behielt lediglich die Papiere, die in Zukunft nützlich sein könnten in seinem neuen Job. Wie etwa alles, was mit Enfield zu tun hatte und mit Caroline.

Am dritten Tag nach seiner Rückkehr mit Caroline verschwand Fiona. Sie hinterließ einen Zettel, daß sie zu einem Golfturnier gefahren sei und erst in fünf Tagen zurückkäme. Derek war erfreut, er konnte mit dem Mädchen allein sein. Er fuhr mit Caroline nach Kariba, dem großen Staudamm am Zambezi, und segelte mir ihr zum ersten Mal. War befriedigt über ihre Fähigkeit, sie war akademisch und sportlich begabt. Er war überzeugt, er hatte das Richtige getan, als er das Mädchen zu sich nahm.

Im Laufe dieser Urlaubstage gab er Caroline den ersten Hinweis auf ihre Zukunft. „Carl, Rhodesien ist erledigt." Er benutzte den Namen, den er erfunden hatte. Carl. Es hörte sich männlich an, und das war genau, was er wollte, aus der zarten Caro mußte eine abgehärtete Carl werden. „Die *munts* werden hier bald im Sattel sitzen. Wir werden nach Südafrika ziehen. Für immer! Ich besitze dort eine große Wohnung. Du kommst natürlich mit! Zuerst wirst du wieder in ein Internat gehen. Aber dein Zuhause ist bei uns. Bei mir."

„Danke, Onkel Derek." Caroline mußte die Tränen zurückhalten. Ja, sie hatte wieder eine Heimat. Bei Derek.

Der Kauf der Farm war problemlos vonstatten gegangen. Derek hatte „Riverway Estate" erworben, kurz bevor er Caroline aus der Klinik geholt hatte. Er gab Anweisungen an einen Innenarchitekten, wie Carolines Zimmer zu gestalten war. Er wußte, daß Fiona sich um alles andere kümmern würde. Seine eigene Priorität war etwas anderes, er mußte die richtige Schule für Caroline ausfindig machen.

„Ich möchte sie nicht in eine pseudo-britische Schule schicken", erklärte er Paul Dutoit. „Sie soll nicht verwöhnt werden! Ich brauche ein hartes Regiment für sie." Er hatte es sich genau überlegt. Carl sollte bei niemandem außer ihm Trost und Geborgenheit finden. Jeden anderen sollte sie als Feind betrachten. Sie durfte niemandem vertrauen. Der Vorschlag paßte Paul, der einen offenen Sadismus zeigte und versprach, behilflich zu sein. „Klar, Mann, ich finde das Richtige!"

Das gelang ihm auch. Die Schule hieß Brakfontein und lag im Kap. Bevor Derek Caroline dort einschulte, flog er sie in einem kleinen Sportflugzeug nach „Riverway", das eine eigene Landebahn besaß. Der Export von Orangen war ein großes Geschäft. Dereks neuer BMW erwartete seine Ankunft, und er fuhr das Mädchen zu dem großen Haus, wo er sie zu ihrem Appartement führte. Er öffnete die Tür, trat beiseite. „Dein Reich, Carl!"

Sie stand am Eingang, sprachlos vor Freude: ein eigenes Wohnzimmer und ein Schlafzimmer mit eigener Dusche! Beide Räume waren elegant mit skandinavischen Möbeln ausgestattet, alles war hell und neu. Eine Tür führte auf die Veranda und von dort zu einem großen gepflegten Rasen.

Plötzlich drehte sie ihren Kopf, sie hatte etwas auf dem Nachttisch entdeckt. Sie ging darauf zu, konnte es kaum fassen, als sie auf ein gerahmtes Bild ihrer Eltern blickte. Reed-Smyth hatte unter dem Schutt, den die Polizeiexperten vorsichtig durchsucht hatten, ein einziges unversehrtes Bild von Martin und Elisabeth Hughes gefunden. Ein Foto, aufgenommen, als sie auf einem der Granitfelsen in der Nähe der Mission gesessen hatten. Er hatte es vergrößern lassen. Während er Carl beobachtete, wie sie das Bild andächtig anfaßte, wie ihr die Tränen kamen, wußte er, daß sich die Mühe gelohnt hatte. Dies war das letzte Mosaiksteinchen. Er konnte ihrer Liebe und ihres Vertrauens sicher sein.

„Onkel Derek!" Caroline konnte vor Tränen kaum sprechen, fand es unmöglich, ihren Dank in Worte fassen. Als es Zeit war, nach Brakfontein zu fahren, fiel ihr die Trennung von ihrer neuen Heimat und von Derek Reed-Smyth schwer.

7. Brakfontein. 1979/1982

Im Juni 1979, sechs Monate nachdem Caroline in Brakfontein eingeschult worden war, wurden Reed-Smyths dunkle Befürchtungen bezüglich Rhodesien bestätigt. Die neue britische Premierministerin Thatcher verkündete neue Verhandlungen über die rhodesische Verfassung, die in London abgehalten werden sollten. Sein neuer Chef bat Reed-Smyth, bei den Gesprächen anwesend zu sein. Dutoit wollte ebenfalls Informationen aus den inneren Konferenzräumen erhalten. Reed-Smyth besaß noch immer gute Kontakte und konnte dabei behilflich sein.

Ehe er nach London flog, besuchte er Caroline. Kurz vor den Verhandlungen erschienen Medienberichte über den Buschkrieg, immer wieder waren Gesichter von Jugendlichen zu sehen, die sich der Guerilla angeschlossen hatten. Der Oberst hatte es kaum nötig, Caroline daran zu erinnern, daß es diese Menschen waren, die ihre Eltern umgebracht hatten. Nur einmal erwähnte er, daß wahrscheinlich auch Enfield-Schüler über die Grenze nach Mosambik zu den Rebellen gegangen waren.

„Die Schwarzen wollen alle Weißen ins Meer drängen", sagte er. „Auch in Südafrika. Dafür randalierten die Jugendlichen damals in Soweto."

Caroline schauderte. Erinnerte sich an Nora. An Noras kleine Tochter. Sie waren auch nicht anders. Verräter wie Natalie, Rupiah, Dzingai, Dominic. Derek sagte ihr, daß er nach London fliegen würde, um bei den Verhandlungen über die Zukunft Rhodesiens dabei zu sein. „Sie werden in einem alten Palast namens *Lancaster House* stattfinden. Es werden nicht die ersten Verhandlungen sein, die dort abgehalten werden, in diesem Gebäude haben sie öfters Teile des britischen Reiches verschenkt."

Er klang verbittert, und zu seinem eigenem Erstaunen war er es auch. Warum sollte ihm das etwas bedeuten, die Zerstückelung eines alten Reiches, das schon längst tot war, jetzt erst aufgeteilt wurde und noch nicht ganz begraben war? *Lancaster House.* Er glaubte sich daran zu erinnern, daß es irgendwann ein Herzogtum von Lancaster gegeben hatte. John Smith hatte wenig englische Geschichte gelernt. London. Er war noch nie dort gewesen. Trotzdem wußte er, daß er dort alte Freunde treffen würde. Natürlich aus seiner Branche. „Sie verschenken ihr Reich an Braune und Schwarze, die alles kaputt machen", wiederholte er.

Caroline schrieb viel über die Rassenfrage und Dereks Ansichten in „Mujiba". In einen neuen „Mujiba", das alte Tagebuch hatte sie mit der letzten Eintragung über den Tod ihrer Eltern abgeschlossen. Wie dumm war sie damals gewesen! Sie hatte den Schwarzen vertraut, hatte ihnen geglaubt, hatte gedacht, sie liebten sie. Hatte sie auch geliebt. Onkel Derek behauptete dasselbe wie die Oberin. Schwarze waren selbstsüchtig. Undankbar. Ihre Eltern, die anderen Weißen, die mit ihnen gearbeitet hatten, das waren gute Menschen gewesen, sie wollten den Schwarzen nur Gutes tun. Doch die Afrikaner hatten in Enfield nur so getan, als ob sie mitarbeiten wollten, als ob sie ihre Eltern und die anderen Weißen schätzten. Lügner! Mörder! Eines Tages würde sie sich rächen können. Onkel Derek hatte es ihr versprochen.

Derek hatte noch etwas anderes versprochen: daß die neue Schule nicht wie Westland sein würde. „Es wird schwer für dich sein. Aber du mußt das durchstehen. Du mußt lernen zu kämpfen. Dich zu verteidigen, Carl. Wenn du das kannst, wird dir die Welt zu Füßen liegen!"

Caroline hatte ihm geglaubt, so wie sie alles glaubte, was Derek ihr sagte. Sie schenkte ihm ihr ganzes Vertrauen, war total von ihm abhängig geworden.

Er hatte recht gehabt. Die neue Schule war ein großer Schock. Doch da dies Onkel Dereks Entscheidung war, hinterfragte Caroline nie, warum er diese Schule ausgesucht hatte. Sie kam ermüdet am frühen Abend nach einer lange Reise aus „Riverdale" an, fand das Gebäude selbst äußerst attraktiv, ein altes holländisches Farmhaus mit blitzweißen Wänden und altmodischen Giebeln. Innen war alles nüchtern und dunkel. Sie schluchzte, nachdem Derek abgereist war und sie in der Obhut der Direktorin gelassen hatte, einer dicken Frau namens Sannie Kotze, deren stahlumränderte Brille ihr Gemüt widerspiegelte. Caroline erhielt ein Glas Milch, bevor eine ebenfalls dicke und äußerst unfreundliche junge Frau sie in den Schlafsaal führte, den sie mit sieben anderen Mädchen teilen würde.

„Das ist Carol", sagte sie, ehe sie sich rückwärts in den Korridor bewegte, fast als ob sie Angst hätte. Der Raum war dunkel, nur eine Lampe brannte oberhalb eines leeren Bettes, das offensichtlich der Neuen gehörte. Caroline grüßte die sieben Gestalten, die bewegungslos unter ihren Decken lagen. Keine antwortete. Caroline zog sich langsam aus, sie spürte die Feindseligkeit. Es war, als ob sie sich in einem fremden Land befand. Der Raum hatte nichts gemeinsam mit den freundlichen Baracken in Enfield, noch weniger mit dem Reich von Lulu in Westland, wo sie trotz der Überheblichkeit der Mädchen Fröhlichkeit und Gelächter entdeckt hatte und später auch Zuneigung und Kameradschaft. Das waren Gefühle, die in Brakfontein total fremd waren. Als Caroline die Decke wegzog, sah sie, wie sich etwas bewegte: eine Riesenspinne. Die Mädchen hatten der Neuen eine Überraschung ins Bett gelegt.

Sie hatten natürlich nicht wissen können, daß ein Mädchen, das seit seiner Geburt im Busch herumgelaufen war, sich kaum vor etwas fürchtete, das kroch oder krabbelte. Caroline nahm das Laken ab, suchte die Spinnen, bis sie alle eingesammelt waren, öffnete ein Fenster und ließ die Kreaturen ihren Weg gehen. Sieben Paar Augen beobachteten sie. Keine sagte etwas.

Am folgenden Tag saß Caroline auf einer langen Bank, eingeklemmt zwischen einem dicken Mädchen namens Maria und Vanessa, einem spindeldürren, etwas älteren Mädchen. Keines sprach mit ihr. Als sie ihre Tasse zum Mund hob, stieß Marias Ellbogen ihr in die Seite, so daß sie den Tee auf Vanessas Rock verschüttete. Vanessa kicherte, rief die Lehrerin, die das Frühstück beaufsichtigte, und beschwerte sich, daß die Neue bewußt Tee über ihren Rock geschüttet hätte.

Caroline wurde zur Direktorin gerufen, der breitschultrigen Frau Kotze. Sie starrte Caroline an, als ob sie nicht sicher wäre, wie sie das Mädchen ansprechen sollte. Dann sagte sie: „Zur Strafe darfst du in der nächsten Woche an keinem Sport teilnehmen. Wenn die anderen draußen sind, wirst du in der Bibliothek bleiben." Sie wartete, bis Caroline das Zimmer verließ, dann griff sie nach dem Telefon. Sie mußte dem Oberst Bericht erstatten.

Nachdem Caroline ihre Strafe verbüßt hatte, fand sie einen jungen Mann, den athletischen Körper mit Jeans und T-Shirt bekleidet, vor dem Haus auf sie warten. „Jakes Wessels", stellte er sich vor, „Der Oberst möchte, daß ich mit dir trainiere." Es wurde Carolines erste Judo-Stunde. Jakes war erstaunt, wie schnell Caroline lernte und auch, daß sie sich nicht über sein Lob zu freuen schien. Es kam ihm vor, als ob sie darauf versessen wäre, so schnell wie möglich Judo zu beherrschen. Jakes hatte keine Ahnung von Spinnen, verschütteten Teetassen oder der eisigen Stille, die Caroline umgab.

Zwei Wochen später wartete Caroline auf Maria und Vanessa, als sie von einem Tennisspiel zurück ins Haus gingen. Als die Mädchen vorbeigingen, hob sie die Hand und schlug Maria ins Gesicht. Das größere Mädchen warf sich auf Caroline und versuchte, deren Haare zu fassen. Caroline bewegte sich schnell und schlug ihrer Gegnerin auf den linken Arm, hakte ein Bein in das der anderen und brachte sie zu Fall. Der Kampf war in wenigen Minuten beendet. Maria lag mit verrenkter Schulter stöhnend am Boden.

Caroline forderte Vanessa heraus: „Willst du auch?"

Vanessa, blaß und wütend, beugte sich über ihre verletzte Freundin und schrie: „Du wirst aus der Schule rausgeworfen!"

„Nur, wenn du mich verpetzt", antwortete Caroline ruhig, trat einen Schritt auf das ältere Mädchen zu und ergriff seinen Arm. „Das wäre schade, denn dann würde ich dich nicht gehen lassen, ohne deinen Arm zu brechen." Niemand in Enfield oder Westland hätte Caroline erkannt. Sie selbst hatte ein Gefühl enormer Genugtuung.

„Nein!" Vanessa fühlte den Griff am Arm, und nachdem sie gesehen hatte, was mit Maria geschehen war, glaubte sie, daß Caroline fähig war, die Drohung wahr zu machen.

„Dann versprecht, daß ihr niemandem etwas sagen werdet! Wenn ihr es doch tut, so werde ich es euch heimzahlen, ehe ich weggehe."

Vanessa glaubte ihr. Sie versprach zu sagen, daß Maria gefallen sei und sich verletzt habe. Sie hielt ihr Versprechen, denn sie hatte sich überlegt, daß sie nur noch ein Semester in dieser Hölle zu verbringen brauchte.

Erst nachdem ihr erstes Semester halb verstrichen war, stellte Caroline fest, daß Brakfontein keine normale Schule, sondern eine Institution für schwer erziehbare Mädchen war. Einige waren vom Gericht eingewiesen worden. Andere von Eltern, die sich keinen anderen Rat mehr wußten. Die Liste der Gründe für die Anwesenheit der Kinder in Brakfontein reichte von Mißbrauch durch die Eltern über Diebstahl und Drogen bis zu Prostitution. Der Oberst hatte Brakfontein bewußt ausgesucht. Er wollte das Gefühl der Isolation des Mädchens sowie ihre Abhängigkeit von ihm verstärken. Pauls Beziehungen zur Polizei waren nützlich gewesen.

Caroline wehrte sich nicht gegen Brakfontein. Seit sie das Video gesehen und später mit Reed-Smyth in Enfield gewesen war, hinterfragte sie kaum etwas, das er entschied oder sagte. Außerdem hatte sie keine weiteren Probleme nach dem Streit mit Maria und Vanessa. Die Mädchen respektierten Caroline und gingen ihr aus dem Weg. Als sie im zweiten Semester entdeckte, daß es im Schlafsaal Drogen gab, erklärte sie, daß sie das nicht zulassen würde. Wenn sie jemanden mit Drogen entdeckte, würde sie etwas dagegen unternehmen. Der Mißbrauch hörte sofort auf. Keine traute sich, im Schlafsaal zu rauchen, und jede paßte auf, daß Caroline auch niemals etwas außerhalb des Raumes entdeckte. Sannie Kotze teilte dem Oberst mit, daß Caroline der beste Wachhund sei, den sie sich hätte wünschen können. Niemand wußte besser als Frau Kotze, wie schwierig es war, eine Besserungsinstitution wie Brakfontein zu leiten. Die Mädchen waren bockig, sie kooperierten weder mit den Lehrkräften noch miteinander. Einige waren in therapeutischer Behandlung. Nur wenige hatten Chancen, außerhalb einer Institution ein normales Leben führen zu können. Die Lehrer konnten sich nur durch strenge Disziplin durchsetzen, sie hielten Distanz.

Wie Derek gehofft hatte, fand Caroline keinen Vertrauten, weder unter den Schülerinnen noch unter den Lehrkräften. Sie zog sich immer mehr zurück, indem sie ihre Emotionen unterdrückte. Selbst ihr Klavierlehrer, der mit einem stark österreichischen Akzent sprach, wunderte sich genau wie Jakes über die Gleichgültigkeit des Mädchens. Sie spielte zwar technisch gut, aber ohne jegliches Gefühl, so daß selbst ihr Chopin-Spiel ihn langweilte, im Gegensatz zu anderen, weniger begabten Schülerinnen, die ihre Träume in der Musik ausdrückten.

Nur manchmal, wenn sie allein war und sie keiner hören konnte, setzte sich Caroline an das Klavier und spielte mit einer Leidenschaft, die ihren Lehrer erstaunt und den Oberst entsetzt hätte. Genau, wie sie sich manchmal ihrem Tagebuch anvertraute und ihrer Wut über ihr verpfuschtes Leben Luft machte. Sie sehnte sich nach Anerkennung. Nach Freundschaft. Sie glaubte, sie müßte zufrieden sein, war jedoch zutiefst unglücklich. Nur wenn sie mit Derek zusammen war, verspürte sie so etwas wie Liebe. Sannie Kotze fand Carolines Anwesenheit in Brakfontein unverständlich. Gelegentlich versuchte sie, sich mit dem Mädchen zu unterhalten, aber Caroline antwortete nur einsilbig. Frau Kotze hatte niemals das großartige Abschiedszeugnis von Westland gesehen, adressiert „To whom it may concern“, das Belinda Humphries geschrieben hatte, nachdem der Oberst ihr mitgeteilt hatte, daß Caroline Hughes nicht in ihre

Schule zurückkommen würde. Aber Frau Kotze hatte genügend jugendliche Missetäterinnen gekannt, um zu wissen, daß Caroline keine war.

Doch es mußte einen Grund geben, warum Oberst Reed-Smyth sie nach Brakfontein geschickt hatte! Er hatte erklärt, daß Caroline eine Waise und das Mündel des rhodesischen Gerichts sei. Ihre Eltern seien in Rhodesien grausam ums Leben gekommen, worauf sie einen Zusammenbruch erlitten und einige Schulsemester verpaßt hätte. Er suche deswegen eine Schule, an der die akademische Qualität hoch war, so daß sie erstens das Verpaßte nachholen und zweitens ihr Abitur früher als üblich machen konnte.

Wenn er wirklich nur diese Absicht hatte, so zahlte sich das aus. Caroline konzentrierte sich total auf ihre Arbeit, einschließlich der vielen Sonderkurse, die ihr zuteil wurden, und machte ihren Abschluß bereits vor ihrem sechzehnten Geburtstag, zu früh, um zur Universität zu gehen. Sie blieb ein weiteres Jahr in Brakfontein, erhielt Privatstunden, vor allem in Sprachen, und durfte nun ein Zimmer allein bewohnen. Auch das fand Frau Kotze befremdlich und unverständlich wie alles, was mit Caroline zusammenhing. Was weder sie noch Caroline wußten, war die Tatsache, daß alles aus einem Geheimfonds finanziert wurde. Es war Derek endlich gelungen, Dutoit zu überzeugen, daß es sich lohnen würde. Der Geheimdienstmann hatte feststellen müssen, daß es in der Tat nicht leicht war, die Untergrundbewegung der schwarzen und weißen Anti-Apartheidsgruppen zu infiltrieren. Vielleicht würde das Mädchen Erfolg haben.

Ihre Ferien verbrachte Caroline auf „Riverway Estate“. Die Farm wurde von Fiona Reed-Smyth mit Hilfe eines jungen, starken Afrikanders geführt, dem sie stark zugetan war, zur Erleichterung ihres Mannes. Es löste eins seiner Probleme. Das junge Mädchen ging Fiona Reed-Smyth aus dem Weg wie auch jedem anderen außer Derek. Fiona, eine graziöse Frau in den besten Jahren, tröstete sich mit Golf, einer regelmäßigen Dosis von Wachholderschnaps und seit einiger Zeit mit dem Afrikander-Manager über die fehlende Befriedigung in ihrer Ehe hinweg.

Es wunderte sie, daß Derek die Betreuung eines Kindes übernommen hatte. Sie sei eine Kriegswaise, hatte er erklärt, doch was bedeutete das? Es gab viele Kriegswaisen. Warum kümmerte er sich ausgerechnet um dieses Mädchen? Fiona kannte die Verlogenheit ihres Mannes, haßte seine Gefühlskälte. Er hatte irgend etwas vor. Schön. Sie hatte längst aufgegeben, sich für Derek und seine Angelegenheiten zu interessieren. Sie überließ Caroline ihrem Mann und dem, was sie verächtlich seine liebevolle Betreuung nannte, und wünschte ihnen mit großer Ironie viel Spaß. Fiona konnte sich nicht mehr vorstellen, daß Derek irgend jemandem Spaß bereiten konnte. Sie ging schon lange ihren eigenen Weg.

Caroline war schüchtern und zurückhaltend, wenn sie mit anderen Menschen zusammen war. Nur wenn sie trainierte, änderte sich ihr Wesen, sie wurde aggressiv und feurig wetteifernd. Brakfontein, die strenge Disziplin und fehlende Freundschaften störten sie schon längst nicht mehr. Sie schätzte und genoß die Sonderkurse. Vor allem war sie dankbar, daß sie Reed-Smyths Zuneigung besaß. Er besuchte sie an langen Wochenenden und während der kurzen Ferien und hatte stets eine Überraschung dabei. Sie segelten regelmäßig mit gepackten Eßkörben, bis auf die Gelegenheiten, wenn sie in guten Fischrestaurants entlang der Küste essen gingen. In den Ferien ritten sie oft zusammen. Und Carolines vierzehnten Geburtstag feierten sie zu zweit am Lagerfeuer während einer Safari in der Namib-Wüste.

Das Erlebnis fand Caroline so herrlich, daß sie einen glühenden Aufsatz darüber schrieb, der die massiven Sanddünen, den klaren Nachthimmel, die weiten Flächen und das Wild, das sich der überwältigenden Leere angepaßt hatte, zum Leben erweckte.

Ihre Englischlehrerin war beeindruckt. Sie fand, das Mädchen besaß ein Talent, das gefördert werden sollte, wie sie Frau Kotze mitteilte. Sie war begabt. Wenn sie bereit sei, zu arbeiten, könnte sie es zur Schriftstellerin schaffen. Zu ihrem ärgerlichen Erstaunen verbot ihr Sannie Kotze, derartiges zu dem Kind zu sagen. „Das Mädchen soll nicht beeinflußt werden", erklärte sie streng. Sie hatte ihre festen Anweisungen. Ihr ungewöhnlicher Klient zahlte mehr als üblich. Das genügte.

Sonntags gingen die Mädchen in die Kirche. Caroline ging ebenfalls, weil es Pflicht war. Gott spielte in ihrem Leben keine Rolle mehr. Er hatte sie enttäuscht. Er hatte ihre Eltern, die Ihn geliebt und Ihm gedient hatten, grausam sterben lassen. Sie leierte die Gebete ohne Gefühl herunter, sie bedeuteten nichts mehr. Diese Einstellung wurde dadurch verstärkt, daß Onkel Derek nie in eine Kirche ging. Er bestätigte ihre Zweifel.

„Religion schwächt den Mensch, denn er denkt, daß ihm jemand helfen wird! Ich habe ein einfaches Motto: Gott hilft dem, der sich selbst hilft." Glaube hatte keinen Platz in Derek Reed-Smyths Philosophie.

Mit der Zeit begann Caroline in der Tat zu glauben, daß sie enormes Glück hatte. Sie wußte, daß sie die einzige in Brakfontein war, die Sonderunterricht in Fächern wie Sprachen erhielt, verschiedene Musikinstrumente spielen lernte, sowie reiten, fechten, schießen, was ihr von Jakes beigebracht wurde. Reed-Smyth erklärte, ihre Eltern hätten ihr Geld vererbt mit der Bedingung, daß es für ihre Erziehung ausgegeben würde. Er führe lediglich ihre Wünsche aus. Nachdem sie die Universität absolviert hatte, würde kaum etwas übrig sein. Dann müsse sie arbeiten.

Auf der Farm richtete sich Caroline in ihrem kleinen Appartement wohnlich ein, hängte Bilder auf, Landkarten, ihre eigenen Zeichnungen. Trotzdem waren die Zimmer keineswegs so bunt, wie es für Mädchen ihres Alters üblich war. Sie interessierte sich noch immer nicht für Mode oder Musikgruppen. Carolines Helden und Heldinnen waren Athleten, Sportler. Sie las die Bücher, die von Derek empfohlen wurden, und da sie sich mit niemand außer ihm richtig unterhielt, saugte sie seine Kalte-Krieger-Mentalität auf und machte sie sich zu eigen.

Sie lernte Dutoit kennen, traute ihm jedoch kaum, sie verspürte seine ablehnende Haltung Reed-Smyth gegenüber, die sie verletzte. Sie wurde auch anderen Männern vorgestellt, Männern mit harten Augen und verschlossenen Gesichtern, die sie mit einem merkwürdigen Ausdruck betrachteten, als ob sie in einem Schaufenster stand und zum Verkauf angeboten wurde. Einmal erschien Onkel Dereks Chef zum Abendessen, ein vierschrötiger, eingebildeter Mann, Premierminister eines sogenannten Homelands, der ihre Ablehnung gegenüber Schwarzen bestätigte. Der Oberst meinte, sein Chef sei in Ordnung, wenn auch etwas anmaßend. Wie alle Afrikaner kenne er seine Grenzen nicht.

„Nicht alle Schwarzen sind schlecht, Carl! Jemand wie der PM und die anderen Führer der Homelands, sie verstehen, daß die einzige Lösung des Rassenproblems die totale Trennung ist."

„Arbeitest du deswegen für ihn, Onkel Derek?" Caroline wußte, daß Reed-Smyth der Berater des Premierministers war.

„Klar. Afrikaner können nichts allein fertig bringen. Dein Vater wußte das, er hat sich um sie gekümmert, oder? So wie ich mich um den PM kümmere. Die brauchen noch lange die Weißen, damit sie ihnen behilflich sind."

„Ich werde nicht für sie arbeiten."

„Brauchst du auch nicht. Du wirst für mich arbeiten." Es war eine Perspektive, die Caroline zufrieden nach Brakfontein und ihre Sonderkurse zurückgehen ließ.

Diese Situation änderte sich im Dezember 1983, drei Monate vor Carolines achtzehntem Geburtstag.

8. Im Dienst. 1984

Pretoria. 2. Januar 1984

Die Männer besaßen genaue Anweisungen. Waren gut ausgebildet. Ihr Ziel war der fünfzehnte Stock eines zwanziggeschossigen Gebäudes in der Stadtmitte in einer der breiten Straßen der hübschen Hauptstadt. Eine Polizeistation befand sich im Parterre, in der drei Männer Dienst hatten, es war lediglich ein Büro für Öffentlichkeitsarbeit für durchreisende Journalisten, die auf der Suche nach Geschichten über Polizeibrutalität waren.

Ihr Kommandant hatte es ihnen erklärt. Die Station befand sich in einer Geschäftsstraße mit eleganten Läden, Juwelieren, Buchläden und schönen Cafes, wo die jungen Büroangestellten ihren Capuccino und Brötchen und ähnliches kauften. Es war gegen die Partei-Prinzipien, weiche Ziele anzugreifen, hatte der Kommandant wiederholt erklärt. Es durften also keine Handgranaten geworfen werden.

Ihre Anweisungen waren klar. Sie mußten in den fünfzehnten Stock gelangen, wo zwei Rechtsanwälte residierten. Nur, es waren keine richtigen Rechtsanwaltskanzleien, sondern Tarnbüros des Geheimdienstes.

So kam es, daß am zweiten Tag des neuen Jahres 1984, während die meisten Menschen noch feierten und sich nur wenige Kunden im Einkaufszentrum befanden, zwei gut gekleidete Afrikaner aufgeregt über die Straße in das Zentrum und in die Polizeistation stürmten. Man konnte sehen, daß es sich um Angehörige der Mittelklasse handelte. Einer umklammerte eine Aktentasche. Der junge Polizist hinter der Theke sah einen gut geschnittenen Spitzbart und rümpfte die Nase, als er wohlriechendes Eau de Toilette bemerkte. Er zog die Brauen zusammen. Mann, wo kam man denn hin, wenn Kaffern sich wie Weiße benahmen. Heutzutage waren sie bereits Ärzte, Rechtsanwälte und weiß der Teufel was noch. Die Apartheid hatte denen mehr geholfen als Weißen wie ihm! Großartige Jacke, breite Ärmel, cool, wirklich cool, wie es in den australischen Filmen hieß.

„Ja?“ Er lehnte sich an die Theke, mußte sich festhalten, er haßte es, zu Kaffern höflich sein zu müssen.

Der bärtige Mann sprach Afrikaans, seine Worte überstürzten sich. „Baas, wir brauchen Hilfe! Unser Auto – wir wurden angehalten, auf der Straße in der Nähe des Voortrekker-Denkmals! Die hatten AKs – wir hatten keine Wahl – wir mußten sie mitnehmen – wir konnten den Wagen in der Church Street anhalten und rannten wie wahnsinnig! Ihr müßt sofort die Armee alarmieren! Die können inzwischen sonstwo sein!“

Der Polizist war verwirrt. „Mensch, wovon redest du denn?“

Der Mann rang nach Luft: „Terroristen! Sie haben uns gezwungen, sie mitzunehmen, sie folgen uns, sie werden gleich hier sein – sie werden schießen – das sind selbstmörderische Idioten, Baas!“ Er schrie fast, drehte den Kopf zum Eingang. „Ich sag Ihnen, das ist ‘ne ganze Banditengruppe!“ Er gestikulierte wild, während sein Kollege vor der Aufzugtür stand, er hatte Glück, der Aufzug stand im Erdgeschoß, er konnte die Tür öffnen, hineinschlüpfen, keiner kümmerte sich um ihn, da der Aufruhr im Büro zunahm.

Der junge Polizist drückte auf den Knopf, doch seine Kollegen hatten bereits den Lärm gehört und rannten eilig in den Raum. Das war genau, was der bärtige Mann sich erhofft hatte, alle drei eng nebeneinander vor sich zu haben, ein ausgezeichnetes Ziel für die leichte automatische Pistole mit dem Schalldämpfer, die plötzlich aus dem breiten Ärmel, den der Polizist bewundert hatte, in seine Hand schlüpfte. Die Pistole hustete dreimal, genau in dem Moment, in dem der Aufzug den vierzehnten Stock erreichte hatte. Der Mann mit der Aktentasche hatte bemerkt, daß es keinen Knopf für den fünfzehnten Stock gab. Egal. Er verließ den Aufzug, stellte die Tasche vor einem Büro mit der Aufschrift „Privat“ ab und raste zu den Treppen. Sechzig Sekunden. Er hatte genau sechzig Sekunden, um zur Straße zu gelangen.

Unten im Büro fiel der junge Polizist über die Theke, während einer der älteren Männer rückwärts stolperte und mit seinem Kopf gegen einen Aktenschrank schlug. Der dritte war am Hals getroffen, Blut spritzte aus seiner Wunde über den Fußboden, als er zusammensackte.

Der bärtige Mann verließ das Büro ohne Hast, sah den wartenden BMW mit der offenen Tür. Der dunkel gekleidete Chauffeur fuhr los, versperrte einem Renault mit Rechtslenkung den Weg, der Fahrer hupte wütend, hielt zwei weitere Wagen auf, so daß der BMW nahe an den Straßenrand fahren mußte, genau in dem Augenblick, als ein Mann aus dem Gebäude raste, die Tür aufriß und sich auf den Sitz neben den Fahrer warf, der so scharf anfuhr, daß die Reifen quietschten, die nächste Verkehrsampel erreichte und bei Gelb durchfuhr. Sie hörten kaum den dumpfen Laut einer Explosion hinter sich, als der Fahrer Gas gab und den Wagen auf die Autobahn lenkte. Das Ganze hatte fünf Minuten gedauert. Eine Minute länger als im Training.

Kap. 3. Januar 1984

Ihr blonder Zopf schwang um ihren Kopf, während die junge Frau mit leichten Schritten an einer niedrigen Wand vorbeiging, die mit Farnkraut und Eibisch bedeckt war. Sie betrachtete einen malvenfarbigen Blütenbogen, und wie alle Besucher in diesem weltberühmten botanischen Garten bewunderte sie die perfekte Farbenpracht der herrlichen Blumen, die aus allen Ecken der Welt hier angepflanzt waren. Rosen und Tulpen rivalisierten mit der exotischen Schönheit blühender Kakteen.

In der Sekunde, in der ihre Wachsamkeit abgelenkt war, stürzte sich jemand auf sie, die Hände zum Angriff erhoben. Ihre blitzschnelle Reaktion war perfekt, sie konnte dem Schlag ausweichen und diesen gegen den Angreifer benutzen, ihn auf die grüne Fläche werfen, sich auf seine Brust rollen, während sie ihn in einem Griff hielt, der, wie er genau wußte, seinen Arm brechen würde, sollte sie zudrücken. Er atmete schwer, hieb mit der freien Hand fest auf den Boden. Sie ließ ihn los, sprang hoch und fauchte ihn an: „Wirklich, Jakes! Ich dachte, wir hatten aufgehört, solche Spiele zu treiben."

Caroline war ärgerlich. Sie hatte niemandem gesagt, daß sie vorhatte, den botanischen Garten zu besuchen. Sie hatte kurzfristig beschlossen, ihn zu besichtigen, sie hatte viel darüber gelesen, war aber noch nie dort gewesen. Sie stand also unter Beobachtung. Das hatte sie nicht erwartet, nachdem sie nun über ein Jahr lang keinen formellen Unterricht mehr erhielt. Nun, da Jakes da war, war es unwahrscheinlich, daß sie noch viel von dem Garten sehen würde. Er erhob sich, wie immer einfach gekleidet in kurzen Hosen und T-Shirt, das Haar militärmäßig kurz geschnitten. „Ja, sicher! Wann wirst du lernen, daß du immer bereit sein mußt, daß du jederzeit angegriffen werden kannst? Nur weil du deinen schwarzen Gürtel hast, heißt das nicht, daß das Training aufhört! Der Gürtel, das ist nur der Anfang. Man hört nie auf zu lernen." Er grinste. „Für einen Anfänger bist du nicht schlecht."

„Klar." Sie stellte eine rhetorische Frage, wohl wissend, daß nur Derek ihn geschickt haben konnte: „Warum bist du hier?"

„Was denkst du? Die ‚Amazone' wartet in der Bucht. Mit ihm am Ruder." Jakes Wessels war seit vier Jahren Carolines persönlicher Trainer, er hatte ihr viel beigebracht, jede japanische Kampfart sowie Fechten und Schießen. Er wurde Ausbilder, nachdem er seinen Militärdienst absolviert hatte, unter anderem auch in Rhodesien. Ein Jahr lang. Damals war er 24 Jahre alt gewesen, und er bekam gemischte Gefühle, wenn er daran dachte, was er allerdings selten tat. Einiges war ganz schön gewesen, wie die Kameradschaft zwischen Weißen und Schwarzen. Die Trinkgelage. Und natürlich die Frauen. Über manches andere dachte man am besten nicht nach. Jakes war wenig zur Selbstanalyse geneigt. Die Dinge geschahen eben. Das Leben ging weiter.

Caroline wußte wenig von Jakes, abgesehen davon, daß er seit langem ein Teil ihres Lebens war. Wessels hütete sich, dem Mädchen etwas über sich zu erzählen. Oder ihr Fragen zu stellen. Er hatte seine strengen Befehle und diese enthielten eine Drohung: keine Privatgespräche. Niemals.

Jakes hielt Caroline für einen der besten Athleten, mit denen er zu tun hatte. Wäre sie ein Mann gewesen, hätte er schon längst vorgeschlagen, daß sie bei Schießwettbewerben mitmachte. Sie war begabt. Fleißig. Und verbissen, als ob sie unter irgendeinem Druck stand. Manchmal fragte er sich, was das sein könnte. Genau wie er sich fragte, warum er sich nie dafür interessierte, wie sie wohl sein würde, wenn sie erwachsen war. Sie hatte theoretisch alles, was eine Frau attraktiv machte, aber er glaubte kaum, daß sie das Zeug zur *femme fatale* besaß. Caroline war schön. Mit sechzehn war sie bereits eine ungewöhnliche Schönheit, gut gebaut, fast einsachtzig groß, alles Muskeln und weiche Haut, mit herrlichem hellem Haar und großen, ungewöhnlichen Augen. Aber Jakes fühlte sich eher abgestoßen durch diese perfekte Schönheit und ihre Effizienz. Er hatte es selten erlebt, daß sie irgendwelche Gefühle zeigte. Er beobachtete sie nun und dachte: Das Mädchen ist so aufregend wie eine Kobra.

Und genau so tödlich. Jakes, der kaum eine Schulbildung genossen hatte, erinnerte sich an eine Geschichte von Charles Dickens, die von einem Mädchen handelte, das von einer Frau erzogen worden war, die alle Männer haßte. Das Mädchen sollte zu ihrer Waffe gegen die Männer werden, eine Marionette, die alles tat, was man von ihr verlangte, wenn die richtigen Fäden gezogen wurden. Caroline erinnerte ihn an dieses Mädchen. Sie schien dazu erzogen zu sein, Menschen zu hassen. Er hatte einmal gesehen, wie sie die Hand erhoben hatte, als ein Mädchen gegen sie gestolpert war, hatte den haßerfüllten Ausdruck in Carolines Augen bemerkt, das Zusammenzucken, die Angst in dem Gesicht des anderen Mädchens. Jakes wußte genau, wer die Fäden bei Caroline zog. Oberst Derek Reed-Smyth. Ihr Leben wurde von ihm bestimmt.

Wie Wessels erwartet hatte, hantierte Reed-Smyth am Ruder des Segelbootes, das er ein Jahr zuvor gekauft und mit dem er Caroline das Segeln beigebracht hatte. Wie alle Sportarten, so lernte sie auch schnell, mit Booten umzugehen. Doch es war mehr als das. Wenn sie sich draußen auf offenem Meer befand, wenn sie die Wellen, den Wind bekämpfen konnte, die Sonne im Rücken spürte, dann fühlte sie sich wohl, sie konnte ihrer Wut, die sie ständig würgte, freien Lauf lassen. Sie liebte Segeln ohne jeden Vorbehalt. Der einzige Sport, den Onkel Derek ihr selbst beibrachte. Derek. Der einzige Mensch, bei dem sich Caroline geborgen fühlte.

Nachdem Jakes mit ihr zum Hafen gefahren war, steuerte Caroline das kleine Boot hinaus aufs Meer. Es war herrliches Segelwetter, wie meistens in diesen Wassern. Nur wenn der sogenannte Kapdoktor blies, ein scharfer, unangenehmer Wind, wurde es ungemütlich. Derek, der an der Pfeife saugte, die er sich zu rauchen angewöhnt hatte, wies auf einen schwarzen Fleck am Horizont. Caroline nickte. Robben Island. Dort war der bekannte Terrorist Mandela lange eingekerkert. Sie glaubte, daß er sich nun in einem Gefängnis auf dem Festland befand.

Derek berichtete sofort von dem teuflischen Überfall auf die Polizeistation in Pretoria. „Eine kleine Bombe. Immerhin groß genug, um die Büros in einem ganzen Stockwerk zu demolieren. Außerdem brach ein Brand aus."

Caroline war entsetzt. „Wie konnten sie wissen, daß die Station so schwach besetzt war?"

„Ich sagte dir doch, Carl. Das sind die Roten. Die sogenannten Liberalen. Da jeder Mann militärpflichtig ist, sind sie nun auch im Militär. Eine selbstgebastelte Fünfte Kolonne. Denk an Rhodesien. Wir haben den Krieg nicht verloren. Thatcher wurde von den Roten in der Oppositionspartei unter Druck gesetzt, der *Labour Party*. Von kommunistischen Sympathisanten, die sich bei jedem internationalen Treffen über Rhodesien aufregen. Thatcher hatte keine Wahl, sie mußte handeln. Jetzt haben sie es auf Südafrika abgesehen. Sie wollen die Regierung in Pretoria stürzen."

Caroline empörte sich: „Versteht der Westen nicht, daß diese Menschen nur Moskaus Marionetten sind?"

Er zögerte, versuchte abzuschätzen, was genau er ihr sagen sollte. Sie würde bald einen Kurs in politischen Wissenschaften machen. Es würde wenig bringen zu polemisieren. „Botha ist kein beliebter Präsident", antwortete er. „Er hat den schwarzen Regierungen in der Gegend eine friedliche Koexistenz angeboten. Sie lehnten ab. Er hatte keine andere Möglichkeit, als Krieg zu führen. Der Westen stimmt nicht damit überein."

„Aber Onkel Derek, wenn die Kommis gegen die Regierung arbeiten, sind sie Verräter!"

Reed-Smyth hob sein Gesicht, verspürte die Nässe auf seinem Gesicht. Er antwortete nicht. Er erhob sich und übernahm das Ruder. „Es ist Zeit, daß du anfängst zu arbeiten", sagte er und fügte hinzu: „Und Zeit, daß du mich einfach Derek nennst!"

Caroline fühlte, wie ihr heiß wurde, und spürte ihr Herz plötzlich heftig klopfen. Sie überschüttete ihn mit Fragen, was er vorhätte, was sie tun sollte, doch er wehrte sie lachend ab. „Warte ab! Ich werde es dir schon erklären!"

Sie mußte ihre Ungeduld zügeln, doch beim Abendessen fiel ihr etwas ein. „Hast du mir nicht gesagt, daß ein Rhodesier bei einer Terroristeneinheit gefangen genommen wurde? Und in einem geheimen Prozeß zu Tode verurteilt wurde? Wie kam das?"

„Südafrikanische Terroristen kämpften mit denen aus Zimbabwe, wie sie es nennen. Und jetzt kämpfen Terroristen aus Zimbabwe mit MK, dem Militärflügel des ANC, *Umkontho we Sizwe.*"

„Speer der Nation", übersetzte Caroline automatisch. Sie dachte einige Momente nach. Dann blickte sie Reed-Smyth an. „Ich möchte dabei sein!"

Der Oberst konnte seine Genugtuung kaum verbergen. Er hatte gehofft, daß sie das verlangen würde. Er würde ihr Alter verschweigen müssen, doch das war nicht schwierig, sie sah älter aus, als sie war. Ja, es würde sie noch mehr erwachsen werden lassen. Er verspürte ein Triumphgefühl. Es war ihm gelungen: Er hatte eine zornige, lebendige Waffe erschaffen.

Pretoria, Zentralgefängnis. 15. Januar 1984

Sie hörten das Singen sofort beim Betreten des Gefängnisses. Der Wärter, der sie abholte, blickte in das Gesicht der jungen Frau. Nein, des Mädchens. War erstaunt, wie ruhig sie war, sie zuckte mit keiner Miene, sah genau so aus wie zuvor, als er sie vom Büro abholte. Sie schien keine Nerven zu haben. Der große Mann, der sie hierher gebracht hatte, war schlank, obwohl er kaum mehr der Jüngste war. Er blickte das Mädchen nicht an. Sie war viel zu jung für ihn. Vielleicht seine Tochter? Schweigend liefen sie durch die Gänge, an geschlossenen Türen vorbei. Nur das Geräusch der hohen Absätze des Mädchens begleiteten die Stimmen, die sich im harmonischen Gesang erhoben und senkten, eine so wundervolle Harmonie, daß selbst der Wärter, der das schon öfters vernommen hatte, einen Stich im Herzen verspürte. Nicht so das Mädchen. Oh nein. Sie lief ruhig, schien völlig abgeschottet von ihrer Umgebung, überhörte den Gesang, der diesen Ort erfüllte, der dem Wärter die Tränen in die Augen trieb und selbst dem Mann eine unbestimmte Grimasse entlockte.

Den Henker ließen sie erst in letzter Minute herein. Wegen des Gesangs. Er ging jedem ins Gemüt. Jedem – aber nicht diesem Mädchen. Sie schien aus Stein gemeißelt. Sie singen immer, hatte er zu ihnen gesagt, jedesmal, wenn einer gehängt wird. Und sie hatte ihn nur angeblickt mit diesen großen grau-blauen Katzenaugen mit dem merkwürdigen Blick und hatte nicht geantwortet.

Der Wärter hatte nicht gerade eine gute Ausbildung genossen, aber er erinnerte sich dunkel an eine Geschichte, die er einmal gehört hatte von der Französischen Revolution, als Frauen am Fuß der Guillotine saßen und strickten, während die Köpfe rollten. Sie ist wie diese Frauen, dachte er. Mann, die weiß nicht, was Gefühle sind. Wie sie angezogen war! Ein weißes jungfräuliches Kleid. Wie eine Braut. Mit einer einfachen Perlenkette um den schlanken Hals. Mit passenden Ohrringen dazu. Was denkt sie denn? Daß dies eine Feier ist? Der Mann, warum hat er sie mitgebracht? Nein, er konnte unmöglich der Vater sein! Bekam er so seine Genugtuung? Indem er sieht, wie sie darauf reagiert, oder was?

Fünf würden sie heute hinrichten. Einer der Terroristen war ein Rhodesier. Er war mit den ANC-Terroristen über die Grenze bei der Beitbrücke ins Land gekommen. Die Sicherheitsleute hatten Bescheid gewußt, oh ja, die hatten ihre Informanten. Sie waren denen geradewegs in die Arme gelaufen. Vor Gericht war die Rede von einem Kampf gewesen. Alle wurden getötet bis auf diesen einen. Bah! Der Wärter wußte, daß einer der Terrs ein weißes Tuch geschwenkt hatte. Aber die Polizisten hatten sich darum nicht gekümmert. Die schossen schön darauf los. Ein Wunder, daß dieser überlebt hatte. Nun ja, sie wollten vielleicht einen haben, für den Prozeß.

Und nun würde er ja nicht mehr lange leben.

Sie erreichten den Raum mit den Spiegeln, durch die sie alles sehen würden. Bereits sahen. Fünf Galgen, die befestigten Stricke. Der Gesang wirkte lauter, erreichte einen Höhepunkt. Das ist immer so, dachte der Wärter. Sobald sie sich dem Raum nähern, spüren's die anderen, verstärken den Gesang. Jetzt kommen sie, die fünf, singend wie immer, tote Männer, die gehen und singen. Immer dasselbe. Erst englisch. We Shall Overcome! Und dann *Nkosi Sikel'i Afrika*. Gott segne Afrika.

Das hatte es verstanden, das Mädchen, es bewegte lautlos die Lippen, als ob es mitsänge. Mann, was ist denn los mit der, die ist doch nicht ganz dicht, die muß doch ... sie sollte nicht hier sein, fast noch ein Kind, dieses Mädchen! Furchtbar! Der Wärter spürte wieder, wie ihm die Tränen hochstiegen, er schluckte. Blickte zu Boden.

Es hatte begonnen. Der Priester stand vor ihnen, betete. Sie sangen noch immer. Gott segne Afrika. Hatte das nicht ein Kaffer geschrieben, vor langer Zeit, dieses Lied, diese Hymne?

Der Henker war nun da. Hatte angefangen. Sie konnten seine rot unterlaufenen Augen sehen, das Weiß der Augen der anderen, ehe die Hauben ihre Köpfe bedeckten. Sie ballten die Fäuste, reckten sie zum letzten Mal, schrien ihre Parolen zum letzten Mal. Bis sich plötzlich unter den Todgeweihten die Falltüren öffneten. Es war vorbei. Keiner sang mehr. Es war still. Totenstill. Im ganzen Gefängnis.

Niemand brach das Schweigen. Nur ihre hohen Absätze waren zu hören, als sie den Weg zurückschritten, die langen Gänge entlang, vorbei an geschlossenen Türen.

Pretoria. 18. September 1984

Kurz nach ihrem achtzehnten Geburtstag trat Caroline Hughes in die südafrikanische Armee ein. Sie war sofort erfolgreich, wurde nach einem Jahr befördert und zu einem Offizierskurs geschickt. Sie beeindruckte ihre Vorgesetzten durch ihre Zielstrebigkeit und ihre Fähigkeiten, wurde mit dem Schwert der Ehre belohnt und für einen Sonderkurs vorgeschlagen. Für den Geheimdienst.

Der Kurs vermittelte Caroline neue Perspektiven. Plötzlich wurde alles auf den Kopf gestellt. Recht und Unrecht wurden verdreht. Kommunikation erhielt eine andere Bedeutung, als sie Fotografieren lernte und von *micro-dots* erfuhr, lernte, wie man Geheimschriften erfand, benutzte und entschlüsselte. Elektronik und elektronische Schlüssel waren ein wichtiges Fach. Eine Schönheitspflegerin, die im Theater gearbeitet hatte, unterwies das Mädchen in der Kunst des Schminkens und der Verkleidung.

Einer ihrer neuen Trainer war ein zynischer Mann, dessen Haß auf den Kommunismus fast greifbar war. Er war als Flüchtling nach dem Aufstand in Ungarn ins Land gekommen und wurde Berater des Militärgeheimdienstes. Er hatte zuvor als Agent gearbeitet. Als er in Caroline eine intelligente und ernste Schülerin entdeckte, gab er sich mit ihr große Mühe. Er sollte ihr vor allem beibringen, wie man sich in Feindesgebiet benahm, wie man Überwachung und Verfolgung abschüttelte. Er schärfte ihr seine eigenen Regeln ein. Viele schienen ihr logisch, andere nebensächlich, einige wichtig: Vergiß niemals, daß es für Agenten keine zweite Chance gibt, deswegen ist vor allem Vorsicht geboten. Verlaß dich auf deinen Instinkt. Traue niemandem, nicht einmal dir selbst, überprüfe alles mindestens zweimal. Dann überprüfe es noch einmal. Nimm Gelegenheiten wahr, wenn sich diese ergeben. Improvisiere. Benutze die Taktik, die sich der Situation anpassen läßt.

Zuletzt gab er ihr einen Auftrag. Ein Rechtsanwalt namens Henry Carter besaß verhängnisvolle und belastende Dokumente im Zusammenhang mit einem Prozeß gegen einen Polizisten namens Venter, Mitglied einer der Sondereinheiten, die in schwarzen Ghettos eingesetzt waren. Sie sollte diese Dokumente ausfindig machen und sie vernichten.

Caroline gab sich viel Mühe mit der Aufgabe. In dem Johannesburger Vorort Parktown, in dem in den letzten Jahren neue Büros errichtet worden waren, beobachtete sie fünf Tage lang das Büro der Firma Stern, Carter und Muller. In Parktown gab es keine hohen Bürogebäude wie im Zentrum der Stadt, die Johannesburg das Aussehen eines Klein-Manhattan verlieh, sondern niedrige zwei- bis vierstöckige Häuser mit hübschen Vorgärten. Autos wurden innerhalb des Hauses abgestellt, in elektronisch abgesicherten Garagen. Von dort aus führten Aufzüge in die Büroräume. Besucher wurden ebenfalls elektronisch kontrolliert und mußten sich ausweisen. Büroangestellte ohne Auto mußten einen Code am Eingang eingeben.

Der gesamte Komplex machte einen gefälligen, freundlichen Eindruck. Darüber machte sich Caroline wenig Gedanken. Ihre Aufgabe war es, sich der Umgebung anzupassen. Sie fand das verhältnismäßig leicht. Eine junge Frau in elegantem, schwarzen Hosenanzug, die eine ebenfalls elegante Aktentasche trug, gehörte praktisch zur Straßenszene. Am ersten Tag hielt sie vor dem Gebäude lange genug, um zwei junge Sekretärinnen zu beobachteten, deren Ehemänner oder Freunde sie zur Arbeit fuhren. Sie besaßen keinen Wagen, großartig. Beide gaben dieselbe Nummer ein, die ihnen Zugang durch den Eingang verschaffte. Caroline stand genau richtig, so daß sie die Nummer erkennen konnte. 481.

Sie stellte den Wagen in einer Seitenstraße ab. Kam nach einer Stunde zurück und verschaffte sich Zutritt zum Haus. Sie sah keinen Wächter, nur einen Portier, den sie freundlich grüßte, ehe sie den Aufzug zum dritten Stock nahm, schnell die Treppen hinunter zum zweiten Stock lief, wo sich das Rechtsanwaltbüro befand. Wie erwartet, sah sie die Damentoilette in der Nähe der Treppen. Zu ihrer Befriedigung mit vier Kabinen. Sie schloß sich in eine ein, schlüpfte im Lauf des Vormittags mehrmals von einer zur anderen, sie wollte kein Aufsehen dadurch erregen, daß stets dieselbe besetzt war. Die Mühe lohnte sich. Selbst in Büros gingen Frauen meistens zu zweit zur Toilette: um sich zu unterhalten, zu rauchen, zu entspannen. Caroline konnte eine Rechtsanwältin identifizieren, eine Empfangsdame und vier Sekretärinnen. Eine der letzteren war eine Frau in mittleren Jahren, die auf Rauchen, Miniröcke und Schminken stand. Caroline verfolgte jedes Gespräch, so daß es ihr gelang, festzustellen, daß diese Frau die Sekretärin von Henry Carter und so ihre Zielscheibe war.

Später am Nachmittag lief eine alte Frau an einem Stock durch die Straße, bekleidet mit weitem Rock und Jacke. Sie führte ihren ebenfalls betagten schottischen Schäferhund spazieren. In Parktown, früher ein Residenzvorort, wohnten noch mehrere alte Einwohner. Die Alte erregte ebenso wenig Aufmerksamkeit wie die junge Sekretärin es getan hatte.

Danach spazierte die alte Frau täglich eine Woche lang durch die Straße und stellte fest, daß die ältere Sekretärin im Minirock für das Öffnen und Abschließen der Büros im zweiten Stock verantwortlich war. Jeden Tag um 17 Uhr schloß sie das Fenster in ihrem eigenen Büro. Danach brauchte sie genau fünf Minuten, ehe sie das Gebäude mit ihrem kleinen Fiat durch das Garagentor verließ.

Am folgenden Montag um Punkt 17 Uhr wollte die Sekretärin ihr Fenster schließen, als das Telefon klingelte. Sie zögerte, ging zu ihrem Schreibtisch zurück. In diesem Moment hörte das Klingeln auf. Sie lief wieder ans Fenster, nur um sich zu ärgern, weil das Telefon erneut anfing zu klingeln, so daß sie sich nochmals umdrehen und an den Tisch gehen mußte und diesen wiederum genau in dem Moment erreichte, als das Klingeln aufhörte. Das wiederholte sich noch einmal, doch diesmal schloß sie das Fenster, ohne sich um das Telefon zu kümmern, und verließ den Raum mit einem gezischten „verdammt".

Um 20 Uhr waren alle Fenster im ganzen Haus dunkel. Caroline kam ohne Schwierigkeiten dank des Code 481 hinein, auch das Schloß im zweiten Stock machte ihr keine Probleme. Sie öffnete im Zimmer der Sekretärin das Fenster einen kleinen Spalt und verließ das Gebäude.

Am Dienstag früh war Henry Carters Sekretärin gerade dabei, ihre Jacke aufzuhängen, als es klopfte. Eine hochgewachsene Polizistin in gut geschnittener Uniform, jedoch mit breiten Hüften, stand vor der Tür. Eine Frau mit rundem Mondgesicht und schlecht gefärbtem blondem Haar. Immerhin höflich, dachte die Sekretärin, und erwiderte den Gruß der Polizistin, die sich als Norma Fuller vorstellte.

„Was kann ich für Sie tun?"

Die Polizistin schien erstaunt: „Wir erhielten einen Anruf von einem Ihrer Nachbarn. Ihr Fenster stand die ganze Nacht offen. Ich sollte nachsehen, ob alles in Ordnung ist."

„Was?" Die Frau schlug die Hand vor den Mund. Hastete zum Fenster. Tatsächlich! Es stand etwas offen. Sie versuchte sich zu erinnern, ob sie es zugemacht hatte oder nicht. Furchtbar, das war ihr noch nie passiert. Doch da war diese blöde Sache mit den Telefon gewesen – sie mußte es deswegen nicht richtig geschlossen haben.

„Ist alles in Ordnung?" Caroline wußte, daß die anderen in zwanzig Minuten da sein würden.

„Ich weiß nicht genau. Ich habe … wirklich…" Die Frau fing an sich aufzuregen.

Caroline bestimmte nun den Fortgang: „Ich denke, wir sollten das prüfen, Frau … tut mir leid, ich weiß nicht, wie Sie heißen."

„Broughton. Ja, ja, Sie haben recht." Frau Broughton fand ihren Schlüsselbund mit zitternden Händen und flog fast in den Korridor. Neben der Damentoilette befand sich eine Stahlkammer. Frau Broughton suchte vorsichtig den richtigen Schlüssel aus dem Bund und wollte ihn ins Schloß stecken, als die Polizistin sich ungeschickt neben sie stellte und so gegen ihre Hand stieß, daß sie nicht umhin kam, den Schlüssel fallen zu lassen.

Norma Fuller, eine freundliche Frau, entschuldigte sich sofort, bückte sich blitzschnell, hob die Schlüssel auf, lächelte und gab sie Frau Broughton in die Hand. Langsam öffnete die Sekretärin die schwere Tür, hinter der die Unterlagen der Firma verschlossen waren, und knipste das Licht an.

„Außer mir haben nur die Partner die Schlüssel", erklärte sie, während sie sich umblickte. Die Polizistin tat dasselbe. Die Akten in sauber beschrifteten Dokumentenschachteln waren alphabetisch geordnet und numeriert. Eine elektronische Kamera in der Ecke hatte das Eintreten der beiden Frauen festgehalten.

„Es ist alles in Ordnung!" Frau Broughton war erleichtert. Die Polizistin verabschiedete sich.

Um 20 Uhr war im Haus wieder alles dunkel. Caroline, ganz in schwarz gekleidet, das Gesicht ebenfalls geschwärzt, trat durch den Vordereingang ins Gebäude. Sie war mit einem großen Sack ausgerüstet, sowie mit einer starken Taschenlampe, Handschuhen und dem Schlüssel, vom dem sie blitzschnell einen Wachsabdruck gemacht hatte, als sie Frau Broughtons Schlüssel aufhob. Sie rannte in den zweiten Stock und begann zu arbeiten. Zuerst mußte sie die elektronische Kamera in der Stahlkammer ausschalten. Erst dann konnte sie die Tür öffnen. Ihre Lampe half ihr, die Venter-Akte zu finden, die sie in ihren Sack schob, zusammen mit anderen Akten, die sie wahllos mitnahm. Sie verschloß den Raum, stellte die Kamera wieder an. Frau Fullers Besuch sollte notiert werden. Der von Caroline Hughes selbstverständlich nicht.

Früh am folgenden Tag erschien die Polizistin, die Frau Broughton bekannt war, in der Parktown Polizeistation, verlangte nach dem befehlshabenden Offizier und händigte ihm eine Identifikation aus, die sie als Norma Fuller von der Polizei-Sonderabteilung – *Special Branch* – auswies. Er wußte, diese Abteilung konnte ihm Befehle geben. Er mochte sie nicht. Die hielten sich für etwas Besonderes. Außerdem erfanden sie stets neue Namen für ihre Abteilung. Vorsichtig betrachtete er die große, dikke Frau. Warum waren die alle so unattraktiv? Und warum trug sie Uniform? Er hatte angenommen, diese Kreaturen trügen so etwas nie.

Die Befehle der Frau erklärten es ihm. Sie wollte als normale Polizistin auftreten. Eine seiner eigenen Station, genau gesagt. „Wenn ein Anruf kommt wegen eines Einbruchs bei der Firma Stern, Carter und Muller möchte ich sofort informiert werden. Ich habe Anweisung, Ihre Leute in das Büro zu begleiten."

Sie brauchten nicht lange zu warten. Carter selbst hatte den Einbruch entdeckt. Henry, der Sohn von David Carter. Als Reed-Smyth das erfuhr, freute er sich über die Ironie. Und darüber, daß der Name Caroline nichts bedeutet hatte.

Frau Broughton war froh, die Polizistin zu sehen. In einem Augenblick der Panik hatte sie gedacht, daß sie vielleicht zum Narren gehalten worden war. Doch das war Unsinn! Die Sache mit dem Fenster war Zufall gewesen. Der Einbrecher war nicht durch das Fenster gekommen. Er hatte das Schloß zum zweiten Stock aufgebrochen. Norma Fuller meinte etwas schüchtern, daß der Verbrecher sich offensichtlich in der Garage versteckt hätte, er sei wohl hinter einem Wagen hineingeschlüpft, ehe sich das Gitter geschlossen habe. Von dort aus sei er in den zweiten Stock gegangen. Eine plausible Erklärung. Es wurde nie geklärt, wie die Person sich Zugang zur Stahlkammer verschaffen konnte. Der Verantwortliche konnte nicht gefaßt werden. Der Prozeß gegen Venter wurde fallen gelassen.

Carolines Bericht, in dem sie Schritt für Schritt ihre Aktivitäten beschrieb, befriedigte ihren schlecht gelaunten Lehrer, der höchstpersönlich die Venter-Akte vernichtete.

Was ihn vor allem erfreute, waren die Hilfsmittel, mit denen sie sich ausgestattet hatte. Die verschiedenen Perücken. Die Watte in den Backen und um die Hüfte. Der Hund. Er fragte, wie sie an den Hund gekommen war. Natürlich aus dem Tierheim, erklärte Caroline. Sie hatte seinen Unterhalt für drei Monate bezahlt, für den Fall, daß sich kein neuer Besitzer finden ließ, er war ja etwas ältlich. Das fand der Trainer unnötig, es bewies eine sentimentale Ader, die in diesem Geschäft überflüssig war. Na gut, es war schließlich ihr erster Job.

Caroline sah Reed-Smyth mehrere Monate lang nicht, erst Weihnachten konnte sie nach „Riverway" kommen. Doch der Aufenthalt wurde kein Urlaub. Es hatten erneut Guerillaüberfälle stattgefunden. MK war aktiv geworden, immer mehr Männer und Frauen wurden zurück ins Land infiltriert. Die Sicherheitskräfte machten es sich zur Priorität, sie ausfindig zu machen. Reed-Smyth war beschäftigt.

„Sie legen Waffenlager an, Carl", erklärte der Oberst. „Es befinden sich Tausende von ausgebildeten Kämpfern in Lagern in verschiedenen afrikanischen Ländern. Präsident Botha übt weiter Druck auf die Nachbarländer aus, es ist schwierig für sie, diese Leute ins Land zu schleusen. Deswegen schicken sie kleine Gruppen und Einzelpersonen. Die bilden Jugendliche in den Townships aus. Alte ANC-Genossen kommen langsam aus ihren Verstecken gekrochen. Und keiner könnte ohne die weißen Liberalen und die internationale Unterstützung viel erreichen! Wir müssen etwas unternehmen. Wenn die erfolgreich sind, wird Südafrika genau wie Rhodesien von schwarzen Kommunisten regiert werden.“

Caroline schauderte. Ihr war nicht bewußt, daß sie immer schauderte, wenn es um Rhodesien ging. Derek, der sie scharf beobachtete, sagte mit sanfter Stimme, die sie freudig erröten ließ: „Du machst das alles ganz gut, Kind.“

9. Familie Glaser. 1984/1985

Baragwanath. Juni 1984

Überall Blut. Stöhnen. Schreie. Schmerzen. Ethel sagte mir, wie grauenhaft es war, als sie das zuerst erlebte. Es war ihre großartige Idee gewesen, während der Ferien im zweiten Jahr ihres Medizinstudiums in Baragwanath zu arbeiten. Sie brauche die Erfahrung, meinte sie. Und die hat sie auch erhalten. Baragwanath, das ist das Riesenkrankenhaus, das einige Kilometer vor Soweto in Johannesburg liegt, das größte Krankenhaus südlich des Kongo, sagte man mir. Bestimmt eins der beschäftigtsten. Ethel meinte, sie könne sich kaum an einen Moment erinnern, in dem sie nicht das Quietschen der Räder eines Krankenwagens hörte, meistens gefolgt von schrillen Polizeisirenen. Die Räume seien chronisch überfüllt, auch daran müsse sie sich gewöhnen.

Sie hatte so etwas erwartet, nur war alles noch schlimmer, als sie es sich vorgestellt hatte; sie hatte sich zum Beispiel nicht vorstellen können, daß es nirgendwo einen Platz gab, an dem keine Patienten lagen, in, unter, zwischen den Betten, selbst in den Gängen.

Freitags und samstags sah sie das Blut durch die Räume rinnen, die Hilfskräfte hatten die Aufgabe, es wegzuspülen, die Schwestern waren zu beschäftigt, um sich darum auch noch zu kümmern. Einer der Ärzte bemerkte, wie blaß meine Geliebte war, wie nahe ihr das ging, wie furchtbar sie es fand. „Samstags trinken und raufen sie miteinander“, sagte er zu ihr. „Das ist immer dasselbe. Jedes Wochenende betrinken sie sich in ihren *Shebeens*, dort fangen die Auseinandersetzungen an. Sie sind nichts anderes als Wilde.“

Ethel brauste sofort auf. Sie ist nun mal so. Außerdem hatte ihre Mutter in den 40er Jahren, als das noch möglich war, eine Suppenküche für schwarze Schüler geführt. Also fragte sie: „Herr Doktor, haben Sie je einen Krankenbesuch in Soweto gemacht?" Und ehe er antworten konnte, fügte sie verärgert hinzu: „Nein, natürlich nicht. Denken Sie nicht, es würde sich lohnen? Und wenn auch nur einmal? Dann könnten Sie sich überlegen, ob es ein Grund ist, eine Flasche hinunterzukippen, wenn man mit zwanzig anderen zusammen haust, ohne Arbeit, ohne Geld, ohne Hoffnung!"

Der Arzt, der typische Durchschnittsmensch in mittleren Jahren, mit Übergewicht und zu viel Arbeit, war nicht erheitert. Sagte, natürlich habe sie absolut recht, doch das sei nun mal so, dann ging er zum nächsten Fall.

Ich nehme an, die männliche Hilfskraft, die Ethel ansprach und fragte, was mit dem Wagen geschehen solle, den er vor sich herschob, konnte nicht umhin, zu hören, wie aufsässig sie gewesen war. Ethel antwortete nicht direkt, sagte nur, es tue ihr leid, daß sie sich geärgert habe, der arme Mann konnte nichts dafür, er tat sicher sein Bestes. Dann blickte sie den jungen Mann in seinem blutigen Kittel an, der sie angesprochen hatte. Er hielt eine Flasche über den Wagen. „Chirurgischer Fall", erklärte er. Ethel entschuldigte sich nochmals. Sie sei kaum die richtige Person, die man fragen sollte, sie war eine unqualifizierte Anfängerin. Dann erblickte sie eine Schwester und rannte ihr nach, um sich zu erkundigen, wohin der Wagen geschoben werden solle, kam zurück, um dem Mann damit behilflich zu sein. Stellte sich vor, wie es sich gehörte.

Er hieß Ntuli. Fragte, ob sie an der Witwatersrand Uni studiere. Da dies nicht der Fall war, erklärte sie ihm unser Problem. Wir wohnten nämlich in Johannesburg. Ethels Familie wohnte in Johannesburg. Meine Familie wohnte in Johannesburg. Deshalb das Problem. Wir liebten unsere Familien innigst, aber … wir wollten ihnen etwas ausweichen. Meine Familie wollte, daß wir heirateten. Ethels Familie wollte, daß wir heirateten. Wir wollten, daß wir heirateten – doch jetzt noch nicht. Unsere Familien vertraten vorsintflutliche Auffassungen, wie etwa, daß man nicht miteinander … sie konnten nicht einmal die Worte aussprechen, ohne rot zu werden – ehe man richtig verehelicht war. Wir nehmen es ihnen ja nicht übel. Unsere Eltern gehören zu jener Generation, die denkt, man müsse jungfräulich, wenn möglich auch jungmännlich ins Ehebett gehen. Wenn dieses Tabu gebrochen wurde, geschah es mit schlechtem Gewissen. Unsere modernen Ideen paßten nicht zu Hühnchen und Nudeln am Freitagabend. Oder so ähnlich. Deswegen entschieden wir uns, nach Natal zu gehen. Wits, das ist eine liberale, lebendige Institution. Das kann man kaum von unserer kleinen Uni behaupten.

Hätte Ethel darüber nachgedacht, wäre sie darauf gekommen, daß Ntuli nicht die übliche Hilfskraft war. Ich meine, er stellte eine persönliche Frage, stimmt's? Und schwarze Hilfskräfte stellten einem Weißen keine persönlichen Fragen. Nicht in Südafrika. Nicht seit 1948. Dem Jahr des Wahltriumphes der Nationalen Partei und ihrer Apartheid.

Jedenfalls, wie gesagt, erklärte sie ihm unsere Situation. Meinte auch, sie hätte sich nicht denken können, wie schlimm das Leben in Soweto war, doch nun seitdem sie Bara gesehen hatte, war ihr vieles klar. Dann fragte sie ihn, was er dort machte. Sei er als Krankenpfleger angestellt? Nein, antwortete er, nur als Aushilfe. Sein Bruder hatte ihn den Job besorgt. Ethel wußte, daß „Bruder" eine breite Definition hatte, also fragte sie nicht weiter. Ntuli gefiel ihr, er zeigte keine Spur der Unterwürfigkeit der meisten Afrikaner, er gehörte zu der neuen Soweto-Generation, die sich wenig gefallen ließ. Die Kinder damals im Jahr 1976, die sich der Polizei mit Steinen entgegengestellt hatten, durch sie hatte das Durcheinander angefangen, in dem wir lebten. Zehn lange, unruhige Jahre und danach offener Widerstand in den Townships. Südafrika war ein Land, das auf seine Revolution wartete.

Einige Tage nach dieser Begegnung holte ich Ethel ab, gerade als Ntuli aus dem Eingang kam. Sie stellte uns vor. Ich fragte nach seinen Vornamen. Seine weißen Zähne blitzten. „Zu schwierig für einen, der kein Zulu spricht. Jeder nennt mich Ntuli." Charmanter Mann, dachte ich. Selbstbewußt.

Wir gingen zu meinem Wagen. Ntuli lehnte es ab, daß wir ihn fuhren, es sei zu gefährlich für uns in Soweto. Ich stimmte ihm zu und meinte, wenn wir geahnt hätten, was nun alles in den schwarzen Vororten um Joburg los war, hätten wir uns nicht für das „Verschlafene Thal" eingeschrieben, wie wir unsere Uni nannten. Seit dem Aufruf des ANC-Präsidenten Oliver Tambo aus Lusaka, das Land unregierbar zu machen, hatten die Vorortbewohner genau das getan. Das Land war unregierbar geworden. Sie boykottierten alles: Mietzahlung, Schulen, weiße Geschäfte, versuchten, sich selbst zu organisieren, etwa die Müllabfuhr oder den Personentransport. Polizei und Armee hatten die Townships besetzt. Die weitere Entwicklung war nicht absehbar. Nein, wir hätten nicht wegziehen sollen.

Das sagte ich natürlich nicht, nur, daß es uns leid tat, daß wir in Natal lebten. Ntuli ging nicht darauf ein. Das erwartete ich auch nicht. Wir gaben ihm unsere Adresse. Eigentlich dachten wir nicht, daß wir uns wiedersehen würden. Nicht, daß wir keine schwarzen Freunde hatten, aber wir mußten zurück zur Uni, und er lebte in Soweto. Kaum geeignet für eine Brieffreundschaft.

Am nächsten Tag wurde Baragwanath von einer richtigen Krise getroffen, obwohl es weder Freitag noch Samstag war. Ethel hatte gerade ihren Dienst angetreten, als die ersten Patienten eingeliefert wurden. Danach kämpften Autos und Krankenwagen um die Halteplätze. Verwandte schleppten Blutende und Verletzte an, nahmen jede Fahrgelegenheit wahr, um sie ins Krankenhaus zu bringen. Baragwanath war die reinste Hölle. Jeder tat, was er konnte. Sie sandten Notfallrufe aus, nach Ärzten, Pflegern, Hilfskräften, Medikamenten. Jeder Angestellte, der keinen Dienst hatte, wurde gebeten, sofort zu kommen. Personal strömte aus anderen Krankenhäusern und Kliniken nach Soweto. Die meisten Verletzten litten an Schußwunden. Andere hatten gebrochene Glieder, schwere Prellungen, blutende Wunden, viele kamen mit Augen, die von Tränengas verletzt waren. Keiner brauchte den Soweto-Bewohnern zu erklären, was los war. Es war nichts Ungewöhnliches mehr. Unruhen waren ausgebrochen. Jeder konnte erklären, wie es dazu gekommen war. Wahrscheinlich, weil Kinder einen Panzerwagen mit Steinen beschmissen, ihren Toji-Toji Kriegstanz aufgeführt hatten, ihre Parolen *Amandla, Ngwethu,* die Macht dem Volk! geschrien hatten, bis irgendeinem Polizisten oder Soldaten die Nerven durchgegangen waren und er einen Schuß abgegeben hatte. Erneute Unruhen in Soweto.

Niemand, auch Ethel nicht, hatte Zeit, nach Gründen zu fragen, sie konnten nur das Nötigste tun, Anweisungen befolgen, Initiative entwikkeln. Die meisten Opfer waren jung. Ethel sah, wie eine Schwester ein Tuch vom Körper einer blutenden, unter Schock stehenden Frau löste, wollte helfen, wurde beiseite geschoben, da gab es nichts mehr zu tun, nur das tote Kind vom Rücken der Mutter nehmen.

So war es eben in diesen Jahren. Jeder wußte, daß die Sicherheitskräfte in Soweto sich wie Besatzungstruppen benahmen. Wir waren der Ansicht, daß man so nicht mehr lange Gesetz und Ordnung aufrechterhalten könnte. Erwarteten das Schlimmste. Denn wir waren überzeugt, daß Menschen sich nicht ewig unterdrücken ließen.

Natal. August 1984

Wir wohnten in Pietermaritzburg in einer kleinen Wohnung, in der wir es uns bequem machten. Ethel war ziemlich gestreßt nach ihren sogenannten Ferien, und ich bestand darauf, daß sie sich etwas weniger anstrengte. Das bedeutete, daß sie nur zu zwei Terminen anstatt zu dreien ging. Und anstatt ein halbes Dutzend Sorgenkinder zu versorgen, beschränkte sie sich auf drei oder vier. Eigentlich durfte ich mich nicht beschweren. Ich hatte meine eigenen Angelegenheiten, die mich in Anspruch nahmen.

Eins ihrer Sorgenkinder lernte Ethel bei einem Zulu-Sprachkurs kennen. Ethel meinte, sie müsse sich mit ihren Patienten in deren Sprache unterhalten können. Da die fünf Millionen Zulu die größte Bevölkerungsgruppe der 30 Millionen Afrikaner bildeten, wählte sie deren Sprache. Die Studentin, die sie mitbrachte, studierte Kunst mit Sprachen als Hauptfächern, eine davon war Zulu.

Das Mädchen tat Ethel leid, es erzählte, es sei im ersten Semester, es war schüchtern, kannte niemand. Ich hörte kaum zu. Schließlich wußte ich, daß Ethel sie irgendwann in die Wohnung schleppen würde, zum Essen oder so. Und genau so kam es.

Sie hieß Janet Bedford. War hübsch, wenn man diesen Typ mag, was mich anbetrifft, so gefällt mir klein, rund mit unordentlichen Locken… Janet hingegen war groß, tolle Figur, mit dunklem, glattem Haar, das sie in einem altmodischen Knoten im Nacken trug. Sie war überhaupt etwas altmodisch, hielt sich von engen Kontakten fern. Selbst ihre Brille war altmodisch und gab ihr das Aussehen einer Eule, ich selbst halte mich an den John Lennon-Brillenstil. Ich erfuhr nie, ob Janet kurzsichtig war. Manchmal ging sie ohne Brille. Ethel meinte, sie trüge sicher Kontaktlinsen.

Sie hatte die richtige politische Einstellung. Wußte viel. Verstand, wie verrückt diese Idee mit drei Parlamentskammern war, ich meine, dümmer hätten sie's nicht machen können, je eine Kammer zu schaffen für Weiße, sogenannte Farbige, Asiaten unter der sogenannten Reformverfassung. Natürlich gab's keine für Afrikaner, die sollten weiter in ihren „Heimatgebieten" ihr Heil suchen. Janet war völlig mit der Politik der VDF, der Vereinigten Demokratischen Front, einverstanden, unter deren Dach sich etwa 600 Oppositionsgruppen zusammengetan hatten, Kirchen, Gewerkschaften, Parteien, selbst Bürgerinitiativen. Ich organisierte auch etwas unter der Studentenschaft. Janet schloß sich uns an. Das freute mich, doch ich kannte sie nicht gut genug, um sie einer anderen, kleineren Gruppe vorzustellen, mit der ich ebenfalls etwas zu tun hatte.

Wie Ethel sagte, sie war zurückhaltend, trat nur manchmal aus ihrer Verschlossenheit heraus. Einmal sagte ich: „Bei Politik geht es um Gleichberechtigung. Es geht darum, Armut und Verzweiflung zu besiegen."

Janet rief: „In der Politik geht es immer um Haß! Um ‚uns' und ‚die'..." Dann verstummte sie und weigerte sich, dies weiter auszuführen. So Unrecht hatte sie nicht. Die Schwarzen betrachteten das „System", wie sie die Regierung beschrieben, als den Feind. Sie waren eben „wir" und die Weißen „die". Genau dagegen wehrten wir uns. Wir wollten die Trennung abschaffen.

Wenn Janet während einer Sitzung doch etwas sagte, so war es stets gut durchdacht. Eines Tages erinnerte sie uns in ihrer bescheidenen Art daran, daß wir den Tag der Frau nicht vergessen sollten. Am 9. August 1956 waren 20.000 Frauen aus dem ganzen Land, die Mehrheit natürlich Afrikanerinnen, nach Pretoria zum Verwaltungsgebäude gezogen und hatten dort gegen die neuen Paßgesetze für schwarze Frauen demonstriert. Eine äußerst mutige und erfolgreiche Demonstration. Ein Meilenstein in der Geschichte des Widerstands gegen die Apartheid. Janet beschrieb die Szene bewegend, man hätte denken können, sie wäre selbst dabei gewesen, hätte gesehen, wie die Frauen ihre Bittschriften in Säcken gesammelt und dem Premierminister vor die Tür gestellt hatten. Dann hatten die Frauen ruhig verharrt, ohne Bewegung eine Minute lang, bis eine der Führerinnen *Nkosi sikele'i Afrika* angestimmt hatte. Danach löste sich die Demo auf. Die Frauen kamen in die Stadt zurück, genau zu der Zeit, in der die Arbeiter sich in die Busse drängten. Plötzlich riefen die Männer: „Zuerst die Frauen!" Eine großartige Anerkennung der Frauen in einer patriarchalischen Gesellschaft!

Ethel sagte: „Natürlich! Meine Tante Liliane war bei der großen Versammlung damals dabei, als sie die ANC-Freiheitscharta veröffentlichten! Das war kurz nach dieser Demo in Pretoria. Als die Delegierten ankamen, sahen sie ein Riesentransparent, auf dem stand ‚Wir danken den Frauen!'."

Wir fanden es eine tolle Idee, als Janet vorschlug, den Frauentag mit einer Demo zu ehren. Wir nahmen uns vor, nur innerhalb der Uni zu demonstrieren, dann konnte man uns nicht vorwerfen, daß wir eine öffentliche Demo ohne Erlaubnis abhielten. Wir entwarfen Plakate wie „Wir ehren die Frauen!", „Frauen-Power!" und „Die Hand an der Wiege regiert die Welt!"

Wir waren etwa 25 Demonstranten. Unsere Uni war nicht gerade die fortschrittlichste und unsere Studentenschaft so flexibel wie Granit. Na ja, wir hatten nichts Besseres erwartet. Also liefen wir über das Unigelände, ich mit Ahmed Mehta voran, Ethel an meiner Seite, hinter uns Janet und Homer Mokhele, der zwei andere schwarze Studenten überzeugt hatte, mitzumachen. Wie gesagt, wir waren ganze 25 Männlein und Weiblein, vier von der letzteren Sorte, zwei weiße Frauen waren zu uns gestoßen, abgesehen von Ethel und Janet.

Kaum hatten wir angefangen, da erschienen sie! Rasselten in drei Panzerwagen an, als ob sie es mit einer aufrührerrischen Massendemonstration zu tun hätten. Umringten uns sofort, es waren mehr Polizisten in Kampfmontur als Demonstranten! Und die Hunde! Ich sah mindestens drei von diesen Kreaturen.

Die machten mir am meisten Angst. Ja, Angst! Ich zitterte vor Angst! Ich sah diese schillernden Augen, die triefenden Kiefer, die Muskeln der Beine – und bibberte. Wir hatten bereits einen Rundgang gemacht, hatten *Nkosi Sikelel'i* gesungen, und ich dachte, so, jetzt haben wir genug demonstriert, wollte abbrechen – da hörte ich jemanden hinter mir „*Amandla*" schreien – und die anderen sofort spontan antworten „*Ngwethu!*" Ich schrie mit, ballte die Faust, sah plötzlich, wie sie den Hund losließen und er mir direkt an die Kehle sprang.

Viel mehr kann ich über die Demo selbst nicht berichten. Es hat mich ziemlich übel zugerichtet, dieses Biest. Sie steckten mich zwar zuerst in eine Zelle, aber dann mußten sie doch was tun, und ich wurde im Gefängniskrankenhaus verarztet. Nicht gut, aber gut genug.

Dann, als ich wieder gesund war, da war ich dran. Ich hatte gedacht, auch wenn sie wußten, daß ich Mitglied der VDF war, was sollte das bedeuten. Die VDF war nicht verboten. Doch darum ging's ihnen nicht. Sie schrien mich an. Mehta hätte ausgesagt. Mokhele auch. Wir drei seien Mitglieder einer Geheimzelle, wir arbeiteten für den ANC, wir seien Volksverräter, warum gäbe ich das nicht zu... Und weil ich es nicht zugab, schlugen sie mich. Dann stellten sie mich auf Backsteine, eine ganze Nacht lang, meine Haut, mein Fleisch hing um meine Knöchel wie alte Socken, die man nicht mehr hochziehen kann.

Als ich ohnmächtig wurde, warfen sie mich in die Zelle. Und am nächsten Tag wiederholten sie das ganze, weil's ihnen so viel Spaß gemacht hatte.

Sie erreichten nichts. Das mit dem ANC, na ja, so Unrecht hatten sie nicht. Aber warum sollten wir denn einfach daneben stehen, wenn Unrecht geschah, und nichts tun? Irgendwann würde der Tag der Befreiung kommen, sagten wir uns. Den wollten wir verdient haben. Nicht so wie bei vielen Deutschen, die von ihrem himmelschreienden Unrechtssystem von ihren Feinden befreit worden waren. Weswegen sie es auch nicht als Befreiung anerkannt haben, vielmehr als Kapitulation. Doch das ist ein anderes Thema.

Also, weil sie mich nicht klein bekommen konnten, ließen sie zuletzt von mir ab. Den beiden anderen, auf die sie es abgesehen hatten, Homer Mokhele und Ahmed Mehta, denen ging's sehr schlecht. Mehta war gläubiger Muslim, sie gaben ihm fettes Schweinefleisch, zwangen es ihm in Mund und Magen, bis er derartig krank wurde, daß sie dachten, er würde sterben. Mit ihm hatten sie auch nichts ausrichten können.

Am schlimmsten wurde Homer gefoltert. Für ihn hatten sie die Wasserfolter reserviert. Dabei wird der Kopf völlig mit nassen Tüchern umwikkelt, um ihn so in einen Trog schmutziges Wasser zu tauchen. Sie drükken immer wieder fest zu, bis an den Rand des Erstickens und Ertrinkens. Sie ließen ihn einmal fast tot liegen. Ein Wunder, daß er sich wieder erholte.

Die anderen Studenten waren auch festgenommen worden, und die Uni hatte sie für den Rest des Semesters suspendiert. Die vier Frauen waren nicht in Einzelhaft, sie wurden in eine Zelle gesperrt. Man entließ sie nach zwei Nächten. Die anderen nach einer Woche. Nur uns drei hatten sie ins Herz geschlossen.

Als ich in Einzelhaft war, hatte ich viel Zeit zum Nachdenken. Über die Demo. Warum war die Polizei so massiv aufgetreten? Woher wußten sie, was wir geplant hatten? Gab es einen Informanten unter uns? Das ist der Alptraum aller Untergrundstrukturen. Es wurde mein Alptraum.

Ich wurde nach vier Monaten freigelassen. Das Merkwürdige war, daß wir alle uns danach lange aus dem Weg gingen. Keiner wußte, was mit dem anderen geschehen war. Was er oder sie gesagt hatte. Hatte man gesungen? Durchgehalten? Besser war es, nichts zu fragen.

Als das nächste Semester begonnen hatte, merkte ich, daß Homer Mokhele fehlte. Er war Ingenieurstudent, ein begabter, intelligenter Mann. Ich machte mir Sorgen. Keiner wußte etwas von ihm. Er sei in der Transkei, sagte jemand. Dem Heimatgebiet der Xhosa.

Etwa zwei Wochen später, als ich einkaufen ging, sprach er mich in einem Gang des Supermarkts an. Flüsterte, er würde nachts kommen. Ich sollte die Tür nicht abschließen.

Er kam, leise, auf Zehenspitzen um zwei Uhr. Ging vier Stunden später, ehe es hell wurde. Ja, sie hatten ihn dazu gebracht, auszupacken. Er hatte viele Lügen erzählt, auch einiges Wahres. Sie wollten, daß er für sie arbeitete. Er sagte zu. Sie teilten ihm einen schwarzen Polizisten zu, für den er arbeiten sollte. Nur, Homer meldete sich von der Uni ab und ging in sein Heimatdorf zurück. Auch dort würde er nicht für sie arbeiten, sagte er mir. Lieber würde er sich umbringen.

Wie sich herausstellte, brauchte er das nicht. Das besorgten sie schon selbst. Er hatte seinem ältesten Bruder alles gesagt, der versuchte, ihn außer Landes zu bringen. Er hatte Kontakte, wie er mir erzählte, als er mich Jahre später aufsuchte. Einige Tage vor seiner Flucht erhielt Homer eine Nachricht von seinem Polizisten-Freund. Er sollte ihn in Umtata in einer Bar treffen. Homer und sein Bruder beschlossen, daß es am besten sei, die Verabredung einzuhalten.

Das Bier stand bereits geöffnet am Tisch, als Homer ankam. Sie unterhielten sich kurz, dann verabschiedete sich der Mann, meinte, Homer würde bald eine neue Anweisung erhalten.

Wenige Minuten später stürzte Homer vom Stuhl, wälzte sich unter qualvollen Schmerzen am Boden. Noch ehe man ihm helfen konnte, fing er an zu röcheln, gelber Schaum bildete sich vor seinem Mund. Er war tot, als er im Krankenhaus ankam.

Eine Untersuchung gab's natürlich nicht. Dafür war gesorgt. Genau wie für das Gift, das man Homer verabreicht hatte. Südafrika hatte nie das internationale Abkommen über biologische und chemische Waffen unterschrieben. Statt dessen arbeiteten kluge Wissenschaftler in geheimen Labors, um derartige Waffen herzuerstellen. Die Rhodesier hatten dasselbe getan.

Übrigens, während sie suspendiert war, arbeitete Ethel im Baragwanath-Krankenhaus. Sie war enttäuscht, daß Ntuli nicht mehr dort war. Und Janet? Sie berichtete, sie sei in die Schweiz gegangen, um an einem französischen Sprachkurs teilzunehmen.

Umhlanga. Februar 1985

So sehr ich Ethel liebe, muß ich gestehen, daß sie einige Fehler hat. Wie der, daß sie immer alles erreicht, was sie sich vornimmt. Wie etwa an jenem Vormittag, als sie in die Wohnung getanzt kam, während ich meine Notizen durchlas. Ich muß zugeben, daß ich noch nicht ganz in Ordnung war, ich war erst vor zwei Wochen aus dem Gefängnis herausgekommen. Wir haben das zwar großartig gefeiert, aber es gab einige Nächte, an die ich nicht gerne denke.

Ethel sang. Sang! Sie, die keine zwei Töne aufeinander abstimmen kann! „Ach, laß uns heute zum Strand fahren, es wäre ein herrlicher Tag..."

„Hör auf!" Ich hatte kurze Hosen und kein Hemd an, lag am Boden auf dem Rücken. Es war wahnsinnig heiß. „Ethel! Hör auf! Ich halt's nicht aus!"

Janet, die Höflichkeit in Person, saß auf einem Stuhl neben mir. Ich dachte, sie nickte, um mir beizupflichten, aber statt dessen lächelte sie und seufzte: „Eine traumhafte Idee. Zum Strand zu gehen. Nur, der ist etwas weit weg."

„Nur wenige Stunden mit dem Auto! Schließlich hat mein lieber Onkel Heimie mir das großartige Angebot gemacht, seine Strandhütte zu benutzen..." Ethel wedelte triumphierend mit einem Brief. „Er sagt..."

Ich stand sofort auf. Versuchte, ihr das Stück Papier aus der Hand zu reißen. „Gib's mir! So 'ne Frechheit! Meine höchstpersönlichen Briefe zu öffnen! Er ist mein Onkel Heimie!" Ich mußte schwer kämpfen, um den Brief zu erhaschen. Tatsache ist, sie behielt ihn und wir lasen zusammen.

Ethel argumentierte noch immer. „Benjamin Saul Glaser, ich hab's ernst gemeint! Wir fahren ans Meer! Heute! Es ist viel zu heiß, um sich Gedanken über Gesetze zu machen oder wie man Verträge regelt. Oder über Fälle nachzuforschen, medizinische oder sprachliche! Denk doch an die Hütte meines Onkels in Durban..." Sie wies auf das zerknitterte Papier. „Zwei Wochen, sagt er. Wir können dort vierzehn Tage lang bleiben!"

Worauf ich ihr sagte, daß Heimie natürlich ein lieber Mensch war, schließlich war er mein Onkel. Fragte, ob sie nicht so gut sein könnte, meine nette Familie zu würdigen, indem sie ein Hemd oder zwei in einen Koffer steckte. Meine Zahnbürste würde ich selbst schaffen. Das ärgerte sie, so daß wir erneut mit einander raufen mußten und auf dem Boden landeten, wo ich sowieso schon gelegen hatte. Wir küßten uns, hörten auf zu streiten und packten zusammen unsere Sachen.

Wenn ich mir es genau überlege, so taten wir fast alles zusammen. Seit ewigen Zeiten. Die Familienlegende behauptet, daß es im Kinderhort von Dunkeld angefangen hatte, in dem Moment, als unsere beiden Muttis gleichzeitig angekommen waren und gleichzeitig versuchten, ihre Kinderwagen über die Rampe zu schieben. Wir Sprößlinge blickten uns gegenseitig an und fingen sofort an, laut zu protestieren. Ich schwöre, ich erinnere mich haargenau daran. Da war dieses dicke Baby, das mich wütend anblickte. Sprechen konnte ich noch nicht, also was konnte ich anderes tun, als schreien! Tatsache ist, daß ich immer mit diesem schrecklichen Kleinkind zusammen kam. Ich denke, sie wurde mir zum Schicksal.

Ich tat mein Bestes, Janet unsere Familienverhältnisse zu erklären. Wir trafen uns zu oft, klagte ich. Ich hatte gar keine Chance, jemals jemand anderes kennenzulernen. Erstens, unsere Mütter waren lebenslängliche Freundinnen. Zweitens, sie heirateten Vettern. Die waren auch lebenslängliche Freunde. Ethel und ich gehörten zu einem großen Stamm von Brüdern und Schwestern, Vettern und Kusinen, Onkeln und Tanten.

Janet sah mich dermaßen verwirrt an, daß ich aufgab. Das einzige, was mich störte, war ihr Beitrag zu diesem Gespräch, den ich als widerlich empfand: „Es ist mir klar, daß dieser liebe alte Mann ein Onkel von euch beiden ist."

Ich erklärte empört, daß Heimie kein lieber alter Mann war, sondern jung. Ungefähr dreißig. Er war furchtbar reich, weil er sich erfolgreich im hochspekulativen Bereich der Johannesburger Börse betätigte. Janet hielt sich die Ohren zu und meinte, wenn wir in die Hütte des lieben jungen Mannes gehen wollten, so wäre es Zeit, daß wir uns auf den Weg machten.

„Nicht ohne dich!" Meine Ethel kam mir eine Sekunde zuvor, ehe ich das sagte, und nach einiger Zeit überlegte sich Janet, daß es wirklich keine schlechte Idee sei.

Manchmal fragte ich mich, was Janet von uns hielt. Ethel, stürmisch, stets mit irgend einem Projekt beschäftigt. Ich, der immer Theorien von sich gab. In unserer Wohnung herrschte selten Ruhe, wir hatten beide einen unterschiedlichen Geschmack, was Musik anbetraf, ich persönlich war für Jazz. Hingegen war Janets Wohnung ruhig, mit Luftkühlung, elegant, formell. Wie die Wohnung einer unsichtbaren Frau. Ich war nur einmal da, als wir sie abholten, um zu Onkel Heimies Hütte zu fahren. Ich bemerkte nichts Persönliches. Keine Fotos. Nichts lag umher. Als sie mit ihrer Tasche aus ihrem Schlafzimmer kam, dachte ich, die ist wie ihre Wohnung, neu, unberührt. Unsere Sachen hatten wir in einen alten Einkaufswagen und Plastiktaschen gesteckt. Wir planten nie alles ganz genau, aber ich war überzeugt, daß Janet das tat. Ich sagte zu Ethel, daß sie sicher alles ordentlich sortierte. Meinte, daß sie wahrscheinlich „Liebe" in einer Mappe ablegte mit der Aufschrift „für späteren Gebrauch". Ethel antwortete, daß ich zynisch und Janet eine prächtige Person sei, innerlich und äußerlich.

Jedenfalls schien sie gern mit uns zusammen zu sein. Ich muß zugeben, daß ich die Gesellschaft meiner Freunde genieße, vor allem in jenen Wochen, als mancher mir den Rücken kehrte. Einige, weil ich als ein Kommie inhaftiert worden war, andere, weil sie dachten, ich hätte die Kommies verkauft. Trotzdem fand ich es schade, daß wir keinen vierten dabei hatten, wegen Janet. Ich wollte sie nicht ausschließen. Drei kann im Urlaub eine schlechte Zahl sein.

Ich hatte Janet nie verstimmt oder aufgeregt gesehen. Sie war immer ruhig, gelassen. Temperatur: fast am Gefrierpunkt. Ethel, die sich genauso über ein leidendes Wesen aufregte wie über Südafrikas verrückte Politik, war überzeugt, daß Janet tief verletzt worden war. Sie malte sich einen Vater aus, der die Mutter schlecht behandelt und die Familie im Stich gelassen hatte. Entschied, daß Janet zu jung sei, um von einem Liebhaber enttäuscht worden zu sein. Was immer es war, sie hatte den Schmerz unterdrückt. Es wäre gut, wenn sie davon sprechen würde. Sie sollte sich einmal gut ausweinen. Und einen guten Liebhaber finden.

Dagegen hatte ich nichts einzuwenden. Es war überhaupt viel zu heiß, um sich über irgend etwas aufzuregen. Die Hitze war erdrückend, es war ein schlimmer Sommer, in dem es kaum regnete. In unserem Tal war die schwüle Luft kaum zu ertragen. Die Vorstellung eines breiten Sandstrandes am blauen Indischen Ozean war sehr verlockend. Durban würde sicher auch schwül sein, aber es lag am Meer. Ich war meinem Onkel Heimie wirklich dankbar, denn am Nachmittag erfüllten sich unsere Träume von blauem Meer und herrlichem Schwimmen. Onkel Heimies Hütte stellte sich als ein zweistöckiges Strandhaus heraus mit einem merkwürdigem Turm, einem Strand und Dienstboten. Wir, das heißt Ethel und ich, plünderten sofort die Austernbank, von der uns Heimie berichtet hatte, während Janet in Richtung des großen Strandes ging. Sie erklärte, daß sie zwar Durban kannte, mit seinen herrlichen Stränden und belebten Hotels, aber hier sei sie noch nie gewesen und deshalb wolle sie sich umsehen. Also trennten sich unsere Wege. Janet erzählte uns später, was sie erlebt hatte. Und natürlich Dirk, der uns jede Einzelheit mitteilen mußte. Ich glaube, wir konnten uns eine gute Vorstellung davon machen.

Janet ging nicht lange am Strand entlang, das Wasser war zu einladend. Sie schwamm so weit hinaus, wie sie konnte, bis zu den Netzen, die Haie fernhalten sollten. Sie genoß die Freiheit, das Meer, die Sonne, ließ sich von den Wellen in der friedlichen Stille treiben.

Wie überall waren die Strände natürlich getrennt. Der Strand, der an Onkel Heimis Privatstrand angrenzte, war Nur-für-Weiße. Andere waren je für Schwarze, Farbige und Asiaten abgezäunt. Wahnsinn. Jeder schwamm im selben Meer. Vor wenigen Wochen hatten nicht-weiße Politiker dagegen demonstriert. Janet war sich bewußt, daß ihre Freunde sich der Demo angeschlossen hätten, wenn sie bereits im Strandhaus gewesen wären. Das ganze war unsinnig. Wie bei der Eisenbahn. Es gab zwar getrennte Eingänge, getrennte Schalter, aber auch wenn Weiße in den ersten und zweiten Klassen saßen, Nicht-Weiße in der dritten, so fuhren alle im selben Zug, der von einer Lokomotive gezogen wurde. Janet schwamm langsam zurück zum Nur-Für-Weiße Strand, suchte einen leeren Strandkorb, erblickte einen Felsen, der etwas Schatten versprach. Um sie herum lagen und liefen die Strandschönheiten, gebräunt, zufrieden, entspannt, die schönen, schlanken Frauen in hübschen Bikinis, die gut gebauten muskulösen Männer. Natürlich trug Janet einen einteiligen, anspruchslosen Badeanzug. Einige Jungen spielten Fußball. Janet wich ihnen aus, ein Junge fing den Ball ab, wich einem anderen Spieler aus, warf den Ball über den Streifen, der als Tor galt, und traf Janet.

Sie lachte, warf den Ball zurück, befreite ihr langes Haar von dem üblichen Knoten und lief zurück zum Wasser, watete durch die Wellen, die ihr um die Knöchel spülten, wollte gerade tauchen, da hörte sie etwas, das ihre Aufmerksamkeit erregte. Draußen im Meer unweit der Netzes sah es aus, als ob jemand in Schwierigkeiten geraten war. Jemand war zu weit geschwommen. Oder war doch ein Hai durch das Netz geschlüpft? Janet stürzte sich ohne zu zögern ins Wasser, tauchte in eine Welle und ließ diese sie weiter hinausschwemmen, bewegte sich, so schnell sie konnte, auf die Stelle zu, wo sie etwas bemerkt hatte. Sie wußte nicht, daß sich am Strand für Afrikaner Menschenknäuel gebildet hatten, die ängstlich die Szene betrachteten. Wußte auch nicht, daß sie nicht die einzige war, die hinausgeschwommen war, bis sie einige Meter entfernt sah, wie ein Mann tief tauchte und dann an der Oberfläche erschien, etwas in seinen

Armen haltend. Ein Rettungsschwimmer? Janet dachte, wie dumm es von ihr war, zu denken, sie könnte helfen, natürlich war das die Aufgabe der Rettungsschwimmer, die an den Stränden Aufsicht hatten. Sie folgte dem Mann, der in rhythmischen Stößen mit seiner Bürde vorsichtig schwamm. Das Wasser schien nun nicht mehr friedlich und freundlich, sondern feindlich, aggressiv.

Janet war eine hervorragende Schwimmerin und erreichte den sandigen Strand nur wenige Minuten nach dem Retter, der nun neben einem ausgestreckten Körper kniete, umgeben von Rettungsschwimmern. Diese begannen sofort, an dem leblosen Menschen zu arbeiten, taten alles, um ein Kind mit spindeldürren Beinen und schmalem Brustkorb zu retten. Plötzlich weiteten sich die Lungen, das Kind wurde schnell zur Seite gedreht, es ging ein Seufzer der Erleichterung durch die Menge. Janet blickte auf, sah sich von Kindern umgeben. Natürlich, sie befand sich am Strand für Schwarze.

„Sie sind eine gute Schwimmerin!" Der Mann, der die Rettungsaktion ausgeführt hatte, reichte Janet seine Hand, um ihr auf die Füße zu helfen. „Wenn ich nicht zufällig dort draußen gewesen wäre, hätten Sie sie erreicht." Sein kehliger Akzent verriet ihr, daß er ein Afrikander war.

„Es ist ein Mädchen?" Sie richtete sich auf, merkte, daß sie sich nicht, wie so oft, ihrer Größe bewußt zu sein brauchte. Der Mann überragte sie um mindestens einen Kopf. Ein Riese, wie so viele Afrikander. Jung, athletisch gebaut, breite Schultern, schmale Hüften über langen Beinen. Es wurde ihr bewußt, daß er nicht die Uniform eines Rettungsschwimmers trug.

„Ja. Ein *piccanin.*" Er benutzte das übliche Wort für Negerkind, schien nicht zu bemerken, daß andere *„piccanins"* neben ihnen standen, die das weiße Paar anstarrten, noch ganz benommen von dem Unfall.

Janet antwortete auf Afrikaans, sah, wie seine Augen aufleuchteten. Afrikander waren stolz auf die *taal,* ihre Sprache, waren erfreut, wenn englischsprachige Bürger sich die Mühe machten, diese zu erlernen. „Ich dachte, vielleicht hätte ein Hai es erwischt. Sie ... ich meine..." Sie brauchte nicht zu erklären, daß diese manchmal unter dem Netz durchschwammen. Es waren in der Vergangenheit mehrmals Tragödien geschehen.

Der junge Mann sagte bewundernd: „Es war sehr tapfer von Ihnen, ins Wasser zu gehen, wenn Sie dachten, dort sei ein Hai! Vielleicht nahmen das auch die Rettungsschwimmer an, deswegen beeilten sie sich nicht gerade. Trotzdem. Kaffern sollten nicht so weit hinausschwimmen, wenn sie nicht gut ausgebildet sind."

„Ich nehme an, sie wollten angeben, wie Kinder das eben tun."

Er machte ein erstauntes Gesicht. In seiner Umgebung war es nicht üblich, von Bantu-Kindern so zu sprechen, als ob sie sich genau wie weiße Kinder benähmen. Kinder, die gerne angeben wollten. Schwarze gehörten für ihn zu einer anderen Welt.

Janet beobachtete die Rettungsschwimmer, die das Mädchen in ein großes Frotteetuch gewickelt hatten. Die anderen verzogen sich langsam. Die Krise und Aufregung hatte sich gelegt. Sie fragte: „Was wollen sie mit ihr machen? Sie ins Krankenhaus bringen? Ich werde mal fragen." Sie ging auf die Gruppe zu, gefolgt von dem Retter. Einige Kinder folgten, eine respektvolle Distanz einhaltend. Janet drehte ihren Kopf und rief ihnen einen Gruß auf Zulu zu, den sie murmelnd beantworteten.

„Wir bringen sie zum Roten Kreuz, die haben hier ein Zelt." Der junge Mann grinste: „Wir müssen euch danken! Macht ihr hier zusammen Urlaub?"

Die beiden wechselten einen Blick und grinsten ebenfalls. „Wir kennen uns gar nicht!" Der Retter sagte zu Janet: „Ich heiße Dirk. Dirk Biljoen, Madam."

Sie erwiderte: „Ich heiße nicht Madam, sondern Janet. Janet Bedford. Und du?" Sie blickte auf das blasse Gesicht des Mädchens, sprach wieder Zulu. „Wie heißt du?"

Keine Antwort. Ein kleiner Junge, der sich herangeschlichen hatte, flüsterte. „Nonteta. Sie ist meine Schwester."

Während sich Dirk mit einem der Schwimmer unterhielt, begleitete Janet den Jungen und die Träger zu dem Zelt, in dem schwarze Schwestern des Roten Kreuzes Dienst hatten. Sie hatten den Unfall gesehen und gratulierten Janet zu der Rettung. Die überschwenglichen Worte machten sie verlegen, sie verabschiedete sich, rannte zurück zum Strand und ins Wasser, nahm Kurs auf den Nur-Für-Weiße Strand. Wurde sich sofort bewußt, daß Dirk neben ihr schwamm. Sie rief: „ Ich dachte, Sie hätten für heute genug vom Meer!"

„Ich hab‘ nie genug davon! Kann man nicht, wenn man in der Wüste lebt, da halluziniert man von Wasser!"

In der Wüste. Janet erinnerte sich an ihre Ferien mit Derek. Er lebte also in Namibia. Ohne lange zu überlegen, rief sie übermütig: „Ich werde vor Ihnen dort sein, Dirk Biljoen!" Sie war über sich selbst erstaunt. Die schüchterne Janet Bedford forderte einen total Fremden zu einem Wettbewerb auf, als ob sie mit ihm befreundet wäre!

„Ich werde gewinnen, Janet Bedford!" Tat er auch, jedoch nicht so leicht, wie er sich es vorgestellt hatte. Janet erreichte den Strand nur wenige Züge nach ihm. Sie lagen einige Minuten schwer atmend auf dem Sand, dann stand Janet auf und erklärte, es sei Zeit, sie müsse zurückgehen. „Ich wohne mit Freunden zusammen in einem Strandhaus in der Nähe. Sie werden besorgt sein... sie wollten Austern sammeln. Ich muß aber erst mein Badetuch suchen."

„Darf ich Sie begleiten? Ich bin auch mit Freunden hier, wir zelten zu viert. Ich habe zehn Tage Urlaub."

Janet konnte sich selbst kaum verstehen. Es war nicht ihre Art, viel zu reden, und nun unterhielt sie sich ohne Hemmungen. „Das kleine Mädchen hatte einen Ball, der wurde von einer Welle erfaßt. Deswegen ist sie so weit geschwommen, sie wollte ihren Ball nicht verlieren. Sie wohnen im Mhlanga Township. Daniel Mkize, ihr Bruder, erzählte es mir." Sie hatte sich leicht an den Namen erinnern können. Während des Zulu-Unterrichts hatte Ethel eine Geschichte vorgelesen von einer namens Mkize. Eine der Frauen, die in den 50er Jahren einen Frauenprotest angeführt hatte. Gegen die Bierhallen, weil ihre Männer dort das Geld vertranken, das ihren Familien zustand. Die Bierhallen gehörten der Stadtverwaltung, die dadurch die Mittel für die Erhaltung der schwarzen Vororte erwirtschaftete. Frauen durften in Städten kein Bier brauen, obwohl es in den Dörfern traditionell ihre Aufgabe war. Natürlich hatte das zu Unruhen geführt, die Polizei war eingesetzt worden, hatte geschossen. Wie jetzt. Nur, jetzt war alles schlimmer. Vor allem, weil die Zulu-Homeland-Führer sich mit der VDF bekämpften.

„Sie sprechen sehr gut Zulu. Wurden Sie in Zululand auf einer Farm geboren?" Dirk konnte sein Augen nicht von Janet lassen.

„Oh nein! Ich bin ... ein Stadtkind. Ich studiere Sprachen an der Uni."

„Man spricht Pedi, wo ich herkomme."

„Ach, aus dem Transvaal. Ich hatte dort Freunde. In ... äh ... in Ermelo." Ihr Gesicht verschloß sich.

Da er seine eigene Sprache benutzte, sprudelte Dirk die Worte hervor, nur Englisch sprechen fand er schwierig. Janet erzählte ihm von Onkel Heimies Hütte und ihren Freunden, berichtete von Ethel und Ben Glaser. Wie immer sagte sie wenig über sich selbst. Dirk erzählte von seiner Familie: „Wir besitzen diese Riesenfarm auf dem Hochveld. Heutzutage ist das alles Agro-Business, zur Zeit meiner Großeltern war das anders, da hatte man auf der Farm einen anderen Lebensstil. Mein Pa weigert sich zu verkaufen. Er sagt, unsere Farm ist seit Generationen in der Familie, traditionell hat jeder älteste Sohn die Farm geerbt, so soll es bleiben. Mein Bruder wird der Erbe sein, er arbeitet bereits mit Pa."

„Und Sie?" Janet war entspannt, sie fühlte sich in der Gesellschaft des jungen Mannes wohl.

„Ich mache meinen Militärdienst. Im Augenblick bin ich in Namibia stationiert. Später werde ich Geologie studieren." Er fügte stolz hinzu: „Man hat mich in Stellenbosch angenommen."

Wo sonst, Janet hätte es erraten können. Stellenbosch war für Afrikander, was Oxford und Cambridge für Briten bedeutete. Stellenbosch konnte gegen die *engelse* und deren Überheblichkeit ankommen. Dort wurde auch die Apartheid erfunden. Die Elite des Afrikandertums wurde in Stellenbosch ausgebildet.

Sie hatten beinahe Heimies Hütte erreicht, als Dirk sich selbst überraschte, indem er bemerkte: „Ich dachte, du ... Sie ... wären eine Seejungfrau, als Sie plötzlich neben mir auftauchten – mit Ihren langen Haaren, die hinter Ihnen strömten und mit..." Er unterbrach sich, er wollte sagen, und mit den schönsten Augen die ich je gesehen habe, sagte schnell stattdessen: „Mit großartigem Können! Schwimmen Sie für die Uni?"

„Ich schwimme nur zum Vergnügen." Janet fielen die Kinder und ihre ernsten Gesichter ein: „Wir haben es gut, was? Daß wir uns vergnügen können."

Die Bemerkung befremdete ihn: „Dafür ist man jung! Um sich zu vergnügen!"

„Stimmt wohl." Janet blickte auf die Veranda, fragte zögernd: „Sagen Sie ... hätten Sie Lust, mitzukommen?"

Wir konnten das hören. Wir hatten unsere Austernbeute zurückgeschleppt und uns zufrieden auf Liegestühlen ausgestreckt, als ich sie sah. Ich konnte es kaum glauben. Janet und ein männliches Wesen! Sie paßten zueinander, beide waren groß, Janet in ihren Sandalen reichte ihm bis zu den breiten Schultern, er sah wie ein Sportler aus. Ich hatte einmal zu Ethel gesagt, daß Janets großartige Gestalt jedem Durchschnittsmann einen Minderwertigkeitskomplex einflößen könnte, ganz abgesehen von einem kleinen Juden. Worauf sie meinte, wie es so ihre Art ist, Benjamin Glaser brauchte nicht auch noch groß zu sein, um sich überlegen zu fühlen, er sei schon arrogant genug, vielen Dank!

Wir hörten, wie sie sich unterhielten und lachten. Janet! Also stimmte das, was man über stille Wasser sagte, die waren tief. Ich konnte es mir nicht verkneifen zu bemerken: „Das ging aber schnell! Es ist endlich passiert! Der Panzer um das Herz der Schneekönigin ist geschmolzen!"

Ethel, praktisch wie immer, stand auf, um Kaffee aufzusetzen.

Dirk gefiel uns spontan. Auch wenn er nicht einer unserer üblichen Freunde war. Seine Herkunft war so konservativ wie unsere liberal war. Doch er war intelligent, aufgeschlossen und bereit, über seine Ansichten zu diskutieren. Und jeder konnte sehen, wie er von Janet angetan war. Ich hatte von Liebe auf den ersten Blick zwar gehört, aber nun hatte ich es zum ersten Mal miterlebt. Über Janet konnte ich mir kein Urteil bilden, was mich kaum wunderte. Janet war Janet, sie hielt sich zurück. Sie war freundlich, nett, zeigte jedoch keine Gefühle.

Am folgenden Tag bat sie mich, ihr unser Auto zu leihen. Sie fuhr früh weg, und ich war überzeugt, daß sie sich mit Dirk verabredet hatte. Das war nicht der Fall, doch das erfuhr ich erst sehr viel später. Um das verständlich zu machen, werde ich wohl von ihrem Abenteuer an jenem Tag berichten müssen.

Mhlanga-Township. 2. Februar 1985

Es war kaum üblich, daß junge weiße Frauen ein Township aufsuchten. Janet wußte das, aber sie hatte sich etwas ausgedacht und war entschlossen, den Plan durchzuführen. Am frühen Morgen nach unserer Ankunft fuhr sie nach Mhlanga. Sie wußte, dieser Vorort stand unter dem Einfluß der VDF. Nachdem sie von der Hauptstraße abgebogen war, sah sie die Barrikade aus alten Reifen und hielt einige Meter davon entfernt an. Feindliche Augen würden sie beobachten. Sicher befanden sich Menschen in der Nähe, die den Zugang unter Aufsicht hielten. Seitdem die Townships im Juni 1976 explodiert waren, gab es eine Art Kriegszustand zwischen Township-Bewohnern und den Behörden. Die Jugend hatte das Sagen. In den 80er Jahren war der Konflikt endemisch geworden. Und in Natal vertrat die VDF die rebellische Jugend, die gegen die weiße Kontrolle und die Regierung ihres Homelands rebellierte.

Janet lief schnell zur Barriere, ließ ihre Arme hängen, so daß man erkennen konnte, daß sie keine Waffe trug. Zwei Jugendliche in zerschlissenen kurzen Hosen und T-Shirts erhoben sich aus einem Graben. Janet begrüßte sie ernst, sie erwiderten den Gruß ebenso ernst, worauf Janet sofort die Initiative ergriff. Sie erklärte, sie sei zum Township gefahren, da sie eine Familie namens Mkize besuchen wolle, zwei von deren Kindern hießen Daniel und Nonteta. Sie wisse nicht, wo sie wohnten. Vielleicht wisse es der VDF-Vorsitzende? Er oder sie könnte sie vielleicht zum Straßenkomitee führen, das für die Gegend verantwortlich war, in der die Familie lebte. Nachdem sie das losgeworden war, lächelte sie und sagte: „Gestern ertrank Nonteta fast im Meer. Ich wollte wissen, wie es ihr geht." Die Jugendlichen verzogen sich hinter die Barrikade. Janet kehrte zum Wagen zurück. Sie wartete geduldig, während die Jungen sich mit anderen berieten. Sah, wie einer die Straße entlang rannte. Wartete weiter. Sie konnte einen Riesenberg Müll unweit der Barrikade sehen. Ein Bagger arbeitete auf einer Seite, während Menschen auf der anderen durch den Schmutz stapften, Plastiksäcke in den Händen. Menschliche Aasgeier. Janet roch den Gestank von Verwesung, Chemikalien, Urin. Den Geruch armer Menschen.

Nach einiger Zeit erschien ein älterer, bärtiger Mann. Janet stieg aus und der Austausch höflicher Begrüßungen begann erneut, diesmal länger und würdevoll. Der Mann hockte sich auf die Straße. Janet tat das Gleiche. Diese Begegnung konnte nicht beschleunigt werden.

Erst kamen die höflichen Formeln. Der Mann meinte, Janets Besuch sei eine Ehre. Janet antwortete, daß sie sich freue, in Mhlanga zu sein. Sie erklärte die Ereignisse des vorigen Tages. Ihr Interesse sei dadurch erweckt worden, weil ihre eigenen Eltern im Meer ertrunken waren, als sie ein Kleinkind war. Sie war in einem Heim aufgewachsen. Die Frau, die sie erzogen hatte, stammte aus einem Ort namens Cato Manor in dieser Gegend. Während sie dem Mann das erklärte, dachte sie, daß sie nie etwas über ihre Familie zu den Glasers gesagt hatte.

Er gab sich zuletzt zufrieden, nahm im Auto Platz und dirigierte Janet vorbei an den Plastik- und Kartonhütten am Eingang des Townships über die ungepflasterten Straßen mit ihren großen Löchern, bis sie die Reihen kleiner Backsteinhäuser erreichten. In einem wohnte der VDF-Vorsitzende, ein würdiger Mann, umgeben von einer Anzahl Jugendlicher, die nichts sagten. Die traditionelle Ordnung herrschte auch hier in dieser verkommenen städtischen Umgebung.

Janet wurde erneut befragt. Eine Frau brachte Tee, nannte sie „Madam" auf Englisch. Nachdem sie ihren Tee getrunken hatte, erklärten die Männer, man versuche, die Familie Mkize ausfindig zu machen. Sie würden sich mit Janet in Verbindung setzen, sobald sie die Adresse wüßten. Könnte sie ihre Telefonnummer hinterlassen? Gerne, antwortete sie. Sie verabschiedete sich und gab ihre mitgebrachten Geschenke ab, wobei sie bemerkte, daß jemand diese bereits untersucht hatte, sie standen nicht mehr genau am selben Platz neben dem Werkzeug im Wagen. Sie hatte erwartet, daß man das Auto durchstöbern würde. Sie gab ihnen die Schachtel mit dem Fußball für Daniel, die Puppe und ein Kleid für Nonteta. Ihre ehrliche Dankbarkeit paßte sich ihrer eigenen Freude an. Sie fuhr ab, mit den Worten des Dankes, guten Wünschen und dem Versprechen, die Mkizes zu suchen, in den Ohren.

Durban. 6. Februar 1985

Am fünften Tag unseres Urlaubs erschien Ntuli im Strandhaus.

Er tauchte plötzlich auf der Veranda auf, wo wir ein spätes Frühstück genossen. Wir konnten es kaum fassen. Wir sprangen auf, Ethel umarmte ihn, ich klopfte ihm auf den Rücken, und er schien über unseren Empfang glücklich zu sein. Unsere Fragen wehrte er natürlich ab, bediente sich mit Eiern und Toast.

„Ich bitte Euch, dies hier ist mein Heimatland, he! Ich stamme aus KwaZulu! Ich bin hergekommen, um meine Familie zu besuchen. Bin schon seit einigen Monaten hier. Wenn Ethel mich wirklich wieder treffen wollte, hätte sie mir eine Nachricht in Bara lassen können! Ich hab ihr doch von meinem Bruder erzählt. Derselbe Vater, andere Mütter!“ Er goß sich eine Tasse Tee ein. Dann hatte er doch Mitleid mit uns und erklärte, Haji Mehta habe ihm gesagt, daß zwei seiner Freunde in Durban seien und er sie vielleicht kennenlernen wolle. Als er die Namen nannte, wußte Ntuli, daß er uns bereits kannte.

„Kleine Welt.“ Später überlegte ich mir, daß dies eigentlich nicht erstaunlich war. Die Gruppe der Aktivisten war nicht sehr groß, natürlich kannte man sich. Haji Mehta, Ahmeds Vater, war ein wohlhabender Geschäftsmann, dem mehrere Grundstücke in diesem Teil des Globus gehörten. Ahmed hatte man außer Landes geschickt, wo er war, wußte ich nicht. Sein Vater, einer unserer Freunde, war der Sprößling einer Familie, deren politische Wurzeln tief in die Zeit hineinreichten, in der Mahatma Gandhi in Südafrika aktiv gewesen war. Ntuli war ein gebildeter Mann, er hatte Ethel gesagt, er habe in Fort Hare einen Uni-Abschluß gemacht. Natürlich war er ein ANC-Mann. Und wir hatten unsere VDF-Zugehörigkeit. Wie auch Janet. Also kannte man sich.

Ntuli lenkte uns ab, indem er fragte: „Wer ist das Liebespaar? Ich sah sie Hand in Hand die Treppen hinuntergehen zu einem Citroën?“

„Ah!“ Ethel war nur zu froh, ihm alles zu erzählen. „Janet Bedford, ich glaube ich habe dir von ihr erzählt, ich nannte sie die Schweigende. Jetzt hat sie den richtigen Mann kennengelernt! Einen Riesen, Bure, er himmelt sie an. Und sie ihn!“ Fügte hinzu: „Über seine politischen Ansichten weiß ich nichts. Er macht seinen Militärdienst. Ich nehme an, Janet wird ihn schon von ihrer Ansicht überzeugen. Sie sind in den letzten Tagen unzertrennlich gewesen. Jetzt sind sie reiten. Haji hat in der Nähe einen Stall, er hat ihnen ein paar Pferde gegeben. Reiten! Wie kann man für so was so viel Energie aufbringen! Hör mal, wir sind bei den Mehtas zum Mittagessen eingeladen. Kommst du mit?“

„Wird das Liebespaar dabei sein? Würde mir Spaß machen, die Schweigende und ihren Buren kennenzulernen.“

Es wurde ein angenehmer Nachmittag. Natürlich nicht ohne Spannung, das konnte bei einer bunten Gesellschaft wie dieser nicht anders sein. Janet und Dirk, etwas ermüdet nach ihrem Morgenritt, schienen zufrieden zu sein, sich in dem tropischen Garten ausruhen zu können, der durch Palmen und große Sträucher von der Straße abgeschirmt war. Wie immer hatte Janet wenig zu sagen, verfolgte jedoch die Debatte mit Interesse. Sie saß nahe bei Dirk, als ob sie ihn vor ihren Freunden schützen wollte. Ich verstand sie. Diese Art von Gesellschaft war ihm fremd. Janet schien zu versuchen, ihn von politischen Themen fernzuhalten.

Aber in Südafrika waren diese immer präsent. Und im Haus von Haji Mehta ganz unvermeidlich. Während Janet und Ethel sich zu unserer Gastgeberin und ihren Töchtern in der Küche gesellten, argumentierten Dirk und ich über Namibia, das einstige Deutsch-Südwest. Es sei Südafrikas Recht, dort Militär zu halten, behauptete Dirk. Ich entgegnete, daß sich Pretoria dieses Recht verscherzt habe und nichts anderes als eine illegale Besatzungsmacht geworden sei. Die Debatte erhitzte sich, denn für Dirk war dies kein theoretisches Gespräch, schließlich war er in Namibia stationiert.

Janet kam in einem Sari gekleidet zurück, die Frauen hatten ihr gezeigt, wie man diesen trägt. Ich hoffte, Ethel würde nicht dasselbe versuchen, sie hatte nicht ganz die richtige Figur dafür. Janet runzelte die Stirn, offensichtlich gefiel ihr die Richtung nicht, die unsere Unterhaltung genommen hatte Vielleicht hätte sie sich eingemischt, wenn man uns nicht unterbrochen hätte. Ntuli traf nämlich ein. Er war gut gekleidet und nicht, wie Ethel und ich ihn bis jetzt immer gesehen hatten, in Jeans. Diesmal trug er einen perfekt gebügelten Safari-Anzug, der uns andere männliche Wesen lässig gekleidet erscheinen ließ. Ich holte mir ein Glas Ananassaft und sagte zu Ntuli: „Gut, daß du hier bist. Dirk hat uns von den Terroristen in Südwest und der Renamo in Mosambik erzählt."

Janet wurde unruhig, sie sah, wie ernst es mir war. Sie hatte den größten Teil unseres Gespräches nicht gehört, aber sie konnte sehen, daß Dirk wütend war. Ich hätte ihn warnen sollen, daß Haji einer alten *Indian Congress* Familie angehörte und wie wir die Apartheid ablehnte. Ich sah, wie Janet Ntuli mißtrauisch anblickte, und überlegte mir, ob sie versuchen würde, Dirk wegzulotsen. Ethel hatte Ntuli erwähnt, Janet wußte etwas über ihn. Und natürlich konnte jeder erkennen, daß er kaum der unterwürfige Dienstboten-„Bantu"-Typ war, den Dirk kannte.

Janet sagte: „Armer alter Dirk! Paß auf, die werden dich bekehren. Sie werden sagen: Swapo, das sind keine Terroristen, das sind namibische Bürger, die für ihr Land kämpfen. Über Mosambik werden sie sagen: Renamo wurde vom rhodesischen Geheimdienst erfunden während des Buschkriegs, weil die mosambikanische Regierung die Befreiungsbewegungen von Zimbabwe unterstützte. Bis 1980 und zur Unabhängigkeit. Dann kam der südafrikanische Geheimdienst und schwupp, der nahm sich der Renamo an und entwickelte die Bande, bis sie echt gefährlich wurde!"

Ntuli lachte. „Sie hat recht. Wir müssen dir viel beibringen." Er drehte sich zu Janet um und sprach sie in Zulu an. „Ich habe gehört, du sprichst meine Sprache. Wo hast du die gelernt?"

„Von einem Dienstmädchen." Sie antwortete auf englisch, klar, sie wollte uns gegenüber nicht unhöflich sein.

„Jemand aus Matabeleland?"

Sie war erstaunt. „Nicht soweit mir bekannt ist. Was bringt dich auf diesen Gedanken?"

Er antwortete nicht, fragte sie stattdessen: „Warum hast du dir Zulu als ein Uni-Fach ausgesucht? Hat das einen besonderen Grund? Hast du vor, unsere Gedichte und Geschichten zu übersetzen?"

„Ich bin sprachbegabt. Ich lerne auch Französisch und Deutsch. Natürlich gefallen mir eure Gesänge und Volksmärchen, aber ich könnte keine Bücher übersetzen, das ist harte Arbeit. Ich hoffe, daß ich Simultanübersetzerin werde."

„Bei internationalen Konferenzen! Da muß Südafrika erst seinen Pariastatus ablegen, dann wirst du viel Geld verdienen. Wer weiß, vielleicht wirst du bei Friedensverhandlungen zwischen dem ANC und der NP arbeiten." Er wandte sich Dirk zu und entschuldigte sich für die Unterbrechung der vorherigen Diskussion.

Dirk war noch immer bei der Politik. Er fragte Janet: „Stimmt das, was du gesagt hast? Daß Renamo die Waffe der Geheimdienste ist?“ Der arme Mann. Die ganze Unterhaltung war für ihn verräterisch. Er quälte sich schwer, befand sich in unbekannten Gewässern.

Janet antwortete ausweichend: „Ich kann‘s nicht sagen, Dirk. Wer weiß, was stimmt, wenn die Geheimdienste mit im Spiel sind? Sie haben ein klares Motto: Wahrheit ist das, was du jemanden glauben läßt.“

Sie streckte eine Hand aus, die er sanft berührte. Man sah ihm an, daß er gern mit ihr allein gewesen wäre. Dafür hatte ich volles Verständnis. Genau wie ich verstand, daß er das Gefühl haben mußte, daß sein ganzes Leben plötzlich umgekrempelt wurde. Dirk Biljoen, ein Afrikander, der für die Apartheid kämpfte, saß mit einem wohlhabenden Inder in dessen Haus auf einem schönen Hügel, mit seinem durchdringenden Wohlgeruch von Weihrauch und Gewürzen, lächelnden Dienerinnen in Saris und Sandalen.

Noch mehr als die Umgebung mußten ihn unsere offenen Bemerkungen, unsere Ansichten verwirren, diese Debatte mit ihrer Ebbe und Flut von Behauptungen und Erwiderungen. Ein Bure, der feurig eine politische Diskussion führte mit einem Juden, einem Asiaten und einem Bantu! Ich nahm an, daß er sich so etwas nicht einmal im Traum hätte einfallen lassen. Tja, er ist an unerwarteter Stelle gelandet, ist über seine Tiefe hinausgeschwommen, als er eine englischsprachige Südafrikanerin, eine *engelse,* kennenlernte und sich verliebte. Fast tat er mir leid. Er mußte sich für schizophren halten. Er hatte gelernt, Menschen wie wir seien als Ausländer zu betrachten. Noch mehr: als Feinde.

Ich wußte ein wenig über Leute wie Dirk, durch einen meiner Onkel, der in den ländlichen Gebieten – im *platteland* – Händler war. Buren bildeten einen kleinen Stamm. Uns nicht unähnlich, nur, wir sind ein bißchen breiter verteilt. Die Buren leben alle zusammen in einem Teil der Welt, das ist alles, was sie kennen und worum sie sich kümmern. Sicher war Dirks Pa ein Mitglied des *broederbond,* der geheimen Bruderschaft, die sich die Herrschaft des Afrikandertums zum Ziel gesetzt hatte. Wie lange konnten sie das noch aufrecht erhalten? Langsam ging‘s dem Ende zu. Ich konnte mir vorstellen, daß Dirk aufgewachsen war mit den vielen Erzählungen von heroischen Buren, die sich gegen heimtückische Briten, falsche Juden, betrügerische Asiaten und wilde Schwarze ständig verteidigen mußten.

Nun befand er sich mit ihnen zusammen. Mit Janet, einer Britin, Ben, einem Juden, Haji, einem Asiaten, Ntuli, einem „Bantu“. Am schlimmsten war, daß wir ihn herausforderten. Man sah ihm an, daß er von Ntuli außerordentlich beeindruckt war. Ein ungewöhnlich kluger Kopf. Dazu ein Absolvent einer Universität. Der gutes Englisch sprach, Worte benutzte, die Dirk wahrscheinlich gar nicht kannte.

Janet erzählte uns später, daß Dirk sie mit Fragen überhäuft hatte. Warum Ntuli in Baragwanath gearbeitet hatte, warum er in KwaZulu war, wollte er in Durban arbeiten? Dirk meinte, jeder Bantu sei immer der Gefahr ausgesetzt, aus einem städtischen Gebiet ausgewiesen zu werden. Wenn Ntuli eine Bewilligung für Johannesburg besaß, hatte er es gut, das war besser, als in Natal zu leben. Dirk meinte, er hätte noch nie einen Schwarzen kennengelernt, der eine derartige Autorität ausstrahlte. Ob er wohl der Sohn eines Häuptlings war? Janet erklärte ihm, daß er damit falsch läge. In den Townships galten die Häuptlinge kaum, was immer auch in den verhaßten Pässen, den Identifikationsdokumenten, stehen mochte. Wichtig waren Männer, die Führungsqualitäten bewiesen. Sie wußte selbst wenig über Ntuli und konnte Dirk also kaum aufklären. Dirk war fasziniert von dem eleganten Afrikaner, der sich so großartig ausdrücken konnte.

Auch uns überhäufte Dirk mit Fragen. Sagte: „Wie kann eine Gruppe alter Männer, die seit Jahrzehnten im Gefängnis sind oder in bequemen Jobs im Ausland, sich anmaßen, uns zu sagen, wie wir unsere Angelegenheiten regeln sollten?"

Haji beantwortete das. „Sie können es, weil sie die vom Volk anerkannten Führer sind. Sie hatten es nicht verdient, als Verräter vor Gericht gestellt zu werden. Weder der ANC noch die anderen Oppositionsparteien hätte man verbieten sollen. Dann säße die Regierung jetzt nicht in dieser Klemme."

Ehe Dirk protestieren konnte, etwa behaupten, daß Mandela und die anderen zurecht verurteilt worden waren, mischte sich Ntuli ein. „Was meinst du, mit bequemen Jobs? Die ANC-Büros in Cha-Cha ... in afrikanischen Ländern sind keineswegs bequem, soweit man liest! Deine Leute haben Bücher verboten, aber sie lassen uns doch lesen, daß die afrikanischen Städte arm, verwahrlost und voll schmutziger Hintergassen sind! Natürlich vergessen sie dabei, daß wir unsere eigenen Slums besitzen." Er wechselte das Thema und sagte zu Haji: „Ich habe Ihre Frau noch nicht gesprochen, Herr Mehta!"

Haji, stets der aufmerksame Gastgeber, verbeugte sich etwas: „Sie ist im Eßzimmer. Sicher ist sie inzwischen mit allem fertig. Wollen wir nachsehen?"

Als sie ins Haus gingen, ergriff Dirk Janets Hand. Ich hörte, wie er fragte: „Hältst du es für ein Verbrechen, für weiße Rechte zu kämpfen? Verbrechen sind strafbar. Ich glaube nicht, daß es ein Verbrechen oder strafbar ist, in Südwest zu kämpfen."

Sie drehte sich zu ihm um und sagte nachdenklich: „Dirk, manchmal ist es schwer, einen geraden Strich zwischen Recht und Unrecht zu ziehen. Ich weiß nur eins: Jemand, der in das Leben eines anderen eingreift und dieses sinnlos erscheinen läßt, ist ein Verbrecher und verdient keine Gnade."

Das Essen war so üppig wie immer bei Asiaten. Und vortrefflich. Wir aßen, unterhielten uns weiter. Dirk nahm nun weniger Anteil an der Unterhaltung. Jedoch als Haji meinte, Südafrika sei ein multi-kulturelles Land, in dem Europäer kein Recht hätten, alles zu bestimmen, protestierte Dirk: Buren seien keine Europäer, sondern Afrikander, die genau wie die Bantu viele Jahrhunderte in Afrika gelebt hätten. Ehe jemand etwas erwidern konnte, berührte Janet seinen Arm und sagte: „Hast du was dagegen, wenn wir bald gehen? Wir haben doch vor, heute abend tanzen zu gehen. Ich möchte noch einiges vorher erledigen." Dirk stand sofort auf. Bedankte sich bei Mehta für die Gastfreundschaft und natürlich dafür, daß er die Reitpferde organisiert hatte.

Haji strahlte, sagte, es sei ihm ein Vergnügen gewesen. Meinte das ernst. Wir sprachen darüber, denn ich sagte, ich hätte Dirk mitgebracht, weil ich das für wichtig hielt. Ich mochte Dirk. Respektierte seine Integrität.

Haji stimmte mir zu. Dirk gehöre zu jener Generation der Afrikander, die sich an die Veränderung anpassen würde. Dirk sei wie viele seines Alters gebildet, er sei kein unwissender Junge vom Land mit Eierschalen hinter den Ohren. Er glaube an seine Werte und Ideale, deswegen sei es nötig, ihn herauszufordern. Es sei an der Zeit, daß Afrikander wie er die Meinungen anderer zu hören bekämen. Die Regierung, die NP, die Älteren hatten ihre eigenen Leute zu lange in Unwissenheit darüber gelassen, was die Welt von der Rassentrennung hielt. Sie müßten bald lernen, daß sie die Macht mit anderen teilen mußten. Daß sie mit anderen zusammen leben mußten. Die Vergangenheit begraben mußten. Beide Seiten. Dirk hatte da einen Vorsprung, mit Janet als Partner, dachte Haji.

Ich war wach, als Janet nachts ins Strandhaus zurückkam. Sie hielten sich nicht lange an der Tür auf. Nicht lang genug für leidenschaftliche Küsse und so. Er kam auch nicht zum Kaffee mit herein. Ethel würde enttäuscht sein, dachte ich, ehe ich mich umdrehte und einschlief.

Am nächsten Tag stand Janet wie immer früh auf und ging hinunter zum Schwimmen. Dieses Mal kam sie mit Ntuli zurück, dem sie unten am Strand begegnet war. Also mußte ich mich seufzend aus dem Bett begeben, damit wir zusammen frühstücken konnten. Großartig. Wir unterhielten uns nicht über Politik, jedenfalls nicht länger als zehn Minuten. Statt dessen malten wir uns aus, wie es im neuen Südafrika aussehen würde. Janet behauptete, Ntuli würde eine weiße Haushälterin und einen weißen Gärtner anstellen. Er rief, daß er niemals Weiße in seinem Haus haben würde und außerdem würde er nur männliche Angestellte haben wollen. Ethel beschuldigte ihn, ein Rassist und ein chauvinistisches Schwein zu sein, worauf er erklärte, sie sei eine archaische Feministin. Es machte allen großen Spaß. Janet war errötet, sie lachte mehr und benahm sich weniger wie eine Nicht-Person als sonst.

Nach einiger Zeit verschwand Ntuli, er wollte aus einem unbegreiflichen Grund hinunter zum Strand. Man stellte damals keine unnötigen Fragen. Janet ging in ihr Zimmer, um sich umzuziehen. Borgte sich wieder das Auto. Und beim Mittagessen sagte sie: „Ihr Guten, es tut mir leid, ich muß meinen Urlaub abbrechen."

Ethel war alles andere als froh darüber. Sie hatte seit Tagen Hochzeitsglocken läuten gehört. „Unmöglich! Was ist mit Dirk?"

„Ich muß morgen früh los. Ich – etwas ist dazwischen gekommen. Ich werde Dirk heute Abend treffen. Und überhaupt, er plant nach Pretoria zu kommen, bevor er nach Namibia fährt, vielleicht können wir uns am Wochenende treffen. Er versteht es." Sie zögerte. „Ich möchte Onkel Heimie keine Unkosten machen, deswegen bin ich ins Präsident-Hotel gefahren, ich wollte telefonieren, ich mußte meine Sponsoren sprechen." Janet hatte uns gesagt, daß die Firma Megalink, eine internationale Kommunikationsfirma, die groß ins Computergeschäft einsteigen wollte und über die ich nichts wußte, ihr Studium finanzierte. „Mega steckt in einer Krise. Sie halten eine Sitzung irgendwo im *bundu* ab. Es ist alles ziemlich wichtig, es gibt immer mehr Konkurrenten in ihrer Branche. Einige französischsprachige Leute kommen zu dieser Sitzung, deswegen wollen sie mich dabei haben."

Dagegen war schwer zu argumentieren. Außerdem, als sie mit Dirk ausging, konnte man sehen, daß ihr die Verabredung wichtig war. Selbst ich mußte zugeben, daß sie phantastisch aussah. Ethel strahlte. Eine echte Heiratsvermittlerin, genau wie ihre Mama. Und diesmal hörte ich nicht, wann Janet zurückkam, wir waren selbst ausgegangen. Am Tag darauf brachte ich Janet zum Zug. Als wir von Durban an die Uni zurückkamen, erwartete uns ein Brief von ihr, in dem sie Onkel Heimie für seine Gastfreundschaft dankte. Ein witziger Brief, ich wünschte, ich hätte ihn aufgehoben.

Eine Woche später rief sie an. Megalink hätte ihr ein fabelhaftes Angebot gemacht, es wäre Wahnsinn, es abzulehnen. Sie hatte sich bereits von der Uni abgemeldet, sie würde durch einen Fernkurs an der Universität von Südafrika weiter studieren. Sie würde in Kontakt bleiben. Ethel war äußerst enttäuscht. Auch etwas traurig. Seit ich aus der Haft entlassen worden war, hatte Janet unser Leben geteilt, war schon fast Teil unseres Mobiliars geworden. Doch es ist schwer, sich mit einer Person zu streiten, die eine tolle Karriere in Aussicht hatte. Es ist schwer, sich mit einer Person zu streiten, die nicht da ist.

Manchmal fragte ich mich, ob es Janet überhaupt gegeben hatte. Denn wir hörten nie wieder etwas von ihr. Trafen sie nie wieder. Das heißt, Jahre später begegnete ich ihr durch Zufall. Inzwischen war viel Wasser den Vaal heruntergeflossen und wir waren alle etwas älter, wenn auch nicht klüger geworden. Und natürlich verheiratet. Das heißt, Ethel und ich.

Eins weiß ich sicher. Hätte ich gewußt, worüber sich Ntuli und Janet an diesem letzten Tag unten an Onkel Heimies Privatstrand unterhalten hatten, wäre ich schwer beeindruckt gewesen. Natürlich erfuhr ich von dem Gespräch, wie von so manchem anderen, erst sehr viel später.

10. NTULI

An jenem Morgen nach dem Mittagessen bei Mehtas watete Janet nach dem Schwimmen an den Strand. Ntuli saß auf ihrem Badetuch, eine Tasche aus Segeltuch neben sich. Er erhob sich grinsend und reichte ihr das Tuch.

„Schöner Tag dafür. Wenn man‘s kann. Schwimmen meine ich." Er sprach Zulu.

Janet trocknete kräftig ihre Haare und fragte in derselben Sprache, ob sie ihm Unterricht erteilen solle.

Er stand noch immer, die Tasche in der Hand. „Nein. Ich möchte wissen, was du dir gedacht hast, als du ins Township gegangen bist."

„Aha! Also schicken sie den großen Mann vom Cha-Cha-Cha-Weg höchst persönlich!"

Ntuli lachte vergnügt. „Du hast es gemerkt. Ich weiß nicht, wie mir das herausrutschten konnte." Seine Stimme wurde weniger freundlich. „Woher weißt du, wo die Büros des ANC in Lusaka sind?"

„Wer in Lusaka weiß das nicht? Ich war im vergangenem Jahr in Zambia, ich besuchte Freunde. Und ehe du fragst, sie heißen Chris und Marga Hamilton, sie sind Entwicklungshelfer." Jetzt in Bangladesh, hätte sie ebenfalls sagen können. Doch das könnte er selbst feststellen. Wenn er meinte, es sei wichtig genug.

Er kam auf seine erste Frage zurück. „Warum bist du nach Mhlanga gegangen?"

„Ich wollte wissen, wie es dem kleinen Mädchen ging. Ich wußte, daß Dirk dafür wenig Verständnis aufbringen würde, also ging ich allein."

„Du hast genau gewußt, daß das gefährlich ist. Für eine weiße Frau, allein im Township!“

Sie zuckte die Achseln. „Gibt es etwas, was nicht gefährlich ist? Wie eine Straße zu überqueren, ohne sich umzusehen. Ich war überzeugt, sie würden mich mit dem verantwortlichen Vertreter des VDF sprechen lassen. Das taten sie auch. Ich habe nicht erwartet, daß sie den Mann aus Lusaka herschicken würden, um mich einzuschüchtern, nur weil ich mich um ein kleines Mädchen kümmern wollte.“

Sie warf ihren Kopf zurück, schwang ihr Haar um den Kopf, ehe sie es mit dem Tuch umwickelte und schritt langsam zurück zum Strandhaus. Ntuli ging neben ihr. „Es war sehr liebenswürdig von dir.“ Er meinte es ernst.

„Kann ich sie besuchen?“ Ein breites Lächeln erhellte ihr Gesicht.

„Ausgeschlossen. Es ist viel zu gefährlich. Inkatha hat überall Augen und Ohren im Township. Es würde ihre Aufmerksamkeit auf dich lenken.“ Er meinte die Inkatha Freiheitspartei, IFP, die große Zulu-Partei, geführt vom Premierminister Häuptling Mangosuthu Buthelezi, einem mächtigen Feind des ANC, der eng mit der Regierung in Pretoria zusammenarbeitete.

Janet lächelte nicht mehr und meinte: „Hm. Gut. Wir haben alle einige Aufmerksamkeit auf uns gelenkt, durch die Demo damals. Wenn IFP sich wirklich für uns interessierte, würden sie unsere Namen kennen. Es gibt sicher Informanten unter den schwarzen Studenten.“

„Das ist anzunehmen. Die Führerschaft interessiert sich jedoch kaum für eine Gruppe weißer liberaler Studenten. Doch wenn eine dieser Studentinnen es sich in ihren schönen Kopf setzt, ein VDF-Büro öfters aufzusuchen, dann würde sie das schon interessieren. Das könnte unangenehm werden.“

Janet war verwundert. „Wieso ist das ein Grund für den Mann vom Hauptquartier, sich für eine weiße Studentin zu interessieren?“

Er flüsterte seine Antwort so leise, daß sie ihren Kopf zu ihm herabbeugen mußte, um sie zu hören. „Weil er sie vielleicht einladen möchte, im Hauptquartier zu arbeiten.“

Sie krümmte sich fast vor Lachen. „Du machst Witze! Wozu? Ich glaube kaum, daß man dort nicht genug Zulu-Sprachige hat, die aus dem Englischen übersetzen können! Oder vielleicht braucht ihr eine Schwimmlehrerin! Komm schon, Genosse Ntuli! Ich wette, ich bin schneller am Haus als du!“

Er lächelte über ihren Übermut und wunderte sich, daß Ethel sie für still und zurückhaltend hielt. Dann erinnerte er sich an etwas anderes, worüber er sie befragen wollte, über diesen Jungen, den Buren. Er sagte langsam: „Sag mal, hast du dich in Biljoen verliebt?"

Sie nahm das Tuch ab, kämmte ihr Haar mit den Fingern. „Theoretisch geht dich das nichts an."

„Tatsache ist, daß es mich etwas angeht. Wir möchten gerne, daß du eine militärische Ausbildung erhältst. Es wäre sehr gut für die Gemütsstimmung der Genossen, wenn eine junge weiße Frau mit ihnen zusammen sein würde. Erzähl mir von dem Buren."

Sie drehte sich um. Starrte ihn erstaunt an und rief: „Du meinst das doch nicht ernst! Du fragst mich doch nicht, ob ich ein Mitglied von MK werden möchte!"

„Es ist mir ernst. Todernst."

Schlagfertig antwortete sie: „Das könnte es werden. Tödlich."

„Du hast behauptet, alles was man tut, sei gefährlich."

Sie standen sich regungslos gegenüber. Janet war wirklich total von dem unerwarteten Angebot überwältigt. Verwirrt. Nach einigen Minuten sagte sie: „Wenn es dein Ernst ist, dann hast du ein Recht zu fragen, wie es mit mir und Dirk steht."

Er faltete seine Hände um ihre und sagte, noch immer leise: „Janet. Glaub mir. Wir meinen es sehr ernst."

Gut. Sie hatten also über sie nachgeforscht. Sie seufzte. „Dirk. Um ehrlich zu sein, er ist zu jung. Zu – ja, zu naiv. Ich mag ältere Männer. Er ist charmant. Lieb. Er ist vielleicht jemand, der für euch in Frage kommen könnte. Vielleicht könnte man ihn überzeugen, daß Apartheid nicht das Richtige ist. Obwohl – ich weiß nicht. Er gehört zur Elite des Afrikandertums. Aber das mit MK: Ich glaube kaum, daß du erwarten kannst, daß ich mich auf der Stelle entscheide. Ich brauche Zeit, um mir das richtig zu überlegen. Um mich zu so etwas Wichtigem zu entschließen."

Sie bemerkte, daß ihre Antwort richtig war. Hätte sie sofort zugesagt, wäre die Sache gestorben. Es war eine erste Prüfung gewesen. Sie mußte damit rechnen, daß es weitere geben würde. „Ethel wird Kaffee bereit haben", sagte sie. „Ich denke, wir sollten ins Haus gehen."

An diesem Abend hatte Dirk etwas anderes im Kopf als Politik. Am Abend zuvor, nach dem Mittagessen bei Mehtas, hatte Janet behauptet, sie sei sehr müde, hatte gleichzeitig versprochen, am nächsten Abend groß mit ihm auszugehen, Essen, Tanzen, alles. Als ihm Janet die Tür öffnete, blieb ihm fast die Luft weg, so daß sie frech lächelte. Sie sah so großartig aus, daß er es kaum fassen konnte. Sie hatte sich viel Mühe mit ihrer Kleidung gegeben, trug keine Brille, ihre Augen glänzten vor Freude, als er nach Worten suchte, ihr sagen wollte, wie schön sie war. Sie hatte sich eine tolle Frisur gemacht, hatte die Haare hochgesteckt, einige Strähnen umrahmten ihr Gesicht. Ihr Kleid war aus tiefem maulbeerfarbigem Material, das sich genau an den richtigen Stellen um ihren Körper schmiegte. Selbst Dirk, der mit derartigen Sachen wenig Erfahrung hatte, verstand, daß sie etwas Besonderes trug, ein teures Modell, einzigartig.

Janet nahm ihn am Arm und sagte: „Ethel behauptet, ich hätte mir vorgenommen, dich zu verführen."

Er antwortete im selben scherzenden Ton. „Stimmt das?"

„Um Himmelswillen! Das ist doch die Rolle des Mannes!"

Im Restaurant verdrehte sich jeder Mann den Hals, während die Frauen tuschelten. Als sie später in Ciros Nachtklub tanzten, schien Janet unermüdlich, sie tanzte unaufhörlich. Es war Dirk, der zuerst genug hatte, sie am Arm faßte und zu ihrem Tisch zurück begleitete. „Du tanzt mir die Beine kaputt! Das ist fast so schlimm wie ein Tagesmarsch durch die Wüste!"

Ihr Gesicht verdüsterte sich. „Das meinst du wohl nicht ernst?"

„Nein, natürlich nicht. Ich wußte nur nicht, daß du so gern tanzt. Vielleicht hast du besondere Schuhe an, weißt du, wie das Mädchen in dem Ballet, erinnerst du dich? Die Roten Schuhe, die das Mädchen in den Tod getanzt haben."

Später, als er über den Abend nachdachte, fragte er sich, ob das der Moment war, in dem sie sich zurückzog. Es war jedenfalls der Moment, in dem sie zur Toilette ging, ihn bat, ihr etwas Kaltes zu trinken zu bestellen, ein großes Glas. Ohne Alkohol. Als er sie etwas später fragte, ob sie wieder tanzen wollte, schüttelte sie ihren Kopf. „Nein, danke. Laß uns hier abhauen!"

Er konnte den Stimmungsumschwung nicht nachvollziehen. Sie saß im Auto neben ihm und starrte vor sich hin, es war, als ob sie nicht mehr bei ihm wäre, bis er den Schlüssel in der Zündung drehte. Dann sagte sie tonlos: „Dirk. Ich muß dir etwas sagen... Ich fahre morgen ab."

„Aber nein! Du hast doch vierzehn Tage Ferien!"

„Onkel Heimie hat den Glasers sein Haus für vierzehn Tage überlassen. Ich muß ... ich habe etwas zu tun. Eine französische Übersetzung. Ich habe das versprochen. Es ist wichtig."

Sie fuhren weiter, ohne miteinander zu reden. Als er vor dem Strandhaus hielt, nahm er sie in seine Arme, sie küßten sich, wie sie sich jedesmal geküßt hatten. Dirk wußte, daß ihn das nicht mehr befriedigte, er wollte mehr, spürte, daß sie dasselbe wollte. Doch als er ihren Hals streichelte, riß sie sich los.

„Ich muß morgen früh los. Ich meine – heute." Sie tastete ungeschickt nach dem Schloß, öffnete die Tür, ehe er ihr helfen konnte.

„Janet? Was ist los?"

Sie stand neben dem Wagen. „Nichts. Ich hab's dir gesagt. Ich muß diesen Job erledigen, ich hab' das versprochen." Er konnte sie kaum hören, sie sprach zu leise. Er fühlte sich verlassen, hilflos, er wollte sie nicht so gehen lassen, wollte nicht, daß sie allein hinter der Tür mit ihren Sicherheitsvorkehrungen verschwand.

„Wann können wir uns wieder treffen?" Er stand neben ihr. „Ich werde dir schreiben. Ich habe deine Adresse. Und die Telefonnummer deiner Schwester in Pretoria." Sie hob ihr Gesicht zu einem Kuß und flüsterte etwas, das sich so befremdlich anhörte, daß er nicht glaubte, sie richtig verstanden zu haben. „Dirk, such dir jemand anderen. Jemanden, der es wert ist, geliebt zu werden." Dann war sie verschwunden. Schneller, als er erwartet hatte, sie mußte den Schlüssel bereits in der Hand gehabt haben.

Dirk blieb noch zwanzig Minuten vor dem Strandhaus sitzen, ehe er abfuhr. Am nächsten Abend besuchte er Ben und Ethel. Er hoffte, etwas über Janet zu erfahren, mußte feststellen, daß sie genau so überrascht waren von ihrer Abfahrt wie er. Sie bestätigten, daß sie von einer großen Firma unterstützt wurde und daß man sie gebeten hatte, etwas zu erledigen. Es kam alles unerwartet und plötzlich. Doch wenn diese Gesellschaft in einer Krise steckte, dann war es verständlich.

Ethel kam mit ihrer Theorie eines brutalen Vaters. „Janet ist, ich weiß nicht, irgendwie unglücklich. Ich hoffe, du und sie, ihr könnt zueinander finden, Dirk. Sie braucht jemanden wie dich."

Dirk stand auf. Er kannte diese Leute nicht gut genug, um seine intimsten Gefühle mit ihnen zu besprechen. Verabschiedete sich und ging. Als er in Windhoek ankam, erwartete ihn zu seiner großen Freude und Überraschung ein Brief.

Namibia. März 1985

Als Dirk zu seiner Einheit zurückkam, fühlte er sich nicht wie der junge Mann, der sich frohen Mutes in den Urlaub begeben hatte. Er war zutiefst beunruhigt. Er war zum ersten Mal in seinem Leben verliebt, noch nie war er einer Frau begegnet, die so anziehend, so faszinierend war wie Janet Bedford. Die elegante, charmante Janet, die gleichzeitig so mysteriös war.

Dirk grübelte auch über Politik viel nach. Bis jetzt hatte er nie an seinen Ansichten und denen seiner Familie, seiner Freunde gezweifelt. War Janet Teil der Opposition? Ein Mitglied der VDF, einer Organisation, die lediglich eine Tarnung des ANC war? Wer hatte recht? War die NP die einzige Partei, die im richtigen Schritt marschierte? Natürlich. Die NP war die Regierungspartei. Hatte seit mehr als 40 Jahren alles geregelt. Oder – gab es doch eine Alternative zu einer weißen Regierung? Hatte die Mehrheit nicht doch ein Recht auf Mitsprache?

Als er vorsichtig seine Zweifel aussprach, wurde er heftigst von den Kollegen ausgelacht. Es tat ihm leid, daß er nicht nach Pretoria gefahren war, er hätte sich mit seinem Schwager Piet Schouter unterhalten sollen. Marie, seine Schwester, war zehn Jahre älter als er, ihr Mann war ein bekannter Rechtsanwalt und Mitglied des inneren Kreises der NP. Er hätte Piet fragen können, ob er sich vorstellen konnte, daß Weiße die Macht mit anderen Rassen teilten. Seine eigene Schwierigkeit, alles zu analysieren, es abzuschätzen, störte ihn maßlos. Er hatte nur einen Trost. Seine Briefe an Janet, in denen er sein Herz ausschüttete. *Geliebte Janet, Deine Briefe sind das einzige in meinem Leben, das mir etwas bedeutet. Dieser Ort ist derartig kahl und trostlos, daß ich es kaum beschreiben kann. Die Namib. Sie hat Menschen, die sich hier verirrten, das Leben gekostet. Dazu ist hier Terroristengebiet.*

Er hörte auf zu schreiben, erinnerte sich an das Gespräch mit Ben und den anderen. Dachte wieder an den Mann, der sich Ntuli nannte. War er ein Terrorist? Ein ANC-Mitglied? Oder noch schlimmer, Mitglied des Militärflügels, der MK? Alles, was sie sagten, Glaser, Mehta, Ntuli, war genau das Gegenteil von dem, was er in der Armee gelernt hatte. Verständlich! Sie waren der Feind, nicht wahr? Janet, der Feind.

Dirk blickte wieder auf seinen Brief. Er liebte Janet. Darüber war er keinen Moment im Zweifel. Dirk stammte aus einer Gesellschaft, in der man nicht offen über Sex sprach. In der Frauen unberührt am Hochzeitstag vor dem Altar stehen mußten. Zur Zeit seiner Großmutter durften junge Paare im Wohnzimmer nur so lange zusammen bleiben, bis die *opsit*-Kerze abgebrannt war, das war das Signal, daß der junge Mann verschwinden mußte. Warum schmerzte es ihn also so sehr, daß Janet ihm nicht mehr als ihren Kuß gegeben hatte? In keinem ihrer Briefe schrieb sie, daß sie ihn liebte. Warum hatte sie geflüstert, daß sie nicht wert sei, geliebt zu werden. Hatte Ethel recht mit ihren Theorien über einen gemeinen Vater? War sie als Kind mißhandelt worden?

Für mich wird es nie wieder jemand anderen geben, sagte sich Dirk. Er würde niemals dieselben Emotionen für eine andere Frau haben. Er überlegte sich, was er gehört hatte über Menschen, die gestört waren, weil sie ein Trauma erlitten hatten. Hatten die Glasers richtig geraten? Könnte das Janets Stimmungswechsel erklären? Wenn er nur jemanden hätte, mit dem er darüber sprechen konnte. Ethel glaubte, Janet sei unglücklich. Dirk wünschte sich mehr als alles andere auf der Welt, daß er das ändern könnte. Er wollte sie glücklich machen. Ihr Glücksgefühl wäre auch seines. Sie waren beide jung. Sie hatten Zeit, um das fertig zu bringen.

So mußte es sein. Er durfte sie nicht unter Druck setzen. Er mußte ihr Zeit geben, geduldig sein. Er liebte sie. Wenn man jemanden liebt, muß man für ihn da sein, ihn unterstützen! Er las noch einmal, was er geschrieben hatte. „*Ich dachte, ich wäre glücklich, ehe ich Dir begegnet bin. Jetzt ist mir klar, daß das nur Zufriedenheit war. Ich war mit meinem Leben zufrieden. Jetzt weiß ich, daß ich erst glücklich sein werde, wenn ich mit Dir zusammen sein kann. Meine liebste Janet, ich bin nicht, wie ich einmal war. Ich habe während der letzten Monate viel gelernt…*“

Er blickte sich um. Was er über diese öde Umgebung geschrieben hatte, stimmte. Eine karge Landschaft. Er konnte die Bewegung der heißen Luft sehen, die über den gelben Sand strich zwischen den Gräben und einer entfernten Berghöhe, nur einige armselige Dornbüsche wuchsen in den großen Sanddünen. Trotzdem, auch dies gehörte zu seinem geliebten Land, diese großen, sandigen Strecken. Fremde meinten, hier könnte nichts überleben. Dirk wußte jedoch, daß Menschen und Tiere hier lebten. Tiere befanden sich stets in Bewegung auf der Suche nach Nahrung und Wasser. Als er noch klein war, hatte Pa ihn einmal in die Wüste mitgenommen, sie waren geritten, hatten gejagt, gezeltet. Sie hatten einen Buschmann-Führer als ihren Dienstboten mitgenommen, als ihren „boy“. Es fiel Dirk ein, daß Ben gesagt hatte, Buschmann sei eine verächtliche

Bezeichnung, dieses Volk heiße San. Dirk wußte selbst, daß es ungehörig war, einen Mann als „Junge“ zu bezeichnen.

Pa wollte Elefanten suchen, aber der Junge – der San – hatte darauf wenig geachtet, bis Pa erklärte, er wollte nur Fotos schießen, keine Tiere. Er schoß nur, wenn er Nahrung brauchte. Daraufhin war der San langsam durch den Sand gelaufen, bis er etwas erspähte, hatte sich hingehockt und auf Spuren gewiesen, breite Fußstapfen. Elefanten. Sie waren der Fährte drei Tage lang gefolgt, ehe sie die Tiere in der Nähe eines Wasserloches gefunden hatten. Ein Bulle und ein weibliches Tier mit einem halb erwachsenen Kalb. Sie hatten mit Bewunderung zugesehen, wie der Bulle mit seinen Zähnen ein tiefes Loch in den Sand grub, bis er seinen Rüssel triumphierend erhob, als erster von dem klaren Wasser trank, dann dieses über sich goß, ehe die anderen Familienmitglieder ebenfalls trinken durften. Und plötzlich waren andere, kleinere Tiere wie durch Zauberei erschienen: ein Onyx, Rehe, Elenantilopen. Der San erklärte, die alten Bullen und weiblichen Elefanten würden die Orte kennen, an denen sich Wasserlöcher befanden, sie liefen manchmal dreißig bis vierzig Meilen täglich, um diese zu erreichen. Die anderen Tiere mußten sich auf die Elefanten verlassen, den Sand zu beseitigen, sie selbst konnten das nicht schaffen.

Die Natur regelte alles.

Plötzlich sah Dirk eine Bewegung, griff instinktiv nach seinem Gewehr und legte sich flach auf den Boden, mit seinen Augen die Umgebung absuchend. Er bemerkte nochmals, wie sich etwas bewegte. Dann sah er sie und hätte fast einen Jubelschrei ausgestoßen. Es war, als ob die Zeit sich rückwärts bewegt hätte! Er beobachtete einen riesigen Elefanten, dessen enormen Zähne zum Boden gewendet waren, während er langsam über den Sand schritt, gefolgt von einem weiblichen Elefanten und einem halb erwachsenen Kalb.

Dirk beobachtete die Tiere mit Begeisterung, war genau so erstaunt wie damals als Junge, daß Elefanten sich der Wüste angepaßt hatten. Das Kalb lief im Schatten des Körpers der Mutter, seine Bewegungen waren unsicher. Pa hatte ihm gesagt, daß nur wenige es schafften, in der Wüste zu überleben, bis sie erwachsen waren.

Dirks Freude wurde jäh unterbrochen. Er hörte eine Salve von Schüssen. Beobachtete entsetzt, wie der tödlich getroffene Bulle seinen Rüssel erhob, ehe er schwankte und seitlich zu Boden stürzte, wie ein großer Baum, den eine mächtige Axt gefällt hatte. Das weibliche Tier drehte sich erschrocken zu seinem Gefährten hin, erinnerte sich an sein Kalb und scheuchte es mit dem Rüssel weg. Zusammen rannten beide in eine andere Richtung als die, aus der sie erschienen waren.

Klar, Andries Pienaar lag im Nachbargraben. Der Sergeant war bekannt für seine totale Kaltblütigkeit. Dirk sah ihn auf sein Opfer zugehen und verließ ebenfalls seine Deckung, obwohl das ein Verstoß gegen den Befehl war. Andries war bereits mit einem Messer am Werk, er sägte an den Zähnen des Bullen. Er grinste Dick an. „Großartig, was! Ich hab‘ noch nie so große Elefantenzähne gesehen!“

Dirk, unter Schock, antwortete mechanisch: „Die Wüstenelefanten brauchen große Zähne, um Wasserlöcher auszuheben, Sergeant, sie haben spitze Zähne, schärfer als die der Elefanten im Kruger-Nationalpark.“

„Bist wohl ein Experte, was?“

Dirk sah hilflos zu, wie der Sergeant mit seiner Waffe weiter an dem Tier herumhackte und antwortete tonlos: „Würde ich nicht behaupten. Aber die anderen werden ohne den Bullen nicht überleben können.“ Wegen seines Wissens, seiner Weisheit, hatte der San erklärt. Elefanten lernten die Kunst des Überlebens von den älteren.

Pienaar konzentrierte sich auf seine Arbeit. „Wenn du schon hier bist, kannste mir mal helfen, Mann! Die Dinger müssen zum Lager gebracht werden. Der General wird sich sehr freuen, auch wenn du dich ärgerst.“

Dirk war erschrocken. „Der General? Du meinst, du wirst ihm das sagen?“

„Klar. Der möchte doch seinen Teil abbekommen. Mann, hast du keine Ahnung? Wir haben alle gut verdient mit den Elefanten in Kunene, da gab‘s tolle Tiere in Angola! Der General wird wahrscheinlich einige der Jungens rausschicken, nach dem weiblichen Tier und dem Kalb.“

Die Elefantenfamilie konnte doch ihren Weg gehen. Denn am folgenden Tag tappte eine Patrouille in eine Falle. Swapo-Kämpfer hatten die Schüsse gehört. Sie beobachteten eine Spur der Elefanten im Sand, die von vier erfahrenen Jägern auf Befehl ihres diensthabenden Offiziers verfolgt wurde. In der Nähe eines Wasserlochs erreichten die Jäger das Ende ihres Weges. Sie starben in einer Salve von Maschinengewehrfeuer.

Die Rache der Südafrikaner folgte unverzüglich und blutig. Ein kleines Dorf in der Nähe der Grenze, das aus dem Kraal des Dorfältesten und vier anderen Wohneinheiten bestand, war der ganzen Wucht der Wut des Generals ausgesetzt. Dort hätten sich die Terrs aufgehalten, meinte er. Er führte selbst drei Panzerwagen an. Dirk fuhr den dritten. Sie rasten über bepflanzte Felder, durch Herden magerer Kühe, denn das

Land war kaum fruchtbar. Ein Hund, der an einem Pfahl angebunden war, starb, als sie über den Zaun zum Kraal fuhren. Zwei Männer wurden sofort erschossen. Ein alter Mann wurde aus der Hütte des Dorfältesten gezerrt, mit Gewehrkolben niedergeschlagen, während seine Frau sich einem Soldaten vor die Füssen warf und um Gnade bettelte, doch er bearbeitete sie mit Fußtritten und Flüchen. Pienaar schmiß eine Handgranate in die Hütte, aus der schreiende Kinder rannten.

Der Überfall hinterließ vier Tote und mehrere brennende Häuser. Danach betraten die Soldaten ein Krankenhaus in der Nähe, schoben zwei entsetzte deutsche Ärzte beiseite, um danach durch die Räume zu rennen und nach Patienten mit Schußwunden zu suchen. Zwei schwer verletzte Männer wurden herausgezerrt und auf einen Lastwagen geschmissen, trotz der Proteste der Ärzte, daß sie nicht zur Guerilla gehörten.

Bis man die Männer befragte, war einer bereits tot. Der andere wurde mit einem Kopfschuß erledigt. Niemand beachtete den jungen Soldaten, der seinen Lastwagen zum Lager zurückfuhr, zitternd vor Erregung.

Meadowlands. 18. Juni 1985

Eine Plastiktasche und eine Abendausgabe des „Star" in der Hand schritt Ntuli pfeifend durch die Gasse, die zu den Baracken für Junggesellen in Meadowlands führte. Er wich einer Pfütze aus, stieß mit dem Fuß einen Tennisball zu einer Gruppe Kleinkinder, die in der Nähe eines offenen Grabens spielten, grinste über ihre fröhlichen Rufe. Kindern machte Schmutz nichts aus.

Die Baracken waren umzäunt und bewacht. Ein weißer Soldat trat heraus, streckte die Hand aus, um die Papiere in Empfang zu nehmen. Ntuli reichte ihm unbekümmert seinen Paß. Der war in Ordnung. Das dicke Dokument war tatsächlich sein eigenes. Man hatte nur einige Eintragungen etwas verändert. Expertenarbeit. Diese Jünglinge würden das niemals bemerken.

„Was tust du hier?"

„Ich arbeite bei Escom." Laut einer der Eintragungen im Paß war er bei dem Elektrizitätswerk angestellt. „Sie haben mir hier ein Zimmer besorgt. Nr. 114. Ich mußte einiges beim OK-Bazaar einkaufen." Er deutete auf die Tasche und blinzelte zum Ärger des Soldaten. „Ein Mann muß mehr essen als Maismehl!"

Der Soldat untersuchte die Tasche, deren Inhalt ihn noch mehr verärgerte. Mann, diese Kaffern, entschuldige, diese Bantu, die gingen wirklich in letzter Zeit zu weit. Wie der Junge sagte, hatte er kein Maismehl dabei, sondern Zutaten für Spaghetti mit allem, was dazu gehörte, von Hackfleisch bis zu Tomaten. Zögernd gab er den Paß zurück, der in Ordnung war, sogar die Steuerquittung war gültig.

Ntuli war mit dem Leben zufrieden. Die Fahrt zur Küste, die Begegnung mit dem Ehepaar Glaser war erfreulich gewesen. Im Hauptquartier war man besorgt gewesen nach den kürzlichen Verhaftungen, aber er konnte sie beruhigen, keiner hatte gesungen. Ben würde bald eine Wandertour unternehmen, würde nach Botswana gehen. Die Bedford war ein weiteres Fragezeichen gewesen, das hatte er nun auch beseitigt. Und zwar ausgezeichnet. Es war auch schön, wieder auf dem Witwatersrand zu sein, wo er geboren und aufgewachsen war, auch wenn KwaZulu laut der Eintragung in seinem Paß sein „Heimatgebiet" war. Seine Mutter war eine Tswana gewesen, eins von diesen kleinen Problemchen, die das „System" schwer lösen konnte.

Ntuli machte es sich in seinem Zimmer bequem, packte seine Einkäufe aus und zündete den Paraffinofen an. Es ging nichts über eine gute Tasse Tee! Oder über einen Privatbereich. Er arrangierte vorsichtig die Streifen Material, die als Vorhänge dienten, ehe er die Briefe unter seinem Hemd hervorzog, die er vom Krankenhaus abgeholt hatte. Die Zeitung konnte er später lesen. Er nahm den Briefumschlag in die Hand, der sehr offiziell aussah, auf der Rückseite trug dieser den Stempel der US-Regierung.

Wenige Sekunden später griffen die erschrockenen Wachen nach ihren Gewehren, rasten zu ihrem Panzerwagen und fuhren in die Gasse, in der sich Nr. 114 befand. Befunden hatte. Denn alles, was übrig geblieben war, nachdem die Feuerwehr eintraf und ihre Arbeit verrichten konnte, waren geschwärzte Wände und Schutt. Sie konnten nichts tun, nur hilflos zusehen, wie die Flammen in die Höhe flackerten, hungrig die Nebengebäude erfaßten. Da war nichts mehr zu retten. Jemand hatte das Ganze mit viel Können mit einer Bombe in die Luft gesprengt.

Johannesburg. 21. Juni 1985

Der Raum war dunstig. Dirk konnte kaum die einzelnen Menschen sehen, überall sah er Gestalten, die sich bewegten, gestikulierten, sich wild im Kreis drehten. Die Musik drohte seine Trommelfelle zu zerschmettern, es war dunkel und stank nach Schweiß und anderen unbeschreiblichen Gerüchen.

Dirk war entsetzt. Doch das war die Adresse, die ihm Janet am Telefon durchgegeben hatte. Sie hatte bei Schouters eine Nachricht hinterlassen. Er hatte sie zurückgerufen, sie hatte gesagt, sie sei in Johannesburg, hatte gefragt, ob er einen Wochenendurlaub beantragen würde. Sie könnten sich in einem Nachtclub treffen. Danach hatte sie ihm die Adresse von diesem grauenhaften Ort gegeben. Der sei nicht weit von ihrem Hotel entfernt, hatte sie erklärt. Er hatte es kaum fassen können, als er in die verwahrloste Straße in Berea mit den heruntergekommenen Häuser eingebogen war. Dann hatte er das Eckhaus gesehen, mit wahnsinnigen Farben bestrichen, hatte die Aufschrift „Mitternacht Kinder" entdeckt. Ein typischer Ort, wie er den degenerierten Wits-Studenten gefiel. Dort würden sie zum Tanzen gehen. Es würde Drogen geben, Sex, abgesehen von lauter Musik und Tanz. Was suchte Janet in dieser Hölle?

Als er versuchte, sich durch die Masse einen Weg zu bahnen, bemerkte er, daß Schwarze und Weiße zusammen tanzten. Himmel, das auch noch! Die Kneipe war ein Schandfleck. Abgesehen davon, daß alles, was hier vor sich ging, illegal war.

Plötzlich entdeckte er Janet. Sie trug einen engen, schwarzen Rock, der ihr über die Hüften gerutscht war, und einen Fetzen, der als Bluse gelten sollte. Sie tanzte allein, die Augen geschlossen, bewegte sich sinnlich, schien ihre Umgebung nicht zu bemerken, eine Handtasche hing an ihrem nackten Arm. Er schlängelte sich zu ihr durch, berührte ihre Schulter.

„Janet! Ich bin's, Dirk!"

Ihre Worte waren undeutlich. „Dirk. Großartig. Kommst Du zur Fete? Wir werden Stimmung machen, was, Dirk! Wunderbarer Ort. Ich liebe ihn. Du sollst ihn auch..."

„Sicher, ja sicher, Janet." Er umarmte sie, hielt sie fest an sich gedrückt, fühlte, wie sie zusammensackte, und trug sie fast zur Tür und hinaus zu seinem Auto. Sie hatte ihm gesagt, sie hätte sich im Stadtzentrum eingecheckt, im Carlton Hotel. Er richtete sie auf, es gelang ihm, sie in den

Sitz zu zwängen. Er legte ihre Tasche neben sie. Er überlegte sich, ob es stimmte, daß sie im Carlton wohnte. Im vornehmsten und teuersten Hotel der Stadt. Jedenfalls bevor die Kriminalität im Zentrum so stark zugenommen hatte.

Er blickte ihr ins blasse Gesicht, sah die geschlossenen Augen. Öffnete ihre Tasche und fand sofort die Plastikkarte. Carlton Hotel, Miss Bedford, Zimmer 333, erkannte die Karte als das, was sie war, ein Zimmerschlüssel. Wenigstens etwas.

Janet hatte sich, als sie das Hotel erreichten, so weit erholt, daß sie selbst durch das weite Foyer laufen konnte. Dirk hielt sie fest, seine Arme um ihre Taille geschlungen, führte sie zum Aufgang und in ihr Zimmer, wo er sie vorsichtig auf ein Ledersofa niedersetzte. Er merkte, daß er sich in einem kleinen Appartement befand, entdeckte eine Nische mit Minibar, Gläsern, Tassen, Kessel. Er ließ keinen Blick von der zusammengesunkenen Gestalt, während er Kaffee kochte. Er verkrampfte sich. Janet, liebste Janet, warum sagst du mir nicht, was dich so schmerzt.

Er brachte ihr die Tasse, zwang sie, einige Schlucke zu trinken, doch sie begann zu würgen, er half ihr aufzustehen, und sie stolperte ins Badezimmer. Er hörte, wie sie sich erbrach, folgte ihr, hielt ihren Kopf, säuberte ihr Gesicht mit einem nassen Tuch. Endlich kam sie wieder zu sich. Merkte, wo sie war und wer bei ihr war. Sie bat ihn, sie allein zu lassen, und er zog sich zurück, überzeugt, daß sie über das Schlimmste hinaus war und daß alles nun besser sein würde.

Eine halbe Stunde später erschien sie im Wohnzimmer, ihr Gesicht von aller Schminke gesäubert. Sie hatte den Bademantel des Hotels angezogen, dessen weiße Farbe die Blässe ihres Gesichts widerspiegelte. Dirk nahm sie in seine Arme. Ihr Kuß sagte ihm, daß sie nach ihm so viel Verlangen hatte wie er nach ihr. Er ließ sich ins Schlafzimmer ziehen zu dem großen, runden Bett, das er zuvor gesehen hatte.

Dirk hatte nicht erwartet, daß Janet derartig leidenschaftlich lieben würde. Sie warf den Mantel ab, als er sie küßte, klammerte sich an ihn mit erneuter Verzweiflung, die sich langsam durch seine sanfte Umarmung legte, bis auch er erregt war. Erst als er sich von ihr befreite, merkte er, daß es für sie wirklich das erste Mal gewesen war. Das hatte er sich erhofft: daß kein anderer Mann sie jemals berührt hatte. Sie lagen sich in den Armen, bis Janet sich von ihm löste.

„Jetzt bin ich dran."

Sie kam mit einem verlockenden Tablett zurück, gefüllt mit Wein und Salzstangen. Diesmal liebten sie sich weniger stürmisch, eher bedächtig und mit größerer Befriedigung. Als Dirk aufwachte, war es frühmorgens. Er war schläfrig, konnte sich nicht konzentrieren. Plötzlich wußte er, wo er war. Streckte den Arm aus, doch Janet war nicht an seiner Seite. Er rief ihren Namen, wußte jedoch sofort, daß es wenig Sinn hatte. Er war allein in dem Appartement.

Der Zettel lag auf dem Tisch neben dem Bett. *Verzeih mir. Ich sagte Dir, ich verdiene es nicht, geliebt zu werden. Ich werde Dich niemals vergessen. Und solange ich lebe, werde ich Dich lieben. Ich sagte es Dir schon einmal. Suche eine andere Frau, Dirk, eine, die gut zu Dir ist und Dir viele Kinder gebärt.*

Harare. 22. Juni 1985

Es hatte sich seit seinem letzten Besuch viel geändert. Rhodesien war nun Zimbabwe. Salisbury hieß jetzt Harare, die *Jameson Avenue* war in *Independence Avenue* umbenannt worden. Merkwürdigerweise hieß das Selous Hotel noch immer so. War jedoch etwas heruntergekommen. Einige der älteren Weißen waren nun permanente Bewohner geworden, sie fühlten sich nicht mehr sicher in ihren eigenen Häusern. Moderne, neue Hotels zogen nun die wohlhabenden Touristen an. Orte wie das Selous Hotel wurden von jüngeren, weniger gut betuchten Besuchern aufgesucht. Oder von jemandem wie ihm, der seiner Vergangenheit nachging. Er hätte sich ein Zimmer in einem Fünf-Sterne-Hotel wie im Monomotapo leisten können. Doch er hatte im Selous gebucht.

James Anderson hatte jahrelang mit der Erinnerung an seinen unglückseligen Abschied nach dem Massaker von Enfield gelebt. Jetzt wollte es der Zufall, daß er hierher zurückgekommen war. Seine Firma, eine Supermarktkette, hatte ihn nach Zimbabwe geschickt, um Geschäfte mit Großfarmern abzuwickeln. Er sollte die erste Bestellung für Avocados aufgeben, sollte die erwünschte Größe und Qualität angeben. Afrikanische Farmer, schwarze wie weiße, waren Dickköpfe, die sich ungern etwas von Europäern sagen ließen. Die Großfarmen waren zum großen Teil noch immer in weißer Hand. James mußte ihnen klar machen, daß es in ihrem Interesse sein würde, die Sorte Avocados anzupflanzen, die in den Regalen europäischer Supermärkte erwünscht war.

Er hatte sich sofort gut mit Mungai Dube verstanden. Sie waren fast gleichalt und entdeckten, daß sie abgesehen von ihrer Arbeit auch andere Interessen teilten. Dube hatte das Radio an, als James in sein Büro im Landwirtschaftsministerium trat. James sagte erfreut: „Thomas Mapfuma!"

„Sie mögen seine Musik?" Dube war ebenfalls erfreut.

„Oh ja. Ich hörte so etwas zum ersten Mal, als ich in den 70er Jahren hier war. Dann kaufte ich mir eine seiner CDs, als sie erschienen, und seitdem gehe ich in jedes Konzert, in dem eine Gruppe aus Zimbabwe in Britannien auftritt!"

„Wo waren Sie? In Salisbury?"

„Nein, ja ... das heißt, ich war in Salisbury, nachdem ... ich war zu Besuch bei einem Freund. In einer Schule. Ich war schon in Salisbury, als dort ein Überfall stattfand." James war verlegen, er hatte nicht vorgehabt, der ersten Person, der er begegnete, seine Lebensgeschichte zu erzählen. „Es wurden alle umgebracht. Ich meine, die Lehrer. Das war in einem Ort in der Nähe von Umtali. Ich glaube, er heißt jetzt Mutare."

Mungai Dube faltete seine Hände auf seinem Pult. „Erstaunlich. Das waren furchtbare Zeiten, Herr Anderson." Er überlegte. Fuhr fort: „Ein Zufall ... oder vielleicht auch nicht! Es war eine gute Schule, Enfield. Mehrere frühere Schüler – und frühere Schülerinnen – haben es weit gebracht." Seine Stimme wurde verlegen.

Anderson sah ihn fragend an: „Wie meinen Sie das?"

„Verzeihung. Ich wollte nur sagen, daß ich auf der Mission war. Ich ging in die Schule, die Sie damals besuchten. Ich war einer der älteren Jungen. Ich hatte sogar gehofft, eines Tages zum Schulsprecher gewählt zu werden!" Er wußte, daß er zu viel redete, weil er nicht wußte, was er sagen sollte. Über die Schließung der Schule. Über den Grund der Schließung. Dieser Mann war zu diesem Zeitpunkt dort gewesen! Er hatte Glück, am Leben zu sein.

Anderson war sprachlos. Mungai war damals einer der älteren Schüler in Enfield gewesen. Klar, er hatte es selbst gesagt, es war eine gute Schule gewesen. Kevin Johnson war ein ausgezeichneter Lehrer gewesen. Er hatte das Interesse seiner Schüler für Landwirtschaftswissenschaft erwecken können

James Anderson hatte jeden Artikel über das Massaker gelesen, dessen er habhaft werden konnte. Einer berichtete darüber, daß die Schüler sich gefreut und Loblieder gesungen hatten, nachdem die Morde verübt worden waren. Hatte Mungai Dube auch dort in der Nähe der Leichen seiner Lehrer gestanden und fröhlich gesungen? Unfaßbarer Gedanke. Dube schob seinen Stuhl zurück, stand auf und umarmte impulsiv seinen neuen Bekannten, eine warme afrikanische Geste der Freundschaft. „Glaub mir, ich bin froh, daß du denen entkommen bist! Wie ich sagte, es waren furchtbare Tage." Er blickte auf die Uhr über seiner Tür. „Es ist zwar noch früh, aber ich denke, wir könnten ein kaltes Bier ganz gut vertragen."

Sie blieben zum Mittagessen in einem Hotel in der Nähe. Es war Dube, der auf das Thema zurückkam. „Nach dem *pungwe*, dem Singen, verdrückten sie sich ziemlich schnell. Klar, sie wußten, jemand würde bald Alarm schlagen. Man konnte schließlich die Flammen sehen. Dann ... ich lief auch weg." Er starrte in sein Glas, seine Gedanken waren bei der Vergangenheit. Er erinnerte sich an die dunkle Höhle, an die Besteigung des Berges danach, den unheimlichen Weg über die Grenze und seine Probleme, als er sich weigerte, seine Nachricht keinem als General Ghana mitzuteilen.

„Er war ein guter Mann", sagte er leise, wie zu sich selbst.

„Der Direktor?"

„Der auch. Ich dachte an jemand anders. An einen unserer Führer. Er kam in den letzten Tagen des Krieges ums Leben." Der General war in London gewesen, zu Verhandlungen mit den Weißen. Er war allein zurückgekommen, er wollte seinen Leuten selbst von der kommenden Unabhängigkeit berichten. Sein Flugzeug war beim Abflug aus einem Lager abgestürzt. Eins der letzten Attentate der *Selous Scouts.* Vielleicht aus Rache. Der Waffenstillstand war ja bereits unterschrieben gewesen. Ein tragischer Verlust. Nichts, worüber er sich mit dem britischen Besucher unterhalten wollte.

James fühlte sich etwas sicherer: „Man sagte mir, Dr. Hughes und seine Frau hätten ein Kind gehabt. Ein kleines Mädchen. Mein Vater versuchte, sie ausfindig zu machen, er dachte daran, sie zu adoptieren. Sie war Engländerin. Ohne engere Familie, man sagte, es würden einer Adoption keine Schwierigkeiten im Weg liegen. Aber sie schien verschwunden zu sein."

Dube lächelte: „Dein Vater war nicht der einzige, der Troja helfen wollte! Wir nannten sie so. Troja, das Mädchen, das eintausend Herzen eroberte. Unser Englischlehrer erzählte uns derartige Geschichten, über die Entführung der schönen Helena, der eintausend Schiffe nachsegelten. Wir alle liebten Troja. Meine Mutter erzählte, weiße Soldaten hätten sie zurück zur Mission gebracht. Sie hat sie gesehen. Im Krankenhaus. Troja war mit einem Weißen zusammen und stand total unter Schock. Amai war furchtbar aufgeregt, sie respektierte die Hughes, großartige Menschen. Sie war eine Krankenschwester, sie hätte sich gerne um Troja gekümmert. Doch damals war das unmöglich. Soweit wir wußten, ging sie zur Schule zurück, nach Südafrika. Sie kam nie mehr nach Zimbabwe. Schade. Ein Mädchen wie Troja, das mit unserer Tradition so vertraut war." Als sie wieder im Büro waren, durchsuchte Dube seine Schublade, bis er fand, wonach er suchte. Eine kleine Polaroid-Aufnahme. Er gab sie James, der das Bild länger betrachtete. Eine große Frau, die aus dem Meer kam und ein Tuch um ihre Haar wickelte, das Gesicht zur Kamera gewandt.

„Caroline Hughes", sagte Dube. „Ich habe sie sofort erkannt. Diese Augen, die hohen Backenknochen! Unverkennbar. Auch wenn sie jetzt älter ist. Ich sah sie das letzte Mal, da war sie, ich weiß nicht mehr genau, vielleicht zehn. Sie war immer größer als die meisten Kinder ihres Alters."

„Wie hast du das bekommen?"

Dube hustete, bewegte sich etwas verlegen. „Einer meiner Freunde ist ihr über den Weg gelaufen. Ich glaube, sie wurde adoptiert." Er erinnerte sich nur zu genau. Der ANC-Vertreter in Harare hatte ihn ins Ministerium gebracht. Der Mann war gerade erst eingetroffen und wollte noch am gleichen Tag zurückfliegen. Wahrscheinlich benahmen sich die Führer der Zimbabwe-Befreiungsbewegungen auch so während des Buschkriegs, stets in Eile, immer auf dem Sprung von einem Treffen zum anderen. Der Mensch zeigte ihm das Bild. Sagte, der ANC-Vertreter hätte ihm einmal erzählt, daß Dube auf einer Missionsschule war, in der ein Massaker stattgefunden hatte, und daß er oft von einem Mädchen gesprochen hätte, das mit den schwarzen Kindern zur Schule gegangen war, mit ihnen gespielt hatte und gut Sindebele sprechen konnte. Mungai Dube hatte das bestätigt. Er hatte über Troja gesprochen und was sie so alles angestellt hatte, wie sie manchmal mit den Jungen in den Bergen herumgeklettert war und während der Ferien die meiste Zeit in einem Dorf in der Nähe der Mission verbracht hatte. Er hatte gesagt: „Wenn Troja mit einem Ndebele zusammen war – wie mit mir! – und es hätte jemand hinter einer Tür uns zugehört, wie wir Sindebele miteinander sprachen, hätte er nicht wissen können, daß eins von uns ein weißes Mädchen war. Das war auch so, wenn sie Shona sprach, es war, als ob beides ihre Muttersprachen wären. Für mich sind beide meine Muttersprachen, gemischte Eltern, verstehst du." Der andere hatte verständnisvoll genickt, und Dube hatte gefragt: „Warum interessiert dich das?"

Der Mann war der Frage ausgewichen. Meinte, er interessiere sich für ein Mädchen, das fließend Zulu sprach, aber wie eine Ndebele. Darauf hatte Dube gelacht und bemerkt, das sei unvermeidlich, die Ndebele waren ein Zweig der Zulu, aber sie waren zu einem Volk mit eigener Tradition und eigener Sprache geworden. Es war schwierig, die Aussprache bestimmter Worte zu ändern, wenn man diese mit der Muttermilch sozusagen aufgesogen hatte.

Genau, hatte der Mann geantwortet und dann gefragt, was er von Troja hielt. Selbstverständlich erinnerte er sich an die Antwort. „Reines Gold. Troja ist reines Gold."

11. Neue Aufgaben

Riverway Estate, Transvaal. 23. Juni 1985

Als Derek den Biegungen des Pfades nach „Riverway" folgte, sah er von weitem, daß Caroline sich dort befand, ihr Auto stand am Parkplatz. Sie hatte ihren eleganten Porsche genau auf den Platz gestellt, den er für sich reserviert hatte. Das ließ ihn ahnen, was er zu erwarten hatte. Sie würde schlecht gelaunt sein, vielleicht sogar verärgert. Er wußte, wie man mit ihrer Empfindlichkeit umzugehen hatte.

Er schritt durch die kühle Halle, sah Fiona auf der Veranda sitzen, ein großes Glas neben sich auf dem Tisch. Sie nickte ihm kaum zur Begrüßung zu. Auch er nahm wenig Notiz von ihrer Anwesenheit, außer sie mit einem höflichen „guten Tag" zu begrüßen, als ob er nicht drei Tage von zu Hause weg gewesen wäre. So war das eben. Eine Ehe nur dem Namen nach, die beide aus Gewohnheit weiterführten.

Er ging schnell zu Caroline, wie Fiona es erwartet hatte. Es machte ihr nichts mehr aus. Sie war nie eifersüchtig gewesen auf das Mädchen, mit dem ihr Mann so erstaunlich viel Zeit verbrachte, obwohl das lange vor dem Zeitpunkt angefangen hatte, seitdem sie sich mit dem beschäftigte, was sie gerne als die Verwaltung der Farm beschrieb. Als Caroline in ihrem Leben auftauchte, hatte Fiona bereits mit der Beziehung zu Derek abgeschlossen.

Damals war sie glücklich gewesen, als sie ihn heiratete. Er hatte ihr mit seiner Aufmerksamkeit und seinem Interesse geschmeichelt. Ein zuvorkommender Mann, hatte jeder gesagt. Sie hatte ihn gemocht. Geliebt. Er war auch gut aussehend, mit seinem römischen Profil, den ergrauenden Haaren. Fiona hatte ihn schon lange nicht mehr als gut aussehend bezeichnet. Sie sah nur noch seine schmalen, grausamen Lippen. Die kalten Augen. Ein blutloser Mann, wie sie ihm einmal ins Gesicht geschrieen hatte, während eines lautstarken Streites zu einer Zeit, als sie sich noch stritten.

Sie glaubte auch nicht, daß sie den üblichen Grund gehabt hätte, auf Caroline eifersüchtig zu sein. Diese war irgendwie ein Teil seiner Arbeit. Das war das einzige, wofür er Interesse zeigte. Für seine Arbeit. Weil sie Macht bedeutete. Das war es, was ihn antrieb. Die Sucht nach Macht, nichts sonst. Jetzt störte das Fiona nicht mehr. Er bedeutete ihr nichts mehr.

Caroline saß auf einem Stuhl und starrte in den Garten hinaus. Als Reed-Smyth eintrat, sprang sie auf und salutierte schneidig. „Herr Oberst!" Sie trug Uniform, die Knöpfe blitzten, die Gürtelschnalle war tadellos sauber.

Er übersah das, holte sich einen Stuhl und streckte seine Beine aus. „Fiona sitzt auf der Veranda und genießt ein Getränk vor dem Essen. Wollen wir uns zu ihr setzen? Ich würde ganz gern einen Gin Tonic trinken."

Sie sagte steif. „Ich trinke im Augenblick keinen Alkohol."

„Verständlich. Nach dem Saufabend, den du hinter dir hast."

Natürlich wußte er davon. Sie sagte mit müder Stimme: „Könntest du Paul bitten, mich auf die Liste für den aktiven Dienst zu setzen?"

„Du stehst im aktiven Dienst. Wenn auch manchmal nur als Partner beim Beischlaf. Das war übrigens sehr überzeugend, eine Nacht mit dem Jungen zu verbringen."

Sie warf sich wütend auf ihn, er lachte, parierte ihren Angriff, und sie begann mit ihm zu ringen, benutzte ihren Karatestil. Er nahm dieselbe Kampfstellung ein, sie beobachteten sich, umkreisten sich gegenseitig wie Kampfhähne, kämpften auch genau so. Sie waren ebenbürtige Partner. Beide waren gut ausgebildet mit viel Erfahrung. Derek, der Ältere, hatte weniger Übung in letzter Zeit gehabt, aber kannte mehr Griffe. Trotzdem trug sie zuletzt den Sieg davon, ihre Wut gab den entscheidenden Ausschlag.

Derek lag mit dem Gesicht nach unten auf dem Boden, hauchte: „Friede!"

Sie ließ ihn sofort los und ging zum Fenster. Ein großer Fehler, denn er fiel sie erneut an, warf sie unsanft auf ihr Bett, so daß sie sich vor Schmerz in die Lippen biß. Er grinste hämisch. „Du solltest nie einem Feind den Rücken kehren."

„Nein, nicht wenn er ehrlos ist." Sie legte sich ins Kissen zurück, rieb sich den verletzten Arm. Ihr Haar war aufgegangen, sie hatte sich erhitzt, ihr Gesicht war errötet. Zum ersten Mal betrachtete Derek sie als eine wunderschöne Frau, die er begehrte. Dieses Mal war er es, der zum Fenster schritt, während er seine Taschen nach Zigaretten abklopfte. Er mußte sich beruhigen. Während er eine Zigarette anzündete, sagte er zwischen zusammengebissenen Zähnen: „Was tust du hier? Für dich ist ein Flug gebucht."

„Ich gehe nicht."

„Ich denke doch. Hast du vergessen, daß du einen Eid geschworen hast?"

„Ich habe überhaupt nichts vergessen. Vor allem nicht, warum ich das alles tue. Ich ... Derek, ich bin sehr müde."

Er hielt sich zurück. Es konnte stimmen. Sie hatte viel gearbeitet. Sie hatte es sogar geschafft, ihr Studium zu beenden und das Examen unter richtiger Aufsicht in Pretoria erfolgreich und gut abzulegen. Vielleicht wäre es keine schlechte Idee, eine Pause einzulegen. Eine Safari vielleicht. Sie könnten in die Okavango-Sümpfe fahren, ein Gebiet, in dem nur Buschmänner und wilde Tiere hausten. Er kannte einen Ort, der fernab jeder Zivilisation lag. Dort könnten sie zelten. Könnten reiten, laufen, jagen. Warum nicht? Eine Safari zu zweit. Er atmete tief, sah, wie sie die Zigarette betrachtete und lief langsam zurück zu ihrem Bett, neigte sich über ihren ausgestreckten Körper und steckte ihr die Zigarette in den Mund. „Gut. Ich werde Paul bitten, dir Krankenurlaub zu geben." Er nahm sich ein andere Zigarette aus der Schachtel und reichte ihr seine Hand. „Ich glaube, ich möchte noch immer einen Gin Tonic Wie ist es mit dir?"

Botswana. 27. Juni 1985

Ein später Nachmittag im Busch. Die Zeit, in der das Wild zum Wasser ging. Die Zeit, in der die Raubtiere aufwachten. Derek hatte sie gewarnt, hatte ihr gesagt, sie solle ihr Gewehr mitnehmen, aber sie hatte sich geweigert. Caroline war bezaubert von den Antilopen, die neben den kleineren Rehen am Wasser tranken, während das Leittier stets nach Gefahren Ausschau hielt. Sie nahm an, daß sich Löwen in der Nähe befanden. Die würden keine Gefahr für Menschen darstellen.

Caroline erblickte unerwartet ein anderes Tier. Seine winzigen Augen glänzten in dem befremdenden, vorgeschichtlichen Kopf. Caroline hob ihre Kamera, es würde ein perfektes Bild geben von dem Rhinozeros, einem großen männlichen Tier, das sich vorsichtig dem Wasser näherte. Sie winkte Derek triumphierend zu, der hinter einen Felsen stand. Sie war froh, daß sie auf einem friedlichen Ausflug bestanden hatte. Kein Jagen. Es sollte nur für Nahrung geschossen werden. Nur kein unnötiges Töten. Sie sehnte sich nach der Natur, sie wollte die wilden Tiere sehen, hören, riechen.

Es hatte eine Zeit gegeben, da fühlte sie sich als Teil der Natur. Das war in den Bergen gewesen. Damals in der Mission. Es kamen ihr Erinnerungen. Die schwarze Mamba in der Nähe der Klinik, der einer der Pfleger unnötigerweise den Kopf zerschmettert hatte. Schlangen, Skorpione, Spinnen, sie hatten zum täglichen Leben gehört. Dad war nie ohne seine Medikamente gegen Schlangenbisse gewesen. Caroline erinnerte sich auch an das Fischen im Gariezi-Fluß, wo sie die großen Krokodile beobachtet hatten, die so unschuldig aussahen wie große Felsen, die aus dem Wasser ragten, und nicht wie Kreaturen, die auf Beute aus waren.

Bewußt schob sie die Erinnerungen beiseite. Derek hatte ihr gesagt, es sei zwecklos, sich über die Vergangenheit Gedanken zu machen. Sich zu fragen, wie es anders gewesen wäre, wenn nicht der Überfall stattgefunden hätte. Seit Jahren hatte sie sich angewöhnt, nicht darüber nachzudenken.

Ihre Gedanken beunruhigten sie, sie bewegte sich unvorsichtig, und das Rhino wurde aufmerksam. Schlimmer, es wurde wütend. Vielleicht hatte es das Aufblitzen gesehen, als sie das Foto gemacht hatte! Was immer es war, das Tier drehte sich plötzlich um und stürmte los, verscheuchte die kleineren Tiere, als es in den Busch rannte. Ein donnernder, erschrekkender Laut, als das Riesentier geradewegs auf Caroline zulief, die neben einem Baum stand, dessen tiefe Wurzeln zum Teil im Wasser lagen. Verängstigt und erschreckt streckte Caroline die Arme aus, versuchte sich nach oben auf die Äste zu retten, auszuweichen vor der Riesenmasse Fleisch, die auf sie zu raste.

Plötzlich dröhnte ein Schuß, der die Flanke des Tieres traf und eine furchtbare Wunde in seiner Seite aufriß. Das Rhino schüttelte den Kopf, schwankte, ehe Sekunden später eine zweite Kugel ihr Ziel zwischen den blutunterlaufenen Augen fand.

Caroline schwankte ebenfalls, noch immer den Ast umklammernd. Derek zog sie grob vom Baum und zerrte sie zu seinem Jeep, den er auf dem Pfad angehalten hatte, gab sofort Gas und fuhr in Richtung der Lichtung, wo sie ihr Zelt aufgebaut hatten. Er sagte nichts, weder Worte der Beruhigung noch Anschuldigung.

Als er anhielt, blieb Caroline zusammengesunken im Wagen sitzen. „Komm schon, Carl! Jetzt brauchst du etwas zu trinken. Cognac, denke ich."

Reed-Smyth war das Leben im Busch ebenso gewohnt wie Caroline. Er hatte sich große Mühe mit der Planung der Safari gemacht, hatte nichts dem Zufall überlassen. Er hatte zwei Zelte organisiert, sein eigenes war etwas größer als das zweite, er benutzte es, um die Utensilien und Vorräte unterzubringen. Sie aßen gut, wenn auch einfach. Gemüse besorgten sie sich in den Dörfern. Sie waren bereits durch wüstenartige Gebiete gefahren, hatten Stunden damit verbracht, Wild zu beobachten. Langsam bereitete Derek den Höhepunkt der Reise vor, die Okavango-Sümpfe. Dort war Afrika noch wild, ungezähmt in seiner ganzen Schönheit, gefährlich und herrlich.

Er mußte alles tun, um das Mädchen von seinen Schuldgefühlen zu befreien. Es beunruhigte Derek, daß sie immer häufiger die Mission erwähnte, mehr als je zuvor. Sie erinnerte sich sogar an die Namen ihrer alten Freunde. Einmal, als sie von Josef, dem Sohn von Musa sprach, der ihr Geschichten über Hexen und *Zombies* erzählt hatte, schlug Derek einen scharfen Ton an. „Du scheinst vergessen zu haben, daß er jetzt beim Zentralen Informationsdienst arbeitet. Er hat es zum ZID geschafft, weil er für die Zanla gearbeitet hat! Er kann möglicherweise einer derjenigen gewesen sein, die Enfield angegriffen haben."

Sie war zusammengezuckt, als ob er sie geschlagen hätte. Josef, einer der Mörder ihrer Eltern? Josef, mit seinem kleinen Lispeln und den Augen, die weit auseinander lagen in einem Gesicht, das etwas dunkler war als die der anderen. Josef? Und was war mit Dzingai? Mit Mungai? Und all den anderen? Sie stand auf und verließ das Zimmer.

Es war das erste Mal seit zwei Jahren, daß sie über Enfield gesprochen hatten. Aber es war nötig, das zu sagen, was er gesagt hatte, dachte Reed-Smyth. Er hatte sich gefragt, ob sie zum Essen an den Tisch kommen würde. Sie war gekommen, ihr Gesicht abweisend, ihre Augen trübe. Sie hatte offensichtlich geweint. Dann hatte sie ihn geärgert, indem sie sich mit Fiona unterhalten, sie gefragt hatte, wie sie damals auf der Viehfarm in Matabeleland gelebt hatte, wo sie aufgewachsen war.

Fiona, die selten mit Caroline sprach, hatte geantwortet, daß es ein großartiges Leben gewesen sei. Wenn sie dort war. Man hatte sie auf ein Internat in Südafrika geschickt. Später hatte sie im Stadthaus der Eltern in Bulawayo gewohnt und die Zeit mit Freunden auf Feten und ähnlichem verbracht.

Interessiert wollte Caroline wissen, welche Schule Fiona besucht hätte. „Ach, Rhodean selbstverständlich. Wo könnte man sonst in die Schule gehen." Fiona hatte gegähnt, und Derek hatte ihr zuvorkommend ein Glas Wein eingegossen.

Zu seiner Beruhigung hatte Fiona nicht bemerkt, daß Caroline menschlichen Kontakt suchte. Der durfte nicht von Fiona kommen! Nur von ihm. Und nun hatte dieser Zwischenfall ihm eine großartige Chance gegeben.

Sie wußten beide, wie sie mit den verschiedenen Pflichten beim Zelten fertig werden mußten, und verrichteten diese schnell und gut. Endlich konnten sie sich setzen und die gut gegrillten Steaks und Kartoffeln verzehren. Derek nippte an seinem Bier. Wie immer war es sehr schnell dunkel geworden. Sie blickten in das Lagerfeuer, lauschten den endlosen Geräuschen der Nacht, den zirpenden Grillen, dem rauschenden Wind, genossen den Anblick des klaren Sternenhimmels, in dem das Kreuz des Südens deutlich sichtbar war. Sie schwiegen, hingen ihren eigenen Gedanken nach.

Dann unterbrach Derek die Stille. „Diese Sterne gibt es seit Hunderttausenden von Jahren. Nicht einmal ein Weltraumkrieg könnte sie ändern."

Ihr Stimme klang angespannt. „Raumkrieg? Du meinst die Amerikaner und Russen? Die würden versuchen, die Welt zu vernichten?"

„Nein! Aber selbst wenn sie ihr Spielzeug dort hinaufschicken, was geht uns das an? Wir haben doch etwas anderes, das uns Freude macht." Er zog sie an sich und flüsterte: „Hattest du Angst? Als das Rhino auf dich zukam?"

Sie versteifte sich einen Augenblick, dann schmiegte sie sich in seine Arme wie ein Kind. „Ich habe mich noch nicht einmal bedankt."

Er zog sie auf die Füße. „Wie wäre es, wenn du mir das im Zelt sagst?"

Als er sie zum ersten Mal nahm, war es ungestüm, ohne Zärtlichkeit, er drückte sie hart auf die Luftmatratze, bis sie aufschrie und mit ihren Fäusten gegen seine Brust schlug. Derek Reed-Smyth war kein Mann, der viel Rücksicht nahm. Er hatte keine Vergewaltigung, sondern Verführung geplant, jedoch handelte er instinktiv, er wollte dominieren, wollte sie verletzten, sie sich unterwerfen, diese Frau, die ein Teil seines Lebens geworden war. Er hatte lediglich vorgehabt, sie zu seinem Instrument zu machen. Bis jetzt hatte er nicht bemerkt, wie sehr er sie brauchte. Sie war ihm zum Partner geworden. Er konnte alles mit ihr besprechen, so wie er mit keinem anderen sprechen konnte. Und ganz bestimmt nicht mit Fiona. Seine Beziehung zu seiner Frau war schon lange bedeutungslos geworden, gelegentlich – sehr selten – schliefen sie zusammen, mechanische Gewohnheitssache, die keinem etwas bedeutete. Doch Caroline, das war etwas ganz anderes.

Er hörte, wie sie vor Tagesanbruch aufstand und die Zeltplane beiseite schob. Während die rosigen Finger dieses wunderbaren Sonnenaufgangs am Horizont aufzogen, nahm er sie wieder in die Arme, und diesmal liebten sie sich langsam, zärtlicher, wie richtige Liebende. Danach schloß er die Augen und schlief, während sie die goldenen Farben der Sonne betrachtete, bis diese den ganzen Busch erhellte. Sie war benommen, ihre Gedanken verwirrt. Liebe? Liebte sie diesen Mann? Nein, nicht wenn Liebe Besitzergreifung bedeutete. Sie wollte ihn nicht besitzen. Doch es war ihr bewußt, daß sie mehr denn je von ihm abhängig war. Sie würde alles tun, was er von ihr verlangte.

Sie verließ das Zelt und ging zum Wasser, um sich frisch zu machen. Als sie zurückkam, brodelten die Würstchen in der Pfanne. Sie lehnte sich nach dem Frühstück gegen seine Knie, trank ihren Kaffee und fragte zärtlich: „Was hättest du getan, wenn ich mich geweigert hätte, zu gehen?“

Er strich ihr das Haar aus der hohen Stirn, Teil ihrer klassischen Schönheit. „Kein Problem. Ich hätte gesagt, ich verrate dich an deine Kommie-Freunde, und die würden das dem ANC mitteilen und dann wärst du tot.“

Sie sah die Kälte in seinen tiefliegenden Augen nicht. Dachte, er scherzte, und kroch näher zu ihm heran, so daß er seinen Kaffee verschüttete.

Zimbabwe/Südafrika, Grenzgebiet. 15. Dezember 1985

Es war nicht möglich gewesen, die gesamte Grenze zu elektrifizieren, sie war viel zu lang und verlief durch schwieriges Gelände. Außerdem waren bereits viele Tiere getötet worden, die über die Grenzen wanderten. Auch Flüchtlinge aus Mosambik hatten an dem Elektrozaun den Tod gefunden, als sie versuchten, dem Krieg im eigenen Land zu entkommen.

Der Zaun war dafür gedacht, die ANC-Terroristen abzuschrecken. Sie wußten davon. Wußten auch, daß es Strecken ohne Elektrifizierung gab. Vor allem in der Nähe der Beit-Brücke über den Limpopo, die Südafrika und Zimbabwe verband. Denjenigen, die wußten, wo sich diese Strecken befanden, gelang es, die Grenzen zu überqueren.

Sie waren fünf, eine Gruppe von vier Männern und einer Frau. Sie hatten wochenlang geübt unter Leitung ihres Führers. Ein weißer Mann. Sie kannten ihn als Jannie, sie mochten ihn, schenkten ihm ihr Vertrauen. Es war nicht schwer zu erraten, daß er in der Armee gewesen war. Einer der vielen Weißen, die in diesen Tagen nicht mehr bereit waren, ihren Kopf für eine Sache hinzuhalten, die ihnen zuwider war. Viele verließen heimlich das Land, ehe sie zum Militär aufgerufen wurden, oder desertierten, weil sie den sinnlosen Krieg nicht mitmachen wollten. Einige hatten sich MK angeschlossen.

Es war Jannie, der vorgeschlagen hatte, am 15. Dezember ins Land einzudringen, um am 16. einen Anschlag zu verüben. Der 16. Dezember war ein wichtiger Tag im politischen Kalender der Afrikander, sie hatten ihn lange Dingaanstag, später „Tag des Gelöbnisses", genannt. Im Jahr 1838 hatte eine kleine Gruppe Buren am 16. Dezember eine große Armee des Zulu-Königs Dingane geschlagen. Am Ufer eines Flusses, den sie später Blutfluß nannten, wegen tausender Leichen, die auf ihm trieben. Etwa 3000 Zulus waren ums Leben gekommen, kein einziger Bure. Maxim-Gewehre hatten die Speere besiegt. Am Abend zuvor hatten die Buren gebetet, hatten ein Gelübde abgelegt, den Tag heilig zu halten, wenn Gott ihnen den Sieg ermöglichte.

Für die Afrikaner war dieses jährliche Fest des Burentums demütigend. Deswegen hatte MK sich an einem 16. Dezember zum ersten Mal gemeldet, damals in den 60er Jahren. Der Tag hatte noch immer einen symbolischen Wert. Deswegen sollten sie an diesem Tag ihren Plan durchführen, Kabel zu durchschneiden, um die Kommunikation zwischen den Sondereinheiten und ihrem Hauptquartier zu unterbrechen. Der ANC vermied Angriffe auf weiche Ziele – Menschen –, die Partei war aus der Tradition des friedlichen Widerstandes entstanden, wie ihn Mahatma Gandhi im Land eingeführt hatte.

Die Gruppe hatte alles genau geplant. Nach ihrer Aktion wollten sie sich trennen und untertauchen. Jannie hatte die Überquerung an einem Ort vorgesehen, der Leeuhoek hieß. Sie hatten sich stundenlang versteckt, hatten geduldig gewartet, bis der richtige Moment kam und eine Wolke den Mond verdeckte. Dann bewegten sie sich. Schnell, wort- und lautlos. Einmal stöberten sie ein Tier auf, das sich erschrocken davonmachte. Lange vor Sonnenaufgang waren sie über die Grenze gelangt und befanden sich auf offenem veld, bewegten sich auf ihr Ziel zu. Plötzlich fiel ein Schuß. Sie reagierten wie Soldaten, die sie waren, ließen sich sofort flach auf den Boden fallen, suchten Deckung, erwiderten das Feuer. Doch sie befanden sich in einer Falle, sie waren umzingelt. Nachdem der erste Schuß gefallen war, kam das Feuer von allen Seiten, hielt sie fest. Kein Zweifel, man hatte sie erwartet. Jemand, irgendwo, hatte sie verraten.

Jannie war der erste, der starb. Er sah, wie die Genossin im Bauch getroffen wurde, wußte, daß auch die anderen keine Chance hatten. Er zeriß das Hemd unter der Khaki-Jacke, band ein Stück des weißen Stoffs an sein Gewehr und stand auf, erhob die Hände zum Zeichen, daß sie sich ergaben.

In der nächsten Sekunde spritzte sein Gehirn über das veld, als eine Kugel seinen Schädel zerschmetterte. Die anderen starben wenige Minuten später in einem Hagel von Schüssen aus Maschinengewehren.

Pretoria. 17. Dezember 1985

Dutoit las den Bericht mit großer Genugtuung. Das würde die Roten nachdenklich machen müssen. Immer mehr Terrs wurden getötet. Sehr gut. Die Überlebenschance eines Guerillakämpfers, der ins Land eingedrungen war, wurde auf vierzehn Tage geschätzt. Höchstens schafften sie einen Monat. Diese Gruppe hatte nicht einmal einen Tag erlebt.

Er sah, wie Reed-Smyth breit grinste. „Erinnerst du dich an unsere Unterhaltung, Paul? Vor Jahren, als wir unser erstes Gespräch in Salisbury führten? Ich habe dir gesagt, daß die einzige Lösung ist, ganz tief in die Terroristenbande einzudringen."

Er genoß seinen Triumph. Er hatte sich jahrelang die schlecht gelaunten Bemerkungen anhören müssen, die Paul Dutoit über das Geld gemacht hatte, das sie für das Mädchen ausgeben mußten. Jetzt hatte er bewiesen, daß es sich gelohnt hatte. Dies war ein echter Erfolg, auch propagandistisch. Außerdem hatte es sich schon zuvor ausgezahlt. Sie hatte Boten zwischen Lusaka und Südafrika identifiziert, ebenfalls Zellen innerhalb weißer Organisationen. Hatte einen wichtigen ANC-Organisator aus seinem Versteck locken können. Über die Jahre waren ihre

Routineberichte Gold wert, klar, nüchtern abgefaßt, hervorragende und informative Analysen und Situationsberichte. Über Stimmung und Pläne des Feindes. Über einzelne Persönlichkeiten, ihre Schwächen und Stärken, ihre Angewohnheiten und Vorlieben.

Nun hatte sie ihre Erfolge mit dieser Geschichte gekrönt. „Wer war der weiße Mann?"

Das war der Trumpf, den der Oberst ausspielen konnte. Er warf die Identifikationskarte auf das Pult. „Ich befürchte, es ist einer von Euch." Er wiederholte es: „Ein Afrikander." Er beobachtete, wie sich das Gesicht seines Gegenübers zur Grimasse verzog. Diese Menschen haßten nichts so sehr wie einen der ihrigen, der die Regierungspolitik ablehnte. Das waren Verräter. Schmutz.

Dutoit schmiß das Dokument in seine Akte. „Es wird eine Hexenjagd geben. Können sie etwas über sie ausfindig machen?"

„Nein. Sie hatte mit der Planung der Aktion nichts zu tun."

„Aber, wieso..."

Reed-Smyth grinste wieder. „Ein Gerät. Es gelang mir, ihr das zukommen zu lassen, ein Abhörgerät. Sie konnte es in der Toilette benutzen, es ist etwas, das Laute verschärft, sie konnte eine Diskussion in einem Büro gegenüber abhören. Sie wird nicht verdächtig werden. Sie war nur zufällig im Gebäude, um sich Fahrkarten und Anweisungen abzuholen. Sie wurde nach Jugoslawien auf einen Kurs geschickt." Er fügte die einzige schlechte Nachricht hinzu. „Sie wird zwei Jahre in Europa bleiben müssen."

12. Wahrheit und Versöhnung

Lusaka. November 1989

Ein phantastischer Empfang! Ich hörte das Tosen der Begrüßung, die aus Tausenden Kehlen drang, und lehnte mich gegen das Fenster, um auf den Flughafen zu blicken. Sah die dichte Menschenmasse, auf einem Podium ein Militär-Musikkorps, dessen glänzende Blechinstrumente sich in der Sonne spiegelten, doch kein Ton war zu hören, alles wurde überlagert von den Jubelrufen der glücklichen Menge.

Dazu eine äußerst disziplinierte Menge. Sie standen aufgereiht, Frauen und Männer in Uniform, mit leuchtenden Augen, die zusammen den Toji-Toji im tollen Rhythmus tanzten, stets ein Bein in die Höhe erhebend, das andere hart auf den Boden stampfend, es dröhnte von stampfenden Füßen, den Kehllauten jubelnder Frauen. MK feierte die Ankunft ihrer Führer, die nach langen Jahren endlich aus den Gefängnissen entlassen worden und nun zum Lusaka-Hauptquartier gekommen waren.

Unermüdlich tanzten und sangen sie, die MK-Genossen.

Buren, wir haben's euch bewiesen. Wir sind furchtlos. Im Kampf sind wir euch begegnet. Unser Land haben wir uns erobert.

Ich sah zu, wie die Flugbegleiter die schweren Türen des Flugzeugs öffneten und der älteste der Führer auf die Stufen trat, die anderen sich hinter ihm aufreihten. Als die würdige Gestalt erschien, die Faust in der Luft schwenkend, erreichte das Tosen seinen Höhepunkt. Die Jugendlichen salutierten jenen Männern, die ihre Freiheit, ihr Leben für sie, ihre Kinder, geopfert hatten.

Kanonen donnerten, salutierten ebenfalls, die Männer standen mehrere Minuten still, um die Ehrungen des Gastlandes zu würdigen. Dann stiegen sie die Stufen herab und fielen in die Arme der Genossen, der alten Freunde, die sie seit Jahrzehnten nicht mehr gesehen hatten. Dies waren die Genossen von Nelson Mandela, die festgenommen worden waren, damals auf einer Farm in Johannesburg, zusammen mit ihm verurteilt wurden – vor fast dreißig Jahren. Endlich waren sie nicht mehr hinter Gittern. Der neue Präsident hatte sie befreit, er hatte erkannt, daß die Zeit weißer Herrschaft vorüber war. Nur eine Teilung der Macht ermöglichte das Überleben der Weißen. In Lusaka wollten diese Männer mit den Führern im Exil konferieren, jahrelang hatten sie nur geheimen Kontakt miteinander halten können, hatten Pläne, Hoffnungen nur bruchstückhaft ausgetauscht.

Ich war mitgekommen, Teil der Begleiter, gehörte zu der Gruppe der Rechtsberater, die viel zu tun hatten, es mußte die Rückkehr geplant, es mußten Amnestien beantragt werden, juristisch waren die Exilanten, die MK-Genossen, noch „Geächtete", „Terroristen". Außerdem mußten Pläne ausgearbeitet werden für die Finanzierung der Rückkehrer, man mußte ihre Zukunft, ihre Ausbildung, ihre Arbeitsmöglichkeiten planen.

Ich wollte diese historische Zusammenkunft nicht stören, schlängelte mich zum Hinterausgang, lächelte einem Mitglied der Flugbesatzung zu, einer freundlichen Frau namens Sarah, mit der ich mich während des Fluges unterhalten hatte. Dann mischte ich mich unter die Menge, wich den verschiedenen Fernsehkameras aus, die diese Begegnungen festhalten wollten und sich mit den afrikanischen Paparazzi um die Wette drängten. Die offiziellen Musikanten marschierten vom Flugplatz ab, nun übernahmen die Trommeln den Takt, der Toji-Toji wurde vom traditionellen afrikanischen Tanz abgelöst, die MK-Jugendlichen bewegten und drehten sich rhythmisch im Kreis.

Ich wollte in das Gebäude des Flughafens gehen, als mich etwas stutzig machte: Ich sah ein weißes Gesicht unter der Masse der schwarzen MK-Genossen. Eine Frau mit flotter Mütze auf dunklem Haar. Plötzlich erkannte ich sie zu meiner Verblüffung. Rannte ihr nach, berührte ihre Schulter, ehe sie erneut in einen Tanzschritt gleiten konnte.

„Janet!"

Sie stand plötzlich ganz still, als ob ich sie geschlagen hätte, erblaßte, sagte: „Ben."

Ich umarmte sie und küßte sie auf beide Wangen, sie küßte mich ebenfalls, dann hielt ich sie etwas entfernt von mir, um sie zu betrachten. Sagte bewundernd: „Und ich habe das nicht erraten! MK! Ich gratuliere. Vielleicht hätte ich drauf kommen sollen, als du so unerwartet verschwunden bist. Du bist eine tolle Frau, Janet Bedford."

„Ach, Ben!" Tränen traten ihr in die Augen. „Ich – wo wohnst du? Ich bin erst seit einigen Tagen hier. Ich war in – Übersee."

„Ich glaube, man hat mich in einem Hotel namens Pamodzi untergebracht. Die meisten Genossen werden bei Freunden wohnen. Ich..." Jemand klopfte mir auf die Schulter, ich wurde von alten Freunden begrüßt, von ihnen umringt. Als ich mich umdrehte, war Janet verschwunden.

Am nächsten Tag wachte ich mit einem dicken Schädel auf. Stolperte ins Badezimmer, um zu duschen. Es war ein langer und lauter Abend geworden. Erst hatte es einen offiziellen Empfang in der Residenz des Präsidenten gegeben, der Präsident von Zambia hatte die Südafrikaner neben sich auf dem Rasen aufgereiht, sie den eingeladenen Gästen vorgestellt, die sich geehrt fühlten, ihnen die Hand geben zu dürfen. Ein Riesenfestessen im Freien wie immer, Jazz, Tanz. Sehr manierlich und schön. Nachdem der offizielle Empfang vorüber war, ging es weiter, in einem der Gärten der Führer, die im Exil gelebt hatten.

Ich kann darauf schwören, daß das Bier in Zambia sehr stark ist. Vor allem wenn man zuviel davon trinkt, wie ich es getan hatte. Ein leises Klopfen erheiterte mich keineswegs, ich rief ein unwirsches „Ja, was denn", kam aus dem Badezimmer und schlüpfte in meine kurzen Hosen.

„Zimmerdienst, mein Herr!"

Ich erinnerte mich nicht, daß ich etwas bestellt hatte. Vielleicht gehörte das zu dem höflichem Dienst des Hauses, sagte: „Na schön, komm schon rein."

„Selbstverständlich, mein Herr. Kaffee? Schwarz, würde ich sagen, es hört sich so an." Janet, in Jeans, frisch und jung aussehend. Ich überlegte, sie mußte etwa zwei Jahre jünger sein als Ethel und ich, also 23. Sie trug ein Tablett mit Kaffee und stellte es am Fenstertisch ab.

„Entschuldige." Ich strich mir über die stoppligen Backen und zog mir ein T-Shirt über. „Großartige Überraschung! Der Tag könnte nicht besser anfangen, ehe wir arbeiten müssen! Obwohl ich mir kaum vorstellen kann, wie wir heute irgend etwas schaffen können. Nicht, wenn es den anderen so geht wie mir."

„Ich glaube kaum, daß jemand an arbeiten denkt. Sie holen das nach, was sie versäumt haben, all diese Jahre."

Wir saßen uns gegenüber und freuten uns. Ich genoß den Kaffee, hielt

Janet die Tasse entgegen, als sie die Kanne nahm, um mir nachzugießen. Ich wußte nicht genau, was ich sagen sollte, fing dann doch an zu sprechen. „Janet, ich weiß, Worte sind das Schlimmste – man fühlt sich so hilflos. So etwas wie Mitgefühl auszudrücken, ist schwer – ich wollte nur sagen, es ist uns wirklich sehr nahe gegangen. Seinetwegen. Deinetwegen. Wir haben uns Gedanken über dich gemacht."

Sie runzelte die Stirn. „Gedanken? Worüber?"

Ich war verlegen. „Ethel hatte ja immer geglaubt, er sei der richtige Mann für dich gewesen. Ich weiß, du hast dich damals in einer Krise befunden, aber nachdem Dirk getötet wurde..." Ihre Hand flog an ihren Mund, ihre Augen weiteten sich, und plötzlich war mir klar, daß sie keine Ahnung hatte. Piet Schouter, Dirks Schwager, war einer meiner Freunde geworden, ein Kollege bei der Wahrheits- und Versöhnungskommission, die noch nicht offiziell eingerichtet, aber in der Planung war. Wir hatten nie über Janet gesprochen. Jetzt war mir klar, daß die beiden den Kontakt zueinander verloren hatten. Ich wünschte, ich wäre nicht derjenige gewesen, der es ihr berichtete.

„Janet! Es tut mir furchtbar leid... Ich bin ein Idiot!" Ich legte meine Arme um sie, aber sie befreite sich, saß kerzengerade und starrte vor sich hin. „Janet, ich hätte es erraten sollen, du warst so lange weg. Aber wir dachten – Dirk und du..."

„Was ist passiert? War es ... in Namibia?" Ihre Stimme war kaum zu hören.

Jetzt war ich es, der sich fühlte, als hätte man ihm einen Schock versetzt. Es ist wirklich so, ein Schock ist genau wie ein physischer Schlag. „Janet! Du hast das nicht gewußt! Liebe Janet – Dirk ist zum MK gegangen. Er besuchte uns, kurz bevor er das Land verließ. Er ... er glaubte, er kämpfte auf der falschen Seite. Er meinte, er hätte erkannt, daß Apartheid ungerecht sei und der ANC einen gerechten Krieg führte. Er ging nach Botswana und über die Sümpfe nach Zambia."

Sie sagte tonlos: „Die Okavango-Sümpfe."

„Ja. Es gibt eine Route, die ich ... ich meine..." Ich stotterte etwas. Jetzt war das zwar unwichtig geworden, trotzdem wollte ich nicht erklären, daß dies nur einer der Wege war, den Flüchtlinge über die Jahre genommen hatten und daß oft Weiße wie ich die Routen auskundschaften konnten. Es war leichter für uns, als Touristen zu gelten, außerdem hatten wir Autos, Geld. Ich nahm den Faden erneut auf, fühlte mich elend, alles was ich sagte, verschlimmerte die Sache. „Jedenfalls hörten wir nichts mehr von ihm. Das erwarteten wir auch kaum. Und dann – es gab einen

Überfall. MK-Kämpfer waren über die Grenze gekommen und in eine Falle geraten. Sie wurden alle getötet. Bei Leeuhoek. Ich bin sicher, daß sie verraten wurden. Es gelang mir, ihre Namen festzustellen. Weißt du, die Familien mußten benachrichtigt werden. Die Kerle haben nie Namen bekannt gegeben."

Ihre Augen starrten aus dem bleichen Gesicht. „Leeuhoek. Dirk – in Leeuhoek!" Sie stöhnte, fiel plötzlich vom Stuhl und rollte sich auf dem Teppich zusammen, bewegte sich vorwärts und rückwärts, leise sprechend, sinnlose Worte vor sich hin sprudelnd. Erschrocken sah ich zu, ich hatte keine derartige Reaktion erwartet. Mir fiel Sarah ein, ich wählte die Nummer des Empfangs, meine Hände zitterten, aber ich nahm den Blick nicht von der Gestalt, die sich am Boden krümmte.

Ich hatte Glück. Die Flugbesatzung war gerade dabei, den Frühstücksraum zu verlassen. Innerhalb von Minuten war Sarah bei uns, sie half mir, die junge Frau auf ein Sofa zu betten. Sarah streichelte Janet, versuchte, sie zu beruhigen, ihr Trost zuzuflüstern, während sie mir Anweisungen gab. Es habe keinen Zweck, einen Krankenwagen zu holen, es sei am besten, sie bliebe im Zimmer. Ich tat, was sie mir auftrug, das war gut für meine Nerven, es gibt nichts besseres, als sich zu beschäftigen. Ich rief beim ANC an, nahm Kontakt mit den zambischen Behörden auf, mit Südafrika. Zambia besaß nicht die nötigen Vorrichtungen, Sarah meinte, es sei besser, wenn sie die Patientin sofort nach Südafrika mitnehmen könnte. Ja, Patientin. Selbst ich hatte begriffen, daß Janet Bedford einen tiefen Nervenschock erlitten hatte.

Am Nachmittag fuhr ein Krankenwagen Janet zum Flughafen. Als erste MK-Genossin traf sie auf dem Jan-Smuts-Flughafen in Johannesburg ein. Das wurde ihr jedoch ebenso wenig bewußt wie ihre Einlieferung in die psychiatrische Abteilung des Johannesburger Krankenhauses. Aus dessen Saal sie eine Woche später entfernt und in eine Privatklinik in Warmbath gebracht wurde – laut den Eintragungen des Krankenhauses im Auftrag ihrer Familie. Auch in Warmbath hielt sie sich nicht lange auf, sondern sie wurde in eine andere, unbekannte Klinik überwiesen.

Die ANC-Genossen waren darüber sehr bestürzt. Ich versuchte verzweifelt, Janet aufzufinden. Es gelang mir nicht. Selbst Ethel vermochte nichts zu erreichen. Sie konnte die ärztliche Schweigepflicht nicht durchbrechen. Etwa ein halbes Dutzend bekannter Psychiater schienen in Frage zu kommen. Keiner wußte etwas über den Fall.

Janet Bedford schien sich in Luft aufgelöst zu haben.

13. Das neue Südafrika

Warmbad. 1. Januar 1990

Derek Reed-Smyth war zutiefst erschrocken, als er Caroline das erste Mal besuchte. Man erlaubte ihm nicht, in ihr Zimmer zu gehen. Sie sei gefährlich, es sei unmöglich, sie zu bändigen. Sie erlaubten ihm, die junge Frau durch das Fenster zu beobachten. Sie saß zusammengekauert auf einem Stuhl am Fenster, mit ungekämmten Haaren und starren Augen. Die Schwestern sagten, sie benähme sich wie ein wildes Tier. Zuerst war sie teilnahmslos gewesen. Lässig. Plötzlich hatte sie angefangen zu schreien, ein Pfleger hätte versucht, sie anzufassen, worauf sie ihm einen Schlag versetzen wollte, der ihn schwer am Kopf verletzt, sogar getötet hätte, er konnte sich noch rechtzeitig ducken. Sie hatte wild gekämpft, so daß zwei Männer sie überwältigen mußten. Danach hatte man ihr Beruhigungsmittel gespritzt. Manchmal aß sie etwas von dem Essen, das man ihr ans Bett schob, blieb aber total geistesabwesend. Sie war unter Drogen gesetzt worden, manchmal erlitt sie Schreikrämpfe, dann wieder war sie apathisch. Es war keinerlei Kommunikation möglich.

Der Psychiater gab sich pessimistisch. Er sprach von schizophrenen Symptomen. Von einer tiefen Depression, die schwer verständlich war. „Können Sie es irgendwie erklären? Wissen Sie, was das ausgelöst haben kann? Was kann vorgefallen sein?"

Reed-Smyth bewegte keinen Muskel im Gesicht. „Ich habe keine Ahnung, was der Grund sein könnte." Es stimmte zum Teil. Derek konnte sich zwar einiges zusammenreimen, was Caroline an den Rand des Wahnsinns getrieben hatte. Er dachte daran, was es bedeutete, als eine Person zu leben und die Gedanken eines anderen Ichs zu unterdrücken. Schizophrenie. War nicht jeder Undercover-Agent schizophren? Alle legten sich ständig eine neue Identität zu, schlüpften in die passende Rolle. Sie täuschten andere, doch niemals überzeugend ganz sich selbst.

Trotzdem stimmte es, daß Derek nicht wußte, was vorgefallen war. Der Geheimdienst hatte nichts von Janets Begegnung mit Ben Glaser erfahren und deswegen nichts von seiner Enthüllung über Dirk Biljoens Tod. Aus Versehen war Bens Name nicht auf der Liste der Passagiere des Flugzeugs verzeichnet gewesen.

Der Psychiater spielte mit seinem Bleistift. Er überlegte sich die Sache, dann sagte er: „Ich schlage diese Therapie selten vor. Doch diese Patientin reagiert auf kein Medikament, das wir versucht haben. Wenn Sie Ihre Zustimmung geben würden, dann würde ich eine Schockbehandlung vorschlagen. Heute wendet man sie nicht mehr an. Trotzdem..."

„Was ist das?"

„Elektroschock. Das beruhigt den Patienten. Das Gedächtnis wird angeregt. Man erhofft sich, daß dadurch die schreckliche Erinnerung, die diese tiefe Depression verursacht hat, beseitigt wird, so daß das Schuldgefühl und der Abscheu verdrängt werden. Ich muß Ihnen gestehen, daß es wenige Alternativen gibt. Die Patientin treibt sich in den Tod."

Derek überlegte, was der Arzt gesagt hatte. „Dieser Gedächtnisverlust, was bedeutet das? Kann man das mit dem vergleichen, was im Alter geschieht, wenn Patienten nicht mehr wissen, was in der Vergangenheit geschehen ist?"

„Ja. Deswegen benutzt man diese Therapie nicht mehr, nur in Ausnahmefällen. Die Patientin wird sich an vieles nicht mehr erinnern können, wenn es ihr physisch besser geht. Es ist unmöglich vorauszusehen, was sie vergessen, an was sie sich weiter erinnern wird. Wenn sie sich erholt, dann fängt Ihre Aufgabe an. Sie müssen selbst die Lücken füllen. Sie über ihr eigenes Leben aufklären. Bis auf das schlimme Erlebnis natürlich, das sie erkranken ließ."

Derek richtete sich auf. Er schöpfte neuen Mut. Es war doch noch nicht alles zu spät! Er gab sofort seine Zustimmung zu der Therapie. Die Erfolge waren bemerkenswert. Als Reed-Smyth Caroline nach der ersten Behandlung besuchte, war er sehr zufrieden. Diesmal war ihr Haar gekämmt, sie war ruhig und schien die Pfleger nicht mehr zu gefährden. Er überlegte, ob er die Schwestern bitten sollte, ihr Haar wieder zu färben, bis sie wieder ihre natürliche helle Farbe hatten, der Haaransatz war bereits nachgewachsen. Caroline saß wieder am Fenster, sie trug diesmal einen hellen, bunten Überhang. Die Pupillen waren übergroß in den traurigen Augen, die kein Aufflackern des Erkennens zeigten.

„He, Carl!"

Sie antwortete mit einem schwachen Lächeln. „Heiße ich Carl?"

„Das ist mein Kosename für dich." Er faßte ihre Hand, die sich ihm nicht verweigerte. „Dein Name ist Caroline."

Sie versuchte noch einmal zu lächeln. „Und wer bist du?"

„Dein Vater. Du kannst mich Derek nennen. Wir haben dich adoptiert." Er hatte nicht vor, ihr zu sagen, daß sie auch eine andere Beziehung hatten. Das war damals. Es hatte seinem Zweck gedient. Genau wie sein Job im Homeland seinen Zweck gehabt hatte. Sein Chef befand sich inzwischen in einem afrikanischen Land, in dem eine Diktatur herrschte und er und seine Millionen willkommen waren. Derek vermißte ihn so wenig wie seine ehemaligen Untertanen.

„Das war großzügig von Euch – Derek." Sie lächelte wieder. „Man sagt mir, daß ich sehr krank war und viel vergessen habe. Wie alt bin ich?"

„Vierundzwanzig. Weißt du was! Sobald es dir wieder besser geht, werden wir deinen Geburtstag feiern, da du dich nicht an deine letzte Fete erinnern kannst. Fiona, das ist meine Frau, läßt dich herzlichst grüßen. Ich bin sicher, sie wird sich sehr freuen, etwas organisieren zu dürfen."

„Sie muß sehr nett sein. Ich meine, um ein Kind anzunehmen. Ich … kanntest du meine richtigen Eltern?"

„Du warst eine Waise. Deine Eltern sind bei einem Unfall umgekommen." Er wiederholte die Lüge, die sie selbst zuvor benutzt hatte. Eine Halb-Lüge. Ihre Eltern waren schließlich bei einer Art Unfall umgekommen. Er dachte an das Bild der Eltern, entschied sich, es zu behalten. Es war normal, ein Foto seiner Eltern zu besitzen.

Der Arzt hatte der Unterhaltung mit Besorgnis zugehört, hatte bemerkt, wie Janet mit den Händen an der Decke zupfte. Es war zu früh, um über derartige Themen zu sprechen. Er berührte Derek, gab ihm ein Zeichen, es sei Zeit zu gehen.

Die Therapie wurde fortgesetzt. Caroline erholte sich, wenn auch langsam, sie wurde physisch kräftiger, selbst ihr Haare erhielten wieder den alten Glanz. Doch sie hatte die Lebenslust verloren, interessierte sich für nichts. Derek, der ihr Bücher und Zeitschriften mitbrachte, war erleichtert festzustellen, daß sie ihre sportlichen Fähigkeiten nicht vergessen hatte, sie turnte täglich im Fitneß-Zentrum der Klinik. Der Arzt war dagegen, sie zu zwingen, ihre Sprachkenntnisse aufzufrischen, von denen ihm Derek berichtet hatte. Nichts sollte erzwungen werden.

Im Grund genommen war Reed-Smyth zufrieden. In mancher Hinsicht war diese Entwicklung vorteilhaft. Derek benötigte Unterstützung in seinem neuen Unternehmen. Carl, wenn sie wieder gesund war und keine Erinnerung an die Vergangenheit hatte, war die ideale Hilfskraft.

Nach der Entlassung Mandelas aus dem Gefängnis hatten Gespräche zwischen dem ANC und der NP-Regierung begonnen. Diese gingen schleppend voran, Mandela stellte Forderungen, denen nachzukommen Pretoria noch nicht bereit war. Der bedächtige Präsident Frederik Willem De Klerk hatte die Führung von NP und Regierung übernommen. Er war jahrzehntelang ein getreuer Gefolgsmann der NP-Regierung gewesen, würde nichts überstürzen, auch wenn er glaubte, daß die Zeit des Wechsels zu einer Mehrheitsregierung gekommen war.

Reed-Smyth wußte, die Kontakte bewegten sich auf ein Ziel zu, mit dem er nicht einverstanden war. Schritt für Schritt kamen sie sich entgegen, die beiden ehemaligen Feinde. Die MK-Terroristen kehrten bereits als freie Männer und Frauen zurück. Es war nur eine Frage der Zeit, bis eine neue Verfassung ausgehandelt wurde und die Schwarzen das Wahlrecht erhielten. Ein neuer Ausverkauf der Weißen. Wie damals in Rhodesien.

Und wie in Rhodesien gab es viele, die damit nicht einverstanden waren. Bestimmt nicht Paul Dutoit. Der war fast verrückt geworden, als er hörte, daß die Regierung plante, innerhalb von fünf Jahren eine Verfassung auszuarbeiten, die eine Mehrheitsregierung einführen würde. Noch mehr: Die Apartheid würde sofort abgeschafft werden.

Dutoit, wie andere Konservative, schwor, daß er alles tun würde, was in seiner Macht lag, die Verhandlungen zu sabotieren.

„Wir konnten die Nachbarregierungen davon abhalten, die ANC-Terrs zu unterstützen!" schrie er, als Derek ihn auf seiner Farm besuchte. „Wir haben ihnen genug Leute geschickt, um ihnen das Leben schwer zu machen. Wir schafften es, einen zehnjährigen Krieg auszulösen, hetzten Schwarze gegen Schwarze in diesen Ländern auf! Jetzt müssen wir IFP überzeugen, etwas zu unternehmen. Buthelezi ist sowieso wütend. Er hat die VDF bekämpft. Mal sehen, wozu er sonst noch fähig sein wird."

„Was hast du vor?"

Dutoit brüllte: „Das solltest du wissen! Du und deine *Selous Scouts*! Ihr habt Schwarze hinter Schwarzen hergejagt. Es gibt viele alte Streitigkeiten, die kann man schön auffrischen. Innerhalb der IFP sowie des ANC. Würde Buthelezi nicht am liebsten Präsident werden, statt Mandela? Das könnten wir ihm sofort versprechen. Seine Häuptlinge hassen die Leute, die in die Städte gezogen sind, weil sie Arbeit suchen und sie nicht mehr als ihre Herrscher anerkennen. Sie hören mehr auf Gewerkschaftsführer als auf die alten Stammesoberhäupter. Den Männern kann geholfen werden. Mit Waffen. Ausbildung. Und dann ..."

Er blickte auf die fernen Hügel. Er liebte diese nüchterne Landschaft. Gott wußte, wie sehr er sein Land liebte. Und dieser Rhodesier? Der war nichts weiter als ein Söldner. Trotzdem, ein guter Söldner. Der noch gebraucht wurde.

Er sprach Reed-Smyth wieder an. „Es gibt viele gute Männer, die genau meiner Meinung sind. Viele. Sie sind bereit zu handeln. Wir werden Mannschaften organisieren. So ähnlich wie die *Selous Scouts*. Männer, die kämpfen können. Die sich sehr unpopulär machen werden. Das wäre nicht das erste Mal, was? Der einzige Unterschied ist der, daß diesmal nicht die Jungens in der Regierung die Befehle erteilen werden. Sie werden nicht einmal etwas davon erfahren dürfen."

Klar. Derek war einer der wenigen Menschen, die eine Direktive kannten, die von ganz oben, dem Staatssicherheitsrat selbst, während der 80er Jahre ausgesandt worden war. Dem inneren Kreis von Männern, die das Oberkommando damals gehabt hatten. Sie hatten befohlen, daß eine Dritte Kraft aufgestellt werden sollte. Mit dem Auftrag, Terroristen zu töten, wo immer diese sich befanden. Diese Dritte Kraft war nichts anderes als Sondereinheiten innerhalb der Polizei und Armee. Dutoit hatte Recht, Derek hatte ähnliches bereits im Sinn gehabt. Es würde nicht schwer sein, die richtigen Männer zu finden. Es gab genug Arbeitslose. Vor allem Schwarze.

Dutoit beobachtete Derek. Fragte: „Denkst du vielleicht daran, dich wieder abzusetzen? Männer, die den Homeland-Führern nahestanden, werden nicht gerade der Geschmack des Jahres bei den neuen Leuten werden. Entweder entscheidest du dich, bei uns mitzumachen, oder du verschwindest. Was wirst du machen? Was ist mit deiner Frau?"

Fiona war nach Zimbabwe zurückgegangen, zu ihrem Golfspiel und ihren Bridge-Freunden. Der Farm-Manager war mit einem goldenen Handschlag verabschiedet worden. Doch Derek hatte keine andere Wahl als zu bleiben. Wo sollte er hin? Nach Kent vielleicht, wo er in einem Dorf vegetieren sollte? Nein. Er würde mit den Buren-Rebellen arbeiten. Er war sicher, daß man dabei gut verdienen konnte. Das war stets so, in jedem illegalen Krieg. Er wollte sein Geheimkonto auf den Cayman-Inseln aufstocken, um seinen neuen Lebensstil zu finanzieren.

Er verstand genau, was Dutoit vorhatte. Destabilisierung. Es gab viele

Möglichkeiten, eine Regierung zu destabilisieren. Er lächelte grimmig, als er daran dachte, wie Caroline die Studentengruppen destabilisiert hatte. Indem sie deren Kapital zerstörte: das gegenseitige Vertrauen.

Jan-Smuts-Flughafen. 15. Februar 1990

Derek Reed-Smyth beobachtete die große Boeing, die auf der Landebahn aufsetzte. Hörte den Jubelruf einiger Flughafenangestellten, das Seufzen der anderen. Zeichen der Zeit. Der Flug war einer der ersten internationalen Flüge. Dieser würde die untergeordneten Mitglieder der verschiedenen diplomatischen Vertretungen einfliegen, die sich während der Apartheidsära ferngehalten hatten. Auch internationale Beobachter. Jeder wollte der erste sein. Alte Freunde und neue.

Reed-Smyth wollte einen der neuen kennenlernen. Er erkannte das fleischige Gesicht dank eines Fotos, um das er gebeten hatte, das einen dünnen Schnurrbart und einen Kinnbart gezeigt hatte, lateinamerikanischer Stil, wenn der auch nicht mit dem schnellen Schritt und dem vierhundert Dollar-Anzug im Einklang stand.

„Herr Jardin! Guten Morgen, ich bin Reed-Smyth von PEP. Soll ich mich um Ihre Sachen kümmern? Ich kann Ihnen den Papierkram abnehmen.“ Er nahm den Umschlag mit Dokumenten, den Jardin aus seiner Jacke nahm, und steuerte mit schnellen Schritten auf die VIP-Lounge zu.

Noch hatten Dutoit und seine Freunde in der Polizei die Macht. Es dauerte kaum dreißig Minuten, bis die Ladung, die der Mann, der sich Louis Jardin nannte, aber wie Reed-Smyth bei seiner Geburt einen anderen getragen und ihn seitdem mehrmals geändert hatte, mitgebracht hatte, vorsichtig in einem der Durchgangslager am Flughafen untergebracht worden war. Die Ladung würde weder die einzige noch lange gelagert bleiben. Reed-Smyth kehrte befriedigt zu seinem Besucher zurück, er hatte viel mit ihm zu besprechen. Jardin hatte Biochemie studiert. Hatte sogar einige Jahre als Lehrer zugebracht. Bevor er entdeckte, daß man sich mit wissenschaftlichen Kenntnissen anderen gewinnbringenden Tätigkeiten zuwenden konnte.

Reed-Smyth gratulierte sich selbst zu der guten Tarnung, die er aufgebaut hatte: Progressives Einführungsprogramm (PEP) GmbH. Ein bedeutungsloser Name, der bedeutende Aktivitäten verdeckte. Jeder war einverstanden, daß man sich PEP gut merken könne. Der Name besaß Schlagkraft. Das war das einzig Wichtige. Die Gesellschaftsstatuten waren derartig gut abgefaßt, daß die GmbH praktisch alles unternehmen konnte, was Sicherheitsdienste anbetraf, im Inland wie im Ausland. PEP bot Haushalten jeden Schutz an, angefangen von Einbruchsirenen bis zu elektronischen Ausrüstungen. Die Firma garantierte die Ankunft ihrer Wachen innerhalb von drei Minuten nach einem Alarmruf. Eine andere Abteilung hatte bereits einen Vertrag in Zimbabwe unterschrieben, um die Sicherheit weißer Großfarmen zu organisieren. Diese Abteilung würde demnächst auch jeder Regierung, die mit ihren Rebellen nicht fertig wurde und die das nötig Kleingeld dafür aufbringen konnte, Söldner zur Verfügung stellen können.

Die Tage des berüchtigten John Banks, der Einzelpersonen für fremde Kriege rekrutiert hatte, waren längst vorüber. Söldner waren nun Teil eines ganzen Pakets. Sie wurden als Mannschaft geliefert, mit hervorragender Ausbildung und der modernsten Ausrüstung. Mit einem knallharten Vertrag, der sicherstellte, daß der Käufer alles bezahlte, bis zum letzten Reißverschluß an jeder Uniform.

PEP plante, die Männer einzusetzen, die sich in den Kriegen der 80er Jahre bewährt hatten. Viele Weiße würden nicht bereit sein, in der Polizei oder der Armee unter schwarzen Herren zu dienen. Ausgezeichnetes Offiziersmaterial. Dazu kamen die Schwarzen, die in den Nachbarländern auf der Seite der Verlierer gekämpft hatten und in der Heimat keine Zukunft mehr hatten. Sie waren gut ausgebildet. Unentbehrlich. Einige waren bereits den Sondereinheiten der IFP zugeteilt. Es war, genau wie Dutoit es sich vorgestellt hatte, einfach gewesen, die Abneigung zwischen ANC und IFP zu steigern. Es hatten bereits Auseinandersetzungen in Natal Townships stattgefunden, die Menschenleben gekostet hatten, Häuser waren zerstört und Gemeinschaften getrennt worden. Wenn das so weiterging, was würde dann aus einer Verfassungslösung werden?

Derek lenkte seine Gedanken von PEP ab. Jardin. Er mußte sich auf ihn konzentrieren. Bei diesem Mann lag die Zukunft. Als er in die VIP-Lounge trat, stand Jardin am Fenster, ein Glas in der Hand. Er drehte sich zu Derek um und bemerkte: „Ich sehe keine Schnüffelhunde, Herr Reed-Smyth."

„Nein. Weil es keine gibt. Wir waren lange Zeit von der Welt abgeschnitten, Herr Jardin. Unsere Polizei hat mit derartigen Dingen wenig Erfahrung, verstehen Sie."

Einen Augenblick lang war Jardin starr vor Erstaunen. Dann lachte er dröhnend und schlug sich die dicke Hand mit ihren Ringen an die Hüfte. Noch immer lachend, sagte er: „Keine Erfahrungen mit Drogen – das ist der beste Witz, den ich je gehört habe!"

Reed-Smyth wartete, bis der Mann sich von seinem Lachanfall erholt hatte. Dann meinte er ernst: „Dies ist die beste Chance, die Sie jemals bekommen werden. Für ein Durchgangslager. Einen Zugang zu einem neuen Markt. Die Situation kann sich leicht sehr schnell ändern."

Jardins gute Laune verbesserte sich noch. „Also, dann machen wir Heu, solange die Sonne scheint, wie ihr Engländer zu sagen pflegt, nicht wahr, Smyth?"

Derek dachte, daß ihm weder der Mann noch seine Art besonders lagen. Antwortete kurz: „Ich bin kein Engländer, Herr Jardin. Sollen wir zum Geschäftlichen kommen?"

Orlando. 21. Juni 1990

Wie an jedem Tag standen vor Tagesanbruch die langen Schlangen an der Orlando-Eisenbahnstation in Soweto. Und wie immer rauften sich die Menschen um einen Platz in den überfüllten Waggons, nachdem der Zug angehalten hatte. Um diese Tageszeit war jeder müde, mit bleiernen Augen. Und wie immer würde es eine Stunde dauern, ehe sie in der Stadt angekommen waren. Danach mußten sie mit Bussen weiter, die Fabrikarbeiter in die Industriegebiete, die Büroangestellten in die neuen Bürokomplexe, die Hausangestellten in die Gartenvororte.

Als die Lokomotive anfuhr und die armseligen Waggons die Passagiere durcheinanderrüttelten, waren plötzlich kreischende Schreie des Terrors und der Angst zu hören. Männer mit langen Messern fielen über die wehrlosen Passagiere her, stachen auf Hälse, Körper ein, zerfetzten sie erbarmungslos. Selbst die Schaffner fielen dem Massaker zum Opfer. Die Männer in der Lokomotive waren ahnungslos vom dem, was sich hinter ihnen abspielte, sie hielten pünktlich an der nächsten Station. Tote und Verletzte fielen aus den Waggons, jeder, der konnte, natürlich auch die Mörder, ergriff die Flucht. Die Angreifer wurden nie gefunden.

Dutoit meinte schmunzelnd: „Wie kann man etwas anderes erwarten? Das sind doch Wilde. Sobald Schwarze die Macht übernehmen, wird es

Anarchie geben. Diese Sache beweist, wozu die fähig sind!" Eine Meinung, die von vielen geteilt wurde. Bis auf einige, sechs, um es genau zu sagen, denen bekannt war, daß Paul Dutoit diesen Panga-Überfall, wie andere grausame Ereignisse auch, geplant und durchgeführt hatte. Teil der Verschwörung, um die Verhandlungen des verräterischen weißen Präsidenten mit den schwarzen Terroristen zu unterlaufen. Dabei waren Reed-Smyths neue Freunde äußerst hilfsbereit. Ihren Drogen gelang es, Gruppen junger arbeitsloser Männer mit Halluzinationsvorstellungen zu wahnsinnigen Taten zu verleiten. Ohne die *muti*, die Medizin, die ihnen Männer zusammen mit Anweisungen und Geld verabreichten, wären sie niemals zu derartig grausigen Handlungen fähig gewesen.

Tötet sie. Zerfetzt sie. Drogen trieben die Männer an. Sie sahen keine Menschen in den Zügen, sondern ungeheuerliche Kreaturen, Ratten, Abschaum, die es verdienten, getötet zu werden. Das Schreien, das Blut wirkte anregend, spornte sie an. Später, nachdem die Drogen ihre Wirksamkeit verloren hatten, war nichts übriggeblieben. Nur traumhafte Erinnerungen und große Depressionen. Doch auch die Rand. Damit konnten sie mehr Drogen kaufen, um die trüben Gedanken zu vertreiben.

Die Panga-Männer waren nicht die einzigen, die Terror verbreiteten. Unerwartet erschienen Zulu *impis*, Krieger, am Witwatersrand. Sie übernahmen die Kontrolle der sogenannten Junggesellenbaracken, in denen die Wanderarbeiter lebten, und verwandelten diese in Festungen, von denen aus sie in die Townships zu Überfällen auf die Bewohner zogen. Langsam wurden die schwarzen Ghettos zu Stätten der Angst und des Schreckens. Keiner fühlte sich mehr sicher. Der ANC begann, Jugendliche zu bewaffnen und in Verteidigungseinheiten einzuteilen, um ihre Familien zu schützen.

Es herrschte Krieg in den schwarzen Vororten.

Dutoits Männer statteten jubelnde Berichte ab. Die verfluchten Schwarzen waren außer Kontrolle geraten. Sie brachten sich gegenseitig um. „Denen ist es noch nie so gut gegangen! Nicht mal in den Tagen des sogenannten Kampfes! Gib einem Mann eine Waffe, und er wird zum Helden!"

Wieder rollten die Panzer durch die Straßen der Ghettos. Der erhoffte Friede war nicht nur nicht eingetreten, sondern die Lage hatte sich enorm verschlechtert.

Mandela wurde mißtrauisch, begann von Elementen innerhalb der Sicherheitskräfte zu sprechen, die bewußt Unruhe stifteten. Es schien dieselbe Strategie zu sein, die in den Nachbarländern benutzt worden war, um die Regierungen zu destabilisieren, deren Wirtschaft ins Wanken zu bringen, die Menschen zu verunsichern. Die Regierung in Pretoria stritt das ab, sie verhandele ehrlich. Einige räumten in Privatgesprächen ein, daß es Extremisten gebe, die nicht bereit seien, die neuen Umstände zu akzeptieren. Doch die beiden Verhandlungspartner verloren das Vertrauen zueinander, beschuldigten sich gegenseitig. Nach einem brutalen Massaker, bei dem Hunderte getötet und viele weitere obdachlos wurden, brach der ANC die Gespräche ab. Dutoit konnte seine Genugtuung kaum verbergen. Vielleicht würde das die Verhandlungen beenden. Seine Männer stimmten ihm zu. Nur Reed-Smyth, der Ähnliches bereits erlebt hatte, warnte, daß es zu früh war, an einen Sieg zu denken. „Kein Land kann etwas im Alleingang erreichen. Die Weltöffentlichkeit ist gegen Apartheid und möchte den Frieden in dieser Region erreichen! Für Washington ist Südafrika abgeschrieben, es gibt in Afrika keine letzte Festung gegen den Kommunismus mehr. Es gibt den Kommunismus nicht mehr. Das heißt, es gibt keine Kommie-Gefahr mehr.“ Er grinste. „Laß uns Drogen auf die Straße bringen, das ist die beste Sabotage!“

Dutoit glaubte ihm nicht. „Wir standen an der Seite des verdammten Westens im Kalten Krieg! Die werden uns nicht fallen lassen! Die können den Kaffern nicht unser Land überlassen!“

Worauf Reed-Smyth meinte, genau das könnten sie und würden es tun. Die Zeiten hatten sich geändert. Der Westen müsse sich nun mit dem Osten Europas arrangieren.

Wildfontein. März 1994

Wildfontein. Ein sauberes Dorf im östlichen Transvaal. Vor dem einzigen Laden, in dem Zeitungen verkauft wurden, verteilte eine alte Frau diese an die Menschenschlange, so schnell es ihre verkrüppelten Hände erlaubten. Gelegentlich wischte sie sich Tränen von ihrem faltigen Gesicht. Sie verstand, warum die Menge sich versammelt hatte. Die furchtbare Nachricht hatte sich schnell verbreitet. Gott allein wußte, wieso das alles geschah. Die Alte machte Ihn für alles verantwortlich, wie sie es ihr ganzes Leben lang getan hatte, sie hatte Gottvertrauen gelernt und geliebt. Aber jetzt?

Seit vier Jahren hatten sie miteinander verhandelt, die Regierung in

Pretoria und die Schwarzen. Keinem gefiel es, es war furchtbar. Und nun hatte einer dieser Homelandführer Krach mit seinem öffentlichen Dienst gehabt, die Angestellten waren in den Streik getreten. Einige tapfere Männer waren ihm zur Hilfe gekommen, worauf die Armee des Homelands ihre Retter angegriffen hatte.

Die alte Frau weigerte sich, das Bild auf der ersten Zeitungsseite anzusehen. Der Körper eines toten Weißen, der aus einem Auto gefallen war, ein anderer, der am Boden kniete vor einem schwarzen Soldaten, der im Begriff war, ihn zu erschießen. Sie konnte sich nicht entscheiden, was schlimmer war: Ein Bure, der um sein Leben bettelte, oder ein Kaffer, der einen Buren ermordete? War das Sein Wille? Das Ende des Afrikandertums herbeizuführen? Diese neue Verfassung, was bedeutete sie für die Buren?

Ähnliche Fragen wurden eine Stunde später in der Versammlungshalle gestellt. Paul Dutoit stand breitspurig vor der aufgeregten Menge, sein offenes Hemd zeigte die starke Brust, auf der die Haare ergraut waren. Er schwang eine feurige Rede. Er wußte, die Sabotage der vergangenen Jahre hatte einige Wirkung gehabt, das Abkommen aber nicht verhindert. Der sogenannte Friedensprozeß war abgeschlossen. Eine provisorische Verfassung war bereits in Kraft getreten. Die Kaffern hatten den Sieg davongetragen. Im Mai würde eine schwarze Regierung gewählt werden.

Dutoits Stimme zitterte. „Die NP ist nicht mehr meine Partei! Der Präsident ist ein Verräter! Er gehört aufgehängt! Diese sogenannte Verfassung, was ist das? Ein Stück Papier, mit dem die NP unser Volk an die Kaffern verkauft hat! Ab Mai wird in unserem Land ein Kaffer regieren! Freunde, ich sag euch, ich werde keiner Kaffern-Regierung dienen! Die Führungs des Widerstands hat einen großen Fehler gemacht, tapfere Männer in diese Schlacht zu schicken. Sie waren nicht vorbereitet. Es waren nur eine Handvoll Männer! Aber ich verspreche euch, das war nicht das Ende, das war ein Anfang. Es gibt nur ein Ideal, für das ich kämpfe, und das ist ein *boerestaat* – ich werde mein Leben der Entstehung eines echten Burenstaates opfern! Ein Land, in dem ein Bure so leben kann, wie er es für richtig hält. Ohne Einmischung von Fremden, weder *engelse* noch Ausländer oder Kaffern."

Er wurde von Jubelrufen unterbrochen, die auf den Straßen zu hören waren und zu dem Pfarrer drangen, der zustimmend mit dem Kopf nickte, auch wenn er nicht mitmachen konnte, er war ein Mann der Kirche und des Friedens.

Dutoit beendete seine Rede. „Ich sage euch, immer gab es Schlachten, in denen man besiegt wurde. Doch danach gab es auch immer Schlachten, die zum Sieg führten. Der Burenkrieg im Jahr 1902 war eine Niederlage, aber wir haben dann trotzdem gewonnen! Damals, im Jahr 1948! Als die NP noch eine echte Partei war! Als Männer aus Stahl die Führung hatten! Auch diesen Krieg werden wir gewinnen. Wir müssen uns vorbereiten. Ganz sachte. Wir müssen mit unseren *veldskoene,* unseren Lederschuhen, leise auftreten, aber wir werden nicht kriechen! Bereitet euch vor auf die kommenden Schlachten!"

Andere Sprecher folgten, auch aus ihnen sprach die verbitterte Enttäuschung, der Zorn. Und viele hatten verstanden, was Dutoit meinte mit dem Wort *veldskoene.* Feste, lederne Schuhe, die Farmer seit Jahrhunderten trugen. Dutoit hatte bereits einen Geheimbund gegründet, eine Widerstandsbewegung, die den Namen *Veldskoen Kommando,* VK, trug. Ein guter Name. Dutoits guter Freund und Genosse, Andries Pienaar, hatte schon Rekruten gefunden, Männer sowie Frauen.

„Wir brauchen echte *Boere.* Nicht Menschen wie den Verräter Biljoen." Pienaar hatte den jungen Deserteur nicht vergessen oder ihm vergeben, hatte sich über sein Schicksal gefreut. Dutoits Farm lag zwanzig Kilometer westlich von Wildfontein. Als er aus dem Dorf zurückkehrte, erwartete ihn Derek Reed-Smyth, der auf der großen *stoep,* der Veranda, saß, die das Farmhaus umspannte. Dutoit war noch angeregt von dem Erfolg des Treffens und keineswegs erfreut, Reed-Smyth zu sehen, dessen Begrüßung ihn ärgerte.

Derek imitierte den Akzent eines wohlgeborenen Engländers. „Na, alter Junge, hast du's ihnen gesagt? Hast du ihnen versprochen, an den Küsten zu kämpfen, auf den Straßen zu sterben und all diese schönen Sprüche?"

Dutoit weigerte sich, dem Rhodesier seine Gefühle zu zeigen. Er warf sich in einen Stuhl, befahl einem ängstlich wartenden Diener, ihm ein kaltes Bier zu bringen. Nachdem er den ersten langen Schluck genossen hatte, sagte er zufrieden: „Mann, das war eine großartige Versammlung!"

Reed-Smyth gratulierte. Dann erinnerte er Dutoit an ein weiteres Treffen, das am folgenden Tag in Wildfontein stattfinden sollte. Carl war bereits am Flughafen, sie sollte die ausländischen Besucher abholen. Sie würde sich um alles kümmern, auch um deren Gepäck. Eine Bemerkung, die Dutoit veranlaßte, sein humorloses Lachen anzustimmen, das Reeed-Smyth wie immer irritierte.

Caroline wartete am Flughafen auf die Besucher. Sie war eine bildschöne Frau geworden, die jünger als ihre 28 Jahre aussah. Sie hatte während des Jahres, das sie in der Klinik zugebracht hatte, viel Gewicht verloren und nie mehr so viel zugenommen, ihre Schlankheit ließ sie noch größer erscheinen, und sie hatte gelernt, das mit geschickter Kleidung auszugleichen. Caroline hatte einen Sinn für Mode entwickelt, wußte, was ihr gut stand, kleidete sich elegant. Mehrere männliche Passagiere, die auf den Eingang zur Ankunftshalle zugingen, warfen bewundernde Blicke auf die hübsche Frau in ihrem tadellos sitzenden Hosenanzug, die neben einer weißen Limousine wartete. Sie schenkte ihnen keine Aufmerksamkeit.

Caroline wußte genau, was das Handgepäck der Passagiere enthalten würde. Sie erwartete vier Männer. Derek hatte erklärt, jeder würde mindestens zehn Kilo bei sich haben, eine gute Ladung. Sie trat auf Jardin zu, der als erster auf der Gangway erschien. Sie begrüßte ihn auf Spanisch und streckte ihm die Hand entgegen, doch er zog sie an sich und küßte sie auf den Mund, wahrscheinlich um seinen Männern zu imponieren, die hinter ihm standen. Es gelang ihr, ihre Abscheu zu verbergen, sie ging zum Wagen voran. Sie war beunruhigt über zwei zusätzliche Männer. Zwei gut gebaute Männer, deren Jacken etwas zu weit geschnitten waren. Caroline verspürte ein unangenehmes Gefühl. Erwarteten sie Probleme? Diese beiden hatten Derek bereits zuvor einmal besucht. Allein. Er war davon nicht sehr angetan gewesen. Hatte gesagt, er bräuchte keine lateinamerikanischen Gorillas. Sie war den Ausländern nie vorgestellt worden, kannte nur Jardin, wußte jedoch, daß seine zwei ständigen Begleiter, beide Franzosen, die aus der fauligsten Marseille-Gosse gekrochen waren, Lannier und Havant hießen, Derek hatte sie Laurel und Hardy getauft. Die beiden großen Männer trugen kein Handgepäck.

Caroline dachte, Derek hätte ihnen sagen sollen, daß dies das letzte Mal war, daß er ihnen den VIP-Status anbieten konnte, es wäre gut gewesen, wenn sie daraus Konsequenzen gezogen hätten. Im Mai würde ein schwarzer Präsident vereidigt werden.

Sie wartete, bis alle Platz genommen hatten und setzte sich dann neben Jakes Wessels, dem Fahrer. Wessels war in die Position eines PEP-Direktors aufgerückt, er war für den Auslandsdienst verantwortlich. Während Jakes langsam den Wagen in Bewegung setzte, kalkulierte Caroline, wieviel Kilo reines Heroin sie mitgebracht hatten. Wenn jeder zehn Kilo trug, so bedeutete das mehrere Millionen Straßenwert. Bald würden sie den Stoff nicht mehr auf diese Weise ins Land bringen können, die schwarze Regierung würde ihr eigenes Sicherheitspersonal einstellen.

Sie unterhielt sich mit Jakes, der ihr in Dereks Auftrag Sport, auch Kriegssportarten, beigebracht hatte. Manchmal trainierte sie mit ihm, Derek hatte ein Sportzentrum auf der Farm eingerichtet. Jakes befand sich oft außerhalb des Landes. Auch sie war beschäftigt. Caroline dachte selten an Jakes. Auch nicht an andere Männer. Für sie gab es nur Derek Reed-Smyth. Sobald Derek einen Raum betrat, überragte er alle anderen mit seiner Aura der Autorität, die Caroline bewunderte und die jeden anderen Anwesenden eine Nummer kleiner erscheinen ließ. Sein Aussehen, sein Stil gefielen ihr. Sie war stolz, daß er ihr Vater war, sie bewunderte seine endlose Energie, mit der er in kurzer Zeit dieses Riesenunternehmen aufgebaut hatte. In knapp vier Jahren! Andere brauchten ein ganzes Leben, um ähnliches zu erreichen.

Caroline hatte sich in ihre neue Arbeit vertieft. Diese erfüllte ihr Leben. Bedeutete ihr Leben. Sie war dem Titel nach Leiterin der Koordination, und das beschrieb ihre Tätigkeit haargenau. Es war Caroline, die alle Segmente des Unternehmens miteinander verbinden konnte, die sicherstellte, daß die verschiedenen Mosaiksteine zusammenpaßten. Sie dachte über Dereks augenblickliche Priorität nach: VK und dessen Geldnot. Das bedeutete sauberes Geld auf einem sauberen Konto. Caroline hatte gelernt, wie man Geld waschen mußte. Sie hatte sich nie Gedanken über die Moral derartiger Tätigkeiten gemacht. Derek wußte genau, was er tat. Ihr Vertrauen in Reed-Smyth und ihre Abhängigkeit von ihm waren durch ihre Krankheit erhöht worden.

Die Zusammenkunft des PEP-Aufsichtsrats fand in einer ehemaligen Tabakscheune auf Dutoits Farm statt. Das hohe fensterlose Backsteingebäude bot ausgezeichnete Deckung. Dutoits Umbau schloß fest abgeriegelte Räume ein, die als Waffenlager dienten, eine Turnhalle, in der hart trainiert wurde, sowie einen gut ausgerüsteten, luftgekühlten, schalldichten Raum. Letzterer war der Grund, warum Reed-Smyth zugestimmt hatte, das Treffen in Wildfontein abzuhalten.

Caroline hatte sich wie immer um alles gekümmert. Vor jedem Platz lag eine Aktenmappe, die Anlagen waren zusammengeheftet, Getränke und belegte Brötchen standen auf dem Tisch. Kein Dienstbote sollte sie unterbrechen. Es waren auch keine Aufnahmegeräte aufgestellt, obwohl

Derek vermutete, daß Jardin für eine geheime Aufzeichnung gesorgt hatte. Aus diesem Grund hatte Caroline sichergestellt, daß jedes Treffen sehr formell nach normalem Geschäftsformat ablief. Jeder Anwesende kannte die wichtigsten Codewörter. Sollte ein Fremder je die Berichte der PEP-Aufsichtsratsitzungen lesen oder eine Kassette abhören, würde er nichts Ungewöhnliches entdecken können.

Reed-Smyth war zufrieden mit der Organisation. Caroline war zum unentbehrlichen Teil von PEP geworden. Sie war seine größte Stütze, wie er zu ihrer Freude einmal gesagt hatte. Er hatte das ehrlich gemeint. Er hatte Caroline zu dem gemacht, was sie geworden war. Er hatte ihr Leben, ihre Persönlichkeit total verändert. Sie gehörte ihm. Es gab manchmal Zeiten, wo er bedauerte, sich als ihr Vater ausgegeben zu haben. Eine andere Beziehung wäre dem vorzuziehen gewesen.

Er schob den Gedanken beiseite. Derek Reed-Smyth hatte seinen Geschlechtstrieb längst etwas anderem unterworfen, seinem unbegrenzten Streben nach Macht. Er war stolz auf Carl. Sie war sein Instrument. Nichts anderes.

Trotzdem störte es ihn, als er beobachtete, wie Jardin ihren Arm nahm, als sie ins Aufsichtsratszimmer gingen. Er sagte sich, das sei nur richtig. Dies war ein äußerst wichtiges Zusammentreffen. Wenn Carl ein Teil der Bezahlung sein sollte, dann mußte es eben so sein. Derek blickte sich um, betrachtete die vier Fremden auf der einen Seite des Tisches. Auf der anderen saß er selbst zusammen mit Jakes Wessels, Dutoit und dessen Mitarbeiter Andries Pienaar. Vier gegen vier. Nein. Vier gegen fünf. Carl gehörte auf seine Seite. Das sollte auch so sein. Als Vorsitzender besaß er die ausschlaggebende Stimme.

Caroline hatte eine große Tafel aufgestellt mit Blättern, die sie schnell umschlagen konnte. Sie begann mit Investitionen, ihrer eigenen Abteilung. Erklärte, daß zwei interessante Projekte zu besprechen seien.

„Beim ersten Projekt handelt es sich um ein deutsches Konsortium, das sich in der ehemaligen DDR übernommen hat. Der Kauf einiger Firmen in der Metallindustrie wurde der Gesellschaft zum Verhängnis. Die Firma ist so gut wie bankrott. Wir könnten ein Angebot machen, das sie nicht ausschlagen werden, wodurch wir Investitionen im deutschen Finanzwesen einbetten könnten." Es war unnötig, die Vorteile zu erklären. Illegale Gewinne würden durch geschickte Investitionen legalisiert werden. „Wir müßten zusätzliches Kapital investieren, Personal einschränken und verschiedene Posten abstoßen, so daß die Gesellschaft erneut Gewinne erzielen kann. Ich hatte eine Analyse in Auftrag gegeben, die

Zahlen sind angegeben." Sie schlug ein Blatt um und wies auf die Kalkulationen. Sie mußte nicht erklären, daß ein derartiges Unternehmen eine ideale Möglichkeit für Geldwäsche bot. Gesellschaften mit Verlusten konnten mit illegalen Gewinnen gekauft werden, diese mußten zuvor verschiedene Kreise durchlaufen, ehe sie auf den deutschen Bankkonten erscheinen und in den legalen Umlauf gebracht werden konnten. „In Ihren Unterlagen liegen Kopien der verschiedenen Berichte, die von den Beratern vorbereitet wurden. Sie können diese während des Essens durchsehen, bevor wir abstimmen."

Sie betrachtete das nächste Blatt. „Das ist ein Vorschlag, der näher liegt. Es geht um eine südafrikanische Farm mit einem kleinen Forschungsinstitut, in dem genetische Experimente über Pflanzenarten wie Mais und Weizen schon seit 1974 durchgeführt wurden. Südafrika ist anderen Ländern, sogar Amerika, auf diesem Gebiet in mancher Hinsicht voraus. Deswegen ist das Unternehmen jetzt in Schwierigkeiten geraten. Die Kosten haben sich enorm erhöht, und neue Projekte müßten dazukommen. Deswegen sind neue Investitionen für neue Produkte nötig. Der PEP-Aufsichtsrat hat die Möglichkeit, dieses Institut zu übernehmen und zu entwickeln. Mit neuer Organisation, versteht sich. Das bedeutet, daß ein neues Expertenteam eingestellt werden müßte, das sich auf anderen wissenschaftlichen Gebieten betätigen würde. Herr Jardin hat an diesem Projekt gearbeitet und während des letzten Monats dafür verschiedene Vorschläge ausgearbeitet."

Keiner sprach. Die Männer blätterten die Dokumente durch. Jardin hatte seine eigenen Leute bereits genau informiert. Er überlegte sich noch immer, ob sie diese Art Partnerschaft eingehen sollten. Andere wissenschaftliche Gebiete! Das hieß, die Südafrikaner wollten ihre eigene Drogenproduktion aufbauen, so daß sie mit der Zeit weniger einführen würden. Die Einfuhr war stets riskant. Doch Produktion bedeutete ebenfalls Risiko. Vor allem mit dieser neuen Regierung. Jardin verachtete Dutoit und sein Volk. Es gehörten noch einige Polizisten und Armee-Offiziere zu ihnen, doch würde das genügen? Es war ihnen nicht gelungen, sich jemanden in der Regierung zu kaufen, so daß ihnen auch diese gehörte. Und bis jetzt waren sie selbst die Regierung gewesen! Wie konnten sie nur so unfähig gewesen sein! Wahnsinn, alles auf eine Karte, die Rassenfrage, gesetzt zu haben! Jardin, durch dessen Adern das Blut unterschiedlicher Völker rann, hatte wenig Verständnis für derartigen Fanatismus.

Er hörte Caroline sehr genau zu. „Neue Ausrüstung für das Forschungsinstitut zu importieren, wird keinen Verdacht erregen, da die Organisation seit langem besteht. Der Vorsitzende hat trotzdem einige Bedenken ..." Sie blickte Reed-Smyth an, ehe sie weitersprach, „Der Vorsitzende schlug vor, eine Farm zu kaufen, die in der Nähe des Instituts liegt. Diese eignet sich für die Entwicklung eines Wildparks. Wie Ihnen bekannt ist, wurden in den vergangenen Jahren mehrere derartige Unternehmen eröffnet. Sie haben eine große Anziehungskraft auf Touristen. Es wäre eine gute Unterkunft für ausländische Besucher, die geschäftlich im Forschungsinstitut zu tun haben. Außerdem würde man das Tourismusgeschäft ebenfalls entwickeln." Um keinen Verdacht zu erregen, meinte sie und sagte: „Man könnte Touristen und Geschäftsbesucher voneinander trennen. Ein Weg müßte natürlich gebaut werden, der zum Forschungsinstitut und zur Gästefarm führt, so daß das ganze als zusammengehöriger Komplex funktionieren kann." Sie hielt ein. Fügte hinzu: „Es gibt allerdings ein Problem."

„Was wäre das, Frau Carol?" Jardin war ganz auf Geschäftliches konzentriert.

„Der Farmer ist nicht am Verkauf interessiert."

„Das überlaß uns. Wir könnten so was regeln. Ich glaube, mir ist der Ort bekannt." Dutoits dröhnende Stimme bildete einen starken Kontrast zu dem hohen weinerlichen Ton des Lateinamerikaners. „Ihr wißt, heutzutage ist keiner mehr sicher. Vor allem kein Farmer. Und vor allem nicht solche, die Vorsitzende der lokalen NP sind." Er lachte, und Adriaan Pienaar unterstützte ihn mit einem zustimmenden Ruf, während die anderen verlegen schwiegen.

Selbst Jardin verstand den Haß, den Dutoit auf die NP verspürte, die Partei, die ihre Macht verschenkt hatte. Gut. Wenn die Liquidation eines Farmers den Kauf des Objekts ermöglichte, war das in Ordnung. Jardin betrachtete das als ein nebensächliches Problem. Er nahm eine Flasche Wein und goß sich ein. Inzwischen hatte er sich entschlossen, dem Kauf des Forschungsinstitut und der Farm zuzustimmen. „Ich schlage vor, zwei der Direktoren zu je einem Zehnjahresvertrag zu verpflichten, um hier zu arbeiten." Er wies auf Jacques Havant und Andre Lannier. „Die beiden kennen die ... Fabrikation ... in unserem Land. Sie können nützlich sein. Als Manager und auch im Labor."

Reed-Smyth hatte einen Gegenvorschlag erwartet. Jardin mußte seine eigenen Interessen schützen. In diesem Geschäft gab es keinen Platz für Vertrauen. Er blickte auf die Uhr. „Carl! Meine Herren! Ich denke, es ist Zeit, eine Mittagspause einlegen." Im Lauf des Nachmittags klopften sie einen Kompromiß fest.

Am Abend organisierte Dutoit einen *braai* in seinem Garten, in dem Diener mehrere Lampen, Tische, Stühle aufgestellt und ein kaltes Büffet errichtet hatten. Als die Gäste sich auf den Weg machten, ging Jardin auf Caroline zu, legte seinen Arm um ihre schmale Taille und flüsterte ihr ins Ohr: „Ich bitte um die Gesellschaft der bezaubernden Frau Carol!" Er hatte während der langen Sitzung bereits viel getrunken. Caroline befreite sich aus der Umarmung, blickte Reed-Smyth flehend an, doch der spreizte die Hände in einer hilflosen Geste. Er hatte nicht vor, Schwierigkeiten heraufzubeschwören.

Jakes hatte das Zwischenspiel beobachtet und war erzürnt. Was hatte Reed-Smyth vor? Caroline als Köder zu benutzen, als ob sie nichts anderes als eine kleine Hure war? Jakes hatte sich in letzter Zeit viele Gedanken über Caroline gemacht. Er hatte sie jahrelang nicht mehr gesehen und hatte gedacht, sie sei in Übersee, was auch der Fall war. Später hatte er ein Gerücht gehört, daß sie krank und lange irgendwo zur Erholung gewesen sei.

Kurz danach war sie als die persönliche Assistentin des großen Mannes aufgetaucht, etwa um den Zeitpunkt, als er den Vertrag erhalten hatte, die Söldnerabteilung von PEP aufzubauen. Sie hatte ihn nicht erkannt. Anscheinend war das ein Teil ihrer Krankheit, sie litt an einer Art Amnesie. Jedenfalls war sie nicht mehr das feurige Mädchen von damals. Es erstaunte ihn selbst, daß ihn das störte. Noch etwas anderes war ihm an ihr aufgefallen. Nur wenn sie arbeitete oder sich über Arbeit unterhielt, war sie lebhaft. Sonst verhielt sie sich äußerst ruhig, zu ruhig. Sie sprach selten, schien anderen Menschen aus dem Weg zu gehen und jeden Kontakt zu scheuen.

Jakes beobachtete, wie Derek mit Caroline auf diesen widerlichen Jardin zuging und dieser die Frau an sich zog, sie zwang, neben ihm Platz zu nehmen. Sie ließ es geschehen, blieb sitzen, während er ihr einen Teller vom Grill holte, gefüllt mit Fleisch und Salaten, ging jedoch nicht auf seine offenen Anspielungen ein. Louis Jardin war ein grober Mensch. Außerdem hielt er Caroline für eine gut dotierte Nutte. Eine intelligente Nutte. Ihre Ausführungen hatten ihn beeindruckt, aber er konnte sich nicht vorstellen, daß eine Frau diese Arbeit gemacht hatte. Jardin nahm an, dieser arrogante Reed-Smyth hatte es ihr beigebracht, sie hatte alles bestimmt nur auswendig gelernt. Gutaussehende Frau. Warum sollte der Engländer sie allein besitzen? Er lehnte sich zu ihr und flüsterte in seiner eigenen Sprache, die sie so blendend verstand.

Dutoit liebte laute Musik. Zuerst hörten die Gäste die Töne der

Afrikander *volksliedjie,* gefolgt von Rock. Jakes beobachtete bekümmert, wie Jardin sofort aufsprang, Caroline in die Höhe zog und sie zu einem Tanzschritt zwang. „Paul!" schrie er Dutoit zu. „Andere Musik! Einen Foxtrott vielleicht? Etwas für Frau Carol?"

Carol versuchte sich aus seiner Umarmung zu lösen. „Ich tanze lieber frei!"

„Ich nicht!" Jardin hielt Caroline fest, während Dutoit neue Kassetten einlegte. Sie tanzten schweigend in dem schwachen Licht der Laternen, die von Insekten umschwirrt wurden. Jardin war erregt, er drückte sich fest an die junge Frau, versuchte, sie vom Licht in die Büsche zu ziehen. Plötzlich traf ihn ein Schlag in den Solarplexus. Caroline faßte den Mann am Arm, und mit einer gekonnten Bewegung wirbelte sie ihn zu Boden, wo er stöhnend liegen blieb.

Jakes kannte den Griff, er hatte ihn ihr vor langer Zeit beigebracht. Sie schlüpfte schweigend in das Dunkel des Gartens. Die zwei schweren Männer waren sofort auf den Beinen, hatten die gezogenen Waffen in der Hand, schrien, keiner solle es wagen, sich zu bewegen. Sie hatten nicht gesehen, was vorgefallen war, wußten nicht, daß ihr Chef etwas zu weit mit einer Frau gegangen war, die „nein" gesagt hatte. Jeder folgte dem Befehl. Es war Jardin, der stöhnend seine Männer anwies, die Waffen wegzustecken und ihm zu helfen. Sie hoben ihn auf, und er stolperte ins Haus, krümmte sich mit schlimmen Schmerzen. Als er an Derek vorbeihumpelte, sagte er leise, durch zusammengepreßte Zähne: „Keine Frau tut mir so etwas an, verstehst du! Wenn ich sie wiedersehe – töte ich sie!"

Jakes fand Caroline. Sie kauerte auf dem Rücksitz der Limousine und blickte ihn mit wilden Augen an. Er setzte sich zu ihr, öffnete das Fach, in dem Getränke aufbewahrt waren, und zwang sie, den Cognac zu sich zu nehmen, den er für sie eingoß. Sie lehnte sich an ihn, versuchte zu lächeln und meinte: „Da hab' ich wohl das Falsche getan, was, Jakes!"

„Du hat nichts Falsches getan." Er blickte sie an, bemerkte, wie zwei große Tränen über ihr Gesicht rollten, und dachte, er habe noch nie jemanden gesehen, der so verletzbar aussah. „Komm, Liebe. Hier kannst du nicht bleiben. Wie wär's, wenn Jakes dich nach ‚Riverways' fährt?" Dereks Farm war etwa fünfzig Kilometer von Dutoits Tabakscheune entfernt. Als sie ankamen, war Caroline vor Erschöpfung eingeschlafen. Jakes kannte das Besitztum, fand den Wächter, der ihm das Tor öffnete, und trug Caroline in ihr Zimmer. Als sie am frühen Morgen den schlafenden Jakes auf ihrem Sofa fand, war es unvermeidlich, daß sie sich liebten.

Polizeihauptquartier. 1. Mai 1995

Im Militärhauptquartier herrschte Hochbetrieb. Es war nicht die erste Nacht, in der sie mit dieser Tätigkeit beschäftigt waren. Offiziere, die der alten Regierung treu geblieben waren, hatten sich geschworen, daß sie dem neuen Regime nichts überlassen würden, kein Stück Papier, das irgendwie belastend sein könnte. Alles mußte zerschnippelt, verbrannt, vernichtet werden. Gruppen von je zwei oder drei Polizisten und Polizistinnen wurden beauftragt, Mitgliedern der Sondereinheiten behilflich zu sein, Papiere zu vernichten und dabei sicherzustellen, daß kein Dokument und keine Akte verschwand als „Versicherung" für neue Zeiten, für zukünftige Enthüllungen oder Erpressungen. Material war bereits in Lastwagen aus der Gefängnisabteilung des Ministeriums entfernt worden, sowie aus dem Polizeihauptquartier und anderen wichtigen Stellen der Verteidigungskräfte, aus Büros der staatlichen oder quasi-staatlichen Unternehmen in der Waffenindustrie und Sasol, der Industrie, die Öl aus Kohle herstellte – alles wurde fein säuberlich durchsucht und die Akten vernichtet.

Paul Dutoit war dermaßen ermüdet, daß er die Papiere nur noch durch verschwommene Augen sah. Um vier Uhr sank er mit bleiernen Gliedern auf ein Sofa in seinem Büro, zur selben Zeit, als zwei Beamtinnen sich bei ihm zum Dienst meldeten. Er wies auf einen Stoß Akten auf seinem Tisch, die er aus seinem höchst persönlichen, zuvor abgesicherten Schrank geholt hatte, befahl: „Vernichtet das Zeugs sofort!" und schloß erschöpft die Augen. In wenigen Sekunden schlief er fest.

Die ältere der Frauen war mürrisch und verschlossen. Sie arbeitete mit Polizeihunden und hatte den Ruf, genau so reizbar und scharf zu sein wie ihre deutschen Schäferhunde, die ihre ganze Zuwendung erhielten. Wie die anderen Beamten, so war sie verwirrt durch die Veränderungen, die sich im Land und in ihrem Leben vollzogen. Aus diesem Grund war sie bereitwilligst ins Hauptquartier gekommen. Ein schwarzer Präsident! Eine Regierung, die auch Schwarze wählen durften! Jeder Premierminister und Präsident, dem sie gedient hatte, war, wie sie selbst und die meisten ihrer Kollegen und Kolleginnen, Afrikaanssprachig gewesen. Und nun sollte sie einem schwarzen Präsidenten dienen. Das war alles sehr schwer zu begreifen.

Anna van Wyk war in den 60er Jahren von einem Waisenhaus der Holländisch-Reformierten Kirche zur Polizei übergewechselt. Breit gebaut und wenig attraktiv, mit großem Kinn und rundem Gesicht, war sie nur zu glücklich, eine Arbeit gefunden zu haben, die ihrem Leben einen Sinn gab. Im Lauf der 70er Jahre hatten Schwarze erneut angefangen, sich zu organisieren. Das hatte viel Arbeit bedeutet. Ein Aufwiegler namens Biko wurde zum Idol der schwarzen Jugendlichen. Als dieser tot in einer Polizeizelle aufgefunden worden war, konnte Anna es genauso wenig wie viele ihrer Landsleute verstehen, warum sich die Weltöffentlichkeit so sehr darüber aufregte.

Annas Mutter war bei einem Unfall ums Leben gekommen. Ihr Vater, ein sogenannter armer Weißer, konnte die Familie mit ihren sechs Kindern nicht ernähren, deswegen war Anna, die Jüngste, in ein Waisenhaus gekommen. Es war eine strenge Schule gewesen. Der Vater hatte es nicht geschafft, sie oft zu besuchen, auch zu den Geschwistern hatte sie den Kontakt verloren. Ihr Bekanntenkreis schloß nur Kollegen ein. Sie hatte nie geheiratet, schien sich nicht für Männer oder Sex zu interessieren, obwohl manche behaupteten, daß sie nach Saufabenden gelegentlich mit Männern geschlafen hätte. Eines Tages war sie einer jungen Polizistin begegnet, für die sie merkwürdige Gefühle entwickelte. Eine neue Rekrutin, hübsch, dunkelhaarig, dunkeläugig, mit einem Lächeln, das Anna zerschmelzen ließ. Nachdem die Gefühle sich verstärkten und Anna ständig an einen schmalen, dunklen Kopf denken mußte, wurde ihr deutlich, daß sie sich zum ersten Mal in ihrem Leben verliebt hatte.

Der Gedanke, daß sie eine Frau liebte, war grauenhaft. Die Polizistin lebte in einer Tradition, in der Homosexualität verpönt war. Sie war von ihrer eigenen Schlechtigkeit überzeugt. Sie wollte weg aus dieser Situation. Deswegen bewarb sie sich um einen Posten bei der Abteilung, die Hunde ausbildete und betreute. Zuerst wurde sie abgewiesen, die meisten Hundebegleiter waren männlich. Doch sie wiederholte den Versuch mehrmals, bis ihr die Erlaubnis erteilt wurde. Seitdem war ihr Leben befriedigend gewesen. Sie konnte mit den Hunden gut umgehen, fühlte sich wohl. Und ihren eigener vierbeiniger Freund, Trigger, liebte sie innigst, auch wenn er kein Rassehund, sondern eine Promenadenmischung war. Anna wußte natürlich, daß sie eine Zielscheibe von Witzen war, daß sich andere über sie lustig machten. Das störte sie nicht. Nur der Gedanke beunruhigte sie, daß sie eventuell versetzt werden könnte.

Sie machte sich mit der Kollegin an die Arbeit und war bald darin vertieft. Pflichtbewußt, wie sie war, hätte Anna nie eine der Akten angesehen. Doch um den Inhalt zu zerreißen, mußten sie alle Papiere und Dokumente aus den Aktendeckeln nehmen, da konnte sie nicht umhin, die Aufschriften, auch gelegentlich den Inhalt zu überfliegen. Die meisten waren mit den Hinweis „Geheim“ beschriftet. Gelegentlich sah sie eine Verteilerliste. Der Präsident. Der Polizeiminister. Der Verteidigungsminister. Wichtige Dokumente.

Anna hatte die Anweisungen nicht hinterfragt. Die Oberen gaben ihre Befehle, Beamte wie sie befolgten diese. Politik ging sie nichts an. Wenn diese Unterlagen zu vernichten waren, so mußte das seine guten Gründe haben. Sie nahm eine Sammelmappe in die Hand, erkannte Dutoits plumpe Schrift, las den Namen Reed-Smyth, bemerkte den Stempel „Streng vertraulich“ und begann, die Papiere aus dem Aktenbündel zu entfernen. Las einige Überschriften, überflog mehrere Zeilen.

Plötzlich erstarrte sie. Erinnerte sich an etwas, das sie längst vergessen hatte. Das schmale Gesicht eines jungen Mädchens. Ihre Verzweiflung, als sie vor einem Video saß, das dieser Rhodesier ihr zeigte. Zuerst waren das Szenen aus einem Kafferndorf. Und dann wurden dunkle Bilder gezeigt von bewaffneten, vermummten Männern. Für ein Kind unheimliche Bilder von Toten und Verstümmelten, soweit sie sich erinnerte. Hatte das Kind geschrien? Der Mann, ein Oberst, hatte auch andere Bilder gezeigt. Bilder von jungen, lachenden Afrikanern. Deine Freunde, hatte er gesagt, und das Kind hatte stumm genickt. Ein Massaker in den Bergen, das war es. Anna erinnerte sich. Terroristen hatten eine Mission überfallen. Sie sah mehr Worte. Las etwas von *Selous Scouts.*

„Ist dir nicht gut?“ Eine Kollegin sah besorgt die plötzliche Blässe in dem breiten Gesicht. „Möchtest du eine Weile aufhören? Es ist sehr warm im Raum, wir haben schon eine Menge geschafft.“

„Wasser, bitte ... ein Glas Wasser...“ Anna sah, wie die Kollegin sofort hinauslief, konnte schnell die Akte unter ihrer voluminösen Bluse verschwinden lassen. Als die Kollegin zurück kam, saß Anna auf einem Stuhl, um ihre schweren Glieder auszuruhen.

14. Enthüllungen

Dunkeld, Johannesburg. 1. Januar 1997

Als Caroline erwachte, war es fünf Uhr. Fünf Uhr morgens am ersten Tag eines neuen Jahres. Sie lag auf dem Rücken und starrte ins Dunkel des Schlafzimmers, dessen schwere Vorhänge noch zugezogen waren. Sie benutzte diese großzügig ausgestattete Wohnung in einem der ältesten und schönsten Vororte als Wohnung sowie als Büro, mit allem was dazugehörte, Telefon, Computer, Fax, Akten.

Jedoch kein PEP-Angestellter, außer Jakes und natürlich Derek, kannte diese Adresse. Die offizielle Arbeit wurde durch das Büro in Rosebank, in einem anderen Vorort, abgewickelt. Dort befand sich auch das Hauptquartier der Sicherheitsabteilung, die Männer innerhalb drei Minuten nach einem Alarmanruf an Ort und Stelle haben mußte, ob es sich um Mord, Einbruch oder einen Fehlalarm handelte. In jedem Vorort waren Männer stationiert, um diese Garantie einzuhalten. Inzwischen hatte sich die Anzahl der Vorfälle sowie der Kunden derartig vermehrt, daß sich stets eine Ersatzmannschaft in Rosebank befand, falls zwei Vorfälle gleichzeitig in derselben Gegend gemeldet oder zusätzliche Männer aus irgendeinem Grund benötigt wurden.

In der Wohnung in Dunkeld befanden sich die Geheimakten, die verschlüsselten Dokumente über die PEP-Tätigkeiten, die der Öffentlichkeit und den Behörden unbekannt waren. Und es auch bleiben sollten. Die Koordinationsarbeit betraf jede PEP-Abteilung sowie Tochtergesellschaften: Sicherheitsdienst, Söldner, Waffenhandel, Investitionen. Letztere schlossen inzwischen Bergwerke und geologische Konzessionen in mehreren Ländern ein, meistens in Gebieten, in denen Söldner eingesetzt waren. Die Arbeit der Verschlüsselung sowie Entzifferung bestimmter

Nachrichten konnte nur von Caroline oder Reed-Smyth getätigt werden. Sie allein wußten Bescheid über den Drogenhandel und die Aktivitäten des Landwirtschaftlichen Forschungsinstituts der PEP. Die Nachbarfarm, die nun „Paradise Ranch" hieß, war ebenfalls PEP-Eigentum und war erstanden worden, nachdem der vorige Eigentümer Opfer eines Raubüberfalls geworden war.

Die Mörder wurden nicht gefaßt. Dem Toten widmete die Lokalzeitung einen langen Nachruf, der ihn als eine Säule der NP beschrieb, der alles getan hatte, um den Friedensprozeß erfolgreich zu seinem Ende zu führen. Die „Paradise Ranch" konnte den verschiedenen Besuchern des Instituts eine gute Unterkunft bieten.

Caroline öffnete ihren Kühlschrank, wobei sie die Flasche Champagner entdeckte. Klar, es war Neujahr. Sie entkorkte die Flasche, mischte sich ein Glas Champagner mit Orangensaft. Trank ohne großen Genuß.

Fünfzehn Minuten nach fünf am ersten Tag eines neuen Jahres. Wie sie gehofft hatte, hatte sie die Glocken, den Jubel um Mitternacht, nicht gehört. Sie hatte alle Einladungen ausgeschlagen, hatte jedem gesagt, daß sie bereits eine Verabredung hätte, hatte auch höflich lächelnd abgelehnt, „nur auf einen Sprung vorbei zu kommen." Das war üblich, von einer Fete zur anderen zu gehen. Diesmal hatte sie keine Lust darauf gehabt. Sie wollte nicht einmal mit Jakes zusammen sein. Hatte gelogen, sie müsse sich um etwas kümmern, das nicht warten könne. Er stellte ihr nie Fragen, was ihre Arbeit betraf. Sie fragte ihn auch nie etwas, obwohl das anders war, sie wußte genau Bescheid, da sie für die Koordination verantwortlich war. Sie wußte, daß PEP demnächst eine Einheit in den Jemen entsenden würde, das würde Jakes viel zu tun geben. Sobald er sich von den Festlichkeiten erholte, wo immer er diese verbracht hatte.

Jakes. Jakob Stefan Wessels. Er hatte seine Vornamen als Kind zusammengezogen, und dabei war es geblieben. Er hatte ihr einmal erzählt, daß er sie schon lange kannte und daß sie damals anders gewesen sei. Er weigerte sich, das zu erklären, hatte nur gesagt, sie sei nicht seine Geliebte gewesen, er hätte damals eine andere Dame gekannt, wie er es nannte. Caroline hatte den Eindruck, daß es mehrere Damen gewesen waren. Derek hatte ihn in seiner altmodischen Art als einen Jungen beschrieben, der ein Auge für Damen gehabt hätte. Doch sobald Jakes ein Glitzern im Auge einer Dame erkannte, das einen Diamantring bedeutete, hätte er an Interesse verloren.

Seit der PEP-Aufsichtsratssitzung, nach der Jakes sie nach Hause gefahren hatte, war Caroline mit ihm zusammen. Sie suchte seinen Schutz, außerdem hatte sie in der Öffentlichkeit einen Partner und war nicht mehr den begehrlichen Augen anderer Männer wie Jardin ausgesetzt. Der blieb allen weiteren PEP-Versammlungen fern, er besaß inzwischen seine Augen und Ohren vor Ort, dank der permanenten Anwesenheit von Havant und Jannier.

Jakes genoß es, an der Seite einer schönen Frau gesehen zu werden. Er war erstaunt festzustellen, daß Caroline eine sanfte Geliebte war, und er erwiderte ihre Zärtlichkeit. Sie empfanden Zuneigung füreinander, doch keine Liebe. Manchmal schien es Caroline sogar, als ob Jakes sich vor ihr fürchtete. Er lachte sie aus, als sie fragte, ob das so sei, aber einmal, nachdem sie sich geliebt hatten und sie eng neben ihm lag und seine Brust streichelte, öffnete er die Augen und flüsterte: „Das ist der Moment, in dem ein Mann am leichtesten verletzbar ist, dann könnte ihn eine Frau leicht töten." Erschrocken hatte sie sich aufgesetzt und gefragt, warum er das gesagt habe. Er hatte nur gelächelt und die Augen wieder geschlossen. Jakes hatte eben seine eigenen Traumata, dachte sie. Manchmal schien sein Schlaf ruhelos, und er wachte schweißgebadet auf. Ob ihn Alpträume plagten? Der Psychiater, den Caroline noch immer besuchte, behauptete, jeder Mensch träume, nicht jeder erinnere sich nach dem Aufwachen daran. Caroline hatte gelernt, über dieses Thema nicht mit Jakes zu sprechen.

Derek machte mehrmals abschätzige Bemerkungen über ihre Beziehung. Manchmal kam es ihr vor, als ob er eifersüchtig wäre, es gefiel ihm nicht, wenn sie und Jakes sich öffentlich küßten. Derek kritisierte Jakes oft und meistens ungerecht. Sie stritten sich auch häufig. Doch Derek könnte unmöglich eifersüchtig sein! Sie war zwar nicht seine leibliche Tochter, aber er behandelte sie so, und für sie war er ihr Vater. Jedenfalls würde dieser Jemen-Job den Söldnerchef einige Zeit unter Druck setzen und ihn vom Land, Dereks Büro und Carolines Bett fernhalten.

Caroline dachte über Derek nach. Er übte enorme Macht durch PEP aus. Er konnte ohne Schwierigkeiten ein Staatsoberhaupt anrufen und ankündigen, nicht fragen, daß er ihn in seinem Jet besuchen würde, um etwas zu besprechen. Derek war attraktiv, er konnte äußerst charmant sein. Seine scharfen Augen schienen vom Alter ungetrübt und nahmen stets alles wahr. Seine Angestellten sowie seine Kollegen, außer Dutoit, respektierten ihn. Fürchteten ihn. Caroline machte sich Gedanken über ihre eigene Beziehung zu Reed-Smyth. Sie kannte ihre Abhängigkeit, sie lehnte sich nie gegen seine Entscheidungen auf, fand es schwierig, Gegenargumente zu finden, wenn sie nicht mit ihm übereinstimmte.

Ihr war vieles unverständlich. Wie ihre Adoption. Er hatte ihr das Foto ihrer Eltern gegeben, als sie von der Klinik nach Hause gekommen war. Sie hieß noch immer Hughes, danach hatte sie auch niemals gefragt. Er sagte, ihre Patentante hätte ihm das Bild gegeben, sie selbst sei kurz nach dem Unfall gestorben, bei dem ihre Eltern umgekommen waren. Derek sprach nie über ihre Eltern. Hatte er sie gekannt? Warum hatte er sie adoptiert? Er mochte keine Kinder, das hatte sie leicht festgestellt. Sie hatte einmal einige behinderte Kinder nach „Paradise Ranch" in den Wildpark eingeladen. Jeder PEP-Angestellte war gekommen. Jakes hatte einen der Wagen gefahren. Dutoit hatte Andries Pienaar geschickt. Derek war nicht aufgetaucht, und später hatte er nicht einmal die Bilder betrachtet, die sie den Kindern und den Schulen geschickt hatte.

Er konnte aufmerksam sein, brachte ihr Geschenke mit, wenn er verreiste. Nicht wie Jakes, der ihr die üblichen, teuren Flughafenartikel wie Parfum schenkte, sondern sehr persönliche Dinge. Bücher. Ein Tuch, das zu einem Kleid paßte. Einen wunderschönen kleinen Ringbaum, wie man diesen in der viktorianischen Zeit nannte und aus der er stammte. Sie benutzte ihn täglich, hängte ihre Uhr und ihr goldenes Armband daran. Caroline mochte keine Ringe.

Das Bild ihrer Eltern bewahrte sie in Dunkeld auf. Ebenso eine Schachtel mit Spielsachen und Büchern, die ihr gehört hatten, wie Derek sagte. Die hatte sie weggepackt, es konnte kaum etwas von Interesse dabeisein. Sie war schon lange kein Kind mehr.

Sie erinnerte sich an ein kürzliches Gespräch mit Jakes über Derek. An dem großen Eröffnungsabend des Nachtclubs in einem Hotel, das zwischen Pretoria und Johannesburg lag, das Jakes gehörte und das er „Jakes" genannt hatte. Caroline hatte ein bankrottes Geschäft gekauft und als Hotel umgebaut, wofür sie viel von Jakes' Vermögen ausgab. Eine komplizierte Angelegenheit, da sie das Geld durch das südafrikanische Finanzwesen waschen mußte, so daß zuletzt Jakes' Investition legal angelegt werden konnte. Triumphierend hatte sie ihm die große Dachwohnung übergeben, die durch einen Aufzug ereicht werden konnte, für den man einen Code benutzen mußte. In dieser Wohnung hatte sie ein Mini-Casino für Multi-Millionäre eingerichtet. Gute Einnahmequelle für Jakes und „Jakes".

Jakes hatte den Abend genossen. Caroline hatte sich nicht gezeigt, sie hatte den Empfang der Super-Reichen und etwas weniger Reichen Jakes und einer Gruppe junger Schönheiten überlassen, die für diesen Zweck angeheuert waren und sich um die Gäste kümmerten. Sechs Männer aus der Söldnerabteilung überprüften die Einladungen und Taschen. Nichts wurde übersehen. Die Musik paßte zu der Mischung der mächtigen Menschen, der Geschäftsleute, Manager, Politiker, Sportler, Künstler. Caroline hatte sich die beste Beratung geleistet, weshalb das Musikangebot durch bekannte Namen sowie durch neue unbekannte bestritten wurde.

Caroline blieb in der Dachwohnung und benutzte die Überwachungsgeräte, die sich dort befanden. Sie liebte alles Elektronische. Außerdem erfaßte sie stets Panik, wenn sie sich unter vielen Menschen befand, fühlte sich nie wohl unter Fremden. So genoß sie es, die Gestalten auf ihren Bildschirmen zu beobachten. Sie konnte sehen, daß Jakes sich wohlfühlte, er bewegte sich durch die lachende, tanzende Menge, unterhielt sich mit allen, schüttelte Hände, klopfte auf Schultern – und trank. Er würde nicht nach Hause fahren können. Caroline hatte damit gerechnet.

In den frühen Morgenstunden beobachtete sie, wie der letzte Gast den Klub verließ, und ging hinunter, um den torkelnden Jakes zu holen. Das Personal war mit Aufräumen beschäftigt. Kurz vor Tagesanbruch tranken sie gemeinsam in der Wohnung Kaffee. Kurz darauf sank Jakes auf das vorbereitete Sofabett. Mehrere Stunden später, als er aufwachte, war Jakes noch immer vom Erfolg des Abends angeregt. Caroline saß auf einem Stuhl und sah ihm zu, wie er eine Flasche Champagner öffnete. Sagte: „Weißt du, Derek ist mit dem Nachtklub nicht einverstanden. Er befürchtet, daß es dir ein zu hohes Profil gibt und die verkehrten Kunden anziehen könnte."

„Wer kümmert sich darum, was Derek denkt?"

Ich, dachte Caroline. Ich. Alles, was mit Derek zu tun hat, geht mich an. Sie fragte: „Kanntest du Derek, bevor du mich kennengelernt hast?"

„Klar. Er hat mich als deinen Trainer angestellt. Er war dein verdammter Vormund!"

Sie lächelte: „Ja. Wir sind beide Rhodesier."

„Quatsch. Er ist ein verdammter Brit. Du bist 'ne geborene Rhodie." Er zog sie neben sich und fragte: „Müssen wir über den alten Reed sprechen? Wir haben schon genug mit ihm durch den Job zu tun. Der Brit ... der Brit-Spion..." Er fing an, sie zu streicheln.

Caroline war empört. „Er ist kein Spion! Derek arbeitet vielleicht für andere, aber nicht für die Briten!" Merkwürdig. In dem Moment, in dem sie es aussprach, wußte sie, es stimmte. Derek hatte mit Spionage zu tun. Aber für die Briten würde er nie arbeiten! Sie schluckte. Woher wußte sie, daß Derek etwas mit Spionage zu tun hatte, bevor er PEP gründete? Sie wußte so vieles, von dem sie nicht erklären konnte, wieso sie es wußte.

„Du warst nicht dabei, damals in *Lancaster House,* als die Briten die Weißen ausverkauften. Du hast nicht gesehen, wie dein Rhodie sich an die Briten ranmachte. Ich hab's gesehen." Er war noch immer sehr angeregt, der Erfolg des Abends hatte Jakes weniger vorsichtig gemacht, gewöhnlich weigerte er sich, über die Vergangenheit zu sprechen. Er merkte es, rülpste und griff nach ihr. „Komm schon, ist doch alles Unsinn... Wie wär's, wenn wir unser eigenes Glücksspiel in unserem kleinen Haus versuchten?" Er neigte sich zu ihr und vergoß sein Glas.

Caroline verscheuchte die Erinnerung. In letzter Zeit hatte sie öfters unter Kopfschmerzen gelitten. Die Schmerzen verstärkten sich zunehmend. Sie glaubte, es hätte etwas zu tun mit diesen blitzartigen Erinnerungen, die ihr zusetzten. Wie diese plötzliche Überzeugung an jenem Vormittag, daß Derek Reed-Smyth etwas mit Geheimdiensten zu tun hatte. Wo hatte er vor PEP gearbeitet? Und was war mit ihr? Was wußte sie? Daß sie in Rhodesien geboren wurde. Eine Waise war. Seit wann? Sie wußte so wenig über sich selbst, auch das beunruhigte sie immer stärker.

Das war der Grund, warum sie sich vorgenommen hatte, Neujahr nicht zu feiern. Sie war deprimiert und konnte sich schlecht konzentrieren. Sie war früh zu Bett gegangen, hatte sich vergewissert, daß kein Lichtstrahl durch Fensterläden und Vorhänge zu sehen war, hatte sich ein Omelette gemacht, eine Stunde vor dem Fernseher gesessen und dann eine starke Schlaftablette genommen. Ihr Psychiater hatte ihr nur ungern das Medikament verschrieben. Sie hatte darauf bestanden, erklärt, daß die Schlaflosigkeit, die vor zwei Jahren begonnen hatte, sie krank machte. Zuletzt hatte er ihr das Rezept gegeben. Jetzt konnte sie wenigstens schlafen.

Es war egal, ob sie wach war oder schlief. Sie litt dauernd, hatte immer Angst, daß diese Erinnerungsblitze sie heimsuchen würden. Das Schlimmste war, daß sie genau wußte, wann das alles angefangen hatte. Nach einem Alptraum, der sie sehr beunruhigt hatte. Sie hatte geträumt, daß sie sich auf offenem *veld* befand. Sie war glücklich, sie tanzte, die Sonne schien, in der Nähe war ein Felsen, den sie besteigen wollte. Plötzlich verdeckte eine Gestalt das Licht. Der Himmel verdunkelte sich und wurde zu einer drohenden Decke, als ob ein furchtbarer Sturm anbrechen würde. Ein Blitz traf den Felsen, und sie rannte weg, suchte Schutz, aber nirgends gab es einen Platz, wo sie Zuflucht finden konnte. Unheilvolles

Donnern verfolgte sie, als sie rannte, bis sie in einen endlosen Abgrund stürzte.

Sie wachte schreiend auf. Die furchtbaren Träume verfolgten sie weiter. Dann fingen diese Erinnerungsblitze an, wie sie es nannte. Ihr Psychiater erklärte, daß ihr Gedächtnis langsam zurückkehrte. Sie schrie, das sei unmöglich. Wie konnten das Erinnerungen sein, tote Gesichter, verkohlte Körper, die verkrümmt auf der Erde lagen! Einmal hatte sie sich sogar an ein Picknick mit einem Mann erinnert. Derek. Es war Derek. Das konnte nicht sein, denn sie hatten sich geliebt! Nein, nein! Nach diesem Gespräch erzählte sie ihrem Arzt keine Einzelheiten ihrer Träume oder Erinnerungsblitze mehr. Sie log ihn an.

Lügen schien leicht zu sein. Es stimmte, ihre Arbeit war vertraulich. PEP arbeitete in einer feindlichen Umgebung. Caroline glaubte an PEP. Die Regierung war korrupt, wie jede schwarze Regierung. Schwarze waren unfähig, es war also berechtigt, daß PEP alles tat, um Dutoits Privatarmee zu unterstützen, sowie sein Ziel, ein Land nur für Weiße zu entwickeln. Das war ein berechtigtes politisches Ziel. An das Drogengeschäft dachte sie wenig. Wenn Menschen so schwach waren, daß sie diese brauchten, so würde es immer andere Menschen geben, die sie ihnen verkauften.

Caroline betrachtete PEP lediglich als ein gewinnbringendes Unternehmen. Derek hatte ihr versprochen, daß sie in einem Jahr genug Geld auf ihrem Geheimkonto haben würde, um entscheiden zu können, wo und wie sie leben wollte. Sich mit 32 in den Ruhestand begeben zu können, war sehr verlockend. Sie besaß bereits eine Londoner Wohnung am Eton Square, eine großartige Adresse. Später würde sie sich entscheiden, ob sie diese behalten würde oder nicht. Doch es war nicht das Geld, das Caroline bewogen hatte, für PEP zu arbeiten. Es war Derek gewesen. Sie wollte mit und für Derek Reed-Smyth arbeiten, mit ihm zusammen sein.

Manchmal war sie beunruhigt, daß sie so leicht lügen konnte. Sie sagte nie die Wahrheit, nicht wen sie besuchte, wohin sie reiste, in welche Geschäfte PEP verwickelt war. Seit die Kopfschmerzen sie plagten, hatte sie angefangen, sich selbst zu befragen. Hatte sie auch vor ihrer Krankheit gelogen? Caroline sprach nie von einem Zusammenbruch. Derek sagte, sie hätte ihn erlitten, weil sie sich bei ihrem Sprachstudium zu sehr angestrengt hatte. Sie sollte sich keine Sorgen darüber machen, sollte das Leben genießen.

„Ich wünschte, ich könnte das." Sie suchte nach ihren Pillen. Sie wollte noch einmal welche einnehmen, wollte wieder schlafen. Dann würde sie das Telefon nicht klingeln hören, wenn jemand anrief, um ihr ein gutes neues Jahr zu wünschen.

Wildfontein. 1. April 1997

Wie immer eröffnete Caroline die jährliche Gesellschaftssitzung. Es war ihre Aufgabe, die wichtigsten Themen der Tagesordnung vorzustellen. Ich trage meine beste Kleidung gegen Depressionen. Eine Frau Anfang dreißig, perfekt gekleidet in gut ausgesuchtem Grün, genau zu ihren Augen und zum Haar passend. Zur Zeit dachte sie oft an sich in der dritten Person, als ob sie neben sich stünde. Nein, als ob sie zwei Personen wäre. Denen nicht dieselbe Haut paßt.

Sie trank etwas Wasser und stellte sich neben den Computer, so daß jeder den Bildschirm sehen konnte. Ihre Gedanken waren noch immer abwesend. Mein Geburtstag. Heute ist mein Geburtstag. Ich wurde vor 31 Jahren in einem Ort namens Enfield geboren, und keinen außer mir interessiert das.

„Das erste Thema betrifft die PEP Sicherheits-GmbH, die Verantwortung von General Dutoit. Der Erfolg dieses Dienstes führte zur Gründung einer Tochtergesellschaft mit begrenzter Haftung. Sollte sich dieser Erfolg fortsetzen, so könnte die Firma von PEP getrennt und als öffentliche Gesellschaft an der JSE auftreten."

Sie bemerkte, wie Lannier die Stirn runzelte und erklärte: „Die Johannesburger Börse nennt man JSE. General Dutoit wird seine eigene Präsentation erklären. PEP Übersee Investitionen schließt das deutsche Konsortium ein, das erfolgreich umstrukturiert wurde und nun Gewinne einbringt. Die Transportabteilung ist unter dieser Firma registriert, das heißt, alle Flugzeuge, einschließlich der Boeing des Vorsitzenden, die Cessna, der Allouette-Helikopter sowie alle Firmenwagen. Die größte Abteilung der Tochtergesellschaft, Übersee-Mineralien, benötigt strukturelle Veränderungen. Jakes Wessels hat Bedenken wegen unvorteilhafter Medienberichte, wonach er befürchtet, daß die Regierung eventuell diese Aktivitäten verbieten wird." Sie hielt an, doch keiner unterbrach sie. Sie wußten alle, daß Übersee-Mineralien für die Lieferung von Söldnerdiensten verantwortlich war, ein gewinnbringendes und riskantes Unternehmen. „Wir untersuchen die Möglichkeit, diese Abteilung als eine eigene Firma in Liechtenstein zu registrieren. Herr Wessels wird die Anwesenden über Alternativen unterrichten, betreffend Ausbildung und Vorratslager. Zum dritten Thema. Landwirtschaftliches Forschungsinstitut. Das ist die Aufgabe des Vorsitzenden. Es geht um ein Pilotprojekt, ehe die Produktion beginnen kann. Zuletzt kommen wir zur Paradise Ranch, wo neue Annehmlichkeiten entwickelt werden müssen. Sobald die Produktion beginnt, wird neues Personal benötigt. Es wäre nicht ratsam, sie außerhalb des Firmenbereichs unterzubringen. Herr Jardin hat einen schriftlichen Vorschlag über dieses Thema ausgearbeitet, das die Personalfrage in Hinblick auf qualifizierte Fachkräfte einschließt."

Sie setzte sich. Jedes Thema war genau mit Derek und den Verantwortlichen jeder Abteilung abgesprochen worden. Als Koordinatorin war sie mit jedem Aspekt vertraut, hatte selbst im Bett ihr Handy in erreichbarer Nähe gehabt, ihren kleinen Computer stets mit sich getragen, so daß sie schnellen Zugang zur E-Mail hatte. Sie hatte mehrere Male vorgeschlagen, die Sitzung zu verschieben, doch Derek war dagegen gewesen. Im Laufe der vergangen Monate hatte sie kaum Zeit zum Schlafen gehabt. Die kommenden Monate versprachen Ähnliches.

Caroline Hughes war eine erfolgreiche Geschäftsfrau in einer von Männern dominierten Welt geworden. Sie arbeitete in einem Unternehmen, das sich an der Grenze der Legalität bewegte. Sie hatte eine langjährige Beziehung ohne emotionelle Bindungen. Und sie war zutiefst unglücklich.

Sie hörte der Debatte zu, interpretierte jede Bedeutung der vorsichtigen Sätze und Aussagen. Ob sie sich eine Katze anschaffen sollte? Alte Jungfern besaßen immer Katzen. Nur, sie war keine alte Jungfer. Außerdem hatte sie Jakes.

Es klopfte, und Reed-Smyth stand auf, zog einen kleinen bedeckten Wagen in den Raum. „Kaffeepause, denke ich!" Erschrocken sprang Caroline auf, fragte sich, ob sie die Getränke vergessen hatte, blickte auf den Nebentisch, auf dem alles wie gewöhnlich bereitstand.

Derek stand noch immer neben dem Wagen. „Na, tust du uns nicht die Ehre an?"

Sie lüftete vorsichtig die Hülle. Sah einen Riesenkuchen mit der Aufschrift PEP UNLIMITED. Eine Lage nach der anderen war vorsichtig aufgebaut, jede mit eigener Aufschrift: Finanzabteilung, Investitionen, Mineralien, Forschung, Sicherheit. Eine kleine silberne Figur stand oben auf dem Kuchen, umringt von den Worten „Caroline, wir gratulieren Dir".

Einen Augenblick blieb Caroline sprachlos. Dann schlug sie die Hände vors Gesicht und begann hemmungslos zu weinen.

Hillbrow, Johanesburg. 6. Juni 1997

Es hatte eine Zeit gegeben, in der man angenehm in Hillbrow leben konnte. Hillbrow, der Vorort, der auf einem Hügel unweit der Stadtmitte von Johannesburg lag, war mit seinen Hochhäusern und kleinen Wohnungen stets ein Durchgangsort für Emigranten, Jungverheiratete und Junggesellen gewesen. Es hatte auch Luxuswohnungen gegeben für Reiche, die eine Stadtwohnung benötigten. In der Zeit vor der Apartheid hatten schwarze Dienstboten in kleinen Kammern unter den Dächern gewohnt. Die strengen Apartheidsregeln hatten die Chauffeure, Köche, Dienst- und Kindermädchen gezwungen, in die schwarzen Vororte umzuziehen, zu ihrem Leidwesen und dem ihrer Herrschaft.

In Hillbrow zogen Hotels, kleine Cafés, Delikatessenläden, Buchhandlungen, Kinos, Nachtclubs, später Discos, ihre Kunden an. Restaurants mit französischer, griechischer, italienischer und anderer ausländischer Küche konnten sich erfolgreich in Hillbrow etablieren. Zur Zeit des sogenannten Unmoralgesetzes, als Geschlechtsverkehr zwischen Mitgliedern unterschiedlicher Rassen verboten war, waren derartige Vergnügen doch in Hillbrow auffindbar. Ein Ort, an dem sich Homosexuelle trafen. Wo Jugendliche auf Feten Drogen erhalten konnten.

Im Laufe der turbulenten 80er Jahre änderte sich die Topographie der Stadt. Soweto sprengte seine Grenzen. Township-Bewohner strömten in das Stadtzentrum und bestürmten Hillbrow. Langsam zogen die Geschäfte, Hotels, Restaurants und zuletzt die Büros in abgesicherte, nördliche Vororte. Als die neue demokratische Regierung an die Macht kam, war Hillbrow fast ganz schwarz geworden. Fliegende Händler dominierten die Straßen am Tag, die Nacht gehörte den Drogendealern und Straßenkindern und natürlich den Prostituierten. Die einst gepflegten Appartements waren zu überfüllten Slums geworden. Hausbesitzer konnten ihre Mieten nur durch bewaffnete Männer in Begleitung bissiger Hunde abkassieren lassen.

In den 90er Jahren war Hillbrow ein städtischer Dschungel, in dem sich der Abschaum der Apartheidsära angesammelt hatte, die Hoffnungslosen und Verzweifelten. Es war auch der Sitz der Drogenhändler und Drogenabhängigen, der Autodiebe, Waffenhändler und Straßenkinder.

Deswegen bekam Caroline Hughes Angst, als sie an einem Vormittag durch Hillbrow fuhr und plötzlich ihren schweren BMW seitlich wenden mußte, um einem Kind auszuweichen, das unerwartet an einer Ampel über die Straße lief. Niemand fuhr mehr mit offenen Wagentüren oder hielt an Ampeln an, weder in Hillbrow noch sonstwo, es war zu gefährlich, gab erfahrenen Autodieben die Chance, auf die sie lauerten. Ein anhaltender Fahrer konnte herausgezerrt werden. Hatte er Glück, so verlor er nur sein Auto und nicht auch sein Leben. Öfters wurde jedoch auch der Fahrer erschossen, die Kriminellen beseitigten am liebsten mögliche Zeugen.

Der BMW geriet ins Schleudern, Caroline sah die Waffe, die durch das Fenster auf sie gerichtet war, erkannte, daß das Kind nur ein Ablenkungsmanöver gewesen war. Sie gab Gas, der Schuß konnte nichts gegen ihre kugelsicheren Scheiben ausrichten. Der Dieb, der seine Beute entkommen sah, feuerte noch einmal, diesmal traf er die Reifen, doch Caroline konnte das schlingernde Auto abfangen. Ein aufgeregter Autofahrer hinter ihr, der den Vorfall beobachtet hatte, hatte bereits die Polizei angerufen. Der Dieb hatte die Initiative verloren, ergriff die Flucht, stürzte den Obstkarren eines Fliegenden Händlers um und verschwand in einer Seitenstraße.

Caroline konnte den Wagen zu einer Werkstatt in Hillbrow fahren, wo die Polizei sie erreichte. Weder der Sergeant noch Caroline glaubten, daß ihre Anzeige irgendwelche Folgen haben würde. Caroline hatte nichts außer der Waffe gesehen. Der Polizist konnte die Kugel mitnehmen, wenn das etwas bringen würde, doch wahrscheinlich war es überflüssig. Es gab einfach zu viele Waffen.

Und zu viele organisierte Banden, dachte Caroline, das weiß ich nur zu genau. Sie war höchst aufgeregt. Ein Nerv zuckte über ihrem linken Auge und verriet ihre Angst, genau wie ihre zitternden Hände. „Ich muß ein Auto mieten", erklärte sie dem Werkstattbesitzer, der am BMW arbeitete.

Der weiße Polizist drehte sich um. „Madam! Ich glaube nicht, daß Sie nach diesem Schock fahren sollten!"

Caroline widersprach: „Aber ich muß unbedingt zum Flughafen! Ich muß jemanden abholen. Ich bin verspätet! Es ist ein wichtiger Kunde. Ich bin die persönliche Assistentin des PEP-Vorsitzenden."

Der Sergeant konnte sehen, daß sie äußerst nervös und den Tränen nahe war. Gutaussehende Frau. Er zögerte. Die Polizei war kein Taxi-Unternehmen. Doch er kannte PEP, eine der vielen Sicherheitsfirmen, die sich im Lauf der letzten Jahre etabliert hatten. PEP hatte den Ruf, zuverlässig und ordentlich zu sein. Man konnte nie wissen, wann man selbst in einer derartigen Firma arbeiten wollte.

„Gut“, sagte er, „ich fahre Sie hin.“

Als der Wagen am Flughafengebäude hielt, befand sich Anna van Wyk in ihrem Büro. Sie arbeitete noch immer mit Hunden und war nun der Drogenabteilung zugeordnet. Sie war für die Schnüffelhunde am Flughafen verantwortlich und hatte entdeckt, daß nicht die reinrassigen Schäferhunde, sondern vor allem Mischlinge sich gut für diese Arbeit eigneten. Ihr eigener Hund Trigger, ein kleines, starkes Tier, war äußerst erfolgreich. Vor kurzem hatte sie ihn mit einer Terrierhündin gepaart. Trigger war der erste Hund, der im Lagerraum des Flughafens Heroin gefunden hatte, wonach die Flughafenpolizei entdeckte, daß internationale Banden die Lager als Durchgangsplatz für ihren Stoff benutzten. Seitdem hatte Trigger sich damit hervorgetan, indem er Träger ausmachte, die Stoff in ihrem Handgepäck transportierten. „Esel“ nannte man sie. Anna seufzte. Es gab so viel von diesem Zeug. Bei jeder Sitzung mußte sie dasselbe hören. Die Esel wußten nichts, man mußte die Händler fassen. Durch die Händler würde man die Hintermänner finden.

Anna beobachtete eine junge Frau, die aus einem Polizeiwagen stieg, dem Sergeanten die Hand gab und eilig in das Gebäude trat. Sie begrüßte den Mann freundlich, der in ihr Büro kam. „He, Boetie! Das ist doch nicht dein Bereich, was?“ Sie nannte ihn Boetie, kleinen Bruder, ihre übliche Bezeichnung für ihre Kollegen.

Der Sergeant erwiderte das Lächeln. Er mochte Anna, die er respektierte. Der beste Mann im Polizeidienst, hatte er einmal gesagt. „Nee. Ich hab ‘nen hübschen Vogel hergefahren. Sie wurde überfallen. Ihre Reifen wurden zerschossen. Sie sagte, sie müsse einen Fluggast abholen.“

„Vielleicht von Air India.“ Anna hatte einen Hinweis auf einen Esel erhalten und war deswegen nervös. Der Flug hatte Verspätung. Der Sergeant ging zum Pult und sagte: „Ich kann ja den Bericht über die Hughes-Sache hier schreiben. Würde mir Zeit in der Stadt ersparen.“

Anna, die gerade nachfragen wollte, wann der Flug erwartet wurde, legte den Hörer hin. „Was hast du gesagt? Heißt sie Hughes?“

„Ja. Caroline Hughes.“ Er schielte Anna an. Mancher behauptete, daß sie etwas für Frauen übrig hatte. „Bekannte von dir?“ Er hatte das Geschwätz nie geglaubt, doch er sah, wie Anna plötzlich rot geworden war. Ganz aufgeregt war sie!

„Mann, wo ist sie hingegangen?"

„In die Lounge der Ersten Klasse, wohin sonst, eine Frau wie die..."

Anna hatte nie schnell denken können. Nun war sie verwirrt. Gleichzeitig hörte sie die Ansage: Air India war gelandet. Sie mußte zum Zoll. Sie erhob sich so schnell, wie ihre Fülle es erlaubte. Sagte: „Boetie! Tu mir einen Gefallen. Halt sie fest, bis ich komme. Ich muß sie sprechen. Geschäftlich. Ein alter Fall."

Er hatte die große Frau noch nie in einem derartigen Zustand gesehen. „Weißt du was, ich tu dir den Gefallen, wenn du mir versprichst, daß ich mir einen von Triggers Nachkommen aussuchen kann. Ist die Hughes verdächtig?" Er konnte das kaum glauben. Sie hatten sich wenig unterhalten, aber sie war nett gewesen. Damenhaft. Nicht wie die meisten jungen Frauen dieser Tage.

„Nein. Ein Opfer. Wie in diesem Vorfall. Ich muß gehen. Danke, Boetie." Sie hörte nicht mehr, wie er ihr nachrief, sie solle ihr Versprechen wegen des Hündchens nicht vergessen.

Johannesburg. 7. Juni 1997

Anna van Wyk wohnte in einem kleinen strohgedeckten Häuschen, einem ehemaligen Farmhaus in der Nähe des Flughafens und der Hundezwinger. Der große Garten war einst *veld* und Busch gewesen. Anna pflanzte keine Blumen an, sie war zufrieden mit den Sträuchern, dem starken wilden Gras und Bäumen. Sie liebte ihr Haus. Sie wußte, daß sie dort weiter leben würde, wenn sie in den Ruhestand getreten war, etwas, woran sie denken mußte in ihrem Alter. Sie wußte auch, daß sie weiterhin zu den Hunden gehen würde. Die einzigen Wesen, denen sie vertraute.

Trigger hatte nie zuvor zugelassen, daß ihn jemand außer Anna anfaßte. Und nun lag er zufrieden Caroline Hughes zu Füßen und ließ sich von ihr streicheln, während sie auf einem großen Korbstuhl vor dem Haus saß. Anna freute sich. Trigger würde sie etwas trösten können. Die Polizistin dachte, sie hätte noch nie jemanden derartig verstört gesehen, wie diese junge Frau, nachdem sie die Unterlagen gelesen hatte. Anna hatte nichts erklärt. Nur gesagt: „Bitte, Frau Hughes, lesen Sie das durch. Dann werde ich Ihnen sagen, was ich weiß."

Das Aktenbündel lag noch auf ihrem Schoß, während Caroline sich zurücklehnte. Am vorigen Tag hatte sie auf den Flughafen hinausgestarrt, als eine schüchterne Stimme ihre Gedanken unterbrach und sie irritierte. „Madam – entschuldigen Sie bitte, ich möchte mit Ihnen sprechen." Sie drehte sich um, sah die dicke Frau in Polizeiuniform und geriet für einen Moment in Panik. Doch die Frau lächelte, es machte ihr breites Gesicht sympathisch. Caroline erwiderte das Lächeln, sprach sofort Afrikaans, der Akzent war leicht erkennbar. „Sie wollten mit mir sprechen?"

„Sie sind Frau Hughes?" Anna war erleichtert, Afrikaans sprechen zu können.

Wieder empfand Caroline Angst. Zwang sich immer noch zu lächeln. „Ja, was kann ich für Sie tun?"

Das Lächeln ermutigte Anna zu sagen: „Mein Name ist Anna van Wyk. Bitte, können Sie bestätigen, ob Sie am 1. April 1966 in Rhodesien geboren wurden?"

Caroline antwortete in einem scherzenden Ton. „Das hat man mir gesagt. Auf meiner Geburtsurkunde steht, daß ich in Enfield der Welt zum ersten Mal ins Gesicht blickte. Warum wollen Sie das wissen? Ist es ein Scherz, möchten Sie feststellen, wer von den Flughafenbesuchern an diesem bemerkenswerten Tag Geburtstag hat?"

Anna war zu aufgeregt, um auf den Ton zu achten. Enfield. Natürlich. Das war der Name, den der Oberst erwähnt hatte: Er wollte mit dem Kind nach Enfield fahren. Sie sagte: „Frau Hughes, ich mußte feststellen, ob Sie wirklich die Person sind, die ich suche. Ich – bitte, ich möchte Ihnen etwas zeigen. Es ist sehr persönlich, Madam, es betrifft Sie." Caroline war interessiert genug, um eine Verabredung für den folgenden Tag zu treffen. Samstag. Da hatte sie Zeit.

Anna verabschiedet sich, sie mußte zurück zum Zoll, dort war Trigger an der Arbeit. Seine unfehlbare Nase hatte zwei Taschen entdeckt, was zum diskreten Abgang von zwei langhaarigen jungen Frauen führte. Sie transportierten etwas für ihre Freunde. Stets diesselbe Geschichte, wie Anna erfahren hatte.

Und nun saß Caroline in diesem Garten und konnte noch immer nicht fassen, was sie gelesen hatte. Fühlte sich erleichtert, daß ihre üblichen Sicherheitsmaßnahmen gewährleisteten, daß niemand wußte, wo sie sich befand. Sie war ebenfalls zufrieden zu wissen, wo dieser Mann sich befand, daß er zur Zeit auf seiner Farm war. Der Mann. Sie konnte nicht mehr an ihn als „Derek" denken. Ihr schauderte vor Abscheu.

Die Dokumente, die Anna in der Mai-Nacht des Jahres 1990 mitgenommen und aufbewahrt hatte, gehörten zu einer Aktenmappe, die den Codenamen „Saatkorn“ trug. Caroline Hughes, zwölf Jahre alt, war das „Saatkorn“, dachte sie. Sie hatte alles dreimal durchgelesen, jeden Brief, jede Notiz, jeden Bericht. Sie kannte deren Inhalt schon fast auswendig.

Der erste Bericht stammte von dem Mann. Er erklärte, es sei wichtig, sowohl die Befreiungsbewegungen zu infiltrieren wie auch die Gruppen der Sympathisanten. Er schlug eine ungewöhnliche Strategie vor. Indoktrination. Menschen, die geeignet waren, die feindlichen Organisationen zu infiltrieren, sollten systematischer Gehirnwäsche unterzogen werden.

„Man sollte junge Menschen aussuchen und sie indoktrinieren und dann ausbilden. Jede Armee benutzt jugendliche Soldaten. Warum sollten sich die Geheimdienste nicht derartige Rekruten heranziehen?“

Triumphierend hatte er geschrieben: „Ich habe ein Individuum gefunden, das ideal geeignet ist für ein Testprojekt.“ Das hatte er in vielen Details ausgeführt, hatte unter anderem geschrieben: „In Rhodesien ist der Buschkrieg äußerst brutal. Die Ausgangssperre für Schwarze ist praktisch zur Lizenz zum Töten für die rhodesischen Verteidigungskräfte geworden. Das beweist die Verzweiflung und Zerstörung, die dieser Krieg ausgelöst hat. Eins der Kriegsopfer ist ein Kind, dessen Eltern ermordet wurden. Es ist irrelevant, ob Terroristen oder die hoch respektierten *Selous Scouts* verantwortlich waren. Wichtig ist, daß sie in einem leicht beeinflußbaren Alter ist. Der Haß auf die Mörder der Eltern muß geweckt und genährt werden. Das würde sie anspornen, für uns zu arbeiten, und würde ihr eigenes Gewissen beruhigen, wenn sie Menschen täuscht, mit denen sie arbeiten soll. Leute wie Liberale, Aktivisten. Wenn sie richtig geschult und ausgebildet wird, wird sie zur idealen Geheimagentin. Sie hat einen weiteren Vorteil. Sie ist mit Schwarzen aufgewachsen. Sie werden für sie bürgen, sollte das nötig sein.“

Caroline spürte den Schmerz hinter ihren Augen. Ein physischer Schmerz, starke Kopfschmerzen. Sie ging ins Haus, gefolgt von Trigger.

„Frau von Wyk…“

Anna sagte verlegen: „Bitte, ich heiße Anna“ Besorgt betrachtete sie das blasse Gesicht, bemerkte, wie Caroline mit einer Hand an ihrer Stirn rieb, während sie mit der anderen die Dokumente so fest hielt, daß die Knöchel weiß wurden. „Ich glaube, Sie sollten sich etwas ausruhen, Frau Hughes.“ Sie erinnerte sich, daß sie das damals ebenfalls vorgeschlagen hatte. Daß das Kind sich ausruhen sollte. Worauf der Oberst gesagte hatte, er würde mit ihm spazierengehen. Das Kind. Diese Frau.

„Ich heiße Caroline, Anna. Ich muß – ich habe viele Fragen." Sie rieb ihre Augen. „Könnte ich bitte etwas Wasser haben, ich muß ein Aspirin einnehmen."

Anna kochte Tee und überredete Caroline, sich auf das Sofa am offenen Fenster zu setzen und ihren Kopf auf ein Kissen legen, während sie sich unterhielten. Sie sagte nachdenklich: „Damals habe ich Carol gesagt."

„Wo war das?" Caroline sah das Erstaunen in dem Gesicht der Polizistin und sagte mit müder Stimme: „ Natürlich. Sie wissen nicht, daß ich einen Nervenzusammenbruch erlitten habe." Diesmal benutzte sie das verpönte Wort. „Ich erhielt eine Therapie, die mir zum Teil das Gedächtnis raubte. Das kommt nur langsam zurück. Ich muß ... mich selbst finden."

Das hatte Anna nicht erwartet. Sie fühlte sich hilflos, wußte nicht, ob sie vielleicht etwas getan hatte, was man nicht tun sollte, sich in das Leben eines anderen Menschen einzumischen. Caroline schien Annas Gedanken erraten zu haben. „Anna, ich muß es wissen. Wenn du meine Fragen beantwortet hast, muß ich dir ebenfalls viel erzählen."

Anna berichtete langsam von ihrer Begegnung, von der Reise nach Umtali, das nun anders hieß. „Du warst in einer Schule in Südafrika. Deine Eltern..."

Caroline unterbrach sie. „Sie sind ermordet worden! Ich dachte, sie wären bei einem Unfall umgekommen. Weißt du, was wirklich geschehen ist?"

Anna schüttelte den Kopf. „Ich weiß nur, was ich später in den Zeitungen las. Dein Vater war Arzt, deine Mutter war Lehrerin oder so etwas Ähnliches. Sie arbeiteten zusammen in Enfield."

„Eine Mission." Caroline sprach langsam. Ihre Kopfschmerzen waren nicht mehr so heftig. „Da waren viele Kinder."

„Darüber weiß ich nichts. Die Schwarzen kämpften im Busch gegen die Smith-Truppen. Es gab einen Überfall, die Lehrer wurden alle getötet. Auch deine Eltern." Sie sah wie Caroline nickte und sprach weiter. „Er, der Oberst, ging zu deiner Schule, er wollte dich zum Begräbnis begleiten. Die Schule weigerte sich, dich allein fahren zu lassen, und der Oberst bat einen Freund bei der Polizei, jemanden mitzuschicken." Anna hatte das später erfahren, als sie Frau Humphries angerufen hatte, um ihr mitzuteilen, daß Caroline gut in Umtali angekommen sei. „Ich bin mit dir in einem kleinen Flugzeug geflogen. Am Tag darauf kam ich hierher zurück."

Ein Freund? Natürlich. Paul. Paul Dutoit. Caroline hatte eine Abschrift ihrer Geburtsurkunde unter den Akten gesehen, sowie Einzelheiten über ihren Vormund, ein Gesuch an das Gericht diese Vormundschaft betreffend, sowie einen Brief, in dem der Mann erfreut berichtete, alles sei in Ordnung gegangen, Fiona und er seien überzeugt, daß es das beste für das Mädchen sein würde. Fiona habe vielen geschrieben. Caroline wurde traurig. Fiona hatte Briefe geschrieben? Niemals! Der Mann hatte Briefe geschrieben, diese mit dem Namen seiner Frau unterschrieben. Sie kannte ihn. Er würde alles genau durchdacht, sich jeden Aspekt überlegt haben. Sicher hatte er später auch weitere Briefe geschrieben. Lügnerische, heuchelnde Briefe. Mitteilungen, daß es ihr gut ging, sie jedoch keine Lust – oder Zeit? – hätte, selbst zu schreiben. Verständlich, daß über die Jahre Menschen den Kontakt abgebrochen hatten.

„Der Oberst kümmerte sich um dich. Er fuhr mit dir nach Enfield." Sie vernahm die Stimme der Polizistin. Verspürte einen scharfen Schmerz. Sie war nach Enfield gefahren! Sie erinnerte sich an ihre Alpträume. An die verkohlten Körper. Schrie laut auf, erhob die Hände, als ob sie einen Schlag abwehren wollte. Anna war sofort an ihrer Seite. „Carol, soll ich deinen Arzt anrufen?"

Es gelang ihr zu flüstern: „Nein, bitte Anna, ich muß alles wissen! Wie hieß die Schule? War es Brakfontein?" Ein anderer Name schien ihr durch den Kopf zu gehen.

Anna fühlte sich sicherer. „Nein, Westland Mädchenschule. Hier in Joburg. Die Direktorin, die war wirklich so nett, als ich sie anrief, um ihr zu sagen, daß alles in Ordnung war. Frau Humphries hieß sie."

Ein weiterer Name, den sie sich merken mußte. Frau Humphries. Lieber Gott, hoffentlich lebte sie noch! Gott: Sie hatte lange nicht mehr Gottes Hilfe erfleht! Das konnte sie jetzt. Beten. Caroline versuchte, ihre Gedanken zu ordnen, sich die Fakten zu merken, die sie erfahren hatte. Ihr Geburtsort Enfield war eine Mission gewesen. Dort hatte sie gelebt, ehe sie in ein Internat namens Westland in Johannesburg geschickt wurde. Ihre Eltern waren während des Krieges in Rhodesien zusammen mit anderen Lehrern ermordet worden. Nach ihrem Tod war der Mann erschienen und hatte sie nach Enfield gebracht. Ja! Sie hatte den Tatort gesehen! Und danach machte das Gericht sich für sie verantwortlich und setzte den Mann als ihren Vormund ein. Er mußte sie dann auf eine andere Schule geschickt haben.

Hatten ihre Eltern keine Freunde? Keine Familie? Warum hatte ihre Patentante dem Mann erlaubt, ihre Vormundschaft zu übernehmen? Was war aus den Missionskindern geworden? Wo hatte sie Jakes kennengelernt? Anna van Wyk würde derartige Fragen nicht beantworten können.

Sie schloß die Augen, das Aspirin hatte sie ermüdet. Zu Annas Erleichterung schlief sie ein. Als sie erwachte, lag sie noch immer auf dem Sofa, mit einer leichten Decke zugedeckt. „Dirk", sagte sie. „Da war ein Mann namens Dirk."

„Ein Afrikander?" Anna saß in ihrer Nähe.

„Hm." Caroline schloß erneut ihre Augen. Sie hörte innere Stimmen, eine Wärme, die der Name erzeugte. Dirk.

Anna war wieder bei ihr. Brachte frischen Kaffee. „Du hast zwei Stunden geschlafen, Carol. Wird sich jemand um dich Sorgen machen?"

Sie sagte verbittert: „Nur der Mann. Seinetwegen ist sonst niemand um mich besorgt. Er wird sich wundern, was mit mir geschehen ist. Das ist alles." Sie bemerkte ihre Tasche auf dem Sofa, entnahm dieser ihr Handy. Er antwortete sofort, schimpfte, weil sie das Telefon abgestellt hatte.

Caroline ließ ihn aussprechen, unterbrach ihn nicht, dann sagte sie: „Tut mir leid, ich war beschäftigt. Es ist etwas vorgefallen. Ich muß nach Zürich. Ja, sofort. Noch heute, wenn es geht." Sie hörte seinen erstaunten Ausruf. Wußte, daß er nicht fragen würde, nicht am Telefon. Er würde denken, es sei etwas mit einem Bankkonto zu erledigen. „Ich schicke eine E-Mail, sobald das geregelt ist. Ich werde so bald wie möglich zurückfliegen." Er wünschte ihr eine gute Reise, und sie lächelt grimmig über die ungestellten Fragen in seiner Stimme. Es war nicht das erste Mal, daß sie kurzfristig abgereist war. Aber sie hatten es immer zusammen beschlossen. Besser gesagt, er hatte es beschlossen.

„Anna, ich muß zurück in meine Wohnung. Du weißt, was in den Papieren steht. Du weißt, daß ich … daß einige Dinge streng geheim waren." Sie dachte an den Bericht über die Demonstration der Studenten. Ein anderer handelte von einem Mann aus Lusaka. Eine Notiz verwies auf eine andere Aktenmappe mit dem Namen Leeuhoek „Du weißt, daß Dutoit über die neue Regierung unglücklich ist? Der Mann ebenfalls. Sie … ich arbeite noch immer für sie, Anna. Verstehst du das?"

Anna kannte die Abteilung, in der Dutoit gearbeitet hatte. „Ja. Du hast für unser Land gearbeitet."

Carol schrie vor Wut laut auf. „Nein, nein, verdammt, nein! Ich hab' nur für sie gearbeitet! Für diese … diese üblen Männer! Sie haben mich benutzt! Verstehst du nicht, was sie mit mir gemacht haben? Anna, das sind Mörder, schmutzige, verlogene Diebe! Sie haben mir mein Ich gestohlen! Sie haben – Caroline Hughes umgebracht." Ihr Körper wurde von tiefem Schluchzen geschüttelt, so daß Anna vergaß, daß sie sich geschworen hatte, niemals eine Frau zu berühren, und Caroline in ihren Armen wiegte wie ein Baby, bis sie sich endlich etwas beruhigte.

Dann zog sie sich zurück. Sie war in der Küche, wo sie etwas zu essen vorbereitete, als sie Caroline duschen hörte. Ein gutes Zeichen. Als sie mit ihrem Tablett ins Wohnzimmer kam, saß Caroline mit nassen Haaren und ruhigem Gesicht auf dem Sofa.

„Anna. Ich weiß nicht genug über mein Leben. Über mich. Ich weiß nicht, wo ich war, was ich getan habe. Durch dich habe ich Wichtiges erfahren. Ich bin dir sehr dankbar. Jetzt muß ich mehr erfahren. Anna, hilfst du mir?"

Die ältere Frau sagte gerührt: „Mit meinem ganzen Herzen."

15. Vergeltung

Jan-Smuts-Airport. 13. Juni 1997

Zuerst schien nichts ungewöhnlich zu sein. Der Fahrer eines unmarkierten Lastwagens mit zwei weiteren Männern meldete sich an der Frachtabteilung des internationalen Flughafens in Johannesburg. Der Wächter betrachtete die Dokumente. Eine Ladung sollte abgeholt werden. Nr. 1897. Die Namen des Absenders und des Empfängers waren in Ordnung. Eine Sendung der Luxemburg Dünger Gesellschaft an einen großen Obstproduzenten, *Prime Fruit Co. (Pty) Ltd.* Der Wächter bearbeitete seinen Computer. Blickte auf den Bildschirm. Runzelte die Stirn. Begann noch einmal, die Tasten zu bewegen. Wartete. Wiederholte das Ganze. Es dauerte einige Zeit, bis er endlich nickte, ein Blatt von seinem Drucker abriß, es dem Fahrer überreichte und ihn in Richtung der Lagerhalle dirigierte, in der sich Nr. 1897 befand.

Die kleine Verzögerung störte weder den Fahrer noch seine zwei stämmigen Begleiter. Das kam öfters vor. Die Wächter waren nicht alle mit den Feinheiten der Computer vertraut. Manchmal drückten sie auf eine falsche Taste. Der Mensch hatte wahrscheinlich irgendwelche Nummern verwechselt. Manchmal machte selbst ein falsches Komma einen Unterschied, dann erschien irgend ein anderes Programm. Diese Ladung war bereits seit einiger Zeit gelagert gewesen.

Der Lastwagen rumpelte zum riesigen Lagergebäude. Der Fahrer wartete, während die anderen sich auf den Weg machten. Sie wollten soeben dem Aufseher ihre Papiere überreichen, als zwei Polizeiwagen anbrausten, den Lastwagen in die Zange nahmen, den protestierenden Fahrer von seinem Sitz herunterholten und zur sogenannten „Schwarzen Maria“ zerrten, einem Polizeiwagen mit vergitterten Fenstern, der ihnen gefolgt war. In der Lagerhalle bellte ein Hund. Die beiden Männer gerieten in Panik und rannten zu einem nahen Zaun. Noch ehe sie diesen erreichten, wurden sie durch gekonnte Angriffe zu Fall gebracht. Gleichzeitig hörten sie die Sirenen weiterer Wagen, aus denen Männer stürzten und in das Gebäude rasten. Sie konnten die Ladung Nr. 1897 ohne Schwierigkeit finden, da Trigger diese aufgeregt ankläffte, während seine Besitzerin laut triumphierte.

Hillbrow. 21. Juni 1997

Die Alte torkelte in der Dunkelheit durch die Hauptstraße von Hillbrow zur Straße, die den Hügel hinunter in die Stadt führte. Ein Tuch bedeckte ihren Kopf und einen Teil des Gesichts, sie hüllte sich in ihren Umhang, was angesichts der Kälte verständlich war. Sie wankte in eine enge Gasse zwischen zwei Hochhäusern, stolperte noch einige Schritte, dann versagten ihre Beine. Sie hielt sich an der Wand fest, ehe sie unsicher weiterging und fast gegen einen Ford fiel, der, wie manches andere, sich nicht in der Gasse befinden sollte. Er schien leer zu sein. Sie war sicher eine arme Weiße. Alkoholikerin. Oder so etwas Ähnliches.

Ein junger Mann, schwarz, grimmig, stand ihr im Weg als sie die Stufen erreichte, die zu einem Keller hinter dem Hochhaus führten.

„Hast du Probleme, Dame?"

Sie rülpste, er roch ihren widerlichen Atem und trat einen Schritt zurück. Sie konnte zwei weitere Gestalten hinter ihm sehen, eine lehnte sich gegen das Treppengeländer, während der andere, ein Weißer, vor dem Eingang der Kellerwohnung stand. „Nur wenn ich nicht den richtigen Stoff bekomme, Mann." Sie sprach Afrikaans.

„Hast du Rand?" Er hatte sie noch nie vorher gesehen. Oder gerochen. Die alten armen Weißen waren die schlimmsten. Sie sagte nichts, zog nur einen Bündel Geldscheine, Münzen, eine Pfeife aus ihrem Rock. Sie nahm die Pfeife in den Mund, reichte ihm vorsichtig das Geld. Der Dealer nickte. Ja, die Pfeife machte Sinn, die hatte allen Grund, Angst zu haben. Er machte dem Mann am Geländer ein Zeichen, und der Weiße kam einige Schritte die Treppen hinauf, hörte, was der erste zu sagen hatte, und zog eine Plastiktüte aus seiner Jacke. Er verstand, was der Dealer meinte. Es war besser, das alles oben abzuwickeln. Die war sowieso zu dick, um sich schnell zu bewegen, im Fall…

Er konnte den Gedanken nicht zu Ende denken. Die scharfen Ohren von Annas Schäferhund Kaiser hatte bereits das Signal ihrer Pfeife gehört, einen Ton, der nur Hundeohren erreichte, er sprang aus dem Fenster, noch ehe die Männer sich aus dem wartenden Ford stürzten, griff zuerst den Dealer an, stürmte dann auf den zweiten zu, der die Treppen hinunterfiel und mit dem Dritten zusammenstieß. Innerhalb von Minuten saßen alle drei im Wagen, der sofort ansprang und abfuhr, ohne daß jemand in der Hauptstraße etwas bemerkt hatte.

„Großartig, Boetie!" Anna öffnete die Tür eines zweiten Wagens, der in die Gasse einbog, und sank in den Sitz neben den Fahrer. Sie nahm ihr Tuch ab und grinste. „Siehste, ich hatte recht! Du mußt eben wissen, wo!"

Der Sergeant, der zuvor ziemlich skeptisch gewesen war, nickte beeindruckt. Trotzdem sagte er: „Eine Bande von vielen!"

„Sicher. Aber dieses Ding mit der armen Weißen können wir noch mal drehen. Es wird dauern, bis die drauf kommen, was sich da tut. Ach, es wird ihnen weh tun!" Sie sagte ihm nicht mehr, als sie den oberen Offizieren gesagt hatte, erklärte nicht, welche Organisation hinter diesen Dealern steckte. Oder wie es kam, daß sie die Stellen kannte, wo sie sich aufhielten. Die Polizisten kannten die Methoden der Banden. Sie arbeiteten zu dritt, der Dealer kassierte das Geld, sein Assistent hatte den Stoff und der Dritte war bewaffnet. Anna dachte an den Plan. Die anderen Mannschaften würden bereits vor Ort sein.

Sie atmete tief. Es war schwierig gewesen. Hatte mehrere Tage in Anspruch genommen. Anna van Wyk machte sich keine Illusionen, sie wußte, wie man sie einschätzte, als eine gewissenhafte Beamtin, die ihren Dienst gut verrichtete, vor allem mit den Hunden, die aber nicht besonders klug war. So Unrecht hatten sie ja nicht damit. Doch sie hatte am Ende ihren Chef überzeugen können, daß sie wertvolle Informationen besaß. Sie war endlich zum Chef der Drogenabteilung vorgedrungen. Es war schwer für die Polizei gewesen, sie hatten sich damals umstellen müssen, in der Apartheidsära hatte man sich mit politischen Aktivisten auseinandergesetzt, jetzt mußten sie sich wie andere Polizeikräfte mit Kriminalität befassen. Viele Männer hatten ihren Hut genommen, als die neue Regierung kam, sie hatten sich in den Apartheidszeiten einen schlechten Ruf erworben. Und dann hatte plötzlich der Drogenhandel angefangen, womit sie keine Erfahrung hatten. Als Anna endlich bei dem hohen Tier angekommen war, befand er sich zusammen mit einem ausländischen Berater.

„Ich kann Ihnen nicht sagen, wer mein Informant ist. Noch nicht. Er – sie wollen die gesamte Organisation zu Fall bringen. Das nimmt Zeit in Anspruch."

„Warum kommt er nicht selbst?" Anna verstand, was der Berater meinte: Warum geht er ausgerechnet zu dir? Einer Frau, die zwar loyal, aber kaum eine große Leuchte ist.

„Er wird es tun. Zum richtigen Zeitpunkt." Sie wußte, kein Polizist gibt einen Informanten preis. Keiner würde darauf dringen. Man wunderte sich nur, daß er Anna ausgesucht hatte. Und auch, daß sie kein Geld für ihn forderte. Wer immer er war.

Der Berater spielte mit seinem silbernen Bleistift. „Verstehst du, was das bedeuten könnte? Es könnte einen Bandenkrieg entfachen. Keiner wird glauben, daß dies Polizeiarbeit ist. Sie werden denken, sie sind von einer anderen Gruppe infiltriert worden."

Anna meinte befriedigt: „Gut. Dann werden sie sich gegenseitig fertig machen." Sie hatte Drogen nie gemocht. Jetzt hatte sie einen tiefen Haß auf dieses Geschäft entwickelt.

Die Sache wurde auf höchster Ebene besprochen. Dann stellte sich heraus, daß einer der Hinweise, die van Wyk erhalten hatte, das mit dem Stoff am Flughafen, goldrichtig war. Danach hatte man sich entschlossen, Razzien zu organisieren, wie sie es vorgeschlagen hatte. Man mußte schnell und hart zuschlagen. Die Kerle waren bewaffnet und gut organisiert. Es würde eine Großaktion sein müssen. Der Berater gab zu, es würde das Vertrauen der Öffentlichkeit stärken.

Fünfzig Offiziere wurden auf die Razzien vorbereitet. Es wurde die größte Aktion gegen Drogenhändler, die Hillbrow je erlebt hatte. In einer Nacht wurden zwölf Männer festgenommen, fast alles Schwarze, auch einige Farbige und zwei Weiße. Es gab genug Beweise, um die Gitter hinter ihnen zu schließen, selbst ihre Scheiß-Rechtsanwälte würden ihnen wenig helfen können.

Wildfontein. 28. Juni 1997

Derek Reed-Smyth erhob sich langsam, um die außerordentliche Aufsichtsratsitzung, die die zwei Franzosen einberufen hatten, zu eröffnen. In den letzten Wochen war zu viel schief gegangen. Zuerst der Verlust des Stoffes am Flughafen und dann die drei Festnahmen. Das Lager war noch nie zuvor durchsucht worden, dort waren Lieferungen gelagert, die bereits vor der Machtübernahme der neuen Regierung angekommen waren. Jemand war gekauft worden. Die Frage war, welcher von Dutoits alten Genossen es war. Das Lager war lange sicher gewesen. Wieso hatte man nun die Hunde eingesetzt? Jetzt würden sie auch die anderen Lieferungen im Stich lassen müssen, die früher angekommen waren.

Derek begann mit der Razzia in Hillbrow. „Unsere Kollegen müssen sich mit ihren Klienten in Verbindung setzen und sich mit ihnen über den Verlust der vier Geschäftsstellen beraten.“ Damit meinte er Dutoits VK, deren Mitglieder noch Freunde hatten, die weiter bei der Polizei tätig waren. Mit „Geschäftsstellen“ bezog er sich auf die Drogenhändler von Hillbrow.

Reed-Smyth hatte alles Erdenkliche getan, um festzustellen, was bei der Sache mit dem Lager vorgefallen war. Er räusperte sich, versuchte, sich vorsichtig auszudrücken. „Ein unzufriedener Angestellter hat eventuell etwas zu laut gesagt und wurde überhört. Das kann in keiner Firma geduldet werden. Wir werden unsere Unterlagen durchgehen, um festzustellen, wer damals bei uns angestellt war.“ Er meinte damit die Übergangszeit nach Mandelas Entlassung, ehe die Kontakte zwischen Regierung und Terroristen zu Verhandlungen und zur neuen Verfassung geführt hatten. „Diese Lieferungen waren bereits seit 1993 gelagert.“

Er sah sie nicken. Sie hatten es verstanden. Damals besetzten NP-Leute noch alle wichtigen Posten, doch es war klar gewesen, daß das nicht mehr lange der Fall sein würde. Für die Weißen, vor allem für Afrikander, war das eine schwierige Zeit gewesen. Alles war auf den Kopf gestellt. Viele waren entsetzt, wütend, fanden die Einstellung der NP-Regierung und des Präsidenten unverständlich und unakzeptabel. Reed-Smyth brauchte kaum in seiner Codesprache die Probleme einer Gesellschaft erklären, deren Aktien von anderen gekauft wurden und die in Gefahr geraten war, ein neues Management zu erhalten.

Oh ja, das Land befand sich nun unter neuem Management! Das kommende Unheil sah man heraufziehen. De Klerk war ein Verräter. Die Wut auf ihn, auf den neuen Kurs, den er und die NP eingeschlagen hatten, damals ab 1990, hatte viele Männer bewogen, sich einer Verschwörung anzuschließen. Mandela und F. W. De Klerk sollten liquidiert, ihre Politik geändert werden.

Reed-Smyth war überzeugt, daß ein Putsch erfolgreich gewesen wäre. Wenn diese Idioten nicht einem Homeland-Präsidenten zur Hilfe geeilt und sich in Schwierigkeiten begeben hätten. Wer erinnerte sich nicht an das grausige Bild mit dem Toten, der halb aus dem VW gefallen war, und dem anderen Mann, der am Boden kniete, kurz bevor er erschossen wurde! Das hatte viele der Verschwörer nachdenklich gestimmt. Der Verschwörung ein Ende gesetzt.

Dutoit knurrte unzufrieden. Er wollte nicht mit dem *engelse* und den Ausländern darüber sprechen. Das waren seine Freunde, seine Männer, die damals in den Ämtern gesessen hatten, wodurch es möglich war, Unruhen anzuzetteln! Es waren genug Waffen im Umlauf gewesen, hatte man nicht jahrelang zuvor Krieg geführt? Er dachte an die IFP/ANC-Kämpfe in den Townships, an die blutigen Vorfälle in den Zügen, an die Massen von Drogen, die plötzlich in Umlauf gesetzt worden waren. Trotzdem hatten diese verfluchten Verhandlungen zu einer sogenannten Multi-Parteien-Regierung geführt. Aus dem Putsch war nichts geworden.

Reed-Smyth hatte Recht. Es war nicht unmöglich, daß Männer, die zur Zeit der Ankunft der PEP-Lieferungen blind gewesen waren, sich von dieser Blindheit geheilt glaubten! Jeder Mann war bestechlich. Vor allem, wenn er bei den Kaffern seinen Job behalten durfte. Wer war der Verräter? Er würde schwer auffindbar sein. So viele seiner Leute waren damals im öffentlichen Dienst tätig gewesen, beim Zoll, im Flughafen, überall.

Reed-Smyth erklärte mit größerer Sicherheit, als er verspürte: „Wir werden die Verantwortlichen ausfindig machen."

Havant war nicht überzeugt. Sein Gesicht verzerrte sich vor Ärger. „Ich schlage vor, wir bilden ein Komitee..." Sein schlechtes Englisch erlaubte ihm nicht, sich richtig in der unauffälligen Geschäftssprache auszudrükken. Er fügte etwas lahm hinzu: „Druck muß man benutzen."

Derek, dem der Mann mit seinem Rattengesicht und dem silbernen Ring mit dem kleinen Kreuz im linken Ohr unangenehm war, schwieg. Dutoit, der für die „Muskeln" der Organisation verantwortlich war, übernahm das Wort. „Wir brauchen kein verdammtes Komitee! Das waren meine ... Angestellten. Ich werde mich persönlich darum kümmern. Viele sind seitdem – befördert worden." Er haßte diese umständliche Art sich auszudrücken. Bei VK-Sitzungen war das anders, da konnte jeder sagen, was er meinte, jeder kannte jeden, man hatte zueinander Vertrauen. Er mußte vermeiden, daß diese verfluchten Ausländer seine Leute verfolgten.

Havant gab sich nicht zufrieden. „Die sind jetzt arbeitslos, die haben kein Einkommen mehr."

Dutoit schrie: „Sie haben gute Renten, das wenigstens hat der verdammte De Klerk durchgeboxt! Nein, jemand ..." Er unterbrach sich. Er wollte nicht über seine eigene Organisation sprechen. VK hatte noch gute Freunde innerhalb der Sicherheitskräfte. Er änderte seine Taktik „Ich schlage vor, daß ich die Mitglieder dieses Komitees aussuche." Havant war einverstanden, unter der Bedingung, daß er der stellvertretende Vorsitzende sein würde.

Jakes hatte schweigend zugehört. Es war ihm etwas eingefallen, das Caroline in einer E-Mail erwähnt hatte, sie war ja noch immer irgendwo auf einer Reise. Sie hätte gesehen, wie zwei asiatische Esel festgenommen wurden, als sie vor einiger Zeit am Flughafen war. Er hatte damals zwei Zeilen in der Zeitung darüber gelesen. Danach hatte es keine weitere Nachrichten gegeben.

Er sagte nachdenklich: „Einige Leute lachen sich sicher tot. Ich meine, unsere Konkurrenten, die ähnliche Produkte verkaufen. Wie Naidoo."

Keiner antwortete. Sie wußten, PEP war nicht die einzige Organisation im Geschäft. Drogen waren bereits vor 1990 in Umlauf gewesen. Die Droge Mandrax war äußerst populär gewesen, Lieferungen waren über Nachbarländer wie Zambia aus asiatischen Ländern eingeschleust worden. Und da mindestens eine Million Asiaten im Land und noch mehr in der Region lebten, war es unvermeidlich, daß einige in diese Branche verwickelt waren. Asiaten hatten sich auch in anderen Geschäften betätigt, sie kümmerten sich um den Vertrieb der vielen Waffen. Oder um den schnellen Verkauf gestohlener Wagen, die blitzschnell über die Grenze ins Hinterland gefahren wurden. Nachdem sie vorher ebenfalls blitzschnell in Township-Werkstätten mit anderen Schildern und neuen Papieren versorgt wurden. Dutoit hatte die asiatische Konkurrenz mit dem Codenamen „Naidoo" betitelt.

Lannier war Konkurrenten in anderen Ländern begegnet. Er unterstützte Jakes und meinte, ein zweites Komitee sollte sich mit diesem Problem befassen. „Man muß recherchieren. Was sie kaufen, verkaufen. Dann muß eine – Diskussion – geplant werden." Er grinste hämisch.

Reed-Smyth war damit nicht einverstanden. „Die Idee mit Naidoo ist zu weit hergeholt! Wir haben nicht dieselben Interessen!"

Jakes unterbrach ihn ärgerlich. „Es gibt kein Geschäft, das keine Konkurrenten hat. Ich schlage vor, sich auf einige Personen zu konzentrieren und sie unter Aufsicht zu stellen." Überwachung war seine Abteilung.

Dutoit unterstützte Reed-Smyth. „Es ist gefährlich, einen Krieg um den Handel zu führen." Dutoit betrachtete PEP lediglich als ein Instrument, das ihm dazu verhalf, sein Ziel zu erreichen. Reed-Smyth benutzte PEP als Geldquelle für seine eigene Bereicherung. Dutoit brauchte das

Geld für politische Zwecke. Je mehr die Kriminalität sich erhöhte, desto attraktiver würde Afrikandern die Idee eines *boerestaat* erscheinen, in den sie sich zurückziehen konnten. Es war ihnen nicht wie den Englischsprachigen möglich, Afrika zu verlassen. Einige Gruppen hatten bereits Land gekauft, hatten sich selbständig gemacht, kleine Gemeinden gegründet. Dutoit wollte das koordinieren. Die Regierung sollte gezwungen werden, Land an VK zu verkaufen, die dort lebenden Schwarzen woanders anzusiedeln.

Ein derartig großes Unternehmen benötigte Geld. PEP-Geld. Dutoit wünschte keine unnötigen Ausgaben durch eine Auseinandersetzung mit Naidoo.

Die Debatte endete damit, daß zwei Komitees gegründet wurden. Dutoit entschloß sich, die „Naidoo-Diskussion" den Ausländern zu überlassen. Andre Lannier übernahm den Vorsitz, mit Jacques Havant als seinem Stellvertreter. Der General hatte kaum etwas über die Hillbrow-Geschichte erfahren können, seine Freunde saßen nicht in der Drogenabteilung. Man hatte ihm den ausländischen Berater beschrieben. Jemand sprach auch von einem „tiefen Hals". Das hatte Dutoit beunruhigt, denn es deutete darauf hin, daß Reed-Smyths Befürchtung berechtigt war. Jemand innerhalb der Organisation packte aus.

Vielleicht würde Lannier diesen Menschen ausfindig machen. Feststellen, ob ein Naidoo-Maulwurf sich in PEP eingegraben hatte.

Alle standen unter enormer Spannung. Polizei, Händler, Lieferanten. Jeder erwartete demnächst größere Unannehmlichkeiten.

HARARE. 26. JULI 1997

Mungai Dube war am Flughafen, als Caroline in Harare eintraf. Er umarmte Caroline, drückte sie so fest an sich, daß sie atemlos lachte. Keiner in der überfüllten Ankunftshalle beachtete sie. Keiner hätte erraten, daß sie sich seit zwanzig Jahren nicht mehr gesehen hatten. Daß sie damals Kinder gewesen waren.

„Troja! Großartig, dich zu sehen." Mungai hielt sie noch immer in seinen Armen. Er sprach Sindebele, und sie antwortete in derselben Sprache. Sie war schlanker und noch schöner, als er erwartet hatte, ihre geschmeidige Haut war so weiß wie Elfenbein, man sah ihr an, daß sie seit einiger Zeit nicht der afrikanischen Sonne ausgesetzt gewesen war. Mungai bemerkte die feinen Linien in dem Gesicht, um die Augen und auf der Stirn. Es war schwierig für ihn, das Alter einer Weißen zu schätzen, er rechnete es aus, Troja mußte etwa dreißig sein, einige Jahre jünger als er. Sie sah älter aus. Und traurig. Wegen dem Ereignis damals? Oder hatte sie andere Schwierigkeiten? Warum hatte sie keinen Mann? In ihrem Paß stand ihr Mädchenname.

Mungai wäre erschrocken gewesen, wenn er gewußt hätte, was seine Troja in den letzten Wochen durchgemacht hatte. Die langen Gespräche mit ihrem Psychiater, der die Krise erkannt und seiner Patientin viel Zeit geschenkt hatte. Die langsame Rückkehr ihres Gedächtnisses und einiger Erinnerungen. Caroline hatte die Schachtel in ihrer Wohnung ausgepackt und ein Tagebuch gefunden. Die erste Seit war an „Mujiba" adressiert und versprach, „Mujiba" alles zu berichten, was in ihrem Leben geschah. Zu Carolines Leidwesen war das Versprechen nicht eingehalten worden. Manche Eintragungen waren kurz, lange blieben sie ganz aus. Caroline berührte das Buch, glättete jede Seite mit zitternden Händen. Sie hatte Glück gehabt, daß der Mann das Tagebuch nicht gesehen und vernichtet hatte. Sie hatte ihn mit Genugtuung angelogen wegen des Schweizer Kontos, hatte ihm Vorschläge im Zusammenhang mit der deutschen Firma gemacht, obwohl das bedeutete, daß sie viel reisen würde. Hatte sich bei Anna aufgehalten, nicht in ihrer Wohnung.

An einem Vormittag, nachdem sie „Mujiba" durchgelesen hatte, hatte sie die Liste der Minister, stellvertretenden Minister, Staatssekretäre von Zimbabwe im Internet gesucht. Mehrere Namen kamen ihr bekannt vor. Auch wenn sie nicht krank gewesen wäre, hätte sie sich nur schwer an Namen erinnern können. Es war alles so lange her. Sie war ein Kind gewesen. Ihre Eltern mußten in ihren Briefen ihre Freunde erwähnt haben, mehrere Eintragungen in „Mujiba" deuteten darauf hin. Sie erwähnte ihre „geliebte Kesiwe", auch eine Freundin namens Sekai. Die meisten Namen bezogen sich auf Frau Humphries Schule. Doch Caroline war vor allem Enfield wichtig.

Am selben Tag schickte sie eine E-Mail an das Erziehungsministerium in Zimbabwe. Fragte, ob sie eine Liste von ehemaligen Schülern der Missionsschule von Enfield hätten. Erklärte, sie wolle sich mit Schülern in Verbindung setzen, die in den 70er Jahren dort waren, ehe die Schule geschlossen wurde.

Die Antwort, in Shona verfaßt, erschien ihr wie ein Wunder: *Liebste Troja! Wo hast Du Dich versteckt? Wir wollen Dich sehen! Jetzt! Hier! Wann kommst Du?* Es waren vier Unterschriften. Vier ehemalige Enfield-Schüler arbeiteten im Erziehungsministerium! Sicher hätte das ihren Vater sehr gefreut.

Es war Mungai vom Landwirtschaftsministerium, der sie abholte. Er hatte sich angeboten, nachdem ihn Chisi Hungwe vom Ministerium für Frauenangelegenheiten anrief und aufgeregt sagte: „Du wirst es nicht glauben, Troja hat sich gemeldet!“ Sie fragten sich, warum sie so lange gewartet hatte, nie zuvor Kontakt mit ihnen aufgenommen hatte. Wo hatte sie gelebt? Warum war sie nicht nach Hause gekommen? Jedenfalls würde sie bald da sein, dann würde sie das erklären.

Caroline und Mungai gingen Hand in Hand zum Auto. Sie war noch immer erstaunt über die Wärme seines Empfangs. Fragte: „Wie hast du mich erkennen können?“

„Ich hätte Troja immer erkannt.“ Er wollte das Bild in seinem Büro nicht sofort erwähnen. Statt dessen berichtete er ihr von ihren Pflegeschwestern. Er hatte sich erkundigt, wo sie waren. „Sie sind beide verheiratet. Lizzie hat zwei Kinder, ihr Mann arbeitet für die Kirche, er ist ein wichtiger Mann in der Wasserversorgungsabteilung in Matabeleland. Sofie besitzt eine Boutique, die ist sehr beliebt bei der Bulawayo-Elite. Ich hab ihre Adressen für dich.“ Er sprach weiter, während Caroline sich an der Seite des Autos festhielt. Pflegeschwestern! Die Entdeckung schmerzte sie, sie mußte sich in die Lippen beißen, um nicht aufzuschreien. In ihrem Tagebuch stand nichts über die Schwestern.

Es berührte sie tief. Genau wie dieser Kosename, Troja. Dieser wurde im Tagebuch erwähnt. Vor dem anderen Namen, Lollie, scheute sie sich. Der Name, den ihre Eltern benutzt hatten. Caroline konnte an Lollie nur als eine andere Person denken, die mit ihr nichts zu tun hatte.

„Wir freuen uns alle wahnsinnig.“ Mungai hatte die Hauptstraße erreicht, die nach Harare führte. Caroline blickte geradeaus, sah am Horizont die Hochhäuser der Stadt. Sie wußte jedoch nicht, wann sie das letzte Mal dort gewesen war. „Wunderbar, daß du wieder hier bist. Jeder möchte dich sprechen. Wir werden eine tolle Fete organisieren! Du wohnst bei uns, ich wohne in Borrowdale. Dort leben VIPs, nicht Leute wie ich, doch ich habe Glück, ich wohne in einem Regierungshaus. Die Weißen, die Pferde lieben, hatten dort ihre Häuser. Die Regierung konnte Häuser billig kaufen, als die Weißen weggingen. Jetzt könntest du keine Toilette für den Preis bekommen! Du wirst sehen, es gibt alles, einen Riesengarten, Schwimmbad, Tennisplatz!“

Caroline bat: „Mungai, bitte keine Fete! Ich möchte mit dir reden … mit allen. Aber keine Fete. Noch nicht.“

Er war etwas verletzt, bis sie sagte: „Mungai, ich war sehr krank. Ich war sehr lange im Krankenhaus. In einer Klinik. Ich habe viele Fragen, die ich dir stellen möchte. Ich möchte so vieles wissen. Sachen, die ich vergessen oder nie gewußt habe. Ich kann nicht lange bleiben, nur wenige Tage. Ich – habe einen Job, weißt du."

Er verstand das sofort. Trotzdem riß der Strom der Besucher nicht ab. Die Telefongespräche mit Lizzie und Sofie endeten in Tränen, auf beiden Seiten. Caroline versprach, das nächste Mal nach Bulawayo zu kommen. In Harare war sie kaum allein, sie empfing jeden, der sie besuchen wollte, sie sog alles auf, was man ihr erzählte, über sich, über ihre Eltern, ihre Kindheit. Sie notierte es, auch die Namen ihrer Besucher, die Geschichten und Namen, die sie erwähnten.

Sie sah nichts von der Stadt. Bemerkte kaum ihre Umgebung. Sie hörte zu, hörte sich selbst zu, wie damals, als ihr der Name Dirk eingefallen war, sie prüfte ihre Reaktion, wenn Namen fielen oder ein Ereignis berichtet wurde. Woran erinnerte sie sich wirklich? Was gab ihr ein gutes Gefühl? Manchmal genügte ein einziges Wort, um etwas auszulösen, sie glücklich oder traurig zu stimmen.

Zuletzt unterhielt sie sich mit Charles Mvula. Auch er war in Enfield zur Schule gegangen, er war etwas älter als Mungai und hatte sich Zanla angeschlossen. Später hatte er Jura studiert und war beim Zentralen Informationsdienst tätig. Den alten Namen hatten sie behalten. Auch mit Charles unterhielt sie sich in Shona. Er fragte, wie es kam, daß sie die Sprachen noch fließend beherrschte. Sie antwortete ohne Zögern: „Ich habe an der Uni afrikanische Sprachen studiert." Sie war über ihre eigene Antwort erstaunt. An der Uni? Sie hatte nicht mehr gewußt, daß sie auf einer Universität gewesen war. Wo? Ja, diese Demo, von der in dem Dokument die Rede war! Sie mußte über die Demo recherchieren.

Muva beantwortete ihre Frage über die *Selous Scouts.* „Zuerst war es eine kleine Einheit. Später wurden sie dem Zentralen Informationsdienst, einer Abteilung ‚Z' zugeteilt."

„Ich dachte, sie waren niemandem gegenüber verantwortlich."

„Ja, sie haben autonom gehandelt. Gaben niemandem Rechenschaft. Sie waren sehr gut. Sie kannten sich im Busch aus, sie konnten sich dort genau so bewegen wie wir. Sie konnten die ländliche Bevölkerung leicht täuschen. Wir mußten uns bestimmte Zeichen ausdenken, so daß man unterscheiden konnte zwischen Freiheitskämpfern und *Selous Scouts*! Ich nenne dir ein Beispiel. Wir gaben den Kämpfern die Anweisung, keine Erdnüsse zu essen. Den Dorfbewohnern wurde das mitgeteilt. Wenn bewaffneten Männern in einem Dorf Erdnüsse angeboten wurden und sie diese ablehnten, wußten die Einwohner, daß es wirklich Freiheitskämpfer waren. Wenn sie in die Hände klatschten und die Nüsse aßen, wußte man, daß es *maskazupa, Selous Scouts*, waren. Aber – sie entdeckten oft auch diese Signale. Es gibt immer Möglichkeiten, Menschen zum Sprechen zu bringen..." Caroline nickte traurig. Ja, das war ihr bekannt. „Wer waren diese Männer?"

„Weiße, einige Schwarze. Weiße, die nachts erschienen, wie Freiheitskämpfer gekleidet waren und ihre Sprache benutzten. Die Schwarzen waren meistens ehemalige Polizisten oder Mitglieder des schwarzen Regiments, der *African Rifles*, oder Beamte, die Angst vor einer schwarzen Regierung hatten. Es war eben ein Job. Manchmal gelang es der Einheit, einige unserer Leute ‚umzudrehen', durch Folter oder Einschüchterung. Auch durch Geld. Sie haben sogar Kopfgeld erhalten. Die Offiziere waren weiß. In ihren besten Zeiten hatte die Gruppe etwa 1000 Offiziere. Alle Nationalitäten, Söldner, weißt du, sie kamen aus England, Deutschland, Neuseeland, Australien, Kanada, Amerika, von überall. Abgesehen von den Rhodesiern und Südafrikanern. Sie kamen, weil es abenteuerlich war. Und gutes Geld brachte."

Zuletzt stellte sie die Frage, die sie veranlaßt hatte, diese Reise zu unternehmen. „Weißt du, ob es *vakomana* oder diese *mazkuzapu* waren, die in der Nacht nach Enfield kamen?"

Mvula sah Caroline mit großem Mitleid an. „Nach ... nach dem Überfall hielten sie ein *pungwe* ab. Es wurde gesungen. Ich hab dir gesagt, wir hatten unsere Signale, um festzustellen, ob es sich um *mazkuzapu* handelte. In jener Nacht haben sie ein Lied gesungen, das wir verboten hatten, bei einem *pungwe* zu singen. Ein Bote kam mit der Nachricht nach Mosambik zu den Führern, um das zu berichten." Verzweifelt dachte Caroline, woher weiß ich, ob das die Wahrheit ist. Es wurde so viel gelogen. Sie senkte ihre Augen.

„Troja." Mvula sprach leise. „Frag den Boten. Mungai war es, der nach Mosambik gegangen ist. Deine anderen Freunde waren auch beim *pungwe.*" Er sah den Zweifel in ihren Augen, verstand, wie schwer es für sie war, das zu akzeptieren. „Hast du dich mit jemandem über die Nacht unterhalten? Seitdem du hier bist?"

Sie schüttelte den Kopf. „Ich – nein. Jeder weiß, daß ich meinen Wurzeln nachgehe. Ich glaube, Chisi und einige der anderen waren – dabei. Bei dem Gesang." Sie zögerte noch immer, ihm zu glauben. Er hatte dafür Verständnis. Er und die anderen kannten sich, auch wenn sie nicht eng befreundet waren. Es wäre leicht gewesen, sich abzusprechen, ihr einfach etwas zu erzählen, zu versuchen, ihr das glaubhaft zu machen.

Caroline dachte an ihr Tagebuch. An den Namen Kesiwe. Sie rief Lizzie an und fragte, wer das war.

„Dein Kindermädchen natürlich! Ich kann herausfinden, wo sie ist." Lizzie hörte wie Caroline weinte und sagte schnell: „Ich versprech dir, ich werde es sofort tun. Wenn es dir wichtig ist, ist es für uns auch wichtig." Sie meinte für sich und Sofie. Das Massaker war furchtbar für beide gewesen, aber sie hatten überlebt, hatten weitergelebt, während Lollie es anscheinend nie überwunden hatte. Ihr Leben hatte sich dadurch total verändert. „Lollie – Troja – wenn wir nur gewußt hätten, wo wir dich finden konnten! Sofie und ich, wir waren noch sehr jung. Sofie hat gemeint, die Kirche würde sich um dich kümmern." Ja, das hätte sie auch getan, wenn der Mann mich nicht entführt hätte, wollte Caroline antworten. Das ist es, was er getan hat. Er hat mich entführt.

Am nächsten Tag erzählte ihr Lizzie, daß Kesiwe in einem Frauenprojekt in der Nähe von Bindura sei. Sie konnte gut nähen und produzierte zusammen mit anderen Frauen Wandteppiche für den Touristenhandel. „Wir haben eben alle viel in Enfield gelernt!" erklärte Lizzie. Sie hatte nur eine Adresse, keine Telefonnummer, das Projekt befand sich auf dem Land, es gab nur einen Telefonanschluß, den sich mehrere Parteien teilten. Um so besser, überlegte sich Caroline, dann kann sie niemand erreichen, ich werde sie besuchen.

Doch sie fuhr nicht nach Bindura. Mvula erschien, um ihr einige alte Fotos aus den ZID-Akten zu zeigen. Grausige Bilder von Toten, die aufgebahrt waren. Verstümmelte, verkohlte Körper. Ein anderes Bild zeigte Männer in Khakikleidung, sie saßen vergnügt an einem Lagerfeuer, Bierflaschen in der Hand, die Arme umeinander gelegt. Bärtige, weiße Männer. *Selous Scouts.*

Er gab ihr ein Vergrößerungsglas, mit dem sie lange das Bild betrachtete. Er ließ kein Auge von ihr. Wußte, wie das Aussehen sich veränderte, wenn man einen Bart abrasierte. Wußte auch, daß diese Männer nicht mehr jung waren. Plötzlich bemerkte er, wie ein kleiner Nerv in ihrem Gesicht zuckte, wie sie unruhig wurde. Sie hatte jemanden erkannt, davon war er überzeugt.

Als Mungai vom Büro nach Hause kam, bat ihn Caroline, sich mit ihr in den Garten zu setzen, auch wenn es kalt war. In einem Haus voller Menschen war es schwierig, sich allein über etwas zu unterhalten.

„Mungai, ich möchte wissen, was beim *pungwe* geschah."

Er warf ihr einen flüchtigen, scheuen Blick zu. „Ich möchte dich nicht aufregen." Er hatte sie in ihrem Zimmer weinen gehört. „Troja, warum stellst du jetzt erst all diese Fragen?"

„Weil ich vorher nicht wußte, welche Fragen ich zu stellen hatte. Bitte, erzähl mir davon."

„Wir haben ... Geräusche gehört." Er brachte es nicht fertig, von Schüssen und Schreien zu sprechen. „Später haben sie uns versammelt. Dann haben sie gesungen. Wir mußten mit ihnen Lieder singen, die sie anstimmten. Ein bärtiger Mann, er hat eine Rede gehalten, er hat auch die Lieder angestimmt. Ein Lied..." Er hörte einen Augenblick auf zu sprechen. „Wir sangen alle Lieder mit. Ich war der *mujiba* einer Gruppe, die sich in der Gegend aufhielt. Ich suchte sie, um zu fragen, warum sie..." Er schluckte. „Sie wußten nichts. Es war eine Täuschung. Sie fragten, welche Lieder wir gesungen hätten. Ein Lied besang Nehanda. Sie sagten, dieses Lied war nicht richtig. Kein Freiheitskämpfer sang das mehr."

Nehanda! Einer der größten Ahnengeister. Nein. Mugai würde nicht über etwas lügen, das mit Mbuya Nehanda zu tun hatte.

Mungai sprach weiter: „Ich habe das deinem Freund erklärt."

„Meinem Freund?"

„Dem ANC-Mann. Ich sagte, Troja ist eine wahre Afrikanerin. Wir haben ihre Hautfarbe nie bemerkt, weil sie unsere nicht bemerkt hat. Ich sagte, Troja hatte keinen Grund, Smith treu zu sein. Er hatte ihr Zuhause zerstört, ihre Eltern ermordet."

Caroline schlug die Hände vor das Gesicht, sie schüttelte sich vor Kummer. Ihre Freunde hatten für sie gebürgt! Sie hatten dem ANC gesagt, sie sei vertrauenswürdig! Was war geschehen? Was hatte sie getan?

Mungai war beunruhigt. Er versuchte, die Frau zu verstehen. Sie hatte ihm gesagt, daß sie krank war. Jetzt konnte er sehen, daß das stimmte. Viele Menschen wurden im Buschkrieg krank. Sie konnten die furchtbaren Dinge, die sie erlebt, gesehen, getan hatten, nicht ertragen. Was war es, das Troja so stark belastete, daß sie es nicht ertragen konnte?

Caroline erhob sich. „Ich muß meine Schwestern anrufen." Sie verabschiedete sich von ihnen. Sagte, daß sie sehr froh sei, daß sie nicht dabei gewesen waren, daß sie überlebt hatten, wie sie selbst. Als sie den Hörer hinlegte, fragte sie sich, ob das stimmte. Caroline Hughes lebte. Aber hatte Troja überlebt? Oder Lollie?

Sie verließ Harare am folgenden Tag. Diesmal wurde sie in die VIP-Lounge geführt. Diesmal mußte sie auffallen. Eine weiße Frau, die von Afrikanern umringt war, von einer Person zur anderen ging, um herzlich umarmt und geküßt zu werden, der gesagt wurde, sie müsse bald wiederkommen und zu Hause bleiben, ja, sie mußte auffallen. Eine Weiße, die der Gruppe zuwinkte, als sie zum Flugzeug ging, während ihr Tränen über das Gesicht liefen. Eine ungewöhnliche Weiße.

Harare Flughafen. 4. August 1997

Jakes saß in dem leeren VIP-Raum am Flughafen in Harare und las seine Zeitung, ohne sich richtig darauf zu konzentrieren. Er war verärgert und deprimiert. Es war das erste Mal, daß er keinen Direktflug nach Johannesburg bekommen hatte, er war erstaunt gewesen, als er in Schiphol feststellte, daß über Harare gebucht war, hatte den Flugschein nicht angesehen, er überließ das Caroline, sie war für die Koordinationsabteilung verantwortlich. Und jetzt saß er hier, in diesem stinkenden, verfluchten Loch mit vierstündigem Aufenthalt! Nicht einmal Bier gab es in diesem sogenannten Raum für die Erste Klasse, er mußte sich ein Glas von nebenan holen, mußte an den Massen vorbeigehen, die auf den Bänken herumlagen, überall liefen Kinder umher, es stank wie die Pest.

Doch das war nicht der Grund, warum Jakes deprimiert war. Er machte sich Sorgen wegen PEP. Er dachte an seine letzte Unterhaltung mit Derek. Was hatte der verfluchte Mann gesagt in seiner überheblichen Art?

„Du hast das Ganze angefangen! Du hast Jardins Leuten gesagt, die Asiaten seien verantwortlich für das Chaos. Und jetzt bist du in Sorge wegen deinem dämlichen Nachklub." Dämlich! „Jakes" hatte sich inzwischen zu dem Lokal entwickelt, in dem sich jeder sehen lassen mußte, der etwas von sich hielt. Legales Geschäft. Natürlich bis auf das, was sich oben in der Dachwohnung tat. Aber das Hauptgeschäft war in Ordnung. Caroline hatte das gut gemacht. Jakes wollte ein legitimes Geschäft aufbauen. Er hatte nicht vor, sich wie Derek woanders niederzulassen. Er wollte ein Haus am Kap haben, eine Unterkunft in den Drakensbergen, genug Geld für Reisen. Deswegen hatte ihn die Sache mit Naidoo zur Weißglut gebracht. Er hatte Derek angeschrien: „Ich hab nur gesagt, daß Naidoo vielleicht was mit Hillbrow zu tun hat! Ich hab nicht gesagt, man soll sie angreifen, bevor wir Karten haben, mit denen wir auftrumpfen können!"

Lannier und sein Komitee hatten überhaupt nicht versucht, etwas zu recherchieren. Sie hatten einfach gehandelt. Eine Woche nach der Sitzung hatten sie die Lichter verfolgt, die jeden Freitag und Samstag den Nachthimmel erhellten: Zeichen für die Jugend, wo sich eine Disco befand. Aufgeregte Jugendliche rasten in ihren Autos oder den Autos der Eltern in diese Hallen, um eine Nacht mit viel Lärm, Musik, Tanz, Sex und Drogen zu verbringen. An jenem Abend war eine Bombe in einer dieser Discos geplatzt, die einem Asiaten gehörte, in einem alten Lager über einem geschlossenen Bergwerk in der Nähe eines heruntergekommenen, ehemaligen weißen Vorortes. Die Angestellten waren soeben eingetroffen. Ein Mann wurde sofort getötet. Zwei schwer verletzt. Einer lief blutüberströmt aus dem brennenden Gebäude einem Lieferwagen entgegen. Also zwei Tote.

Jakes war wütend. Er hatte nichts gegen Gewalt. Hatte er nicht selbst oft genug Gewalt benutzt? Sein ganzes Geschäft hatte mit Gewalttätigkeit zu tun. Aber darum ging es eben: Es war Geschäft. Nicht Rache. Und vor allem fand es nicht im Land statt. Man erlaubte seinem Hund nicht, vor der eigenen Tür zu scheißen. Derek hatte ihm vorgeworfen, er hätte nur Angst, daß „Jakes“ als Vergeltung eventuell angegriffen würde. Natürlich kannten sie ihre gegenseitigen Unternehmen, die Asiaten und PEP. Aber sie waren sich bis jetzt nicht in die Quere gekommen. Das war ein unausgesprochenes Abkommen gewesen.

Gewesen! Was nun? Außerdem, was war mit der Polizei? Dutoit hatte nichts entdeckt, abgesehen von einem ausländischen Berater. Polizeilöhne wurden erhöht. Neue Rekruten eingestellt. Jakes hätte am liebsten das Drogengeschäft ganz aufgegeben. Kokain. Heroin. Schlimmes Zeug. Am Ende brachte es mehr Probleme, als es wert war. Man konnte gut mit legalen Geschäften wie den Söldnerdiensten und den Mineralien verdienen. Er würde demnächst ein Büro in einem anderen Land eröffnen, wenn die Regierung den Handel in Südafrika verbot. Aber mit Drogen wollte er nichts mehr zu tun haben. Die Dealer, aber auch die Kunden, waren nicht vertrauenswürdig, die würden ihre Großmutter für eine Dosis verkaufen.

Er mußte unbedingt mit Caroline sprechen. Sie würde vielleicht mit neuen Ideen kommen. Sie hatte einmal etwas von Computer-Cafés gesagt. Wo war sie überhaupt? Seit Monaten spielte sie die unsichtbare Frau.

Jakes sah auf. Jemand war in den Raum gekommen, schlenderte auf Jakes zu, ein Glas in der Hand. „Tag! Besser hier als in der Hölle draußen, was?“ Er deutete auf den Wartesaal, aus dem er gekommen war. Gut aussehender Afrikaner. Gut geschnittene Jeans. Kleiner Bart. Er erinnerte Jakes an vergangene Zeiten.

„Kenne ich Sie nicht?" Der Mann setzte sich. „Sie haben nichts dagegen, wenn ich Ihnen Gesellschaft leiste?"

Jakes betrachtete sein Gegenüber. Er war kein Rassist, keiner von denen, die behaupteten, „die" sähen sich alle ähnlich. Damals hatten sich die Terrs wirklich ähnlich gesehen, die jungen Männer in ihrer Uniform mit den AK-Gewehren. Er sah große, braune Augen, leicht angegraute Haare, die starke Hand mit der rosigen Handfläche, die das Glas hielt.

Der Mann beobachtete Jakes ebenfalls. Plötzlich schnippte er mit den Fingern der freien Hand und rief: „Bindura! Die Festung!" Er grinste und flüsterte geheimnisvoll: „Du hast für Onkel Ron gearbeitet, was? Wie ich. Nur, damals hab ich ihn nicht so genannt."

Jakes grinste ebenfalls. Nein, das würde er kaum gewagt haben, Oberst Ron Reid Daly als Onkel Ron zu bezeichnen, damals. Daly, der Führer der *Selous Scouts*, der jeden seiner Männer an Mut, Lebenslust und Können übertraf. Als seine südafrikanische Sondereinheit Jakes nach Rhodesien geschickt hatte, waren die *Selous Scouts* gerade in ein Farmhaus – der „Festung" – in der Nähe einer Bindura-Nickelmine namens Troja gezogen. Das paßte: Sie waren ja Trojanische Pferde, die sich in Stammesgebiete einschlichen. Der Mann unterbrach seine Erinnerung, er hatte irgend so etwas gesagt wie: „… das war eine große Sache, das Ding in Enfield."

Jakes sagte barsch: „Ja, das war meine Mannschaft. Doch du hast nicht zu uns gehört."

Ein heiseres Lachen. „Man hat darüber gesprochen. Bandenvergewaltigung."

Jakes meinte: „Vergewaltigung gehört zum Krieg. Sieh doch mal, was im ehemaligen Jugoslawien los ist. Die Jungen waren aufgeregt, da passiert so manches. Ich hätte nichts dagegen tun können! Ich hatte andere Sorgen, schließlich war ich der Führer." Er leerte sein Glas.

Der andere stand bereits. „Noch mal dasselbe? Gut, ich hol uns noch einen… Nein, sicher hast du nichts tun können. Aber ich hab mich oft gewundert, warum man eine Mission liquidieren mußte."

„Befehl vom Militärischen Geheimdienst. Meistens befolgte Onkel Ron keinen Befehl. Dieser kam aber vom südafrikanischen Militär direkt zu ZID und dann zu uns." Er stand auf, legte den Arm um die Schulter des Fremden. „Ich denke, heute arbeitest du für ZID!"

„Ha, sehr komisch! Ich bin nur ein *mujiba* für die großen Chefs."

Er kam wenige Minuten später mit einem Glas Bier zurück, grüßte zackig und ging.

Am Abend fand Caroline eine E-Mail von Mvula vor. Nur ein Wort. „Ja."

PEP Landwirtschaftlches Forschungsinstitut. 10. August 1997

Derek streckte sich, sein Rücken schmerzte ihn. Die vergangenen Wochen hatten ihn altern lassen. Der Streß setzte ihm zu. Erst die verfluchte Razzia in Hillbrow. Und jetzt auch noch das! Ein Problem mit Dutoit. Und Schwierigkeiten mit einem Vertrag, den Jakes ausgehandelt hatte. Er lief in seinem Büro auf und ab, hörte kaum die Geräusche vor seinen Fenstern. Wenigstens war bei LWF, dem Landwirtschaftlichen Forschungsinstitut, alles in Ordnung. Sobald er diese Probleme gelöst hatte, würde es losgehen können mit der Produktion.

Zuerst mußte er sich auf den Vorschlag konzentrieren, den Caroline ihm unterbreitet hatte. Erstens ging es um den Export der LWF-Produkte als Teil eines großen Projekts. Großartig. Nur – warum mußte sie das alles aus der Entfernung organisieren, von einer ihm unbekannten Adresse aus? Warum konnte sie nicht von Dunkeld aus arbeiten, es war doch scheißegal, wo ihr Computer stand.

Wenigstens würde sie Ende des Monats zurückkommen. Merkwürdig. Sie fehlte ihm. Bis jetzt war sie immer in seiner Nähe gewesen. Er vermißte sie tatsächlich. Der einzige Mensch, in dessen Nähe er sich entspannen konnte. Vielleicht sollten sie zusammen in die Karibik fahren, er hatte sich seit einiger Zeit überlegt, eine Yacht zu kaufen, sie hatten zusammen eine in London bei der Earls Court Bootsausstellung gesehen. Verdammt gut waren sie als Mannschaft auf einem Boot. Überhaupt war Carl gut. In allem. Das war dumm gewesen, damals, die Sache mit Jardin, das hatte sie in die Arme von Jakes getrieben. Er würde etwas unternehmen müssen. Wenn das alles bereinigt war.

Er setzte sich, fing an zu kritzeln. Dutoit. Jakes. Carl hatte wegen Dutoit eine E-Mail geschickt. Es schien, als ob der General zu gierig war. Wegen seines verdammten *boerestaats.* Einfach Geld vom Konto der PEP Sicherheits-GmbH ohne Bewilligung des Aufsichtsrates zu transferieren, das ging nicht. Er mußte dafür sorgen, daß das bereinigt wurde. Carl sollte sich darum kümmern. Und zwar sehr schnell. Jardin würde es nicht gefallen, er sah sich die Kontoauszüge immer Ende des Monats ganz genau an. Diese elektronische Buchführung hatte ihre Nachteile.

Er blickte auf den Hof, sah, wie ein Mann in einem weißen Kittel sich mit einem der Lieferanten am Eingang unterhielt und wild mit den Händen fuchtelte. Einer der *Krauts,* hysterisch wie immer. Wahrscheinlich hatte er nicht die richtige Sorte Müsli bekommen.

Hinter ihm öffnete sich die Tür, als Jakes ohne zu klopfen eintrat. Ohne Gruß sagte: „Derek. Du wolltest mich sprechen."

Derek wies auf den Ecktisch, den Caroline für Besucher aufgestellt hatte und auf dem eine Mappe lag, die er aufschlug. „Ich nehme an, du hast deine eigenen Unterlagen mitgebracht?"

„Ja. Worum geht's denn?" Jakes dachte, noch immer nichts von Naidoo. Irgendwann kommt es. Was immer es ist.

„Es geht um den Vertrag wegen der ‚Juwelen'. Da stehen einige Paragraphen, die mir nicht geheuer sind." Er hustete. „Die Jardin nicht geheuer sind."

„Juwelen" bedeutete Mineralienrechte. Teil eines Geschäftes mit einer schwachen Regierung, die Söldner benötigte und ihr Erbrecht verkaufen mußte. Laut Jardin hatte Jakes einen Vertrag mit äußerst vorteilhaften Bedingungen für diese Regierung und nicht für PEP ausgehandelt. Er hatte den Paragraphen bezüglich der „Juwelen" vergessen.

Jakes blickte ihn ungläubig an. „Er macht wohl Witze? Die haben erstklassige Diamanten! Der Geologenbericht besagt, da liegen noch mehr, die noch nicht entdeckt wurden. Außerdem könnte es Erdöl geben."

„Genau. Deswegen verstehe ich nicht, wie du das im Vertrag übersehen konntest."

Jakes sprang auf und stieß den eleganten Rokokostuhl um. „Verdammt, wovon redest du? Ich hab die so fest eingewickelt, bis zum geht-nicht-mehr!"

Derek schüttelte den Kopf. „Jardin behauptet das Gegenteil." Er zögerte, bevor er den nächsten Pfeil abschoß. „Deswegen schlägt er vor, daß du noch einmal mit ihnen verhandelst. Zusammen mit Lannier. Schließlich – es ist eine frühere französische Kolonie."

„Was? Da ist nichts mehr auszuhandeln! Denkst du, ich bin verrückt? Ich sag dir, alles ist in bester Ordnung!" Er stürmte ohne ein weiteres Wort aus dem Zimmer. Ärgerte sich noch mehr, weil er die automatische Tür nicht hinter sich zuknallen konnte.

Derek schimpfte innerlich. Wer hat diesen Mist gebaut? Jemand mußte das büßen. Jardin hat hoch und heilig geschworen, er hätte jeden Satz gelesen, den die Rechtsabteilung ihm geschickt hatte, und dort nichts über „Juwelen" gefunden. Wie üblich hatten die Rechtsanwälte jedes Wort überprüft. Carl war dabei gewesen.

Er überlegte sich, was er tun sollte. Jakes war einer seiner Leute im Aufsichtsrat. Außerdem kannte niemand Afrika so gut wie Jakes. Er kam gut mit Diktatoren und Militärregierungen aus. Der ideale Mann für die Söldnerorganisation. Doch Derek mußte seine Beziehung zu den Lateinamerikanern abwägen. Jardin hatte seine Hand in allen möglichen Unternehmen, einschließend der Schiffahrt. Äußerst wichtig, sobald PEP mit dem Export der neuen Produkte anfing. Trotzdem paßte es Reed-Smyth kaum, daß Jardin seinen Fremdenlegionär, diesen Lannier, anstelle von Jakes haben wollte.

Wieder ging er im Zimmer auf und ab, bis er zu einem Entschluß kam. Er würde sich für Jakes stark machen. Vielleicht war es sowieso Zeit, auszusteigen. Jardin könnte ihn auszahlen. Dieses Riesenprojekt, das Carl ausarbeitete, würde sein letztes Geschäft sein.

Er schaltete den Computer ein und las noch einmal den letzten Bericht. Die Briten waren Teil des Plans. Das Verteidigungsministerium bot alte Waffen an, einschließend Brownings und Walther PPK-Pistolen. Sogar Tränengas sowie Betäubungsgranaten, die bei Unruhen eingesetzt wurden, außerdem 50.000 Gewehre aus dem Zweiten Weltkrieg. Damit könnte man gut verdienen. Ja, ja, die Briten. Das war ein Darlehen, das er noch nicht einkassiert hatte. Vielleicht war nun die Zeit dafür gekommen.

Derek Reed-Smyth überließ nie etwas dem Zufall. Er hatte den britischen Geheimdienstmann in Salisbury im Jahr 1965 über den genauen Zeitpunkt informiert, zu dem Ian Smith seine illegale Unabhängigkeit erklären würde. Hatte den Briten weiter Informationen geliefert. Wie über das Enfield-Massaker damals, dabei waren schließlich Briten umgekommen. Es nützte ihnen wenig, aber in der Informationsindustrie war jede Information Gold wert, die etwas früher bekannt war, als die breite Öffentlichkeit davon erfuhr.

Für Reed-Smyth bedeutete diese Arbeit bestimmte Pluspunkte in irgendeiner Geheimakte. Das könnte sich auszahlen, wenn man es nötig hatte, ein Wort in das richtige Ohr zu flüstern. Wie jetzt. Carl sollte sich sofort daran machen, genaue Zahlen ausfindig zu machen, Daten, wann sie diesen Verkauf tätigen wollten. In der Zwischenzeit mußte er darauf achten, daß man im Labor die Termine einhielt. Wissenschaftler wollten immer mehr Zeit für alles haben. Carl hatte ihm bereits einen Termin angegeben, den wollte er einhalten. Den 31. August.

Jakes kehrte nicht in sein Büro zurück, das sich in einem anderen Teil des Instituts befand. Wie Derek verwünschte er Carolines Abwesenheit. Sie half ihm mit dem Papierkram. Jesus, er erinnerte sich genau, daß er den Vertrag richtig ausgehandelt hatte! Wenn Jardin dachte, er würde ihn durch diesen schleimigen Lannier ersetzen, so hatte er falsch gedacht. Ob Jardin etwas in der Hand hatte, wodurch er Reed-Smyth unter Druck setzen konnte? Kaum. Der war zu gewieft. Trotzdem. Jakes spürte, es stank etwas. Er wußte nicht genau was. Er war zu lange in diesem Geschäft, um nicht zu wissen, wann etwas faul war.

Jakes hatte bis jetzt ein Fax unbeantwortet gelassen, das ihn vor wenigen Tagen erreicht hatte. Von einem Staatsoberhaupt. Einer afrikanischen Militärregierung. Diese hatte ernste Probleme mit Rebellen, die in den Bergen ihr Hauptquartier hatten und von dort aus die Dorfbewohner terrorisierten. Ihr Führer nannte sich Napoleon.

Jakes dachte an das Fax, in dem stand, daß man festgestellt hätte, Jan Smit sei der beste Mann für die Lösung derartiger Schwierigkeiten. Sie wollten den besten haben. Ihn. Nicht seine Gesellschaft. Wenn er Zeit hätte, würden sie sich freuen, wenn ein Treffen organisiert werden könnte.

Jakes hatte öfters derartige Angebote erhalten, von Rebellen, Regierungen, anderen Firmen, hatte sie immer abgelehnt. In diesem Geschäft war es selten eine gute Idee, als Freiberufler tätig zu sein.

Doch jetzt hatte sich alles geändert. Außerdem hatte ihn die Nachricht über einen sicheren Kommunikationskanal erreicht. Er kannte den Namen. Die Faxnummer. Sonst nichts.

Er ging nun doch in sein Büro. Und wie Reed-Smyth schaltete er seinen Computer ein.

London. 20. August 1997

Der schöne Tisch mit der glänzenden Platte, Teil der teuer möblierten Wohnung am Eton Square, war mit großen Blättern bedeckt, auf denen säuberlich Daten, Zeiten, Zahlen eingetragen waren.

Caroline Evelyn Hughes war kein Student der Geschichte der Kriegsführung. Doch dank eines Programms, das sie in ihrem Computer installiert hatte, plante sie eine große Strategie, auf die ein Generalstab stolz gewesen wäre. Der Computer war ihr wichtigster Verbündeter. Sie verstand damit umzugehen, sie konnte ihn programmieren, im Internet surfen, konnte in geheime Netzwerke einbrechen, Codewörter entschlüsseln. Unbezahlbare Fähigkeiten. Sie benutzte sie systematisch. Baute ein Mosaik auf und legte ein passendes Stück zu dem nächsten. Bald würde das Bild fertig sein. Sie wußte, es würde immer unbekannte Umstände geben. Man konnte die Reaktion des Gegners einschätzen, doch nie alles voraussehen. Man mußte Reserven besitzen sowie Pläne für das Ungewisse, das eintreten konnte.

Sie saß in einem großen Ledersessel in der Wohnung, in der sie sich fast die ganze Zeit aufhielt, seitdem sie den Komfort von Annas Gästezimmer verlassen hatte. Sie sah sich Notizen durch. Sobald sie damit zufrieden war, würde sie diese verschlüsseln. Eine langwierige Aufgabe.

Wie bereits mitgeteilt, ist das Ministerium bereit, bestimmte überschüssige Waren zu verkaufen. Jedoch muß das Angebot von berechtigten, d.h. Käufern mit Lizenzen, kommen. Es ist zu empfehlen, daß eine derartige Lizenz dringendst vom Auswärtigen Amt in London angefordert wird. Du deutest an, daß Du eventuell einen Privatkauf tätigen möchtest. In diesem Fall mußt Du Deine Finanzlage überprüfen und das nötige Kapital beschaffen. Solltest Du a) die Lizenz erhalten und b) ein Privatgeschäft tätigen, so schlage ich vor, daß Du c) die bereits angeregte Möglichkeit erwähnst, die in meinem vorigen Bericht aufgezeichnet wurde, d) daß mögliche Käufer sofort angesprochen werden. Was d) anbetrifft, so ist bereits ein Fisch mit dem ausgesetzten Köder gefangen worden und kann jederzeit aus dem Wasser gezogen werden …

Sie überlegte noch einmal. Sie hatte ein dreiteiliges Geschäft vorgeschlagen. Erstens den Ankauf der Waffen des britische Verteidigungsministeriums, hauptsächlich alte Truppenlastwagen, gute solide Wagen, abgesehen von der anderen, sehr gefragten Ware, die nicht allen Käufern zugänglich gemacht wurde. Die Lastwagen allein würden viermal den Kaufpreis einbringen. Das war das eine. Weiter schlug sie vor, daß die Waffen durch Reed-Smyths britische Firma erstanden werden sollten; Teil des Geschäfts, für das die heiß ersehnte Lizenz benötigt wurde. Die Waffen wären an eine Rebellengruppe in Angola leicht zu verkaufen; diese besaß Diamanten und war zahlungskräftig: der bereits geköderte Fisch, einer der Rebellen, hatte nun etwas mehr auf seinem Schweizer Konto. Der nächste Vorschlag betraf den Export neuer, geheimer Produkte des sogenannten Forschungslabors. Eine kleine Tablette, deren Wirkung stärker als die von *Ecstasy* sein würde. Dieser Export würde den Kauf der Waffen finanzieren.

Derek hatte die ersten Schritte bewilligt. Die Registrierung einer Privatfirma in Birmingham. Die Auslieferung der ersten LWF-Tabletten am 31. August. Das war ein Sonntag. Nur wenige Leute würden informiert werden.

Der Mann hatte keinen Augenblick gezögert, seine PEP-Partner zu hintergehen. Die britische Firma war der Beginn des Betrugs gewesen. Die Geschäfte, die sie vorgeschlagen hatte, waren eigentlich PEP-Geschäfte gewesen. Der Mann hatte sie gebeten, seine Konten in den verschiedenen Steuerhäfen aufzustocken. Diese Aktivitäten würden ihm dazu verhelfen. Für Caroline hatte das Geschäft mit der britischen Gesellschaft und dem Verteidigungsministerium einen Nebeneffekt. Sie wollte feststellen, ob der Mann wirklich für die Briten gearbeitet hatte, wie Jakes es einmal angedeutet hatte. Der Mann war jemand, der jeden Aspekt absicherte. Nur jemand mit Insider-Beziehungen würde eine Lizenz erhalten.

Ihr leidenschaftlicher Haß hatte angefangen, Caroline aufzufressen. Seit dem Samstag in dem Häuschen von Anna van Wyk, nachdem sie die Akten gelesen hatte, war sie eine andere Person geworden. Caroline fühlte sich, als ob sich ihr Leben ganz schnell vorwärtsspulte. Sie schlief kaum, aß wenig, lebte von Kaffee und kleinen Mahlzeiten, die sie sich in die Wohnung liefern ließ, rauchte zum ersten Mal in ihrem Leben zu viel. Der Aschenbecher neben ihrem Computer quoll über. Hätte ihr Arzt sie gesehen, wäre er sehr besorgt gewesen. Caroline war erhitzt, ihre Augen bewegten sich ruhelos. Caroline war krank. Sie hätte das nicht zugegeben. Sie fühlte sich voller Tatendrang, es war ihr, als ob sie Drogen genommen hätte, sie war total auf ihr Ziel konzentriert. Sie hätte keinen ärztlichen Rat befolgt. Dafür hatte sie zu viel zu erledigen. Sie mußte Rechnungen begleichen.

Caroline Hughes hatte ein Spiel begonnen, hatte die Mitspieler aufgereiht: Jardin, Jakes, Dutoit, Reed-Smyth. Und sich selbst.

Mwangiane-Flughafen. 28. August 1997

Die Landungslichter brannten, als das kleine Flugzeug auf der Rollbahn des Mwangiane-Flughafens aufsetzte, etwas weiterrollte und dann zum Stehen kam. Jakes löste die Sitzgurte, öffnete die Tür und kletterte auf den Flügel. Sah ein Truppenfahrzeug mit bewaffneten Soldaten auf sich zurollen. Da er noch nie in Mwangiane gewesen war, beunruhigte ihn das keineswegs. Er war ein erwünschter Gast. Wenn die Junta ihren Gästen einen Empfang bereiten wollte, fand er das in Ordnung. Er hoffte nur, daß die Zeremonien nicht all zu lange dauern würden. Jakes kam gern schnell zum Geschäftlichen.

Er sprang herab, als die Soldaten ihn umringten, streckte seine Hand zum Gruß aus, war erstaunt, als er fühlte, daß seine Arme fest auf den Rücken gebunden wurden. Ein stämmig gebauter Mann stellte sich ihm gegenüber auf und starrte ihn böse an.

„Was soll das, Mann!" Jakes war fassungslos.

„Herr Smit?" Der Mann sprach Englisch mit einem afrikanisch-französischem Akzent.

„Das bin ich. Sagen Sie…"

„Sie sind verhaftet, Herr Smit." Der Offizier schrie seinen Untergebenen Befehle zu, Jakes wurde unsanft angefaßt und in einen Landrover geschleudert. Das Fahrzeug fuhr sofort mit einer Geschwindigkeit los, die Jakes die Galle hochkommen ließ. Der Wagen raste aus dem Flughafen durch eine Slumgegend und hielt vor einer hohen, gut gebauten Baracke. Jakes wurde aus dem Wagen gezerrt und in das Haus befördert.

Er hatte Zeit gehabt, sich die Sache zu überlegen. Es mußte ein Putsch stattgefunden haben, während er auf dem Weg nach Mwangiane war. Dieser Napoleon saß nun auf seinem kaiserlichen Thron. Hatte das Fax gefunden und hielt ihn für einen Verbündeten des alten Regimes. Er würde ihm klar machen, daß er lediglich zu einer Geschäftsbesprechung gekommen sei. Außerdem gab es nichts, was man nicht mit einigen Millionen bereinigen konnte. Dieses neue Staatsoberhaupt war noch nicht lang genug an der Macht, um die Finger in die Staatskasse gesteckt zu haben. Er würde sich über etwas Kleingeld freuen.

Jakes fühlte sich wesentlich erleichterter, als er in einen Raum gezerrt wurde. Er blickte sich verwundert um. Alles war sauber und ordentlich. Zu sauber und ordentlich für einen soeben stattgefundenen Putsch! Drei Offiziere in gut geschnittenen Uniformen saßen hinter einem Tisch, vor jedem lagen Hefte und Papiere. Es sah fast so aus – wie ein Gericht.

Jakes wurde nach vorn geschoben, bis er vor dem Tisch stand. Er fühlte sich wie ein Gefangener vor seinem Richter. Der Offizier in der Mitte blickte ihn wortlos an. Jakes erwiderte den Blick. Er hatte ein ungutes Gefühl. Der Mann sah aus wie ein General. Trug die Uniform eines Generals. Mit allen Knöpfen und Abzeichen eines Generals. Jakes sah noch etwas anderes: ein farbiges Bild über den Köpfen des Generals, das die Militär-Junta zeigte, die Regierung von Mwangiane.

„Herr Smit.“ Der General sprach Jakes an, der sofort unterbrach, um zu protestieren.

„Herr General, ich verstehe nicht…“ Der Stoß eines Gewehrkolbens brachte Jakes zum schmerzhaften Schweigen.

„Herr Smit, Sie sind in unser Land gekommen als ein Feind des Volkes und seiner rechtmäßigen Regierung. Sie haben Rebellen Ihre persönlichen Dienste angeboten. Sie haben mitgeteilt, daß Sie bereit sind, jede Arbeit, die erforderlich ist, zu übernehmen. Außerdem erwähnten Sie, daß Sie die Bedingungen Ihres Vertrages besprechen wollten, einschließend einer Sonderprämie, Kopfgeld nannten Sie die.“

Ja, so etwas Ähnliches hatte er gesagt. Jakes antwortete so langsam und deutlich wie möglich. „Herr General, ich bin auf Einladung Ihrer Regierung gekommen. Ich erhielt eine Bitte…“

Der General nickte. „Die Einladung ist uns bekannt. Sie kam von dem Rebellen, der sich Napoleon nennt.“

Jakes entspannte sich etwas. Es war alles ein Mißverständnis. „Nein, Herr General. Die Einladung kam von Ihrer Regierung. PEP verhandelt nur mit rechtmäßigen Regierungen.“

„Sie sind aber als Privatmann hier. Nicht im Auftrag von PEP.“

Was lief hier ab? Jakes sagte verzweifelt: „Das Fax hatte ausdrücklich besagt, Sie wollten mich haben, nicht die Gesellschaft. Ich habe ein Fax erhalten…“

„Dieses hier?“ Der General entnahm seinen Akten ein Stück Papier. Ein Soldat rannte schnell zu ihm und brachte es Jakes, der es hastig in die Hand nahm.

„Ja. Sie sehen, der Mann hat die Einladung mit seinem Namen unterschrieben. Leo Napon Mpero.“

Der General lachte schallend, seine weißen Zähne blitzten, und jeder im Raum brach ebenfalls in Lachen aus.

„Herr Smit! Sie haben sich selbst verurteilt. Ich glaube, daß Sie klug genug sind, das enträtselt zu haben. Leo Napon Mpero! Wir haben diese verräterische Korrespondenz abfangen können.“

Jakes wurde heiß. Gott, ein Wortspiel! Ein Akronym! Emperor Napoleon. Klar. Das hatte er kaum erwartet. Er hatte natürlich angenommen, daß es einer dieser Kaffern-Namen war, die fingen doch so oft mit M an, sollte was zu tun haben mit Muntu, Mensch. Ihm wurde schwindlig vor Angst. Er flüsterte. „Das Fax – die Nummer…“

„Das Fax kam von diesem Rebellen. Dem Sie helfen wollten, uns zu stürzen, Herr Smit.“

Jakes protestierte schreiend. Er protestierte erneut am folgenden Tag, als man ihn in den Hof brachte. Ein Soldat rannte auf ihn zu, gab ihm ein Stück Papier.

„Der Herr General sagt, das ist für dich angekommen. Wahrscheinlich ein Code."

Jakes las die drei Worte auf dem Fax: ENFIELD LÄSST GRÜSSEN. Er versuchte noch immer, das zu verstehen, als sie ihn gegen die Wand stellten. Sie machten sich keine Mühe mit einer Augenbinde.

Bogota. 29. August 1997

Der Mann, den die PEP-Direktoren als Louis Jardin kannten, schritt wutschnaubend durch seine üppig möblierten Büroräume und ging noch einmal die Statistiken der PEP Sicherheits-GmbH durch. Las erneut die private Mitteilung von Reed-Smyth an seine Assistentin.

Er benötigte keine Unterstützung, um die Zahlen zu verstehen. Er hatte wie gewöhnlich seine monatlichen Rechnungen am letzten Arbeitstag des Monats durchgesehen, also am Freitag, den 29. August. Wobei ihm sofort mehrere außergewöhnliche Posten bei PEP ins Auge gesprungen waren. Er hatte zwar den Leiter der Finanzabteilung holen lassen, doch der Mann konnte nur zitternd bestätigen, daß auch er dasselbe feststellte. Jemand hat mehrmals große Summen vom Firmenkonto auf das Privatkonto Dutoits überwiesen. Jede einzelne Überweisung gehörte rechtmäßig auf Jardins Konto.

Nur ein Mann hatte Zugang zu diesen Konten. Dutoit. Jardin rechnete schnell, daß es sich um zehn Millionen Dollar handelte. Zehn Millionen Dollar fehlten auf dem Konto des Direktors Jardin.

Jardin hatte einmal öffentlich geschworen, daß er die Frau töten würde, die ihn beleidigt hatte. Er hatte es noch nicht geschafft, sie war von diesem Jakes geschützt worden. Außerdem war sie der Firma nützlich. Diesmal würde er niemanden warnen. Er würde handeln. Er würde selbst nach Südafrika fliegen. Seine Experten hatten eine Privatbotschaft von Reed-Smyth an diese Frau entschlüsseln können, die sie irgendwie hatten abfangen können. Sie wollten ihn betrügen, wollten eine Droge nach einem Geheimrezept produzieren, hatten ihn nicht darüber informiert, nicht über dieses Rezept! Außerdem besaß der Mann eine eigene Firma in England, über die er Waffenhandel betrieb. Das hieß, er machte PEP Konkurrenz!

Es war gut, daß er diesem Mann nie vertraut hat. Er hatte so etwas vorausgesehen. Nun saßen seine Leute in der Festung des Feindes. Lannier würde die Sache in die Hand nehmen. Er hatte sich schon längst wie ein gefangener Tiger gefühlt, Büros, Forschung, Computer, das war nichts für einen Mann wie Lannier. Die Disco-Aktion hatte ihn etwas befriedigt. Jetzt würde er mehr Arbeit bekommen, seine besonderen Fähigkeiten einsetzen müssen.

Niemand stahl Louis Jardin etwas. Nicht seine Ehre. Und bestimmt nicht sein Geld. Sein eigenes Flugzeug würde ihn nach Südafrika befördern. Innerhalb von Minuten stand jeder im Büro unter Streß, als er seine Anweisungen für die Reise lauthals verkündete. Wenn der Chef schlecht gelaunt war, hatte niemand etwas zu lachen.

Wildfontein. 30. August 1997

Paul Dutoit und sein Freund Pienaar waren in die Betrachtung einer Landkarte vertieft, die sie dem inneren VK-Kreis später am Abend vorlegen wollten. Am Abend vor dem Sabbat. Dutoit und seine Leute waren treue Mitglieder der kleinen Holländisch Reformierten Kirche, die sich von der größeren abgespaltet hatte, nachdem diese sich von der Apartheid abgewendet und erklärt hatte, dieses Prinzip sei nicht gottgewollt.

Wie immer, wenn sie in VK-Dienst standen, trugen die Männer Khaki-Uniform, mit Pistolen unter den Armen und langen Buschmessern in den Socken. Der General war in guter Stimmung. Seine Pläne waren ausgearbeitet. VK sollte ein Angebot machen für fünf nebeneinander liegende Farmen im östlichen Transvaal, auch wenn das Gebiet nicht mehr so hieß.

Die Eigentümer würden den Preis, den VK anbieten konnte, kaum ausschlagen. Stark eingezäunt, mit einer Mauer umgeben, würde das Gebiet der Anfang des Gelobten Landes werden. Dutoit betrachtete die Karte. Die Ansprache, die er halten würde, kannte er auswendig. Man hatte in der Gegend einige Hinweise auf Mineralien gefunden. Einige Kilometer entfernt lag ein Platin-Bergwerk. Es war möglich, daß sich auch auf einer der Farmen Platin befand. Noch wichtiger war die Tatsache, daß das Gebiet wasserreich war, mit einem Fluß und vier Dämmen. Leider befanden sich auch einige Dörfer in der Gegend, von den Farmarbeitern abgesehen.

Er sagte zu Andries Pienaar: „Dieses Land befindet sich in einer schlimmen Lage. Seit der Verräter den Kaffer aus dem Gefängnis gelassen hat, ist die Hölle in den Townships los. Die Arbeitslosigkeit ist verheerend."

Pienaar war erstaunt: „Das haben wir doch zum Teil organisiert, General! Um den Friedensprozeß aufzuhalten!"

Der General meinte verbittert: „Und das gelang uns nicht. Nichts in unserem Land ist mehr so, wie es sein sollte. Es ist nicht mehr unser Land! PEP, das ist ein weiteres Problem..." Er dachte, ich will mit dem verdammten Geschäft nichts mehr zu tun haben. Der Rhodie kann es allein machen, wenn er möchte. Er neigte sich wieder über die Karte. „Dries, wir müssen das schaffen. Die verfluchten Leute in Pretoria müssen ihre Zustimmung geben."

„Warum brauchen wir die? Wir wollen doch nur Land kaufen!"

„Die auch. Die müssen Land haben für ihre Kaffern aus den überfüllten Homelands. Außerdem leben viele in der Gegend. Die in Pretoria werden versuchen, uns Steine in den Weg zu legen." Er hatte jahrelang auf dieses Ziel hingearbeitet. Er hatte Geld in Cayman angelegt, PEP-Geld, wie die anderen Direktoren. Er benutzte es für die Sache, für VK, er hatte einen geologischen und geographischen Bericht erstellen lassen, jetzt hatten die Experten diese Region identifiziert. Außerdem hatte er von der Bank einen Kontoauszug erhalten, der ihn aufgeheitert hatte. Das Konto wies ein noch gesünderes Guthaben auf, als er sich ausgerechnet hatte. Das war der Grund, warum er sich entschlossen hatte, jetzt loszuschlagen. Es war der richtige Zeitpunkt. Man konnte nicht ewig warten. Sie hatten das Geld. Jetzt mußten sie das Land bekommen.

Dutoit war nie Geschäftsmann gewesen. Er hatte die Abrechnung nicht genau prüfen können. Wozu sollte er auch? Wichtig war nur das Endergebnis. Und das war in Ordnung.

„Es ist die richtige Region für uns. Genug Wasser. Mineralienrechte. Nur die Kaffern müssen wir loswerden. Dann können wir anfangen, unser Land zu entwickeln."

Pienaars Stimme zitterte vor Erregung „General, die Männer werden sich ganz für den *boerestaat* einsetzen!"

„Das weiß ich! Wir werden ein Land aufbauen, in dem Anstand, Moral und Gottesfurcht an erster Stelle stehen. Ohne Drogen. Ohne Glücksspiele. Und ohne Kaffern. Unseren Kindern werden wir eine ideale Zukunft aufbauen."

Dutoit befahl Pienaar, die Männer zu versammeln, die Sitzung mußte vor Anbruch des Sabbats beendet werden. Plötzlich hörte er laute Stimmen, etwas wurde umgestoßen, es schien ein Streit ausgebrochen zu sein. Die Tür wurde krachend geöffnet und Lannier trat herein, gefolgt von Havant, beide mit Revolvern in den Händen. „Hände hoch!“

Dutoit reagierte gut in einer Krisensituation. Sein Fuß drückte auf den Alarmknopf unter dem Tisch, während er den Franzosen finster anstarrte, ohne aufzustehen. „Raus, hörst du! Ich hebe für niemanden meine Hände!“

Er verlor keine weitere Zeit. Noch bevor der Schuß, den Havant abfeuerte, sein Ziel erreichen konnte, traf ihn Dutoits Messer im Hals. Lannier, überrascht durch die unerwartete Reaktion, schoß daneben, als der Afrikander sich duckte, den Tisch umwarf und versuchte, den Franzosen mit einem hohen Fußtritt zu entwaffnen. Lannier warf sich auf den Afrikander, sie fielen zu Boden. Zwei starke, schwer gebaute Männer, von denen jedoch Lannier der jüngere war. Während er kämpfte, fragte sich Dutoit, wo seine Männer blieben. Dachte kurz an die Geräusche und Rufe. Es waren also noch mehr Angreifer! Klar, seine Leute mußten sich selbst verteidigen.

Fünf Minuten später konnte General Paul Dutoit sich selbst nicht mehr verteidigen. Lannier hatte seine Hand auf seine Waffe legen und einen Schuß in die Leiste seines Gegners abgeben können. Dutoit starb, ohne zu wissen, warum sein einstiger Partner ihn herausgefordert hatte. Vor allem hatte er nicht mehr erfahren, wer Jardin den Grund für seine Rache geliefert hatte.

Johannesburg. 30. August 1997

Caroline fühlte sich genauso wohl in Annas kleinem Haus wie Anna und Trigger. Sie kam ermüdet nach ihrem langen Flug am frühen Morgen an und wurde mit warmer Freundschaft empfangen, einem heißen, wohlriechenden Bad verwöhnt und durch einen tiefen Schlaf in einem sauberen Bett erfrischt.

„Ich kam in London nie dazu, die Laken zu wechseln“, murmelte sie, während Anna leise die Tür schloß.

Zwei Stunden später erwachte sie und genoß den Duft frischer Brötchen. Anna van Wyk war nicht umsonst im Waisenhaus zur guten Köchin erzogen worden. Sie hatte Geräusche aus dem Schlafzimmer vernommen, und als Caroline erschien, attraktiv in einen sportlichen Hosenanzug gekleidet, genau richtig für die frische Luft, die Ende des Winters herrschte, stand ein Frühstück für sie bereit. Brötchen, frischer Fruchtsaft, weiche Eier, Toast, Marmelade, Kaffee mit Sahne. Anna hatte mit Besorgnis bemerkt, wie mager Caroline geworden war. Wenn alles vorüber war, würde sie sich erholen müssen, mußte richtig aufgepäppelt werden.

„Was ist das?" Caroline wies auf einen braunen Umschlag neben Anna.

Die Polizistin strahlte. „Das ist der Nachtisch, Caroline. Iß erst, dann darfst du das haben."

Sie sah zu, wie ihre junge Freundin sich das Frühstück schmecken ließ, obwohl sie den Umschlag keinen Moment aus den Augen ließ.

Anna nahm ihn in die Hand. „Caroline, erinnerst du dich an die Notiz, auf der ‚Leeuhoek' stand? Während du in London warst, wurde darüber mehrmals etwas geschrieben. Ich hab's ausgeschnitten." Sie ging mit dem vollen Tablett in die Küche. Dachte, damit muß Caroline allein fertig werden. „Sag mir, wenn du alles gelesen hast."

„Natürlich." Caroline betrachtete die Zeitungsausschnitte, die Anna aufgeklebt und mit Notizen versehen hatte. Dazu hatte sie einige Informationen aus dem Polizeicomputer gelegt. Caroline fing an zu lesen, sie übersprang kein einziges Wort.

Die meisten Berichte handelten von der Wahrheits- und Versöhnungskommission, die beauftragt war, die komplizierten Verbrechen der Apartheidszeit zu untersuchen. Sie las Zeugenaussagen von Tätern sowie Opfern, Protokolle von Kreuzverhören, Amnestiegesuche. Nach der Einleitung war die Rede von Entführungsfällen, Attentaten sowie über Auto- und Briefbomben. Eine Sonderabteilung des Geheimdienstes war für derartige Aktionen verantwortlich gewesen. Der Name Dutoit wurde mehrmals in Amnestiegesuchen erwähnt. Er war der Offizier, der seinen Leuten die Befehle erteilt hatte.

Über Leeuhoek befanden sich drei Berichte unter den Papieren. Der erste betraf das Kreuzverhör eines ehemaligen Mitgliedes der Sondereinheiten, der eine Amnestie beantragt hatte. Er gehörte zu den Truppen, die Grenzdienst verrichtet hatten. Flüchtlinge machten ständig Versuche, die elektrifizierte Grenze zwischen Mosambik und Südafrika zu überwinden. In einer Nacht war eine Gruppe von fünfzehn Menschen an der Grenze angekommen. Dorfbewohner, die den Greueln des Bürgerkrieges in ihrem Land entkommen wollten. Ein Krieg, der durch Pretoria ausgelöst worden war. Drei starben am Elektrozaun. Die Soldaten erschossen sechs Flüchtlinge. Fünf Frauen, vier Kinder starben in der Nacht.

Der Name des Mannes wurde nicht genannt. Das Kreuzverhör ging um die Befehle, jeden Grenzgänger zu erschießen, ob es sich um Flüchtlinge oder Guerillakämpfer handelte. Eine Frage des Rechtsanwaltes war für Caroline wichtig.

— Es wurde kein Unterschied zwischen Guerilla und Zivilbevölkerung gemacht?

— Die Terroristen kamen nie aus Mosambik. Wegen des Abkommens.

Daneben hatte Anna geschrieben: *Der Komati-Vertrag wurde 1984 geschlossen, um Mosambik zu zwingen, den ANC nicht zu unterstützen. Die ANC-Mitglieder verließen damals Mosambik. Trotzdem unterstützte das Militär weiter die Rebellen gegen die Regierung in Mosambik.* Anna, die sich zuvor nie mit Politik befaßt hatte, hatte begonnen, sich dafür zu interessieren.

— Überquerten Guerillakämpfer die Grenze bei Leeuhoek?

— Ja, das war eine der Stellen.

— Warst du in Leeuhoek in der Nacht des 15. Dezember 1985?

Der Befragte wußte sofort, was der Rechtsanwalt meinte.

— Ich stand nicht im Dienst zur Zeit der Aktion.

— Welcher Aktion?

— Ich weiß es nicht.

Damit endete das Kreuzverhör.

Der nächste Bericht beschrieb die Aktivitäten von MK-Kämpfern, die ins Land erfolgreich eingedrungen waren. Ein Satz erwähnte eine MK-Einheit, die bereits beim Grenzübergang in Leeuhoek aufgespürt worden war, wobei alle Guerillakämpfer getötet wurden.

Das letzte Blatt war ein Zeitungsausschnitt vom 29. August. Ein Artikel, der ein Interview mit einem Rechtsanwalt namens Benjamin Glaser erwähnte. Glaser erklärte, er untersuche die Umstände einer Aktion, die 1985 stattgefunden hatte. Eine Gruppe MK-Kämpfer sei bei Leeuhoek in eine Falle geraten und umgekommen. Die Familie eines der Toten hatte einen Antrag gestellt, sein Grab zu öffnen, um festzustellen, wie er und die anderen gestorben waren. Es seien Berichte eingegangen, die darauf hinwiesen, daß die MK-Kämpfer sich ergeben hätten, aber trotzdem getötet wurden. Glaser glaubte, die Falle wurde gestellt, da Sicherheitskräfte von dem Grenzübertritt informiert wurden. Jemand hatte die Guerillakämpfer verraten. Jemand innerhalb des ANC.

Caroline saß unheimlich ruhig da, als Anna ins Zimmer zurückkam. Erschrocken lief sie auf ihre Freundin zu, deren weit geöffnete Augen sie wie ein wildes Tier anstarrten. Caroline öffnete den Mund, bewegte die blassen Lippen, sagte lautlos, Dirk. Das war Dirk. Ich liebte ihn. Und ich habe ihn getötet.

16. Finale PEP

PEP Landwirtschaftliches Forschungsinstitut. 31. August 1997. 06.30

Derek war am Sonntagmorgen früh aufgestanden. Um 06.30 Uhr war er im LWF Fitneß Zentrum und schwitzte, während er seine Übungen machte. Deswegen hörte er nicht, wie sein Telefon klingelte. Er nahm auch keine Notiz vom Leiter des Labors, der kurz darauf in die Halle kam. Der Mann sollte selbst etwas turnen, anstatt herumzuflattern wie eine verrückt gewordene Motte.

Das erklärte, warum Reed-Smyth erst eine halbe Stunde später erfuhr, daß um Mitternacht die Hölle in Wildfontein auf Dutoits Farm ausgebrochen war. Es schien wie im Wilden Westen zugegangen sein. Dutoit war tot, Pienaar ebenfalls und mindestens fünf andere. Man vermutete einen Kampf zwischen VK-Fraktionen. Oder eine Schlacht mit anderen Republikanern.

Oder mit Jardin, fügte Reed-Smyth in seinen Gedanken hinzu. Er trocknete sich nach einer hastigen Dusche ab, rannte ins Labor, wo ein Techniker an einer kleinen Zigarette sog. Er wies auf eine Glastrennung, hinter der eine kluge Maschine Tabletten auf Platten drückte, während eine andere kluge Maschine diese zerschnitt und verpackte.

Derek Reed-Smyth klopfte nervös gegen das Fenster. LWF-Drogen. PEPs wichtigstes Produkt. Er mußte die Ladung aus dem Land schaffen. Ehe die Drogenpolizei in Aktion treten konnte. Je länger er darüber nachdachte, desto weniger glaubte er an einen VK-Kampf. Dutoit hielt die Extremisten unter Kontrolle. Er war der einzige, der ihnen ihr Land versprach. Er war beliebt und verehrt, es gab keinen Rivalen. Er war der Retter, nicht der Feind.

Jardin, das war etwas anderes. Wahrscheinlich war es Caroline nicht gelungen, die Überweisungen rückgängig zu machen. Warum hatte Paul zehn Millionen Dollar gestohlen? Er hätte eine Anleihe von PEP bekommen können. Zehn Millionen! Eine Bagatelle angesichts der Summen, mit denen sie dieser Tage zu tun hatten. Jardin hätte leicht sein Geld zurückbekommen können.

Nun war VK ruiniert. Dutoit tot. Anscheinend auch Jardins Männer, wenn der wirre Bericht stimmte, der ihm der Laborleiter gegeben hatte. Was immer, das hieß Untersuchungen, Polizei, Medien.

Er mußte raus. Sofort.

Carolines dreiteiliges Geschäft wäre ideal gewesen. Er hätte gut verdient, vor allem beim Waffenhandel. Nun war das auch gestorben. Er mußte ihr das mitteilen. Die Lizenz würde er nicht benutzen können. Das war Vergangenheit geworden. Jetzt hatte er andere Prioritäten. Er fragte den weiß gekleideten Experten: „Wie lange dauert es noch?"

Der Mann blickte auf seine Rolex. „Drei Stunden!"

Derek befahl: „Mach's in zwei!" Er hatte nicht vor, länger zu warten. Swaziland lag in der Nähe. Er würde mit der Cessna nach Mbabane fliegen. Er befahl dem Piloten, der Dienst hatte, einen Flug nach Botswana anzumelden. Wenn sie in der Luft waren, würde er ihm den Kurs nach Swaziland angeben und von dort aus nach Mosambik. Kurz danach würde John Smith, Matrose, sich bei dem Kapitän eines der Schiffe der Jardin-Schiffahrtsgesellschaft melden. Das hatte er nicht einmal Carl verraten. Er hatte das mit Jardin persönlich geregelt. Wegen der LWF-Lieferungen, die per Schiff exportiert werden sollten.

Er hatte nicht geplant, der erste Kurier zu sein. Doch Derek hatte nicht vergessen, wie man sich verkleidet. Außerdem besaß er einen guten und gültigen Paß, den er alle zehn Jahre erneuert hatte. Als geborener Brite verlor man schließlich nie die britische Staatsangehörigkeit.

Diese LWF-Lieferung würde die erste und einzige sein. Er mußte sofort sicherstellen, daß die PEP-Produktion eingestellt wurde. Nach einiger Überlegung ließ er den Leiter der Sicherheitsabteilung des Instituts kommen.

Der Mann torkelte etwas benommen aus dem Büro, doch Reed-Smyth wußte, er würde seine Befehle ausführen. Er hatte die steuerfreie Prämie von einer Million nicht ablehnen können. Reed-Smyth rückte seinen Computer zurecht, sah die Tagesnachrichten durch, da er feststellen wollte, ob ein Journalist bereits eine Verbindung zwischen Dutoit und ihm festgestellt hatte. Sein Auge fiel auf eine Meldung. Aus einer kleinen afrikanischen Republik.

Der Führer einer Söldnergruppe, der eingeflogen war, um die mörderischen Rebellen zu unterstützen, die sich in den Bergen aufhalten, wurde am Flughafen in Mwangiane festgenommen und zum Tode verurteilt. Es wird vermutet, daß der Mann, der sich Smit nannte, Mitglied der berüchtigten rhodesischen Selous Scouts *gewesen ist.*

Reed-Smyth erstarrte. Smit! Jakes Wessels' Deckname! Was hatte er in Mwangiane zu suchen? Die Junta hatte PEP nicht um Hilfe gebeten. Und Jakes hatte nicht mit der Junta, sondern mit den Rebellen zu tun gehabt.

Es war unwahrscheinlich. Außerdem: Es war kaum allgemein bekannt, daß Jakes mit den *Selous Scouts* gekämpft hatte.

Jakes: hingerichtet. Dutoit: bei einem Streit getötet. Und zuvor die Razzien der Drogenpolizei auf dem Flughafen und in Hillbrow. Was lief da ab? Derek schlug derartig hart auf den Tisch, daß der Bildschirm des Computer schwarz wurde. Jesus, das hatte gerade noch gefehlt, daß der Computer nicht in Ordnung war! Vor allem, wenn Carl nicht da war, sie verstand, wie man mit dem Ding umging, sie wußte alles, was man über Computer wissen konnte. Verdammt, er vermißte sie! Er verspürte ein ungewöhnliches Gefühl des heißen Verlangens. Unsinn. Er hatte derartige Emotionen längst überwunden. Hatte sie eigentlich nie richtig empfunden.

Ungeduldig schlug er auf die Tasten. Carl. Was war ihm da eingefallen? Daß Carl alles wußte, was über Computer zu wissen war? Er griff nach einem Blatt Papier und begann, sich Notizen zu machen.

Johannesburg. 31. August 1997. 03:45

„Deine Leute werden pünktlich am Ort sein? Sie sind genau informiert? Sie haben die Pläne, die Karten?" Caroline blickte wieder auf ihre Uhr. 3:45.

Anna war in Uniform. Sie antwortete geduldig auf die Fragen, die Caroline wiederholt gestellt hatte und deren Antworten sie genau kannte. Seit Carol die Leeuhoek-Papiere gelesen hatte, war ihre berechnende Gelassenheit verschwunden, die Anna während der Planung erstaunt hatte. Carl stand unter enormer Spannung.

Anna hatte dafür Verständnis. Jeder war nervös, bevor das „Go-go-go"-Kommando bei einer Aktion gegeben wurde. Während der vergangenen zwei Wochen waren sie täglich, manchmal mehrmals täglich, in Kontakt gewesen, per Fax, Telefon, E-Mail. Der Berater war zuerst skeptisch gewesen, dann hatte er seine eigene Untersuchungen vorgenommen, und nachdem immer mehr Fakten dargelegt werden konnten, wollte er sofort eine Razzia organisieren.

Der Kommissar hatte Anna unterstützt. Er kannte sie. Sie war äußerst zuverlässig. Sie suchte keinen großen Posten, sie war nicht ehrgeizig. Wenn sie glaubte, man sollte sich auf ihren Informanten verlassen und auf seinen Plan eingehen, dann war er bereit, das zu tun. Sie hatte dem Informanten irgendwann in seiner Jugend einen Gefallen erwiesen, nun wurde es der Polizistin mit Zinsen vergolten. Der Kommissar war vorsichtig. Bei diesen Summen und den VIP-Namen mußte er vorsichtig sein. Wenn die Information sich auch nur zur Hälfte als richtig herausstellte, so würde der Informant auf freiem Fuß bleiben können.

Anna zögerte noch, den Autoschlüssel in der Hand. „Carol, versprich, daß du nichts auf eigene Faust unternimmst!"

Die jüngere Frau antwortete ungeduldig. „Natürlich nicht, Anna." Sie blickte wieder auf ihre Uhr. „Anna, ich möchte Ben Glaser dabeihaben."

„Du bist verrückt!"

„Nein. Ich schulde es ihm … ich schulde es allen …"

Caroline hatte Anna nichts über Leeuhoek erzählt, nichts über die Erinnerungen, die ihr gekommen waren. Sie wollte die Auskunft anrufen, sagte kurz: „Ich werde es vom Auto aus tun." Und auch sicherstellen, daß sie Lizard Lodge vorbereiteten. Wenn Ben um 5 Uhr abfahren würde, könnte er in etwa drei bis vier Stunden dort sein. Bis dahin wäre alles vorbei.

Die Frauen fuhren fast gleichzeitig los. 4 Uhr. Caroline rief in „Paradise Ranch" an, dann ließ sie sich von der Auskunft Glasers Nummer geben. Sie erkannte die schläfrige Stimme sofort, es schmerzte sie. Ben! Er würde kommen. Sie drückte auf den Gashebel, stellte das Telefon mechanisch aus. Weswegen Anna sie nicht erreichen konnte, als sie verzweifelt die Nummer von Carolines Handy wählte und nur die neutrale Stimme der automatischen Mailbox hörte. Anna hatte selbst einen Telefonanruf erhalten, fünf Minuten nachdem sie los gefahren war.

PEP Landwirtschaftliches Forschungsinstitut. 31. August. 07:30

Caroline verlangsamte das Tempo, als sie den Weg einschlug, der nach White River führte. Sie blickte mehrmals in den Rückspiegel. Eigentlich sollten bereits Polizeiaktivitäten zu bemerken sein. Bis jetzt war nur ein Wagen an ihr vorbeigefahren. Sie hatte noch keinen Helikopter über sich gehört.

Sie ging in Gedanken noch einmal den Plan durch. Jardin würde einfliegen, man erwartete ihn am Flughafen. Wenn die Aktion bereits zur Zeit seiner Ankunft begonnen hatte, würde er sofort festgenommen werden. Es wäre am besten, wenn er Zeit hätte, zum Labor zu fahren, so daß er dort mit den anderen zusammen festgenommen werden konnte, dann gäbe es Beweise gegen ihn. Doch Jardin war für Caroline Nebensache. Es ging um die Razzia gegen das Labor.

Die Drogenmannschaft sollte von den Streitkräften Unterstützung erhalten, Truppen würden das Forschungsinstitutgebiet um 5 Uhr umstellen. Sie mußten bereits vor Ort sein. Caroline hatte genaue Angaben gemacht über die Landungsplätze der Flugzeuge und Helikopter, hatte jedes Gebäude identifiziert, so daß bekannt war, wo die bewaffneten Posten, die Hunde und andere Sicherheitseinrichtungen sich befanden. PEPs Jet würde nicht vom Flughafen abheben können.

Derek hatte die Fertigstellung der ersten Lieferung für 10 Uhr festgelegt. Carolines Produktion sollte um 8 Uhr erledigt sein. Sie hielt an der Kreuzung an und blickte wieder in den Spiegel. Noch immer nichts. Sah das Telefon auf ihrer Tasche liegen. Oh Gott, sie hatte es ausgestellt! Sie drückte auf den „an“-Knopf. Es klingelte sofort.

„Carl.“ Es war nicht die Stimme, die sie erwartet hatte. „Carl, ich weiß, du bist in der Nähe. Hör zu, Carl. Das tust du doch, Carl?“

Alte Gewohnheiten waren schwer abzulegen. „Ja, Derek.“

Diese Stimme, so sanft und ruhig. „Ich weiß, daß du sehr zornig bist. Ich weiß auch, daß du einiges arrangiert hast. Wie, weiß ich nicht. Egal. Carl, du denkst wohl, ich hätte dich betrogen? Damals, als ich dich adoptierte?“

Sie schrie: „Du lügst. Du hast nur gelogen!“

Noch immer diese ruhige Stimme. „Ja, einige Male habe ich gelogen. Du auch, Carl. Jeder lügt irgendwann. Vergiß nicht, du warst krank. Du hattest einen Zusammenbruch. Du hattest Halluzinationen!“

Sie schrie leidenschaftlich: „Jetzt nicht mehr!“

„Bist du sicher? Natürlich nicht. Ich schlag dir etwas vor, wir können uns in Riverway treffen, dann können wir das in Ruhe besprechen! Wir werden das hinkriegen. Wie immer, Carl“

Sie fuhr weiter, das Telefon in einer Hand.

„Ich werde auf der Veranda warten. Ich denke, du hast noch keinen Kaffee getrunken.“

Das Telefon wurde abgeschaltet. Wieder blickte sich Caroline um. Nichts. Sie gab Gas, fuhr an der „Paradise Ranch“ vorbei, sah die Gebäude des sogenannten Forschungsinstituts, wo sich nichts rührte, hielt fünfzehn Minuten später auf ihrem alten Parkplatz auf „Riverway“ an.

Derek saß auf der *stoep,* genau wie er versprochen hatte, ein Tablett mit Kaffeekanne und Tassen neben sich. Er stand auf, als sie Treppen heraufkam und nahm sie in seine Arme. „Dummes Kind!“

Sie befreite sich und rief heftig: „Ich bin kein Kind. Vor allem nicht deins!“

„Nein.“ Er rückte ihr einen Stuhl zurecht. „Wie wär‘s mit einem Kaffee?“

Sie trank, ihre Hände zitterten. Der Kaffee war bitter, es wurde ihr schlecht. Schwindlig. Derek fing sie auf, als sie zusammensackte, und hielt sie fest. Zum ersten Mal seit der Safari küßte er ihren Mund. Spürte den bitteren Geschmack. Nicht bitter genug, um ihn zu töten, wie er sie tötete. Sie war bereits tot, als er flüsterte: „Nein. Nicht mein Kind. Der einzige Mensch, den ich je geliebt habe.“

Wenige Minuten später fuhr Reed-Smyth den Weg zurück, den er gekommen war. Am Fuß des *kopje* in der Nähe des Wildparks öffnete er die Wagentür. Die Tote rollte gegen den Felsen, er stieß ihre Tasche ebenfalls hinaus. Er fuhr weiter, den Weg entlang, der zum Labor führte.

EPILOG

Ich habe öfters darüber gesprochen, doch bis jetzt nie etwas aufgeschrieben.

Es fing ja damit an, daß ich die Tote fand, man sagte mir, es war kurz vor neun Uhr. Nie werde ich dieses schmerzverzerrte Gesicht vergessen. Sicher war physischer Schmerz auch dabei, aber ich glaube, sie hat am stärksten unter ihren Gefühlen gelitten. Natürlich ist kein Gift schmerzlos. Im alten Südafrika wurden viel Geld und Zeit darauf verwendet, alle möglichen Giftstoffe zu erfinden. Wie es die Rhodesier zuvor getan hatten. Reed-Smyth hatte zu beiden Quellen Zugang.

Das Leiden stand in Janets Gesicht geschrieben. Jeder hat einen Namen für sie gehabt. Für mich wird sie immer Janet bleiben Auch wenn ich über Caroline schreibe.

Ich erkannte Janet Bedford, obwohl sie keine dunklen Haare mehr hatte. Ihre klassische Schönheit ist unverkennbar. In dieser Sekunde erinnerte ich mich an ihren Schock in Lusaka, als ich über Dirk und Leeuhoek sprach, dachte an den Telefonanruf. Meine Vermutung wurde bestätigt. Sie war die Verräterin gewesen. Deswegen dachte ich, keiner würde um sie trauern. Eine Frau, die ihre Freunde verriet. Nicht wie die andere Frau, die bereits von Millionen betrauert wurde.

Eine aufgeplatzte Tasche lag in der Nähe. Ich sah etwas, das wie ein Notizbuch aussah, hob es auf, wollte es mir ansehen, als die Ruhe vernehmlich gestört wurde. Ohne zu überlegen, schob ich es in meine Jacke. Ich kniete noch immer auf dem Boden neben der Toten, als um mich herum Sirenen ertönten. Ich hörte das Quietschen von Autoreifen, als ein Fahrzeug nach dem anderen an mir vorbeiraste, Helikopter über meinem Kopf wirbelten. Ich konnte nicht erkennen ob es Polizei oder Armee war, oder beides. Ein Mann stand in einem offenen Jeep, der befehlshabende Offizier.

Ich hob mein Fernglas. Da war wohl was los! Lastwagen, die an einem Hügel hielten, bewaffnete Männer mit Gasmasken, die herausstürzten und auf das Tor zuliefen. Das war bereits geöffnet, es mußte einen Kampf gegeben haben, ich hörte das Bellen von Maschinengewehren. Die Wächter, die ich gesehen hatte, konnten gegen diese Macht nicht ankommen. Kein Wunder, daß kurz danach mehrere Männer mit gefesselten Händen zu einem Wagen gebracht wurden, einer nach dem andern. Die Wachen. Männer in Zivil, einige in weißen Kitteln. Mein Herz klopfte, ich war so aufgeregt, als ob ich etwas damit zu tun gehabt hätte. Ich denke, es dauerte etwa dreißig Minuten, ich saß einfach da, überwältigt, sah, wie die Wagen mit ihren Gefangenen abfuhren.

Ich erinnerte mich an das Flugzeug, dachte, der schafft das nicht mehr, zu entfliehen, wer immer es war. Ich stand auf, nur um wieder umzufallen, als plötzlich eine ohrenbetäubende Explosion ertönte. Ich konnte nichts mehr hören. Alles, was danach geschah, kam mir vor wie ein alter Stummfilm. Nur, es war kein Film.

Ich hielt noch immer das Fernglas in meiner zitternden Hand. Jeder duckte sich, ich auch, wahrscheinlich hatte der Offizier irgendeinen Befehl gegeben. Ich kauerte neben dem Felsen, sah, wie Trümmer in die Luft flogen, gefolgt von Flammen. Erschreckend. Auch wenn ich keinen Ton hören konnte.

Am liebsten wäre ich sitzen geblieben. Doch als die Fahrzeuge an mir vorbeirollten, wankte ich zur Straße und winkte mit dem Fernglas. Ein Auto hielt an. Ich sah die Polizeiuniform mit Erleichterung. Merkwürdig. Noch vor wenigen Jahren hätte mich diese Uniform kaum beruhigt. Vor allem nicht mit einem Hund auf dem Rücksitz. Ich winkte wieder und deutete auf die Tote, sagte – schrie, behauptete man – „Es gab einen Unfall!“

Sie waren zu zweit. Eine große Frau, die so schnell aus dem Auto stürzte, daß sie mich fast umstieß in ihrer Eile, zum Felsen zu gelangen. Doch der Hund war noch schneller, er leckte bereits an dem stillen Gesicht, als die Frau sie erreichte und der Hund das Maul öffnete. Ich brauchte nichts zu hören, es war mir klar, der Hund heulte vor Trauer. Genau wie mir niemand die tiefe Trauer im Gesicht der großen Polizistin erklären mußte. Der Mann stieg ebenfalls aus, aber sie ließ ihn nicht ran, sie hob die Tote sanft auf und hielt sie in ihren Armen. Wie war das denn mit Polizeiregeln? Der Offizier erschien, und ich nahm an, nun würde alles seinen normalen Weg gehen.

Der Polizist merkte, daß ich taub war, und fing an, mir Zeichen zu geben. Meine Stimme hatte ich nicht verloren, ich sagte – gut, schrie – daß ich in dem Rondavel oben auf dem Hügel untergebracht war und unten etwas gesehen hatte und gerade heruntergeklettert war, als dieses Schauspiel angefangen hatte. Sie redeten miteinander. Er machte mir mehr Zeichen, schien zu fragen, ob ich ein Auto hätte. Ich nickte. Die Frau fuhr weg, zusammen mit der Toten, ihrem Hund und ihrer Trauer.

Langsam kehrte mein Gehör zurück. Wir waren inzwischen auf der „Paradise Ranch" gewesen, wo jeder herumrannte wie in einem aufgescheuchten Ameisenhaufen. Endlich hatten der Polizist und ich alles erledigt, keiner verlangte Bezahlung von mir für meinen erholsamen Aufenthalt im Paradies. Ich fragte den Polizisten nach seinem Namen, er meinte: „Nenn mich Sergeant", und wir fuhren nach Northcliff zurück.

„Die Aktion wurde um sechzig Minuten verzögert. Da gab's irgendwo eine große Aufregung auf einer blödsinnigen Farm. Polizei und Armee wurden alarmiert, es wurden von dieser Aktion Leute abgezogen. Sie haben ein Waffenlager entdeckt, groß genug, um einen dritten Weltkrieg anzufangen. AK47, 22 Gewehre, Granaten, ich glaube sogar Raketen."

Damals, als Nenn-mich-Sergeant das erklärte, bedeutete es mir natürlich wenig. Erst später verstand ich, daß Caroline deswegen gestorben war. Anna konnte sie nicht erreichen, konnte ihr nicht sagen, daß sich bei „Aktion PEP" alles um eine Stunde verschoben hatte.

Der Anruf bei mir hatte Reed-Smyth eine Stunde Zeit gegeben. Zeit, um Caroline Hughes umzubringen. Obwohl ich denke, Anna hatte Recht, als sie später sagte: „An diesem Morgen hat er ihren Körper getötet. Ihren Geist ermordete er vor vielen Jahren. An dem Tag, an dem er sie nach Enfield brachte."

Während ich für Nenn-mich-Sergeant Kaffee holte, fiel mir das Notizbuch ein. Ich steckte es in die Brotbüchse. Schließlich besaß auch ich einige Rechte in Anbetracht bestimmter Ereignisse. Später entdeckte ich, daß ich „Mujiba" gestohlen hatte. Das Tagebuch, in dem Caroline ihre kindlichen Gedanken aufgezeichnet hatte. Kindlich, bis zu dem Tag, an dem sie schrieb: Mummy und Daddy sind tot.

Heute gehört „Mujiba" Anna.

Sie besuchte mich am Sonntagabend. Fragte nach Dirk und Leeuhoek. Ich war vorsichtig, ich kannte sie nicht. Damals nicht. Sie beantwortete einige meiner Fragen. Sprach von Jardin, der am Flughafen festgenommen, aber wieder freigelassen worden war, da man keine Beweise hatte, daß er in die PEP-Drogensache verwickelt war. Vor allem berichtete sie mir von Reed-Smyth.

Ich hatte Unrecht gehabt. Er hätte eine Chance zu einem Fluchtversuch gehabt. Der Pilot war unter den Verhafteten. Sagte aus, daß der Vorsitzende bereits auf dem Rollfeld stand, sich plötzlich umdrehte und zurückging. In das Gebäude, in dem eine Bombe lag. Die eine Explosion auslösen sollte, die er selbst organisiert hatte.

„Um viertel nach zehn sollte sie hochgehen“, erklärte der verstörte Leiter der Sicherheitsabteilung. „Er sagte, es sei etwas Schlimmes passiert, es solle alles zerstört werden, damit niemand herumstöbern könne. Um 10 Uhr 45 würde niemand mehr da sein, er habe dafür gesorgt. Er kannte sich mit derartigen Vorrichtungen aus, er muß die Zeit vorgestellt haben. Vielleicht hat er vergessen, daß noch andere im Haus waren.“

Nein, kaum. Reed-Smyth hatte die Uhr vorgestellt. Aber er hatte an niemanden gedacht. Nur an sich. Er hatte das Ende des Weges erreicht.

Monate später brachte mir Anna den kleinen Computer, der Caroline gehört hatte. Sie zeigte mir eine E-Mail, das Caroline nicht mehr empfangen hatte. Datiert 31.1.1997, 09.21. Um diese Zeit war sie längst tot, Reed-Smyth drei Minuten von seinem Tod entfernt. Ein kurzer Brief. „Carl, ich liebe Dich. Ich bin –“ dann muß er die „Sende“-Taste gedrückt haben. Wenige Minuten, ehe die Bombe hoch ging.

Wollte er ihr sagen, daß es ihm leid tat, jetzt, wo er dem Tod ins Auge blickte? Wer weiß das. Ich versuchte, den Mann zu verstehen, um dadurch Caroline zu verstehen. Ein Mann, der sich selbst erfand. Er war arrogant, ehrgeizig, machtsüchtig. Er war nur zufrieden, wenn er andere kontrollierte, sie wie Marionetten tanzen ließ. Sein größtes Verbrechen war die Zerstörung von Caroline Hughes. Ein teuflischer Plan. Er trennte sie von ihrer Umgebung, trieb sie in die Flucht vor ihren Freunden. Er erschuf in der Tat den idealen Geheimagenten. Jemanden, dessen Instinkte sie zu denen hinzog, die sie betrügen sollte und die sie verriet, weil sie glaubte, ihre Ideen seien schlecht.

Es vernichtete sie. Ihre Ausbildung kämpfte mit ihrer Veranlagung. Die Genossen, die Janet Bedford in den Lagern kannten, sprachen von ihrer Großzügigkeit, ihrer sanften, mitfühlenden Art. Eine geborene Führerin, sagten sie, wenn auch etwas zurückhaltend. Wir, Ethel und ich, hatten sie nie verstanden. Ich kann mir nur vorstellen, wie sehr Dirk unter ihrem Verhalten gelitten haben muß.

Nicht einmal Anna kannte Caroline. Nicht die Frau, die sie vielleicht gewesen wäre. Das Gift, daß der Mann ihr eingetrichtert hatte, war stets präsent. Ihre Rache, die sie so genau geplant hatte, hätte er dirigiert haben können. Hätte sie überlebt und vor irdischen Richtern gestanden, so glaube ich, daß ich für sie einen Freispruch erzielt hätte. Doch sie selbst hätte sich nicht unschuldig gefühlt. Ihre Tragödie, wie alle Tragödien, konnte nur zu einem Ende führen.

Wir begruben Caroline Evelyn Hughes an einem Hügel in einer Mission namens Enfield neben dem Grab ihrer Eltern. Ich hatte mit vielem Unrecht. Vor allem, als ich dachte, niemand würde um die Tote trauern. Es kamen Hunderte Menschen zu dem Begräbnis. Dorfbewohner aus dem Bezirk, ihre Schwestern und deren Familien, Freunde und Freundinnen aus ländlichen Gebieten und Städten. VIPs aus Pretoria und Harare erschienen, die sie aus der Kampfzeit oder der Kindheit gekannt und geschätzt hatten. Sie kamen, weil sie das Kind, die Frau geliebt hatten.

Anna van Wyk kam mit Ethel und mir. Wir standen am Hügel und hörten den herrlichen Gesang der Afrikaner und weinten. Im Stillen sagte ich Kaddish, unser Gebet für die Toten.

ENDE